Gedenke mein

Das Buch

Gina Angelucci arbeitet im Münchener Kommissariat an Cold-Cases-Fällen, die seit vielen Jahren ungeklärt sind. Eine verzweifelte Frau taucht bei ihr auf und bittet sie darum, nach ihrer Tochter Marie zu suchen, die vor zehn Jahren verschwand. Das damals sechsjährige Mädchen wurde nie gefunden und schließlich für tot erklärt. Nur die Leiche von Maries Vater wurde an einem See entdeckt. Er hatte in einer Fischerhütte Schlafmittel genommen und anschließend die Hütte und sich selbst in Brand gesetzt. Alles deutete auf erweiterten Selbstmord hin. Aber der Mutter lassen die offengebliebenen Fragen bis heute keine Ruhe: Warum sollte ihr Mann das Mädchen getötet haben? Ist Marie vielleicht doch noch am Leben?

Gina ist anfangs skeptisch, aber einige Ungereimtheiten lassen sie aufhorchen: War die Schlafmitteldosis überhaupt stark genug? Und reichen ein Ehering und der Teil einer Tätowierung, um den Vater eindeutig zu identifizieren? Gina vergräbt sich in den alten Unterlagen und deckt eine Spur des Grauens auf...

Die Autorin

Inge Löhnig studierte an der renommierten Münchner Akademie U5 Graphik-Design. Nach einer Karriere als Art-Directorin in verschiedenen Werbeagenturen machte sie sich mit einem Designstudio selbstständig. Heute lebt sie als Autorin mit ihrer Familie und einem betagten Kater in der Nähe von München. Besuchen Sie Inge Löhnig auf ihrer Homepage: www.inge-loehnig.de

Von Inge Löhnig sind in unserem Hause bereits erschienen:

Die Kommissar-Dühnfort-Serie:

Der Sünde Sold · In weißer Stille · So unselig schön · Schuld währt ewig · Verflucht seist du · Deiner Seele Grab · Nun ruhet sanft · Sieh nichts Böses

Außerdem:

Mörderkind

INGE LÖHNIG
GEDENKE MEIN

KRIMINALROMAN

List Taschenbuch

Besuchen Sie uns im Internet:
www.list-taschenbuch.de

Originalausgabe im List Taschenbuch
List ist ein Verlag der Ullstein Buchverlage GmbH, Berlin.
1. Auflage Januar 2016
4. Auflage 2017
© Ullstein Buchverlage GmbH, Berlin 2016
© Inge Löhnig, www.inge-loehnig.de
Umschlaggestaltung: bürosüd° GmbH, München
Titelabbildung: Landschaft: © plainpicture/Mira; Vogel auf Ast: © Arcangel,
Colleen Farrell
Satz: Pinkuin Satz und Datentechnik, Berlin
Gesetzt aus der Sabon
Druck und Bindearbeiten: CPI books GmbH, Leck
Printed in Germany
ISBN 978-3-548-61228-7

Dienstag, 8. Februar 2005

1

Die Haut an ihren Armen kribbelte. Ein Brennen und Ziehen, wie früher, als sie ein Kind gewesen war und ihr der Nachbarsjunge eine »Brennnessel« verpasst hatte. Petra schob die Pulloverärmel hoch, rieb, versuchte die Furcht zu vertreiben, doch sie breitete sich weiter aus, wanderte nach innen, bis sie schließlich ganz damit angefüllt war wie ein Gefäß, dessen einzige Bestimmung es war, das Unerträgliche zu ertragen: die Ungewissheit.

Bitte! Dieses Wort zog wie ein Schriftband durch ihren Schädel. *Bitte, lass nichts passiert sein. Bitte, lass es ihr gutgehen. Bitte!*

Vor dem Fenster fiel der Regen in einem lautlosen Nieseln auf Dächer und Mauern, auf die kahlen Zweige der Bäume, auf die Fahrzeuge, die unten am Straßenrand parkten, auf Fahrbahnen und Gehwege, und gefror auf den frostkalten Oberflächen. Ein kristallener Panzer legte sich über alles, und für einen Augenblick wünschte Petra, ihr Herz möge ebenso gefrieren, ihr alle Gefühle nehmen. Die Wut wie die Zweifel, diese bohrende Sorge, die sich in Panik verwandeln wollte, sobald sie sich auszumalen begann, was alles geschehen sein könnte. *Lass die Tür aufgehen und sie hereintanzen.* »Bin wieder da, Mama!« *Bitte!*

Sie wusste nicht, an wen sie diesen stummen Wunsch richtete. Sie war nicht gläubig, obwohl sie getauft war. Sie ging nie zum Gottesdienst, obwohl ihre Eltern sie christlich erzogen hatten, und mit einem Mal beneidete sie ihre Mitmenschen, die einen Glauben hatten, die Zuversicht und Vertrauen besaßen, dass es eine ordnende Macht gab, einen Sinn in allem. Dass der Herr seine schützende Hand über alle hielt, auch über sie, dass er es richten würde.

Petra wandte sich vom Fenster ab. Sie musste etwas unternehmen, doch es gab nichts mehr, das sie noch tun konnte, um ihre Angst in Schach zu halten.

Sie versuchte die Wut auf Chris wieder heraufzubeschwören. Diesen Zorn, der sie erfasst hatte, als er Marie am Sonntagabend nicht wie vereinbart nach Hause brachte und sie erkannte, dass er sich nicht einfach verspätete, sondern verschwunden war. Mit ihrer Tochter. Einfach abgehauen, untergetaucht. Wut war besser als Angst. Sie war zielgerichtet, ein Schwert für den Kampf. Während Angst das Messer war, mit dem man sich die Haut vom Leib zog.

Nachdem es ihr nicht gelungen war, Chris telefonisch zu erreichen, war sie zu seiner Wohnung gefahren, hatte Sturm geläutet und dann entdeckt, dass sein Wagen weg war. Die Nachbarn wussten von nichts, hatten ihn und das Kind seit Samstag nicht gesehen. Chris, dieser Mistkerl! Er wollte sie quälen und bestrafen, und er wollte Marie für sich allein, denn er glaubte, dass sie unfähig sei, ein Kind zu erziehen, und hatte das alleinige Sorgerecht beantragt. Doch das würde er nicht erhalten. Das hatte ihm sogar sein Anwalt erklärt. Vor Zorn bebend war sie nach Hause gefahren, und in diesem Beben hatte bereits die Furcht gesessen.

Sie hatte jeden angerufen, der sie kannte. Doch niemand hatte etwas von Chris und Marie gehört oder eine Vermutung, wo sie sein könnten, und die Angst kam angeschlichen. Wenn vielleicht doch etwas passiert war?

Entziehung einer Minderjährigen hatte es der Kommissar genannt, bei dem sie ihre Tochter und ihren Noch-Mann schließlich als vermisst meldete. Seit Sonntagnacht suchte die Polizei in einer öffentlichen Fahndung nach den beiden. Ihre Bilder flimmerten über die Fernseher und prangten auf Zeitungen. Mittlerweile kannte halb Deutschland ihre Gesichter. Es war nur noch eine Frage der Zeit, bis man sie finden würde. Wohlbehalten und unversehrt.

Die Kirchturmuhr von Maria Immaculata schlug vier Uhr. Die Tür ging auf. Heike kam herein und mit ihr ein Schwall Geräusche aus der Küche, wo Mark mit Laptop und Handy vorübergehend sein Büro aufgeschlagen hatte. »Es ist kein Problem, das Geschäft für ein paar Tage mobil zu führen. Freunde stehen einander bei. Und du brauchst uns jetzt. Mach dir also keinen Kopf unseretwegen«, hatte er gesagt und den Küchentisch zum Schreibtisch umfunktioniert.

Heike stellte zwei Becher Tee auf den Tisch in der Essecke. Auf dem Sideboard dahinter lagen Maries Lesefibel und das Schreibheft bereit, denn am Sonntagabend hatten sie noch lesen üben wollen. Dahinter hing der Mondblumenstrauß an der Wand, den Marie gezeichnet hatte. *Wenn es Sonnenblumen gibt, muss es auch Mondblumen geben, Mama. Ist doch logisch.*

Wenn sie nun nie wiederkam?

Heike hielt ihr einen Becher hin. »Trink wenigstens etwas. Du kippst sonst noch um, und wer soll sich dann um Marie kümmern, wenn die Polizei sie endlich gefunden hat? Ich kann das nicht. Das weißt du doch. Dafür fehlt mir das Talent.«

Eine warme Welle der Zuneigung durchflutete Petra und drängte die Angst in den Hintergrund. Heike glaubte also auch, dass alles gut werden würde, dass diese Tage nur ein einziger gelebter Alptraum waren, und danach konnten sie in ihr gewohntes Leben zurückkehren. Dankbar nahm sie den Becher und fühlte sich nicht wohl dabei. Nicht nur, dass sie selbst nicht imstande war zu arbeiten, obendrein hielt sie Mark und Heike auch noch davon ab. Die beiden waren Immobilienmakler und hatten alle Hände voll zu tun.

»Es wäre besser, wenn wir alle ins Büro fahren. Die Arbeit wird mich ablenken.« Vielleicht ging es ja heute. Gestern hatte es überhaupt nicht funktioniert. Es war ihr nicht gelungen, sich zu konzentrieren. Bei jedem Läuten des Telefons oder der Türglocke war sie zusammengezuckt. Und in einem Maklerbüro klingelte es ständig.

»Wir können es morgen versuchen. Aber nur, wenn du geschlafen hast.« Mit der Hand strich Heike über Petras Arm. »Sie werden sie bestimmt bald finden. Chris kann sich nicht ewig mit der Kleinen verstecken. Man wird ihn erkennen. Beim Tanken, in einem Hotel, in einem Restaurant.«

»Hoffentlich.« Doch die Angst wühlte weiter mit kalter Hand in ihrem Innersten. Und wenn doch das Unaussprechliche geschehen war? Allerdings gab es für diese Befürchtung keinen Anlass. Chris liebte Marie. Er könnte ihr nie etwas antun. Er war nicht wie diese Väter, die ihre Kinder mit in den Tod nahmen, wenn die Beziehung scheiterte. So einer war er nicht. Die einzige Erklärung war die, dass er mit Marie untergetaucht war, um ein neues Leben zu beginnen. Sein altes war weiß Gott verfahren genug, um nicht zu sagen auf allen Ebenen gescheitert.

»Es ist verrückt. Ich habe solche Angst, obwohl ich weiß, dass Chris Marie nichts tun wird.«

»Wovor fürchtest du dich dann?«, fragte Heike.

Es war die Angst, dass sie sich schrecklich irrte, dass Chris mit Marie nicht abgetaucht war, dass es eine andere Erklärung für das Verschwinden der beiden gab. »Vor einem Unfall, den niemand bemerkt hat. Erinnerst du dich an den Bauern, der mit seinem Wagen in die Donau gestürzt ist? Bei Nacht und Nebel und ohne Zeugen. Erst nach acht Jahren hat man ihn gefunden. Oder der Bergwanderer, der niemandem Bescheid sagte, als er loszog. Spurlos verschwunden. Seine Leiche wurde erst nach einem halben Jahr in einer Felsspalte entdeckt. Oder ein Verbrechen. Jemand hat sie entführt und ermordet.«

Jetzt, wo sie es aussprach, fühlte sie sich leichter. Derartige Szenarien waren nahezu unwahrscheinlich. Sie ließ hier ihre Phantasie Amok laufen, während Chris mit Marie vielleicht irgendwo gemütlich Hamburger und Pommes aß. Ihr Leibgericht, das sie nur selten bekam.

Das plötzliche Schrillen der Wohnungsklingel ließ Petra zusammenfahren. Sie warf einen Blick hinunter auf die Straße. Ein Streifenwagen stand vorm Haus. Von einer Sekunde auf die andere begann ihr Herz zu rasen. Es musste Neuigkeiten geben, wenn sie bei diesem Eisregen persönlich kamen. Sie hatten Marie gefunden.

Schritte im Flur. Mark öffnete. Dann Stimmen. Heike griff nach ihrer Hand. »Du wirst sehen, alles ist gut.«

Alles ist gut. Bitte! Lass die Tür aufgehen und Marie hereintanzen. »*Bin wieder da, Mama!*«

Die Tür öffnete sich, Mark kam herein, der Kommissar folgte ihm und ein Kollege, den Petra nicht kannte. Ein Mann mit dem feinen Gesicht eines Künstlers und dem traurigen Blick eines Beladenen. An der Brusttasche seines dunkelblauen Parkas entdeckte Petra eine Aufschrift. Die Haut an ihren Armen begann wieder zu jucken. Die Angst kehrte mit brachialer Gewalt zurück. Sie starrte auf die Zeichen, reihte sie zu einem Wort, das alle weiteren überflüssig machte.

Polizeiseelsorger.

In ihren Ohren dröhnte es, in ihrem Brustkorb wummerte ihr Herz wie in einer gottverlassenen Kathedrale. *Nein! Bitte! Nein!*

Zehn Jahre später. Anfang September 2015

2

Die Stuhlreihen vor dem Podium füllten sich zusehends mit den Vertretern der Medien. Ihrer Anzahl nach waren es nicht nur die der Münchner Presse und des Bayerischen Fernsehens. Sie kamen von Redaktionen und Fernsehanstalten aus ganz Deutschland. Die Klärung des Mordfalls Diana Weigelt nach achtundzwanzig Jahren war eine kleine Sensation und das Interesse an der Pressekonferenz der Münchner Polizei entsprechend groß. Weniger wegen des Opfers, sondern wohl hauptsächlich wegen der Prominenz des Täters.

Kriminalhauptkommissarin Gina Angelucci stand ein wenig abseits am Fenster und beobachtete das Treiben, das es ohne ihre Beharrlichkeit nicht gäbe. Manche würden es auch Sturheit nennen. Doch stur war man ihrer Meinung nach nur dann, wenn man störrisch an einem Ziel festhielt, das nicht erreichbar war. Beharrlich, wenn man nicht aufgab, das Mögliche zustande zu bringen. Und das war ihr gelungen. Am Ende hatte sie wie ein Maulwurf unter Tage in den Katakomben des LKA nach den Asservaten in diesem Fall gesucht. Irgendwo mussten sie sein, es sei denn, Doktor Till Strassers Schwiegervater hätte tatsächlich die Unverfrorenheit besessen, seinen politischen Einfluss zu nutzen, um sie verschwinden zu lassen. Doch ganz so einfach wie im Fernsehkrimi ging das nicht. Zu guter Letzt hatte Gina die Beweismittel dort gefunden, wo sie ganz sicher nicht hingehörten. In den Unterlagen eines anderen Falls. Schlamperei oder Absicht? Eine nicht zu klärende Frage.

Thomas Wilzoch betrat den Raum durch den Seiteneingang, sah sich um und nickte ihr zu, als er sie entdeckte. Ihr Chef war ein stattlicher Mann mit Bürstenhaarschnitt, in dem sich die Geheimratsecken kontinuierlich vorarbeiteten. Seine schmale Nase und die scharfen Gesichtszüge ließen auf Strenge schließen, dabei war er ein gemütlicher Kerl, der es ruhig angehen ließ. Nach und nach hatte er sich bei der Mordkommission seine eigene Abteilung geschaffen, indem er sich bereitwillig und immer häufiger den ungeklärten Altfällen widmete, bis er schließlich als Spezialist für *Cold Cases* galt. Offiziell gab es diese Abteilung nicht. Thomas leitete eine Mordkommission wie jede andere, und gelegentlich mussten er und sein Team, das bis vor drei Wochen aus ihm und Gina bestanden hatte, sich mit aktuellen Fällen befassen. Heute trug er Uniform und steuerte zielstrebig den Tisch auf dem Podium an, grüßte Heigl, der von Gina unbemerkt den Raum betreten hatte, und setzte sich.

Kriminaldirektor Leonhard Heigl war Leiter des Dezernats 11 und erweckte stets den Eindruck, als arbeite er sich pausenlos für Recht und Gerechtigkeit auf. Ein fortwährender Kampf. Hinter seinem Schreibtisch traf man ihn stets mit aufgezogenem Krawattenknoten, hochgekrempelten Ärmeln und zerrauften Haaren an. Jetzt war das Haar geglättet, die Krawatte saß, und der mittlere Knopf des Sakkos war geschlossen.

Fehlte noch Oberstaatsanwalt Jochen Poschmann, der Herr des Verfahrens und potentieller Empfänger der Lorbeeren, die Gina aus dem Dreck gewühlt hatte. Sei es drum. Sollte Poschmann den Applaus bekommen. Gina war es egal. Was ihr eine tiefe, beinahe grimmige Befriedigung verschaffte, war die Tatsache, dass sie Strasser den Mord an Diana Weigelt nachgewiesen hatte und er endlich dafür zur Rechenschaft gezogen wurde. Nach achtundzwanzig Jahren, in denen er mehr oder weniger unbehelligt geblieben war, in denen er Karriere gemacht, mit seiner Frau noch zwei Kinder gezeugt und das Leben genossen hatte, ereilte ihn nun die Macht der Exekutive. Hoffentlich. Denn zu hundert Prozent war das noch nicht sicher. Totschlag oder Mord? Verjährung oder Anklage?

Gina suchte Poschmanns Blick. Er hob beide Daumen, und ein erleichtertes Lächeln stahl sich auf ihr Gesicht. Der Richter hatte das also abgenickt.

Der Oberstaatsanwalt erklomm das Podest und setzte sich zwischen Heigl und Wilzoch. Poschmann war ein kleiner wuseliger Mann, der beim alljährlichen Starkbieranstich am Nockherberg und dem damit einhergehenden Politikerderblecken problemlos als Double für Gregor Gysi durchgehen würde. Nur traute sich niemand, ihm das vorzuschlagen, denn er war ein Schwarzer durch und durch, genau wie Strassers Schwiegervater, der alte Sepp Drenger, ein Urgestein der CSU, das allerdings seit zwei Jahren in einem Pflegeheim verwitterte.

Stühle wurden gerückt, allmählich verebbte das Stimmengewirr, und die Aufmerksamkeit der Journalisten begann sich auf das Podium zu richten. Heigl justierte sein Mikrophon. Poschmann hatte das bereits getan und ergriff das Wort. »Ich begrüße Sie sehr herzlich zur Pressekonferenz des Polizeipräsidiums München und gebe die Festnahme von Staatssekretär Doktor Till Strasser bekannt. Wie ich gerade erfahren habe, wird das Gericht eine Anklage zulassen, da es die Tatmerkmale für Mord erfüllt sieht. Eine Verjährung, wie bei Totschlag vorgesehen, ist somit nicht eingetreten.«

Weiter hinten entdeckte Gina ihren neuen Kollegen Holger Morell und verzog unwillkürlich den Mund. Mit dem Blick auf sein Handgelenk vergewisserte er sich nicht, ob die Pressekonferenz pünktlich begann, sondern wie viele Schritte er heute schon getan hatte oder wie viele Kilometer er gejoggt war und ob sein Ruhepuls in akzeptabler Zeit erreicht wurde. Holger war ein Selftracker vor dem Herrn. Zahlreiche Apps befanden sich auf seinem Smartphone und natürlich das obligatorische Fitnessarmband am Handgelenk.

Jedenfalls war Gina seit seiner Bemerkung über ihren Körperfettanteil, der seiner Meinung nach dringend reduziert gehörte, nicht gut auf ihn zu sprechen. An ihrem Körper gehörte gar nichts reduziert. Und auch nicht gestrafft, geglättet oder mit Silikon gestützt, obwohl er weit davon entfernt war, den Bildern zu entsprechen, die Werbung und Medien einem vor die Nase hielten wie dem Esel die Karotte. So wie er war, so war er gut. Und in den nächsten Monaten würde er runder werden, denn er vollbrachte ein unvorstellbares Wunder. Ein Kind wuchs in ihr heran. Mit achtunddreißig Jahren war sie endlich schwanger geworden.

Unwillkürlich strich sie über ihren Bauch und lächelte in sich hinein, während Poschmann nach den Lorbeeren hangelte und erklärte, dass es den zuständigen Ermittlern – flüchtiger Blick zu Thomas – gelungen war, die verschollenen Asservate dieses Falls aufzutreiben und damit die Einweghandschuhe, die der Täter im Mai 1987 in der Nähe des Tatorts achtlos zurückgelassen hatte, nicht ahnend, dass sich in der Kriminaltechnik eine epochemachende Wende ankündigte, die DNA-Analyse. Vorgestern war es gelungen, tatrelevante DNA an den Handschuhen zu isolieren und zu sequenzieren und mit einer richterlich angeordneten Vergleichsprobe dem Mann zuzuschreiben, der schon vor achtundzwanzig Jahren im Brennpunkt der Ermittlungen gestanden hatte: Staatssekretär Doktor Till Strasser. Ein Raunen ging durch die Reihen.

Gina war froh, dass die Staatsanwaltschaft damals bei der dünnen Beweislage keine Anklage erhoben hatte. Dann wäre jetzt Strafklageverbrauch eingetreten, und Strasser käme mit einem grausamen Mord ungeschoren davon. Denn niemand durfte wegen derselben Tat zweimal vor Gericht gestellt werden.

Der angesehene Politiker und Wissenschaftler, ehemals Vorstand der renommierten Archimedes-Gesellschaft und verheiratet mit der Tochter von Sepp Drenger, hatte seine heimliche Geliebte Diana Weigelt erstochen und ihr das ungeborene Kind aus dem Leib geschnitten, um seine politische Karriere und den gesellschaftlichen Aufstieg nicht zu gefährden. Und wer hatte das nachgewiesen? Sie und natürlich Frank Buchholz in seinem Labor. Gestern hatte Gina Strasser verhaftet, und noch immer erfüllte sie das mit beinahe grimmiger Genugtuung.

Poschmann gab das Wort an Heigl weiter, der die Fragen der Journalisten beantwortete, sich dabei allerdings ein wenig bedeckt gab, denn noch hatte Strasser nicht gestanden. Thomas saß daneben, guckte Löcher in die Luft und sehnte das Ende dieser PK herbei, genau wie sie.

Eine Journalistin hob den Kuli. Heigl erteilte ihr das Wort. »Anne Kaiser vom *Münchner Blick*. Ich wüsste gerne, wie man sich das *Ausgraben*, wie Sie es genannt haben, dieser Asservate vorstellen darf. Wurden sie gezielt versteckt?«

Diese Frage gefiel Heigl natürlich nicht, sie lief in Richtung politischer Machtmissbrauch. »Im Laufe der letzten achtundzwanzig Jahre ist die Asservatenkammer zweimal umgezogen. Dabei gerät schon mal etwas durcheinander.«

»Es gab doch sicher schon früher Versuche, diesen Fall mittels DNA zu lösen. Schließlich wird diese Technik seit zwanzig Jahren eingesetzt.«

Zustimmendes Nicken von Poschmann. »Leider fehlten bisher die Asservate.«

»Gibt es Hinweise darauf, dass Sepp Drenger, Strassers Schwiegervater, dafür gesorgt hat, dass sie unauffindbar waren?«

Nun lächelte Poschmann. »Aber wir haben sie doch gefunden.«

»Sie persönlich?«, hakte Anne Kaiser nach.

Thomas beugte sich vor und zog Poschmanns Mikro zu sich. »Dass uns die Asservate jetzt zur Verfügung stehen, verdanken wir der Hartnäckigkeit von Kriminalhauptkommissarin Gina Angelucci. Sie hat sie entdeckt.« Thomas wies in ihre Richtung.

Gina drückte den Rücken durch und lächelte. Sie fühlte sich unwohl, als sich nun alle Blicke auf sie richteten und die Kameras klickten. Es dauerte nicht lange. Heigl beantwortete noch einige Fragen und beendete die Pressekonferenz. Als Gina den Raum verlassen wollte, berührte sie jemand am Ellenbogen. Es war Anne Kaiser. »Haben Sie einen Moment Zeit für mich?«

Gina ahnte, was die Journalistin wollte. Eine Vermutung, dass Drenger sein Amt missbraucht hatte. Doch die würde ihr nicht über die Lippen kommen. Sie konnte es nicht beweisen, und was die Medien aus solchen Annahmen machten, war bekannt, und postwendend hatte sie eine Anzeige wegen Verleumdung am Hals. »Sie werden von mir nicht das hören, was Sie gerne hören wollen.«

»Sie meinen Drenger. Keine Sorge, ich weiß, wie das Spiel läuft. Ich würde mich gerne mit Ihnen über Ihre Arbeit unterhalten. Cold Cases. Das interessiert unsere Leser.

Wie arbeitet man an alten Fällen, die ausermittelt scheinen? Ist es nicht frustrierend und langweilig, sich durch Aktenberge zu graben?«

»Hängt davon ab, was man unter langweilig versteht.«

»Ich bekomme ein Interview?«

Gina mochte ihre Arbeit, und es gab keinen Grund, ein Geheimnis daraus zu machen, wie man die alten Fälle neu anging. »Gerne. Aber im Moment ist es schlecht.« Sie hatte Tino entdeckt, der durch den Saal auf sie zusteuerte, und wie immer erfüllte sie bei seinem Anblick ein tiefes, stilles Glück. Vor sieben Jahren war er aus Hamburg zur Kripo München gekommen, und sie hatte sich gleich am ersten Tag in ihn verliebt. Wie in einem Schmachtfetzen, beim ersten Blick in seine graugrünen Augen. Bis aus ihnen ein Paar geworden war, hatte es allerdings Jahre gedauert. Vielleicht war auch diese Liebe ein Ergebnis ihrer Beharrlichkeit. Bei diesem Gedanken musste sie lächeln.

»Sagen Sie einfach, wann es Ihnen passt.«

»Treffen wir uns doch um eins in der Kantine.« Gina verabschiedete sich von Anne Kaiser und ging Tino entgegen.

»Hallo, Liebes.« Er gab ihr einen Kuss auf die Wange. »Poschmann hat sich ja hübsch mit deinen Federn geschmückt.«

»Das tun Häuptlinge nun mal. Und Thomas hat mich ja lobend erwähnt.«

»Immerhin.« Mit der Hand strich Tino ihr sanft über den Bauch, und sie trat unwillkürlich einen Schritt zurück. Hoffentlich hatte das niemand gesehen. »Was macht der Kleine?«

»Vermutlich schlafen und wachsen und sich darauf vorbereiten, was ihn erwartet, wenn er erst einmal diese kuschelige Höhle verlassen muss.«

Gina wusste, was Tino gleich fragen würde: ob sie Thomas endlich gesagt hatte, dass sie schwanger war. Der Fall war geklärt. Es war Zeit, die Karten – besser gesagt den Mutterpass – auf den Tisch zu legen und sich von ihrem Chef für die nächsten Monate dahinter verbannen zu lassen. Denn als schwangere Polizistin durfte sie keinen Außendienst leisten. Zu gefährlich. Man wusste nie, wem man über den Weg lief. Doch etwas in ihr sperrte sich dagegen.

»Und ...«, begann Tino.

»Nein. Habe ich noch nicht. Ich ziehe Strasser noch ein Geständnis aus der Nase, schreibe den Abschlussbericht, und dann lass ich mich zum Innendienst verdonnern. In Ordnung?«

Tino zog sie an sich. »Du wirst es bis kurz vor der Entbindung verheimlichen.«

»Keine Sorge. Das wird mir nicht gelingen. Da ist Holger vor. Irgendwann kommt er dahinter, welche Bewandtnis es mit meinem Körperfettanteil in Wahrheit hat.«

3

»Es tut mir leid, Frau Weber. Wirklich.« Bedauernd zog Karin Svoboda die Schultern hoch. »Leser wollen nun mal Neuigkeiten. Wie oft haben wir in den letzten Jahren schon über Marie berichtet? Sieben- oder achtmal?«

»Fünfmal.« Sofort ärgerte Petra sich über ihre Kleinlichkeit. Sie war auf das Wohlwollen der Medien angewiesen, und die Journalistin vom *Focus* war ihr schon häufig entgegengekommen und hatte immer wieder Artikel über ihre Suche nach Marie ins Heft gehoben und so das Interesse der Öffentlichkeit wachgehalten.

»Es gibt doch etwas Neues.« Sie wies auf das Phantombild, das bereits vor Karin Svoboda auf dem Tisch in Wiener's Café am Rosenkavalierplatz lag. »Schließlich habe ich Maries Bild noch einmal überarbeiten lassen. Das letzte war ja schon zwei Jahre alt. So könnte sie heute, mit siebzehn, aussehen.«

»Ich würde ja gerne. Aber das Bild alleine reicht nicht. Ich brauche einen Aufhänger. Irgendeine Neuigkeit, sonst nickt mein Ressortleiter das bei der Themenkonferenz nicht ab. Gibt es denn gar nichts?«

Doch, es gab etwas. Aber Petra schämte sich beinahe, es auszusprechen. Selbst Mark, ihr einzig verbliebener Freund und Unterstützer, wusste noch nichts davon. In ihrer Verzweiflung hatte sie sich wieder an eine Wahrsagerin gewandt. Was sollte sie denn tun, wenn alles andere im Sand verlief? So hatte sie das bisschen Hoffnung, das ihr noch geblieben war, zusammengekratzt und nach einer Hellseherin gesucht. Nicht wie damals im ersten Jahr nach Maries

Verschwinden, als sie einer aufgesessen war, die ihr für ein unverschämtes Honorar erzählte, was sie hören wollte, sondern nach einer, die einen guten Ruf und vor allem Erfolge vorzuweisen hatte.

So hatte sie Miranda gefunden. Eine warmherzige Frau um die fünfzig, die sie in einer modernen und hellen Wohnung empfangen hatte, in der nichts an Hokuspokus erinnerte, außer vielleicht die kupferrot gefärbten Haare des Mediums, das natürlich längst wusste, wer Petra war und weshalb sie kam. Das erforderte allerdings keine hellseherischen Fähigkeiten. Sie war bekannt, weil es ihr bisher immer gelungen war, das Interesse der Medien an der Suche nach ihrer verschollenen Tochter wachzuhalten. Also fasste sie sich ein Herz.

»Ich habe mich mit einer Hellseherin getroffen.«

Karin Svoboda gelang es ebenso wenig, ihre Verblüffung zu verbergen wie das Mitleid, das eine Sekunde später in ihrem Gesicht heraufzog. »Tatsächlich? Und hat es was gebracht?«

Gewissermaßen schon. Seither war sie ruhiger und wieder motiviert, die Suche fortzusetzen. Doch dafür brauchte sie Geld, sprich weitere Spenden, und die bekam sie nur, wenn die Medien weiter über Chris' niederträchtige Tat und ihre Suche nach Marie berichteten. »Nichts Konkretes natürlich. Also keine Adresse oder Telefonnummer oder GPS-Koordinaten. So funktioniert das nicht«, räumte sie ein.

Ein Nicken war die Antwort, als habe die Journalistin nichts anderes erwartet. Petra verstand sie ja. Sie selbst war schließlich auch skeptisch gewesen und hatte Miranda voller gemischter Gefühle aufgesucht. Machte sie sich lächerlich? Warf sie ihr Geld am Ende zum Fenster raus und ging einer geschickten Manipulatorin auf den Leim?

Doch Miranda hatte gute Referenzen, und in einem Fall in Baden-Württemberg hatten ihre übersinnlichen Fähigkeiten nachweislich dazu beigetragen, dass ein seit Jahren vermisster Ehemann zu seiner Familie zurückgekehrt war.

Es gab so viel Unerklärliches und Unerforschtes. Manche Tierarten verfügten über ganz eigene Sinne. Warum sollte das bei einigen besonderen Menschen nicht ebenso sein? Daher hatte Petra sich darauf eingelassen, und seither fühlte sie sich besser.

»Sie hat Karten gelegt und daraus gelesen, dass es meiner Tochter gutgeht. Sie lebt. Möglicherweise in einem anderen Land. Und ich werde sie finden.« Chris hatte Marie nicht umgebracht. Es war eine Lüge, um sie zu quälen.

»Eine Wahrsagerin.« Karin Svoboda fuhr sich über die Stirn. »Das ist eher eine Story für die Yellow Press. Ich höre es meinen Ressortleiter schon sagen. Daraus kann ich keinen Artikel stricken. Es tut mir wirklich leid. Das Thema ist durch.« Sie schob die Plastikhülle mit dem Bild der siebzehnjährigen Marie über den Tisch und verabschiedete sich von Petra. »Vielleicht wäre es besser, nach vorne zu blicken, Frau Weber. Sie vergessen ganz zu leben. Und falls sich etwas tut, melden Sie sich bei mir.«

Resigniert blickte Petra der Journalistin nach. Der Cappuccino war kalt geworden, und den Keks hatte sie zerbröselt, ohne es zu bemerken. Alles stand still. Dabei war rings um sie Leben. Es wurde mit Geschirr geklappert, die Düsen der Kaffeemaschinen zischten. Leute unterhielten sich, aßen, lachten, machten Witze, während sie sich wie in einer Glasglocke gefangen fühlte, die Chris ihr übergestülpt hatte. Vergaß sie zu leben? Vielleicht war das so. Dass Marie tot war, würde sie erst an dem Tag akzeptieren, an dem man ihr ihre sterblichen Überreste zeigte.

Bei diesem Gedanken setzte sich ein drückender Schmerz

in den Hals. Alle anderen hatten aufgegeben. Sie musste weitermachen. Wer, wenn nicht sie, ihre Mutter? Irgendwo da draußen wartete Marie, und Tag für Tag verblassten ihre Erinnerungen ein wenig mehr. Die Zeit arbeitete gegen sie. Sie durfte sie nicht vergeuden. Sie musste weitermachen.

Entschlossen winkte Petra der Kellnerin und zahlte. Auf dem Weg zur U-Bahn überlegte sie, was sie noch tun konnte. Das Geld für die Suche ging ihr aus. Sie hatte bereits alles verkauft. Die Eigentumswohnung – viel war nicht übriggeblieben, nachdem sie die Hypothek getilgt hatte –, das kleine Erbe von Chris' Eltern, den Schmuck, den ihr eine Tante hinterlassen hatte. Sie hatte noch ihren alten froschgrünen Lupo. Den könnte sie verkaufen, doch er war so gut wie nichts wert.

Die Spenden, die sie durch die Webseite, die sie für die Suche nach Marie eingerichtet hatte, vor allem aber nach Zeitungsberichten und Fernsehauftritten erhielt, waren völlig eingebrochen, weil es ihr immer seltener gelang, das mediale Interesse zu gewinnen. Vielleicht sollte sie wieder Plakate drucken lassen, mit Maries neuem Bild. Über Facebook konnte sie nach Freiwilligen suchen, die ihren Aufruf teilten und die Plakate in ihren Heimatstädten aufhängten. Am besten in mehreren Sprachen und weltweit. Eine gigantische Aktion. So gigantisch, dass sie nicht zu bewältigen war. Dieser Gedanke löste eine Welle von Mutlosigkeit in ihr aus. Seit zehn Jahren suchte sie, kämpfte gegen Vorurteile, Gleichgültigkeit und Widerstände aller Art, und wieder einmal fühlte sie, dass ihr die Kraft auszugehen drohte.

Die U-Bahn ratterte durch den Tunnel. Aus der spiegelnden Scheibe der Tür sah ihr eine Fremde entgegen. Zum ersten Mal seit langer Zeit brachte sie ihrem Spiegelbild wieder Interesse entgegen. War das wirklich sie? Diese verhärmte Frau. Ungeschminkt und in Billigjeans. An welcher

Ecke hatte sie die stets gepflegte und nach der aktuellen Mode gekleidete Petra verloren?

Es war gleichgültig. Sie wandte sich ab und setzte sich auf einen freien Platz. Gegenüber saß eine Frau und las den *Münchner Blick*. Dessen Chefredakteur hatte sie nicht einmal angehört und per Mail mitgeteilt, dass er im Moment nichts für sie tun könne.

Es war Mord! Staatssekretär Till Strasser in Untersuchungshaft.

Blattbreit thronte diese Headline auf der Titelseite. Dafür interessierten sich die Leute. Für Prominente und für Mord und Totschlag. Nicht für eine zehn Jahre zurückliegende Entführung. Ihr Blick blieb an der Zeile über der Headline hängen: *Kriminalhauptkommissarin Gina Angelucci löst nach achtundzwanzig Jahren den Mordfall Diana Weigelt.*

4

Mit sich zufrieden, schaltete Gina das Mikrophon im Vernehmungsraum aus, während Thomas zum Telefon griff und zwei Beamte anforderte, die Strasser zurück in die Haftzelle bringen sollten.

»Das Geständnis wird jetzt abgetippt und Ihrem Mandanten zur Unterschrift vorgelegt«, erklärte sie Dr. Weileder. Strassers Anwalt war ein stiernackiger Kerl mit rotem Gesicht, der sich erstaunlich kooperativ gezeigt hatte, nachdem sein Mandant nach einer Stunde Vernehmung plötzlich erklärte, dass er reinen Tisch machen wolle. »Ob die U-Haft aufgehoben wird, entscheidet der Richter. Aber das wissen Sie ja.«

Strasser saß mit gesenktem Kopf am Tisch und wirkte erleichtert. Es täte ihm leid, hatte er gesagt. All die Jahre habe er beinahe täglich mit seiner Verhaftung gerechnet, jedenfalls seit der Nachweis des genetischen Fingerabdrucks durch DNA-Analysen erstmals gelungen war. Über zwanzig Jahre Ungewissheit und Angst. So wie er es sagte, klang es, als sei das schon Strafe genug, und jetzt könne man ihn bitte schön gehen lassen. Aber für Mord gab es Lebenslänglich. Und diese Strafe hatte Strasser sich weiß Gott verdient. Als die Details der Tat zur Sprache kamen, hatte Gina sich unter einem Vorwand ausgeklinkt und Thomas weitermachen lassen. Sich anzuhören, wie Strasser seiner Geliebten das Kind aus dem Bauch geschnitten hatte, wollte sie sich in ihrem Zustand nicht zumuten.

Die Kollegen erschienen und führten ihn ab. Dr. Weileder verabschiedete sich, Gina steckte das Smartphone ein und trat mit Thomas in den Flur, wo er sie mit einem wohlwollenden Kopfnicken bedachte. »Du solltest Kurse in Vernehmungstechnik geben, so schnell, wie du ihn zu diesem Geständnis gebracht hast.«

»Danke für die Blumen. Aber so schwer war das nicht. Ich wusste, dass ihm Familie wichtig ist.«

Damit hatte sie ihn gekriegt. Sie hatte ihm vor Augen geführt, wie sehr die Ungewissheit darüber, was damals geschehen und wer dafür verantwortlich war, Diana Weigelts Familie quälte. Seit achtundzwanzig Jahren. Ihre kleine Tochter, die längst erwachsen und selbst Mutter war, ihre Eltern und ihren Bruder. Ihren Mann. Es sei an der Zeit, ihnen nach so vielen Jahren Frieden und Ruhe zu schenken und reinen Tisch zu machen.

Das Geständnis eines grausamen Mordes als Geschenk verpackt. Ein annehmbares Angebot. Das war wirklich keine dumme Idee gewesen. Gutgelaunt verabschiedete Gina sich von Thomas, um eine Etage höher zu steigen und sich bei Tino einen Cappuccino zu holen. Koffeinfreien allerdings, denn dem Kleinen tat richtiger Kaffee nicht gut, auch wenn sie prophezeite, dass er bereits mit einem Espresso doppio in der Hand geboren würde, wenn er nach seinem Vater kam.

Vor dem Cappuccino guckte Gina noch rasch ins Büro, was sich als Fehler erwies. Seit drei Wochen teilte sie es mit Holger, der telefonierend an seinem Platz saß. Als sie eintrat, drehte er sich auf dem Bürostuhl um. »Glück gehabt. Sie kommt gerade. Es geht also in Ordnung.«

»Was geht in Ordnung?«

Holger legte auf. »Besuch für dich. Scheint dringend zu sein. Die Dame wird heraufgebracht.«

»Eigentlich bin ich gar nicht da.«

»Dann ist das aber ein verdammt gutes Hologramm von dir.«

Gina seufzte. Auf Holgers Schreibtisch lag der *Münchner Blick* mit dem Artikel über Strassers Festnahme. Darunter war das Interview abgedruckt, das sie Anne Kaiser gestern gegeben hatte. Sie hatte es noch nicht gelesen und hoffte, dass man ihr nicht das eine oder andere Wort im Mund verdreht hatte.

Holger lehnte sich im Stuhl zurück. »Was tust du eigentlich hier? Hat Strasser etwa schon gestanden?«

»Aber sicher.«

Es klopfte. Gleichzeitig trat eine Frau ein. Raspelkurze Haare. Die Figur eines magersüchtigen Teenagers. Mitte vierzig. Eins fünfundsechzig. Haselnussbraune Augen. Ovales Gesicht. Besondere Merkmale: keine. Jeans. Weißes T-Shirt. Grüne Strickjacke. Umhängetasche aus braunem Leder, aus der der *Münchner Blick* ragte. Typ: durchsetzungsstarkes Energiebündel, obwohl sie mit ihrer Zartheit sicher männliche Beschützerinstinkte weckte.

Seit ihrer Ausbildungszeit wurde Gina diese Macke nicht los. Noch immer betrachtete sie ihre Mitmenschen, als müsste sie demnächst eine Personenbeschreibung abgeben.

Die Frau kam Gina bekannt vor. Irgendwo hatte sie sie schon einmal gesehen. Holger schenkte sie keinerlei Beachtung und steuerte gleich auf Gina zu. »Guten Tag, Frau Angelucci. Ich bin Petra Weber, und ich brauche Ihre Hilfe.« Erwartungsvoll streckte sie ihr die Hand entgegen.

Gina brauchte einen Kaffee, und wenn es nur ein koffeinfreier war. »Sind Sie sicher, dass Sie zu mir möchten? Wir kümmern uns hier um alte Fälle.«

Die Frau ließ die Hand sinken. »Darum geht es. Um ein ungeklärtes Verbrechen. Meine damals sechsjährige Tochter Marie ist seit über zehn Jahren verschwunden.«

Holger rollte auf seinem Bürostuhl näher. »Dafür ist die Vermisstenstelle zuständig.«

»Aber alle denken, es war Mord. Weil mein Mann in seinem Abschiedsbrief behauptet, dass er sie getötet hat. Die Kripo Rosenheim hat den Fall von Anfang an als Tötungsdelikt behandelt.«

»Die Leiche wurde also nicht gefunden?«, fragte Gina.

»Natürlich nicht. Es gibt keine Leiche. Chris hat Marie nicht umgebracht. Er hat gelogen, um mich zu quälen. Er hat Marie an jemanden übergeben. An jemanden, dem er vertraute, oder gleich an ein Ehepaar, das selbst keine Kinder bekommen konnte.«

Gina fing Holgers skeptischen Blick auf. *Die gute Frau dreht ganz schön am Rad.* Eine Einschätzung, die nicht ganz von der Hand zu weisen war. Doch die Verzweiflung dieser Mutter, die natürlich nicht an den Tod ihres Kindes glaubte, berührte Gina, auch wenn sie ihr nicht helfen konnte.

»Es tut mir leid. Aber wir sind wirklich nicht zuständig. Sie sollten sich an die Kripo Rosenheim wenden, damit die den Fall noch einmal aufrollen.«

»Was meinen Sie, was ich seit Jahren versuche?« Petra Weber sank auf den Besucherstuhl. »Ausermittelt, sagen sie. Solange es keine neuen Hinweise gibt, können sie nichts tun. Die halten mich dort eh schon alle für verrückt. Wenn ich noch einmal auftauche, lässt dieser Stellmacher mich vermutlich einweisen.« Sie lachte kurz auf. »Zuzutrauen wäre es ihm jedenfalls. Es ist doch ein alter Fall, und Sie sind gut.« Aus der Tasche zog sie die Zeitung und hielt Gina die Titelseite entgegen. »Niemand hat mehr geglaubt, dass dieser Mord jemals geklärt wird. Aber Sie haben es geschafft. Sie werden auch meine Marie finden. Bitte. Sie müssen mir helfen.«

Selbst wenn sie wollte, es war nicht ihr Revier. Sie waren

nicht zuständig. Außerdem würde sie die nächsten Monate hinter dem Schreibtisch Dienst schieben.

»Es geht nicht, Frau Weber. Ich werde aber mit den Kollegen in Rosenheim sprechen, damit sie sich den Fall noch einmal vornehmen. Das ist alles, was ich für Sie tun kann.«

Die Gesichtszüge der Frau versteinerten. Sie schnellte aus dem Stuhl hoch. »Nicht: *können*. Sondern: *wollen*. Es ist alles, was Sie für mich tun wollen. Und die Rosenheimer werden nichts tun.« Sie zog die Tasche am Schulterriemen nach vorne und holte ein Foto heraus. »Das ist Marie. Mit sechs Jahren. Das Bild wurde eine Woche bevor sie verschwand gemacht. Sehen Sie es sich an und dann sagen Sie mir ins Gesicht, dass Sie mir nicht helfen wollen.«

Das ging zu weit. Gina öffnete die Tür. »Wie gesagt, ich rede mit den Kollegen.«

»Sie haben keine Ahnung, durch welche Hölle ich seit zehn Jahren gehe. Tag für Tag. Und ich wünsche Ihnen, dass Sie nie dasselbe durchmachen müssen.« Ihr Blick heftete sich auf Ginas Körpermitte. Mit dem Finger deutete sie darauf. »Ich hoffe für Sie, dass Ihr Kind nie spurlos verschwindet. Passen Sie nur ja gut darauf auf.« Sie knallte das Foto ihrer Tochter mitsamt einer Visitenkarte auf den Tisch. »Schauen Sie es sich wenigstens an!« Auf dem Absatz machte sie kehrt und verließ den Raum.

Verblüfft blickte Gina ihr nach. Woher wusste sie es? Man sah es ihr doch noch gar nicht an.

Holgers Bürostuhl quietschte. »Imposanter Abgang. Bist du etwa schwanger?«

Mit der Hand wedelte sie vor ihrem Gesicht, was sowohl bedeuten konnte, dass sie Maries Mutter für durchgeknallt hielt, als auch, dass Holgers Frage Quatsch war. Ganz sicher würde er es nicht vor Thomas erfahren.

5

Tino war nicht in seinem Büro. Schade. Sie hätte sich gerne mit ihm über Strasser und den Auftritt von Petra Weber unterhalten. Die Frau hatte Nerven und offenbar sehr feine Antennen. In der spiegelnden Fensterscheibe betrachtete Gina ihr Körperprofil. Ihr Bäuchlein war nicht runder als sonst.

Die Espressomaschine war eingeschaltet, also machte sie sich einen Cappuccino und stibitzte sich ein Amaretto morbido aus der Schublade, in der Tino Schokolade und Kekse aufbewahrte, und setzte sich damit auf das Fensterbrett. Unten in der Löwengrube, wie der Platz vor dem Dom aus unerfindlichen Gründen hieß, herrschte das übliche Menschengewurl.

Seit sie schwanger war, lief ihr Geruchssinn auf Hochtouren. Manchmal war das kein Grund zur Freude, bei versagenden Deos beispielsweise. Jetzt trug er dazu bei, dass sie sich noch einen Keks nahm. Sie dufteten einfach zu köstlich. Was das für ihren Körperfettanteil bedeutete, wollte sie im Moment lieber nicht wissen.

Petra Webers Auftritt ging ihr noch immer durch den Kopf. Die Frau tat ihr einerseits leid. Zehn Jahre voller Ungewissheit mussten eine Hölle zwischen Hoffnung und Verzweiflung sein. Andererseits ärgerte sie sich über sie. Die Unterstellung, nicht helfen zu wollen, war absurd, als glaubte sie wirklich, dass sich alle gegen sie verschworen hätten. Sie waren nun einmal nicht zuständig, und die Rosenheimer konnten ohne neue Hinweise nichts tun. Trotzdem würde sie die Kollegen jetzt anrufen. Schließlich hatte sie es versprochen.

Die Tasse war geleert. Sie machte mit dem Smartphone ein Foto und schickte Tino eine WhatsApp. *Bekenne mich des Mundraubs schuldig. Und bevor du fragst: Ja, es war Decaf. :X*

Vermutlich hatte er längst gegoogelt, was mit den Kaffeebohnen alles angestellt wurde, um das Koffein herauszubekommen. Gina wollte es gar nicht erst wissen, sonst würde sie womöglich nie wieder Decaf trinken. Vogel-Strauß-Politik nannte er das. Aber manchmal war es besser, dumm zu bleiben, wenn man das Leben ein wenig genießen wollte. Und sie trank den Entkoffeinierten ja nicht literweise. Er würde dem Kleinen schon nicht schaden.

Als sie an ihren Schreibtisch zurückkehrte, kam eine WhatsApp von Tino mit dem Foto eines Gewächshauses, das als Event-Location genutzt wurde. *Habe es grad fix gemacht.*

Es hatte also geklappt. Wie schön! Sie bekamen die Alte Gärtnerei für die Hochzeit. Knapp sechs Wochen noch, und es war jede Menge zu tun. Ihre Mutter hatte Hilfe bei den Vorbereitungen signalisiert. Ein verlockendes Angebot, das sie am besten annehmen sollten. Gina sandte Tino einen virtuellen Kuss und setzte sich an den Schreibtisch.

Das Foto des Mädchens lag neben der Tastatur. Ein überraschter Blick aus ein wenig zu weit auseinanderstehenden Augen. Die Kleine trug einen spitzen Zauberhut mit Sternen und Monden und wies mit einem glitzernden Zauberstab aus Plastik direkt auf sie. *Hex, hex! Du sollst eine Kröte sein!*

Bevor sie mit den Kollegen telefonierte, wollte Gina sich erst einmal informieren und gab *Mordfall Marie Weber* in die Suchmaske ein. Der erste Treffer bezog sich auf eine Webseite, die Petra Weber für die Suche nach ihrer Tochter eingerichtet hatte, und jetzt wusste Gina auch, woher sie die Frau kannte. Aus einer Talkshow im Fernsehen, die verlinkt war.

Die von der Mutter eingestellten Informationen waren bestimmt mit Vorsicht zu genießen. Gina suchte nach einer objektiveren Quelle und las schließlich einen Artikel der *Süddeutschen Zeitung*.

Was sich am ersten Februarwochenende 2005 ereignet hatte, war keine ungewöhnliche Tat. Ein Familiendrama, wie sie leider immer häufiger geschahen. Petra und Christian Weber hatten sich getrennt, die Scheidung stand bevor. Eine narzisstische Kränkung, die er nicht ertrug. Obendrein hatte er Schulden, die er nicht mehr bedienen konnte, und den Arbeitsplatz verloren. Ein Bündel von Problemen, für die er in seiner Verzweiflung nur eine Lösung gesehen hatte: den Tod. Und in den hatte er seine Tochter mitgenommen. Er hatte ihr Schlaftabletten eingeflößt und das tote Kind im Langbürgner See versenkt, bevor er sich selbst das Leben genommen hatte. Spaziergänger hatten seine Leiche zwei Tage später in einer verfallenen Fischerhütte am Ufer entdeckt.

Die Motivlage für Mitnahmeselbstmorde war komplex. Meist eine Mischung aus Rache und Bestrafung der Ehefrau sowie die irrige Annahme, besser gesagt Verblendung dieser Männer, die tatsächlich dachten, ihren Kindern ein Schicksal zu ersparen, das schlimmer war als der Tod. Nämlich als Scheidungskind an der Seite einer unfähigen Mutter aufzuwachsen. Genau so war es im Fall Weber gewesen. Nicht einmal die Tatsache, dass man die Leiche des Kindes nicht gefunden hatte, stellte eine Besonderheit dar. Es gab mittlerweile etliche ähnliche Fälle. Über ihren Tod hinaus peinigten diese Männer ihre Frauen mit ewiger Ungewissheit.

Gina schloss das Browserfenster. Das Foto lag noch neben der Tastatur. Ein hübsches Mädchen mit einem koboldhaften Zug um den Mund und einem verschmitzten Blick. Vermutlich ein richtiges Lausemädel. Vielleicht konnte sie dazu beitragen, dass Marie ein richtiges Grab bekam und ihre Mutter nach so vielen Jahren endlich Gewissheit.

Gina griff zum Telefon, wählte die Nummer der Kriminalpolizeiinspektion Rosenheim und verlangte nach KHK Johannes Stellmacher, dem damals zuständigen Ermittler. Nachdem man sie verbunden hatte, stellte sie sich als Kollegin vor. »Es geht um den Fall Christian und Marie Weber.«

Ein Stöhnen klang durchs Telefon. »Ich ahne es. Sie war bei Ihnen.« Seiner Stimme nach zu urteilen, stand Stellmacher kurz vor der Pensionierung und trug eine veritable Bierwampe vor sich her, jedenfalls schien sein brüchiger Bariton über einen imposanten Resonanzraum zu verfügen.

»Frau Weber hat mich gebeten, den Fall neu aufzurollen. Ich bin auf Altfälle spezialisiert. Alles, was ich ihr versprechen konnte, war, mit Ihnen zu reden.«

»Mein Gott, was soll man da noch reden? Die Frau will nicht wahrhaben, dass das Kind tot ist. Verstehe ich ja. Aber es wäre besser für sie und für uns, wenn sie das endlich akzeptieren und Ruhe geben würde.«

»Solange die Leiche nicht gefunden wurde, wird sie sich Hoffnungen machen. Das ist doch verständlich. Keine Mutter wird glauben, dass ihr Kind tot ist, wenn sie es nicht mit eigenen Augen gesehen hat.«

»Sie wollen mich jetzt hoffentlich nicht dazu bringen, die Taucher wieder loszuschicken?«

»Das war eigentlich mein Plan.«

»Das ist nicht Ihr Ernst.«

»Was spricht dagegen?«

»Sie kennen den Langbürgner See nicht. Er ist über einen

Quadratkilometer groß und an manchen Stellen vierzig Meter tief. Ein zerfranstes Ufer wie ein norwegischer Fjord und obendrein dicht bewachsen. Die Taucher haben es damals über eine Woche lang versucht, bei Temperaturen um den Gefrierpunkt, und im Sommer dann noch mal. Wir wissen ja nicht einmal, wo er sie versenkt hat. Das Schlauchboot, mit dem er sie rausgebracht hat, lag festgezurrt am Ufer. Und selbst wenn wir es wüssten: Dort gibt es eine Strömung. Die Leiche kann überall sein. Der See wird sie schon irgendwann freigeben. Früher oder später kommen sie alle hoch, und dann hat die liebe Seele eine Ruh.«

»Und wenn Weber dafür gesorgt hat, dass sie nicht hochkommt, wird seine Frau nie Gewissheit haben. Das ist es doch, was er wollte. Dass sie nicht sicher sein kann und sich quält.«

»Die Gewissheit hat sie seit zehn Jahren. Er hat den Mord in seinem Abschiedsbrief gestanden. Das Kind lebt nicht mehr. Doch sie webt seit Jahren weiter an ihrem Hirngespinst, dass ihr Mann das Kind in gute Hände gegeben hat. Frau Angelucci, ich bitte Sie. Sie sind Profi, Sie wissen, wie das läuft. Die Überschrift heißt *erweiterter Suizid*. Die gute Frau sollte endlich eine Grabstelle kaufen und einen Stein errichten lassen. Dann hat sie einen Ort zum Trauern.«

»Ein leeres Grab? Das ist doch unmenschlich. Sie könnten es doch noch mal versuchen. Es ist warm, das Wetter wunderbar ...«

»Und der See von der Badesaison aufgewühlt«, unterbrach Stellmacher sie. »Da sieht ein Taucher keinen Meter weit. Das bringt nichts, Frau Angelucci. Irgendwann gibt der See sie schon frei.« Eine Stimme war plötzlich im Hintergrund zu hören. Jemand rief nach ihm. »Eine aussichtslose Aktion, die meine Chefin ohnehin nicht genehmigt.

Und ich werde jetzt anderweitig gebraucht.« Stellmacher verabschiedete sich und legte auf.

Früher oder später kommen sie alle hoch. Gina hatte Zweifel, ob das stimmte. Wenn Christian Weber die Leiche seiner Tochter in eine Plane gepackt und beschwert hatte, kam sie nie hoch. Und falls er das nicht getan hatte: Wie viel Auftrieb hatten Knochen? Vermutlich gar keinen.

Gina wählte die Nummer von Robert Bachmair, dem Chef der Polizeitaucher, und schilderte ihm den Fall. Seine Einschätzung war ähnlich wie Stellmachers. Er kannte den See und hielt eine Suche nach so langer Zeit für wenig erfolgversprechend. »An der Sicht liegt es nicht. Der Langbürgner See gehört zu den klarsten in der Hemhofer-Seenplatte. Das Problem sind die Größe und die Baumskelette im Uferbereich. Vor allem aber seine Tiefe. Wenn wir einen Anhaltspunkt hätten, wo wir suchen müssen, würde ich's vielleicht probieren. Aber so ...« Gina sah Bachmairs Schulterzucken beinahe vor sich. »Und die Hunde können wir nach zehn Jahren nicht einsetzen. Kein Leichengeruch mehr, der an die Oberfläche steigt.«

Während Gina telefonierte, kam Holger herein. Trotz seines Selftracker-Tics musste man ihm eines lassen: super trainierter Körper. Oder vielleicht gerade weil er all diese Apps und Gadgets nutzte? Breite Schultern, schmale Hüften. Reichlich Muskeln und Sehnen, aber nicht zu viel davon. Sein Körperfettanteil war eindeutig im idealen Bereich. Tinos hingegen nicht. Sein Gourmet-Sixpack, wie eine Ex von ihm sein Bäuchlein mal genannt hatte, harmonierte mit ihrem kleinen Vorrat für Notzeiten rund um Bauch und Hüfte. Sie passten eben perfekt zueinander. Lächelnd sah sie Holger nach, der sich an den PC setzte, und wandte sich wieder an Bachmair.

»Ein Vorschlag, Rob: Wenn es mir gelingt, das Areal für

die Suche einzugrenzen, würdet ihr euch in die Neoprenanzüge werfen, die Sauerstoffflaschen anziehen und nach der Kleinen suchen?«

»Du lässt nicht locker. Also gut. Grenze es auf wenigstens dreißig Prozent der Fläche ein, und ich werde sehen, was wir tun können. Vorausgesetzt, es gibt grünes Licht von denen, die dafür zuständig sind. Die Rosenheim-Cops, oder?«

»Ich werde Stellmacher schon überzeugen.« Gina dankte Rob und legte auf.

Ein fragender Blick aus Holgers grauen Augen traf sie. »Täusche ich mich, oder nehmen wir uns als Nächstes doch den Fall Marie Weber vor?«

»Tun wir nicht. Ich motiviere Stellmacher lediglich, nach der Leiche suchen zu lassen.«

6

Um fünf war der Abschlussbericht im Fall Weigelt fertig. Gina druckte ihn für die Akten aus und sandte ihn per Mail an Thomas. Abgehakt. Erledigt. Ein ungeklärter Fall weniger. Vermutlich waren sie die einzige Abteilung, die kontinuierlich daran arbeitete, sich selbst abzuschaffen.

Da Tino noch zu tun hatte, ging Gina alleine nach Hause. In der Buchhandlung am Marienplatz kaufte sie eine Rad- und Wanderkarte für das Gebiet der Hemhofer Seenplatte, zu der auch der Langbürgner See gehörte. Beim Käsestand am Viktualienmarkt erstand sie Paglietta, Mozzarella und ein Stück vom Brie de Meaux und beim Bäcker ein Dinkelciabatta. Oliven, Tomaten und Rucola waren noch im Kühlschrank. Alles an Bord fürs Abendessen.

Wieder einmal genoss sie ihren kurzen Heimweg durch die Altstadt. Es erschien ihr wie ein Privileg, nur eine Viertelstunde von ihrem Arbeitsplatz entfernt zu wohnen.

Das Zusammenziehen mit Tino war nicht einfach gewesen. Seine Wohnung in der Pestalozzistraße mit Ausblick auf den Alten Südfriedhof war für zwei zu klein, und in ihre WG am Bordeauxplatz wollte er nicht wechseln. Was sie akzeptiert hatte, denn wenn jemand nicht WG-kompatibel war, dann er. Sie hatten schon Ausschau nach einer Wohnung gehalten, als Tino erfuhr, dass seine Nachbarin auszog. Gina hatte die Chance genutzt, die Wohnung zu mieten, und es war ihr gelungen, der Hausverwaltung die Zustimmung für einen Durchbruch abzuringen. Nun verfügten sie über knapp neunzig Quadratmeter, verteilt auf vier kleine Zimmer, zwei Küchen, zwei Bäder und zwei Balkone. Das reichte bequem auch für drei.

Es war ein schöner Altweibersommerabend. Gina nahm die Abkürzung über den Friedhof, die auch Tino gerne nutzte. Der Lärm der Stadt blieb jenseits der Mauern. Unter den alten Bäumen war es schattig und kühl. Zwei Tauben tippelten gurrend auf dem patinagrünen Kupferdach von St. Stephan hin und her. Das kratzende Geräusch von Krallen auf Metall verursachte Gina einen Schauer und ließ sie ihre Schritte beschleunigen.

Ein paar Minuten später sperrte sie gewohnheitsgemäß die rechte der beiden Eingangstüren auf, legte die Post auf die Ablage im Flur und die Einkäufe auf den Tisch in Tinos Küche, denn ihre Küche war nie eingerichtet worden. Mittlerweile nutzte sie den Raum als begehbaren Kleiderschrank und Bügelzimmer.

Sie öffnete die Tür zum Küchenbalkon, um frische Luft hereinzulassen, und ging mit der Wanderkarte ins Wohnzimmer. Auf dem Teppich neben der Couch stand die Lego-Ritterburg, die Tino gekauft hatte, kurz nachdem sie von der Schwangerschaft erfahren hatten. Eine völlig neue Seite an ihm. In dem ernsthaften Mann steckte noch immer der kleine Junge. Und der weigerte sich, die Burg nach Plan zu errichten. Er wollte seine eigene bauen, wie er und sein Bruder das als Kinder getan hatten, als nichts vorgefertigt war und man seiner Phantasie freien Lauf lassen durfte. Gelegentlich half sie Tino beim Burgbau. Der wackelige Turm an der Vorderseite war ihr Werk. Eine Fahne konnte er noch vertragen. Gina bückte sich, suchte in den Plastikteilen danach und steckte sie auf.

Als Tino eine halbe Stunde später kam, saß sie über die Karte gebeugt auf dem Balkon. Nach welchen Kriterien sollte sie vorgehen, um das Areal einzugrenzen? Richtig beurteilen konnte sie das eigentlich erst, wenn sie die Ermittlungsakten gesehen hatte. Doch die waren in Rosenheim, und Stellmachers Bereitschaft, sie ihr zu überlassen, war sicher ähnlich hoch wie ihre, sie anzufordern: nämlich null. Das war nicht ihr Fall.

Tino trat auf den Balkon. »Hallo, Schatz.«

»Grüß dich.« Obwohl seine Figur eher gemütlich war, war er ein ziemlich gutaussehender Mann. Dunkles, noch volles Haar, während der Dreitagebart bereits graumeliert war. Ein markantes Gesicht mit einem Grübchen am Kinn und ein Blick aus graugrünen Augen, der ihr noch immer durch und durch ging. Sie waren das Erste gewesen, das ihr an ihm aufgefallen war, das Nächste war seine Ernsthaftigkeit. Er nahm nichts auf die leichte Schulter, wog ab, bevor er entschied, dachte erst nach und redete dann. Er war jemand, auf den man sich ganz und gar verlassen konnte.

»Schön, dass es mit der Alten Gärtnerei klappt.«

Er holte aus dem Kühlschrank ein Glas vom Soave für sich und für sie eine Rhabarberschorle. »Wir sollten das Menü bald auswählen, und um die Musik müssen wir uns selbst kümmern.« Er reckte sich und streckte die Beine aus, die in der obligatorischen Chino steckten. Sandfarbene Chinos und schwarze oder dunkelblaue Poloshirts waren zu einer Art zweiten Uniform für ihn geworden.

Gina wusste nicht, wie sie die ganzen Hochzeitsvorbereitungen in der kurzen Zeit auf die Beine stellen sollten, ohne Urlaub zu nehmen. »Dorothee hat Hilfe angeboten. Wie wäre es, wenn wir die Planung ihr überlassen? Sie wird das in unserem Sinn tun.« Mit ihren Eltern verstand sie sich gut und hatte sogar einige Jahre mit ihnen in der WG gelebt. Ihre Mutter würde nicht der Versuchung erliegen, dem Fest ihren Stempel aufzudrücken.

»Solange sie nicht selbst kocht, ist mir das sehr recht.«

»Keine Sorge, dazu hat sie keine Ambitionen.« Wenn es jemals einen Wettbewerb für die untalentierteste Köchin geben sollte, wäre Dorothee die haushohe Favoritin.

Tino bemerkte die Karte. »Planst du eine Radtour?«

»Einen Tauchgang. In dem See liegt eine Leiche.« Während sie das Abendessen vorbereiteten, erzählte sie ihm von Petra Webers Besuch. »Die Frau tut mir leid. Sie sollte endlich ihr Kind bestatten können.«

Tinos Stirn legte sich in Falten. Sie ahnte, was dahinter vor sich ging. »Nein. Es ist nicht, wie du denkst. Ich ziehe mir keinen neuen alten Fall an Land. Dieser gehört ohnehin den Rosenheimern. Ich hab einen Deal mit Rob. Wenn ich das Suchgebiet eingrenzen kann, ziehen sie sich die Flossen an. Das ist alles. Und danach lege ich meine Hände in den Schoß und bringe die Ablage unserer Abteilung auf Vordermann.«

»Rob schickt seine Leute runter, wenn du ihm sagst, wo sie suchen müssen?«

»Gesagt hat er es. Vorausgesetzt, Stellmacher gibt grünes Licht. Es ist sein Zuständigkeitsbereich.«

»Auf welcher Basis willst du den möglichen Fundort ermitteln? Doch nicht mit Kaffeesatzlesen, Gina. Du wirst dir die Akten besorgen …«

»Hab ich nicht vor. Außerdem würde Stellmacher sie mir nicht überlassen. Ich mache die nächsten Monate Ablage. Versprochen. Aber vorher stoße ich noch die Suche nach der Kleinen an.« Aus der Hosentasche zog Gina das Foto hervor und legte es vor Tino auf den Tisch. »Das ist sie. War sie. Eine süße kleine Maus. Ich kann sie doch nicht da unten am Grund des Sees liegen lassen, unbetrauert und unbestattet. Du würdest dasselbe tun.«

Er zog sie an sich und setzte einen Kuss auf ihre Nasenspitze. »Vermutlich. Aber ich bin auch nicht schwanger.«

»Schwanger ist nicht gleich krank. Mir geht es gut. Sehr gut sogar.« Das stimmte. Noch nie in ihrem Leben hatte sie sich so gefühlt. In sich ruhend und gefestigt, stark und unantastbar. Sie schlang ihre Arme um seinen Körper und sog seinen Duft ein. Ein Rest von Aftershave, ein wenig Schweiß, ein Hauch Büro und Papier, eine Brise Wind. »Hast du schon eine Idee, wohin unsere Hochzeitsreise nun gehen soll?«

»Ich habe mir überlegt, dass Venedig schön wäre. Da wolltest du doch schon längst hin.«

Überrascht löste Gina sich von ihm. Eine romantische Reise nach Venedig war tatsächlich einer ihrer noch offenen Träume. Nur Tino hatte bisher wenig davon gehalten. »Hast du nicht mal gesagt, Venedig wäre Disneyland auf Italienisch?«

»Und du meintest, ich hätte Vorurteile. Ist Venedig nicht die Stadt der Liebe? Und die Biennale läuft noch bis Ende November. Es passt doch wunderbar.«

Der Mann, den sie liebte, interessierte sich für Kunst und für Gedichte. Er kam aus einer für sie fremden und faszinierenden Welt. Großbürgerlich, konservativ, hanseatisch. Internate und Studienaufenthalte im Ausland hatten in seiner Erziehung eine Rolle gespielt, Tennis und Segeln natürlich. Sein Vater war ein anerkannter Strafverteidiger und seine Mutter eine berühmte Malerin. Man hatte ein Ferienhaus auf Sylt und verbrachte den Sommer an der Côte d'Azur oder in Biarritz.

Während sie in ihren Ferien auf dem Pferdehof oder in Berghütten gewesen war oder in preiswerten Hotels an der Adria. Ihr Vater arbeitete als Lokführer bei der Münchner S-Bahn, und ihre Mutter war Reinigungsfachkraft.

Gina hatte eine Vermutung, woher der Wind Richtung Venedig tatsächlich wehte. Es ging weniger um die Kunstpavillons in den Giardini oder romantische Dinner am Canal Grande oder sündteure Espressi im Caffè Florian. Ihre ursprünglichen Überlegungen für die Hochzeitsreise waren neben Venedig in Richtung Madeira oder Malediven gegangen. Flugreisen. Vermutlich zu anstrengend und risikoreich für eine achtunddreißigjährige Erstschwangere. Tino hatte Angst, dass irgendetwas schieflaufen könnte. Nur ihm zuliebe hatte sie schließlich den Termin für das Ersttrimesterscreening vereinbart. Eigentlich war ihr die ganze Pränataldiagnostik zuwider, die für Erstgebärende in ihrem hohen Alter vorgesehen war.

»Gut, dann Venedig. Im Oktober soll es dort wunderschön sein. Und wenigstens einmal müssen wir Gondel fahren.«

»Aber bitte mit einem stummen Gondoliere.«

»Nee, wenn schon, dann mit Gesang.«

»Ich habe es geahnt.«

Obwohl sie selbst sich als durch und durch pragmatisch sah, gab es in einer Ecke ihres Herzens einen kleinen geheimen Ort für Romantik. Ein Ressort für große Gefühle und dramatische Auftritte. Und das war manchmal gar nicht schlecht, denn einer dieser Auftritte hatte endlich das Eis zwischen ihnen gebrochen. Bei der Erinnerung daran musste sie lächeln

Beinahe drei Jahre war es nun her, dass sie Tino an einem grauen Novembertag aus dem eiskalten Starnberger See gezogen hatte. Ja, sie hatte ihm das Leben gerettet und wäre dabei um Haaresbreite selbst ertrunken. Und was tat er? Er ging ihr aus dem Weg, mied sie, als hätte sie die Beulenpest. Eines Abends war der unausgetragene Zwist eskaliert, weil sie endlich wissen wollte, was los war. Und so erfuhr sie, dass er sie mied, weil er Schuldgefühle mit sich herumschleppte und sich schämte, weil er sie beinahe mit in den Tod gezogen hätte, denn er hatte sich wie der sprichwörtliche Ertrinkende an sie geklammert.

»Ich wäre lieber mit dir gestorben, als ohne dich zu leben. So! Jetzt weißt du das endlich!« Das hatte sie ihm tatsächlich voller Wut und unfassbarem Zorn entgegengeschleudert, während sie inmitten eines Meeres verletzter Gefühle unterzugehen drohte. Eine filmreife Szene. Bei der Erinnerung daran wurde Gina noch immer heiß und kalt.

In gespielter Verzweiflung raufte Tino sich die Haare. »Also gut. Mit Gesang. Aber bei *O sole mio* spring ich über Bord.«

»Gut. Meinetwegen. Dann rette ich dich eben wieder.«

7

Obwohl es schon kurz vor acht war, saß Petra noch an ihrem Schreibtisch in der Maklerei, wie Mark das Immobilienbüro gerne nannte, das ihm inzwischen alleine gehörte. Seit Heike ihn vor acht Jahren verlassen hatte, war beim Unternehmen Immobilien Wilk & Gradl der zweite Teil im Firmennamen entfallen.

Bis heute hatte Petra keine Ahnung, was damals zwischen den beiden vorgefallen war. Sie hatte die Spannungen gespürt, ein Unwetter am Horizont, das sich nicht entlud. Heike flog alleine nach Australien. Sie brauchte Urlaub von der Ehe und von Mark. Doch als der Tag ihrer Rückkehr nahte, kam nicht sie, sondern ein Schreiben ihres Anwalts. Sie verlangte die Scheidung. Mark schien wie vor den Kopf geschlagen, etwas in ihm zerbrach, Petra spürte es, denn er reiste Heike nicht nach, suchte keine Aussprache, sondern willigte stumm ein.

Petra hatte nicht weiter nachgebohrt, als Mark ihre Frage unbeantwortet ließ, was denn der Grund sei. Wenn er sie ins Vertrauen ziehen wollte, würde er das früher oder später tun. Doch bis heute schwieg er, und inzwischen war das Thema tabu.

Und auch Heike hüllte sich in Schweigen. Dabei waren sie befreundet gewesen. Jedenfalls hatte Petra das geglaubt, bis ihr Heike in pampigem Tonfall per Mail mitgeteilt hatte, dass sie niemandem Rechenschaft schuldig war, aber wenn sie es schon so genau wissen wollte: Mark kann seine Finger nicht von den ganz jungen Dingern lassen. So, das war es! Für mich ist das Kapitel abgehakt.

Einige Mails waren noch hin- und hergegangen, bis der Kontakt schließlich ganz versandete, weil Heike entweder gar nicht oder nur in Abständen von Monaten antwortete. Mittlerweile lebte sie in Byron Bay an der australischen Ostküste und betrieb mit ihrem neuen Lebenspartner einen Surf-Spot. Warum sie ausgewandert war, wusste Petra bis heute nicht, und es interessierte sie auch nicht mehr. Jedenfalls nicht wegen angeblicher Affären. Denn Mark lebte seit der Scheidung beinahe wie ein Mönch, und auch davor hatte Petra nie auch nur den Hauch einer Vermutung gehabt, dass er Heike betrog.

Eine weitere Ehe, die gescheitert war. Auch sie hatte sich nicht vorstellen können, dass Chris und sie sich einmal nichts mehr zu sagen hätten und sein Verhalten sie nur noch wütend und zornig machen würde, vor allem aber traurig. Wo war ihre Liebe geblieben?

Petra vertrieb diese trüben Gedanken und arbeitete weiter weg, was am Vormittag liegengeblieben war. Neue Wohnungsangebote mussten online gestellt und zahllose Interessentenprofile durchgesehen werden. Vor zehn kam sie heute sicher nicht aus dem Büro, und das war gut so.

Nichts zog sie in ihre dunkle Einzimmerwohnung im Hinterhof eines Nachkriegsbaus in der Au, in der sie nun schon seit neun Jahren lebte. Was eine Übergangslösung sein sollte, bis sie Marie gefunden hatte, war zum Dauerzustand geworden. Vielleicht sollte sie sich etwas Neues suchen. Eine helle kleine Wohnung mit Laminatboden und Balkon, mit einer richtigen Küche und einem Bad mit Duschkabine. Sie saß an der Quelle, und manchmal kamen echte Schnäppchen herein. Mit etwas Glück würde sie nicht wesentlich mehr bezahlen als für ihr dunkles Loch. Doch dieses wenige würde ihr bei der Suche nach Marie fehlen. Sie wollte nicht aufgeben. Sie konnte nicht. Auch wenn manchmal Resignation nach ihr greifen und sich um sie legen wollte wie ein schwerer Mantel. Bisher war es ihr immer gelungen, ihn abzustreifen, die Schultern durchzudrücken und weiterzumachen. Solange es die Hoffnung in ihr gab, würde sie nicht aufgeben. Auch wenn manche sie für verrückt hielten, so wie Stellmacher, oder ihr vorwarfen, ihr Leben zu versäumen, so wie Karin Svoboda, oder sich hinter Zuständigkeiten verschanzten, wie Gina Angelucci.

Es gab immerhin noch Mark. Er war der letzte ihrer Freunde, den sie mit ihrer *fixen Idee* und *krankhaften Suche* noch nicht vergrault hatte. Er warf ihr nicht vor, die Wahrheit zu negieren. Ohne ihn wäre sie so einsam wie Robinson Crusoe auf seiner Insel. Mark war ihr Freitag. Er ließ sie gewähren und erleichterte ihr mit der freien Einteilung ihrer Arbeitszeit die Treffen mit Menschen, die ihr möglicherweise helfen konnten.

Und seit kurzem gab es Miranda. Die Einzige, die ihr Mut machte. Petra war längst nicht mehr so naiv wie bei ihrem ersten Versuch, mit Hilfe einer Hellseherin Marie zu finden. Auch nach zehn Jahren nahmen hin und wieder noch Wahrsager Kontakt zu ihr auf und boten ihre Dienste an, sogar ein Wünschelrutengänger und ein Schamane. Lauter Scharlatane, denen die Gier aus den Augen sprang und die Geltungssucht gleich hinterher. Miranda war anders und hatte zunächst abgelehnt, als sie hörte, wer um ihre Hilfe bat.

Aus dem Nebenzimmer klang Marks Stimme. Er telefonierte mit einem Interessenten, der in die engere Wahl für eine Wohnung gekommen war. Petra öffnete den Ordner für ein neues Objekt, bearbeitete die Bilder, die Mark darin hinterlegt hatte, und ordnete sie zu einer Galerie, die sie in einem Immobilienportal online stellte. Jetzt noch die Textmaske mit den Angaben zur Wohnung füllen, und fertig war das Angebot für eine helle Dreizimmerwohnung mit Garten in Harlaching. Nur zwei Straßen entfernt hatten sie früher gelebt.

Sie hörte das Scharren, mit dem Mark den Stuhl zurückschob. Einen Augenblick später kam er in ihr Büro. »Machst du noch lange?«

»Die neuen Angebote wollte ich noch einstellen.« Sie wies auf den Stapel Hängeregistermappen.

»Ich habe einen Bärenhunger. Und du hast vermutlich heute noch nichts gegessen. Ich lade dich ins Bella Gaggenau ein. Was magst du?«

Das Bella Gaggenau war Marks Küche und befand sich in der Wohnung über dem Büro. Herzstück war ein Tiefkühlschrank mit einem beachtlichen Vorrat an Pizzen und Nudelgerichten. Petra war wirklich hungrig. Das Mittagessen war ausgefallen, bis auf eine Banane. Also bestellte sie bei Mark eine Pizza Capricciosa, bearbeitete noch ein Angebot und nahm zwanzig Minuten später auf einem Drehhocker an der Küchentheke in Marks Wohnung Platz.

Er fragte, ob sie ein Glas Wein trinken wollte, doch das Fach neben dem Kühlschrank war leer. »Ich laufe schnell runter und hole eine Flasche. Magst du was vom Merlot?«

Im selben Moment klingelte der Timer am Backofen, die Pizza war fertig. Petra bot gar nicht erst an, den Wein zu holen. Der Keller war Terra incognita. Nur Mark durfte ihn betreten. Dort unten befand sich neben dem Weinkeller sein Fotolabor, und damit war er sehr eigen, es war ihm heilig. Einmal hatte er sie richtiggehend angeblafft, als sie in derselben Situation wie jetzt vorgeschlagen hatte, hinunterzugehen, und für einen Moment hatte sie sich gefragt, ob er dort unten etwa Bilder entwickelte, die anstößig oder gar pervers waren. Aber das passte nicht zu ihm. Beim besten Willen konnte sie sich dergleichen nicht vorstellen. Jeder hatte eben seine Eigenheiten, und bei Mark war es das Fotolabor.

Also beantwortete sie die Frage, ob sie Wein wollte, mit »Gerne« und nahm die Pizza aus dem Ofen, während er in den Keller ging. Sie ließ ihre Capricciosa und seine mit Salami auf die Teller gleiten und hatte plötzlich ein Déjà-vu.

Mit einem Mal drehte sich die Zeit um beinahe elf Jahre zurück, und sie befand sich wieder in der Küche ihrer Wohnung in der Bassaniostraße. Marie stand neben ihr auf dem Schemel, die Ärmel hochgekrempelt, die mehligen Hände hielten das Nudelholz, mit dem sie den Pizzateig auswalkte, den sie gemeinsam zubereitet und durchgeknetet hatten.

»Guck mal, Mama! Meine Pizza hat ein Ohr!«, juchzte Marie. Es sah tatsächlich so aus.

»Eine Einohrpizza«, sagte Petra lachend. »Sollen wir ihr noch ein zweites machen?«

»Nein. Eines ist viel lustiger. Vielleicht ist er ein Pirat und hat ein Ohr verloren.«

»Verlieren Piraten nicht ein Auge?«

»Meiner nicht. Ein Menschenfresser hat es ihm abgebissen. Hm, lecker.« Sie rieb sich mit der Hand über den Bauch, und Mehl blieb am T-Shirt haften.

»Das ist ja gruslig.«

»Ist doch nur eine Geschichte, Mama.« Marie lachte und zeigte ihre Zahnlücke. »Und gar nicht echt.«

»Na, dann. Magst du ihm ein Piratengesicht machen?«

»Au ja. Salamiaugen, und die Nasenlöcher sind aus Oliven, und der Mund ...?« Nachdenklich legte sie den Kopf zur Seite. »Er bekommt einen Würstchenmund«, erklärte sie schließlich mit Nachdruck.

»Ich weiß nicht, ob man Würstchen im Ofen backen kann. Vielleicht platzen sie.«

»Ist doch egal.« Eifrig belegte Marie die Pizza und verpasste dem Piraten dann doch eine Augenklappe aus einer Scheibe Mozzarella.

Als er aus dem Ofen kam, setzte sie einen ganz wilden und grimmigen Blick auf. »Ich bin ein Piratenfresser, Mama. Der fürchterlichste von allen Piratenfressern«, fauchte sie und biss der Piratenpizza das knusprige Ohr ab.

»Da bin ich aber froh, dass ich kein Pirat bin«, sagte Petra. »Und Papa auch. Sonst müssten wir uns ja vor dir fürchten.«

»Aber Mama.« Marie schüttelte mit ernster Miene den Kopf. »Ihr seid doch keine Piraten. Wenn ich ein Piratenfresserkind bin, dann seid ihr auch Piratenfresser. Ist doch logisch.«

Die Tür ging auf. Mark kam mit einer Flasche Wein herein und riss Petra aus ihrer Erinnerung. Der Schmerz darüber, wieder in der Wirklichkeit angekommen zu sein, legte sich für einen Moment wie ein dunkler Schatten über sie. Die Erinnerungen waren alles, was sie noch hatte, und sie wurden mit jedem Tag, der verging, blasser. *Marie, wo bist du? Wo bist du nur?*

»Gibst du mir den Korkenzieher?«

»Ja, natürlich.« Petra reichte ihm das edle Designerstück. In Marks Küche war alles vom Feinsten. Gebürsteter Edelstahl und Hochglanzfronten. Ein Ceranfeld und ein Grillmodul waren in eine Granitplatte eingelassen. Und selbstverständlich fehlte auch der Dampfgarer nicht. Dabei kochte Mark so gut wie nie.

Er entkorkte die Flasche, goss sich einen Schluck ein und probierte. »Hm. Du wirst ihn mögen.« Zuerst schenkte er ihr ein, dann sich.

Er hatte perfekte Umgangsformen und sah gut aus. Und wieder einmal fragte Petra sich, weshalb er alleine blieb.

Zwar war er ein wenig älter als sie, schon Ende vierzig, aber trotz seiner Leidenschaft für Fertiggerichte bestens in Form. Das erste Grau in seinen dunklen Haaren stand ihm gut, ebenso wie die Brille, die er seit kurzem brauchte. Außerdem war er ein netter Kerl, und dennoch ließ er keine Frau richtig an sich heran. Sobald es ernst zu werden drohte, zog er die Reißleine und sprang ab. Die letzte Beziehung dieser Art war nun auch schon ein Jahr her. Micaela war nur ein paar Jahre jünger gewesen als er. Eine aparte Person, aber knallharte Geschäftsfrau. Die ganz jungen Dinger, wie Heike es genannt hatte, waren nicht sein Fall. Petra konnte sich Mark auch nicht mit einer Zwanzigjährigen vorstellen. Was hätte sie ihm zu bieten außer Sex?

Mark hob das Glas. »Worauf trinken wir?«

Auf einen verlorenen Tag, hätte sie am liebsten gesagt. »Auf die Hoffnung«, sagte sie stattdessen und lauschte dem Widerhall der Erinnerung in sich nach. *Ist doch logisch, Mama.* Sie stieß mit ihm an.

»Also auf die Hoffnung. Du bist seit ein paar Tagen so gut gelaunt. Gibt es einen Grund dafür?«

Früher oder später würde sie es ihm ohnehin erzählen. Also gab sie sich einen Ruck. »Du wirst mich gleich auslachen, aber ich verrate es dir trotzdem. Es gibt nun mal Phänomene, die sich unserer rationalen Betrachtung entziehen.«

»Welche Phänomene denn?«

»Übersinnliche.« Trotzig hielt sie seinem überraschten Blick stand und erzählte ihm, während sie aßen, von ihrem ersten Treffen mit Miranda. Wie sie zögernd an der Wohnungstür geklingelt hatte und überrascht gewesen war, einer ganz normalen Frau gegenüberzustehen, in einer Wohnung ohne jeden esoterischen Klimbim.

Nach einem kurzen Gespräch hatte Miranda sich entschieden, Tarotkarten zu legen. »Zuerst das Drei-Karten-Orakel. Man legt drei Karten, die Vergangenheit, Gegenwart und Zukunft symbolisieren. In meinem Fall haben sie gezeigt, dass ich mich auf dem richtigen Weg befinde und ihm treu bleiben soll. Lediglich mit meinen Kräften muss ich haushalten. Das ist genau das, was ich auch spüre. Danach hat Miranda das große Blatt gelegt. Und jetzt lach mich bitte nicht aus, aber ich glaube ihr. Marie geht es gut. Sie ist von positiven Energien umgeben, sagt Miranda. Und dass ich sie finden werde.«

Mit diesen Worten endete Petra und fühlte sich plötzlich unsicher. Die Worte klangen so hohl, so leer, so lächerlich, wenn sie sie aussprach und nicht Miranda.

Mark legte seine Gabel beiseite. »Das ist doch Humbug, Petra. Diese Leute leben davon, ihren Klienten nach dem Mund zu reden. Und in deinem Fall ist es nicht schwer, herauszufinden, was du dir erhoffst. Durch deine Talkshowauftritte und Zeitungsinterviews bist du bekannt, und auch auf deiner Webseite kann jeder nachlesen, dass du glaubst, dass Chris Marie in Obhut gegeben hat.«

»Und das war der Grund, weshalb Miranda zunächst die Karten nicht für mich legen wollte. Weil sie wusste, wer ich bin, und dass ich ihr nicht glauben würde, falls sie zeigen sollten, dass Marie lebt.«

»Was hat sie?«, fragte Mark verblüfft.

»Sie hat abgelehnt. Ich musste sie überreden. Sie macht das nicht für jeden, weil sie einen Ruf zu verlieren hat. Sie ist gut.«

Kopfschüttelnd lehnte er sich zurück. »Das ist ja raffiniert. Jetzt hat sie dich am Haken. Bestimmt konnte sie dir im Moment nicht mehr sagen. Fortsetzung folgt, und jedes Mal klingelt die Kasse.«

Er hielt sie offenbar für ziemlich einfältig. Doch zwischen

dem Ärger auf Mark, der langsam in ihr aufstieg, machten sich auch Zweifel breit, denn Miranda hatte ihr tatsächlich weitere Termine angeboten, während sie noch gar nicht dran gedacht hatte.

Marks Hand legte sich auf ihre. »Tu dir das nicht länger an, Petra. Diese Leute spielen mit deinen Gefühlen, sie nutzen dich aus und wollen dein Geld, und am Ende bleibt nur Enttäuschung. Denk an die Privatdetektive, die nichts herausgefunden haben, an all die Hinweise, deren Verfolgung dich jede Menge Geld, Kraft und Zeit gekostet haben. Und was hat es gebracht?«

Nichts, nichts und wieder nichts. Außer Frust und Enttäuschungen und Angst und das ständige Gefühl der Ohnmacht. »Meinst jetzt auch du, dass ich endlich aufgeben soll?«

»Mach mal wieder eine Pause.«

In den letzten zehn Jahren waren ihre Aktivitäten auf der Suche nach Marie wie die Gezeiten gewesen. Mal Ebbe, mal Flut, gelegentlich Springflut. In den ersten Monaten hatte es ihr geholfen, etwas unternehmen zu können. So hatte sie das Gefühl in Schach gehalten, hilflos und ohnmächtig zu sein und Chris' Willkür ausgeliefert. Irgendwann gab es nichts mehr, das sie noch tun konnte, außer abzuwarten, dass etwas geschehen würde. Und irgendetwas geschah dann auch immer. Meist meldete sich jemand, der behauptete oder glaubte, Marie gesehen zu haben, und die Suche ging wieder los.

Die aktuelle Welle hatte sie durch die Überarbeitung von Maries Bild selbst in Gang gesetzt. Inzwischen war sie siebzehn Jahre alt, eine junge Frau, während ihr mehrfach angepasstes Foto noch ein pubertierendes Mädchen zeigte. In Petras Erinnerungen war sie noch immer die Sechsjährige, die seit einem halben Jahr zur Schule ging. Erinnerte sie sich überhaupt noch an ihre Mutter, würden sie sich erkennen, wenn sie sich sahen?

»Laut Miranda geht es Marie doch gut. Es ist also kein Problem, wenn du dir eine Auszeit nimmst.«

Überrascht sah sie Mark an. Seit zehn Jahren spürte sie, dass es Marie an nichts fehlte. Chris hätte sie niemals in die Hände von unzuverlässigen Menschen gegeben. Petra hatte nie etwas anderes geglaubt oder gesagt. Weshalb berief Mark sich jetzt ausgerechnet auf Miranda, um sie für einige Zeit von der Suche abzubringen? Er hielt sie für eine geschickte Betrügerin. Es gab nur eine Erklärung.

»Du denkst also auch, dass Marie tot ist, dass sie am Grund dieses verdammten Sees liegt. Und warum hätte Chris ihre Sachen mit ihr versenken sollen? Ihre Lieblingspuppe, okay. Das würde einen Sinn ergeben. Warum aber ihre Waschsachen, ihre Kleidung fürs Wochenende, ihre Reservestiefel und Ersatzhandschuhe? Ihre Socken, Schlüpfer und den Schlafanzug?«

»Ich weiß, du gehst davon aus, dass er ihr all das in ihre neue Familie mitgegeben hat. Aber hast du denn wirklich nie daran gedacht, dass Chris mit seinen letzten Worten nicht gelogen hat?«

Doch, natürlich hatte sie das. In ihren schwärzesten Stunden, wenn dieser Funke Hoffnung zu verlöschen drohte, wenn sie drauf und dran war, ihrem Mann, der am Ende nur noch Hass und Streit und Zwietracht gesät hatte und all seinen Frust an ihr ausließ, auf den Leim zu gehen.

»Sei mir nicht böse, Petra. Aber ich kann einfach nicht mehr mit ansehen, wie du dich kaputtmachst. Deine Theorie hängt an einem einzigen seidenen Faden, nämlich an deiner Gewissheit, dass Chris nicht in der Lage gewesen wäre, Marie ein Leid zuzufügen. Hast du ihn tatsächlich so gut gekannt, um das wirklich zu wissen? Am Ende war er so verzweifelt, dass er sich das Leben genommen hat. Auch das hätte niemand von ihm geglaubt. Du etwa?«

Diese Diskussion hatten sie schon häufiger geführt. Nur das Bild vom seidenen Faden war neu. Es brachte eine Saite in ihr zum Schwingen, die einen hohen, wütenden Ton verursachte.

»Das war keine Verzweiflung. Das war Rache.«

»Und hättest du ihm diese Form von Rache zugetraut?«

In ihren schlimmsten Träumen nicht.

Wie gut hatte sie ihn wirklich gekannt?

Sie sah den seidenen Faden vor sich, sah, wie die einzelnen Fasern sich unter dem Gewicht der Angst spannten, wie sie sirrend nachgeben und reißen wollten.

»Er hat es nicht getan. Er hätte das nie gekonnt. Trotz allem war er fürsorglich und liebevoll. Er hätte Marie nie zum Objekt seiner Rache degradiert. Ich weiß es. Ich weiß es einfach.« Es konnte nicht anders sein. Durfte nicht!

8

Über Nacht hatte sich der Himmel grau bezogen. Ein feiner Nieselregen fiel unaufhörlich und wurde vom Scheibenwischer auf der Windschutzscheibe verschmiert. Gina fuhr am Westufer des Chiemsees entlang und durchquerte Dörfer, die geduckt unter den schweren Wolken lagen. Die Ziegeldächer glänzten vor Nässe, und ein kräftiger Westwind strich durch die Kronen der Bäume, in denen sich erste herbstgelbe Tupfen zeigten.

In Prien waren kaum Leute unterwegs. Eine kleine Gruppe von Touristen hatte sich mit bunten Allwetterjacken und Schirmen gerüstet und marschierte zur Bootsanlegestelle, an der die Schiffe zur Herren- und Fraueninsel ablegten. Ansonsten wirkte der Ort wie ausgestorben.

Gina lenkte den Wagen weiter Richtung Norden, ließ den Chiemsee hinter sich und erreichte das Gebiet der Hemhofer Seenplatte. Bei dem Weiler Westerhausen bog sie auf eine enge Nebenstraße ein und gelangte nach einem Kilometer zu einer Anhöhe, auf der sich eine Ansammlung von Häusern um eine kleine Kirche scharte. Hier endete die Straße. Sie parkte am Rand einer Wiese, ließ ihren Blick einen Moment über die Alpenkette schweifen, deren Gipfel die Wolken verbargen, und zog die Ausdrucke hervor, die sie von Petra Webers Webseite gemacht hatte.

Mit Kaffeesatzlesen konnte sie das Areal in der Tat nicht bestimmen, in dem die Taucher nach der Kleinen suchen sollten. Rob erwartete keine exakten Koordinaten, sondern lediglich eine Einschätzung, in welchem Bereich ein Tauchgang Aussicht auf Erfolg versprach. Es konnte also nicht allzu schwierig werden. Allerdings sollte sie ihre Wahl gut begründen. Deswegen war sie hier.

Da Stellmacher ihr keine Akteneinsicht gewähren würde, hatte sie im Internet nach Informationen zum Tatort gesucht, und der war am ausführlichsten auf der Webseite von Petra Weber beschrieben.

Diese Art von öffentlicher Berichterstattung hielt Gina für keine kluge Idee. Sie lockte Trolle an und Wichtigtuer, Idioten, Besserwisser und sonstige Scharlatane. Und sicher auch ein paar Phantasiebegabte, die tatsächlich glaubten, das Kind irgendwo gesehen zu haben.

Auf der Webseite war nachzulesen, welche Hinweise Petra Weber im Laufe von zehn Jahren verfolgt hatte. Sie kamen aus aller Welt. Angeblich war das Kind in einem Café in Tel Aviv gesichtet worden, in Begleitung eines europäisch aussehenden Mannes, und in einem Kaff an Kanadas Ostküste, in einem Urlaubsresort in Südafrika ebenso wie in einem New Yorker Kaufhaus, und natürlich fehlten Hinweise auf den obligatorischen tschechischen Puff genauso wenig wie auf Pädophilenkreise, Sexpartys und Snuffvideos. Was Petra Weber seit zehn Jahren durchmachte, wollte Gina sich nicht ausmalen. Aber sie wollte, dass es ein Ende hatte.

Sie steckte die Wanderkarte ein, zog die Bergstiefel an und die Kapuze über den Kopf und marschierte los. Über einen morastigen Feldweg ging es hinein in das Naturschutzgebiet am nordöstlichen Ufer des Langbürgner Sees. Die Strecke, die sie jetzt zu Fuß zurücklegte, war Weber in der Nacht zum sechsten Februar 2005 mit seinem VW Touran gefahren. Das Kind auf der Rückbank im Kindersitz. Im Laderaum ein Schlauchboot und eine akkubetriebene Pumpe dafür. Die Scheinwerfer hatte er sicher nicht eingeschaltet. Der Lichtschein eines Fahrzeugs im Naturschutzgebiet hätte Aufmerksamkeit erregt. Es war eine sternenklare Nacht kurz vor Vollmond gewesen, die Temperatur lag um den Gefrierpunkt. Ein schneearmer Winter. In der Woche zuvor hatte es einen föhnbedingten Wärmeeinbruch gegeben. Der See war eisfrei gewesen.

Gina erreichte den Wald, der den größten Teil des Ufers säumte. Der Regen tropfte von Blättern und Zweigen, aus Buchen, Birken und Kiefern. Die Luft war feucht und gesättigt vom Duft nach Harz und Moos. Mit den Stiefeln versank sie sohlentief im Matsch. Nach etwa dreihundert Metern erschien zwischen den Bäumen der See. Der Weg gabelte sich, sie folgte dem Teil, der sich kurvenreich am Ufer entlangwand, das einige Meter zum Wasser hin abfiel. Stellmachers Vergleich mit einem norwegischen Fjord war nicht von der Hand zu weisen.

Etwa zwanzig Minuten später erreichte sie ihr Ziel, eine geschützte Bucht mit freiem Zugang zum See.

Allerdings gab es hier keine verfallene Fischerhütte. War das wirklich der Tatort? Gina sah sich um, bis vier Buckel aus dürren Ästen, Laub und Moos ihre Aufmerksamkeit erregten. Sie bildeten ein Rechteck. Mit den Stiefeln schob sie bei einem die Zweige und welken Blätter beiseite und legte einen verwitterten Betonsockel frei. Doch, hier war sie richtig. Lediglich die Fundamente erinnerten noch daran, dass an dieser Stelle vor zehn Jahren eine Hütte gestanden hatte, nur wenige Meter vom Ufer entfernt. Gina ging in die Hocke und sah über den See. Hier hatte Weber das Boot zu Wasser gelassen und war mit seinem toten Kind hinausgefahren auf die vom Mond beschienene schwarze Fläche, die wie schlafend vor ihm lag.

Was hatte er gedacht und gefühlt? Verzweiflung und Selbstmitleid oder abgrundtiefen Hass und den Triumph, die Spielregeln zu bestimmen und der Mächtigere zu sein?

Ein Stück weiter draußen lag eine kleine Insel. Struppiges Gebüsch, ein paar Bäume. Vielleicht hatte Weber sie zum Narren gehalten und sein Kind nicht versenkt, sondern begraben? In Gedanken setzte Gina diese Überlegung auf eine Liste. Man sollte Stellmacher fragen, ob sie auch dort gesucht hatten.

Schließlich breitete sie die Wanderkarte im Moos aus und zog den schwarzen Folienstift aus der Tasche ihrer Cargohose. Wohin war Weber gerudert?

Mit dem Smartphone ging sie online. Es dauerte lange, bis Google Maps die Seite geladen hatte. Auf der Satellitenaufnahme konnte man die flachen Bereiche des Sees gut erkennen, im Gegensatz zu den tiefen Stellen waren sie deutlich heller. Zwischen der Insel und dem südwestlichen und nordöstlichen Ufer erstreckte sich ein helleres Gebiet, eine Art Landverbindung knapp unter der Wasseroberfläche. Damit schied der südöstliche Bereich des Sees aus. Er war nicht tief genug. Gina schraffierte ihn und wandte ihre Aufmerksamkeit dem Teil zu, der sich nordwestlich von ihr erstreckte. Eine große, offene Fläche, die sich schließlich zu einer Art Flaschenhals verengte, der in das entlegenste Gebiet des Gewässers mündete.

Eine kalte Februarnacht. Um die null Grad. Wie weit ruderte man bei dieser Temperatur auf einen See hinaus? Noch dazu begleitet von der Angst, vielleicht entdeckt zu werden. Um den Bereich hinter dem Flaschenhals zu erreichen, hätte Weber einen knappen Kilometer bewältigen müssen. Und wieder zurück. Mit den Zähnen zog Gina die Kappe vom Stift und strich den Flaschenhals und das Areal dahinter durch. Blieb der Mittelteil. Das Satellitenbild zeigte dort kaum helle Bereiche. Das Ufer fiel steil ab. Hier sollte Rob suchen. Gina kreiste das Areal ein, faltete die Karte zusammen und machte sich auf den Rückweg.

Im Wald war es still. Nur das Rascheln des Regens auf

den Blättern war zu hören und das Schmatzen ihrer Schritte im Matsch. Kein Mensch war ihr begegnet, als sie ihr Auto wieder erreichte und das Smartphone zu surren begann. Es war Holger. »Gibt es eigentlich ein Verzeichnis für Altfälle? Ich habe in der Vorgangsverwaltung nichts gefunden.«

Diese Frage passte zu einem, der alles kontrollierte, ordnete und sortierte. »Bisher nicht.«

»Und wie entscheiden wir, mit welchem Fall wir uns als Nächstes beschäftigen?«

»Erst wühlen wir uns durch Dateien und dann durch Akten. Ich erkläre es dir später.«

»Wo bist du eigentlich?«

Einen Moment spielte Gina mit dem Gedanken, Holger im Unklaren darüber zu lassen, was sie gerade tat. Doch auch wenn er ihr unsympathisch war, er war ihr Partner. Fairness war gefragt. »Auf dem Weg nach Rosenheim. Ich will Stellmacher dazu bringen, noch einmal nach der Kleinen suchen zu lassen. Wird nicht einfach, er wird mauern.«

»Warum tust du dir das an?«

»Weil ich es versprochen habe. Maries Mutter wird es erst glauben, wenn sie ihr Kind bestatten kann.«

»Eigentlich nachvollziehbar. Wenn meiner Tochter so etwas zustoßen würde ... Ich würde durchdrehen.«

»Du hast Kinder?«

»Eine Tochter. Sie lebt bei meiner Ex.« Ein Seufzer drang durchs Telefon. »Wenn Stellmacher dich auflaufen lässt, kannst du dich an Dr. Kira Duwe wenden. Sie leitet seit zwei Monaten die Kripo Rosenheim. Ich habe sie mal auf einem Lehrgang kennengelernt. Beinhart, die Frau, aber sie hat eine Achillesferse: Sie vergöttert ihre Kinder. Da solltest du den Hebel ansetzen. Und vergiss den Doktor nicht. Sie hat promoviert und legt Wert darauf, korrekt angesprochen zu werden.«

9

Bevor sie aus dem Wagen stieg, warf Gina einen kurzen Blick in den Spiegel und entdeckte auf der Stirn zwei neue Pickel. Seit sie schwanger war, glich ihr Hormonhaushalt dem einer Pubertierenden. Demnächst würde sie Clearasil kaufen müssen. Sie ließ eine der dunklen Haarsträhnen darüberfallen und schlug die Wagentür hinter sich zu.

Da es ihr selbst nicht gefallen würde, übergangen zu werden, wollte sie ihr Glück erst bei Stellmacher versuchen und hatte sich mit einem Anruf vergewissert, dass er im Haus war.

Sie wies sich an der Pforte aus, erhielt eine Beschreibung, wo sich in diesem terrassenartigen Bau der Kripo Rosenheim – der in den späten Siebzigern vermutlich modern gewesen war – Stellmachers Büro befand, klopfte zwei Minuten später an seiner Tür und trat ein, als ein brummiges »Herein« erklang.

Vor dem Fenster stand ein vierschrötiger Mann und telefonierte. Ende fünfzig. Eins fünfundsiebzig. Schütteres Haar. Buschige Brauen. Neunzig Kilo. Jeans. Weißes Trachtenhemd mit Stehkragen und Hirschhornknöpfen. Besondere Merkmale: keine. Obwohl der Bauch beachtlich war.

Fragend sah er sie an, während er weitertelefonierte. Sie hob den Dienstausweis. Mit dem Kinn wies er Richtung Besucherstuhl vor seinem Schreibtisch. Gina blieb stehen, bis er fertig war und das Handy einsteckte.

»Was kann ich für Sie tun?«

»Gina Angelucci. Wir haben gestern miteinander gesprochen.«

»Ach, Sie sind das.« Er zog den Hosenbund hoch. »Ich habe mir schon gedacht, dass Sie hier aufkreuzen. Sie sind eine von der hartnäckigen Sorte. Aber ohne konkreten Anhaltspunkt werde ich keine Suchaktion starten.«

»Ich habe mit Bachmair gesprochen. Er ist bereit, seine Leute loszuschicken, wenn wir das Areal eingrenzen können.«

»Wir? Aha. Können wir aber nicht.«

Immerhin hatte er *wir* gesagt. »Ich habe es mal versucht.«

Sie breitete die Karte auf dem Schreibtisch aus und erklärte ihm, aufgrund welcher Überlegungen sie den Flaschenhals und das Gebiet jenseits der Insel ausschloss.

»Ich habe es Ihnen doch gesagt. Im See gibt es eine Strömung. Die Knochen können überall liegen. Nach zehn Jahren sind sie vielleicht sogar über den ganzen Grund verteilt.«

»Weber wird die Leiche seiner Tochter verpackt und beschwert haben.«

»Wissen Sie das?«

»Ich nehme es an. Warum hätte er sie sonst versenken sollen?«

»Aha. Weibliche Intuition.«

»Es hat mehr mit Physik zu tun. Faulgase verursachen Auftrieb. Wenn er sie einfach hineingeworfen hätte, wäre sie kurze Zeit später hochgekommen.«

»Nicht, wenn sie sich irgendwo verfangen hat.«

Gina konnte es sich nicht verkneifen. »Wissen Sie das?«

Stellmacher schob beide Hände in die Gesäßtaschen der Jeans und reckte seinen Bauch vor. »Nee, Mädel. Das weiß ich nicht. Ich weiß nur, dass ich nicht das Geld der Steuerzahler verprasse, weil Sie Mitleid haben. Ohne neue Hinweise fasse ich diesen Fall nicht wieder an.«

»Ist in Ordnung. Das *Mädel* wollte Sie nur nicht übergehen.«

»Was soll das heißen?«

»Was ich gesagt habe.«

»Wenn Sie die Taucher losschicken, überschreiten Sie Ihre Kompetenzen.«

Gina hob die Hände und trat den Rückzug an. »Ich habe es verstanden.« Stellmacher offenbar nicht.

An der Pforte fragte sie nach Dr. Kira Duwe und erfuhr von dem Kollegen, der hinter der Scheibe aus Sicherheitsglas Dienst tat, dass die Leiterin der Mordkommission außer Haus war.

»Wissen Sie, wo ich sie erreiche?«

Seine Schultern stiegen in die Höhe, blieben auf halber Strecke stecken und sackten wieder herab. »Sie haben Glück. Da kommt sie gerade.«

Gina wandte sich um. Eine Frau passierte die Sicherheitsschleuse. Ihre Ausstrahlung ließ sich mit einem Wort beschreiben: Boss. Eins achtzig. Ende dreißig. Dunkle, halblange Haare. Graphitgrauer Hosenanzug. Kittfarbener Trenchcoat. Besondere Merkmale: erbsengroßes Muttermal über dem rechten Mundwinkel.

Gina steuerte auf sie zu. »Frau Dr. Duwe? KHK Gina Angelucci, Kripo München.«

Stellmachers Vorgesetzte blieb stehen und musterte sie. »Ja?«

»Einen schönen Gruß von Holger Morell. Er meinte, ich soll mich an Sie wenden.«

»Der schöne Holger. Wie geht es ihm?«

»Gut. Wir sind Kollegen bei der Mordkommission München und bearbeiten Altfälle. Um einen solchen geht es. Haben Sie zehn Minuten für mich?«

Kira Duwe sah auf die Uhr über der Pforte. »Sieben.

Setzen wir uns doch.« Sie wies auf eine Bank neben einem Getränkeautomaten. »Ein ungeklärter Fall also. Schießen sie los.«

Gina berichtete von Petra Webers Besuch, umriss den Fall, erklärte ihre eigene Motivation und die Voraussetzungen, unter denen die Polizeitaucher bereit waren, noch einmal nach Maries Leiche zu suchen. »Doch leider sieht Stellmacher keinen Grund, grünes Licht zu geben.«

Mit dem Mittelfinger fuhr Kira Duwe eine Falte an der Nasenwurzel nach. »Und nun soll ich das? Sie wissen, was Sie da von mir verlangen? Ich soll einem Kollegen in den Rücken fallen.«

»So würde ich das nicht sehen. Wenn wir die Kleine finden, ist der Fall nicht länger ungeklärt. Sie können die Akte schließen. Macht sich gut in der Statistik.«

»Ein ungeklärter Fall weniger wäre natürlich schick. Aber ich gehe nicht davon aus, dass eine erneute Suche zu einem Ergebnis führt.«

Mit rasender Geschwindigkeit ging eine Tür zu, von der Gina geglaubt hatte, zumindest einen Fuß drin zu haben. Sie brauchte eine Idee, ein Argument, und zwar schnell, denn Kira Duwe war im Begriff, sich zu verabschieden. Vermaledeite Zuständigkeiten! Wenn sie zuständig wäre, würde Rob jetzt seine Leute zusammentrommeln.

»Ich mache Ihnen einen Vorschlag. Wir übernehmen den Fall.«

Ein ungläubiges Lächeln erschien auf Kira Duwes Gesicht. »Sie übernehmen unseren Fall?«

»Warum nicht? Altfälle sollten ohnehin nicht von denen wieder aufgerollt werden, die ursprünglich ermittelt haben. Unsere Abteilung ist darauf spezialisiert. Wir haben den frischen Blick und beginnen unbelastet von vorne. Und Sie wären ihn los, auch das kommt der Erfolgsquote zugute.«

Gina spürte, wie Kira Duwes Widerstand bröckelte. Die Erfolgsquote war ihr offenbar wichtig. Egal, wie die Zahlen zustande kamen. Am Ende zählten nur sie.

»Und wie soll ich das begründen?«

»Mit dem Wohnortprinzip. Es gibt zahlreiche Fälle, in denen die Zuständigkeit danach entschieden wurde. Denken Sie nur an den Inkapfad-Mord. Tatort Peru, doch wir haben ermittelt, weil das Opfer eine Münchnerin war. Genau wie Marie Weber. Außerdem wird es dem Polizeipräsidenten und damit auch dem Innenminister gefallen, wenn unsere Dienststellen zusammenarbeiten. Anstelle von eifersüchtigem Hickhack konstruktives Miteinander. Das macht sich gut in der Öffentlichkeit.«

Abwartend sah Gina ihr Gegenüber an. Offenbar hatte Kira Duwe Ambitionen, die Karriereleiter weiter nach oben zu klettern, denn das Argument schien zu ziehen. Sie dachte jedenfalls darüber nach.

»Wie hoch ist Ihre Erfolgsquote?«

»Bisher haben wir jeden alten Fall geklärt, den wir uns noch mal vorgenommen haben.«

»Hundert Prozent also. Beeindruckend.«

Gina ersparte sich die Erklärung, dass sie nur die Fälle wieder aufrollten, bei denen Aussicht auf einen neuen Ermittlungsansatz und somit Erfolg bestand.

Kira Duwe verschränkte die Arme vor der Brust und suchte Blickkontakt. »Also gut. Sie bekommen ihn. Unter einer Voraussetzung. Die Überschrift lautet: *Kripo Rosenheim lässt den Fall Marie Weber neu aufrollen und zieht dafür die Spezialabteilung Cold Cases der Münchner Kripo hinzu.* Können wir uns darauf verständigen?«

Thomas würde das nicht gefallen. Dennoch streckte Gina die Hand vor. »Abgemacht.«

10

Gina zeigte ihren Dienstausweis an der Zufahrt zum Präsidium vor, fuhr in den Innenhof und ergatterte tatsächlich einen der raren Parkplätze. So musste sie den Berg an Akten und Asservaten, die sie aus Rosenheim mitbrachte, nicht durch die halbe Altstadt schleppen.

Als sie den letzten Karton aus dem Kofferraum hob, fuhr ihr ein so messerscharfer Schmerz durch den Unterleib, dass sie sich für einen Augenblick abstützen musste und nach Luft schnappte. Instinktiv legte sie die Hand auf den Bauch und fühlte dem Schmerz nach, der ebenso schnell verebbt wie gekommen war. Was war das denn gewesen? Hoffentlich nichts mit dem Kleinen. Sicher nicht, beruhigte sie sich und atmete durch. Es war ja schon wieder vorbei.

Die Kartons selbst nach oben zu tragen war wohl keine gute Idee. Suchend sah sie sich um und entdeckte zwei Streifenpolizisten auf dem Weg nach draußen. »Entschuldigung. Können Sie mir mit den Kartons helfen?«

»Kein Problem«, sagte der eine.

»Die Polizei, dein Freund und Helfer«, der andere. Beide waren etwa Mitte zwanzig. Der größere sah gut aus, ein wenig wie James Dean, und das wusste er auch. Rasch musterte er sie vom Scheitel bis zur Sohle, wobei sein Blick eine Sekunde auf Brusthöhe verharrte. Offenbar passte sie trotz ihres fortgeschrittenen Alters in sein Beuteschema. »Immer zu Diensten, schöne Frau. Wohin damit?«

Gina erklärte es ihnen. *Schöne Frau* hatte sie schon lange niemand mehr genannt.

Holger schwenkte auf seinem Bürostuhl herum, als sie im Gefolge der beiden ins Büro kam und sie bat, die Kartons auf den freien Tisch vor dem Fenster zu stellen.

»Danke, Kollegen.«

»War mir ein Vergnügen«, sagte der mit dem Anmacherblick. »Vielleicht trifft man sich mal.«

»Gut möglich. München ist ja ein Dorf.«

»Ein großes Dorf. Wir könnten Handynummern tauschen.«

»Mein Verlobter wird das nicht gerne sehen.«

»Schade, dass die schönsten Frauen immer schon vergeben sind.«

»Tja. Pech. Und danke noch mal.«

Endlich trollte er sich mit seinem Partner. *Schöne Frau*, wow.

»Sag nicht, dass da der Fall Weber drin ist.« Holger hatte die Kartons im Visier.

»Gut, dann sag ich es nicht.«

»Den hat Kira dir wirklich aufs Auge gedrückt?«

»So würde ich es nicht nennen. Es war Überzeugungsarbeit nötig.«

»Äh ... Ich sitze grad an einer Excel-Tabelle mit den ungeklärten Fällen. Es ist ja nicht so, dass wir nichts zu tun hätten.«

»Es geht nur um die Zuständigkeit. Die liegt jetzt bei uns, und deshalb können wir die Taucher losschicken.« Dafür brauchte sie allerdings die Genehmigung des Sachgebiets Einsatz und vorher die ihres Chefs. Wie sie Thomas schmackhaft machen sollte, Zeit, Personal und Geld in einen Altfall der Rosenheimer zu investieren, dafür fehlte ihr im Moment noch jede Idee.

Sie setzte sich an den Schreibtisch und wählte Bachmairs Nummer. »Hallo, Rob. Gilt dein Angebot noch?«

»Logisch. Aber du kennst die Bedingung: Nur, wenn du das Suchgebiet eingrenzen kannst.«

»Schon passiert.« Sie erklärte ihm, aufgrund welcher Überlegungen sie zu dem Schluss gekommen war, wo eine Suche am aussichtsreichsten war. »Ich beantrage noch heute euren Einsatz.« Am anderen Ende blieb es still. »Bist du noch dran?«

»Ja, klar. Ich habe nur überlegt, ob man das nicht unbürokratisch regeln kann. Wir sind auf dem Sprung zu einer Übung am Steinsee, die könnte ich genauso gut an den Langbürgner See verlegen. Ich bespreche das mit der Einsatzabteilung, und dann wären wir eigentlich startklar. Eine Übung hat auch den angenehmen Nebeneffekt, dass wir kein Go der Rosenheim-Cops brauchen und sie nur informieren müssen.«

In Gedanken schlug Gina sich die Hand vor die Stirn. Auf die Idee mit der Übung hätte sie selbst kommen können. »Die Anforderung der Rosenheimer brauchen wir ohnehin nicht. Der Fall gehört jetzt uns.«

»Die Suche nach dem Kind scheint dir ja wirklich am Herzen zu liegen.«

»Nach zehn Jahren einen neuen Versuch zu starten ist wirklich nicht zu früh.« Sie beschrieb Rob den Weg. Im Hintergrund hörte sie Papiergeraschel. »Ich sehe mir das eben mal auf der Karte an. Gib mir eine Sekunde.« Einen Moment später meldete er sich wieder. »Mit unseren schweren Fahrzeugen können wir nicht ins Naturschutzgebiet. Östlich von Hemhof gibt es einen Parkplatz am See. Dort werden wir die Boote einsetzen und durch den Bereich, den du als Flaschenhals bezeichnet hast, in das Einsatzgebiet fahren. Um halb zwei können wir vor Ort sein. Um acht geht die Sonne unter. Uns bleiben also gut sechs Stunden. Das sollte reichen.«

»Prima. Wir treffen uns dort. Kann sein, dass ich mich ein wenig verspäte.« Eine Hürde war noch zu nehmen. Thomas musste informiert werden.

»Kann sein, dass *wir* uns verspäten.« Das kam von Holger.

»Bist du nicht mit der Tabelle beschäftigt?«

»Wir sind ein Team. Also komme ich mit.«

Wenn es sein muss, dachte Gina. Und ob wir ein Team werden, das wird sich erst noch zeigen. Mit einem Schulterzucken signalisierte sie Zustimmung.

»Und weshalb verspäten wir uns?«

»Weil wir erst noch unserem Chef beibringen müssen, dass wir einen Altfall aus Rosenheim bearbeiten.«

11

Es war kurz nach halb zwei, als Gina bei Bernau die Autobahn verließ und auf der Landstraße weiter Richtung Rimsting fuhr. Es hatte aufgehört zu regnen. Die Sonne brach durch die löchrige Wolkendecke und setzte funkelnde Lichter in die triefende Landschaft. Holger saß neben ihr und programmierte auf seinem Smartphone eine Mountainbikeroute fürs Wochenende. Wenigstens tausend Höhenmeter wollte er runterreißen. Besonders redselig war er nicht, und das war ihr recht.

Das Gespräch mit Thomas ging ihr nach. Er war nicht begeistert gewesen. »Dass ich derartige Alleingänge nicht mag, weißt du. Wieso hast du dich nicht mit mir abgesprochen?«

»Ich wollte die Rosenheimer doch nur dazu bringen, nach der Leiche des Kindes zu suchen. Wenn ich geahnt hätte, dass wir am Ende den Fall am Hals haben ... Wir erledigen das jetzt, und das war es dann schon. Finden wir sie, ist der Fall abgeschlossen, und wenn nicht, können wir nichts weiter tun.«

Ein Seufzer stieg aus seiner Brust. »Also gut. Fahr an den See, lass sie suchen, und ab morgen machen wir mit unserer Arbeit weiter. Und ich würde es begrüßen, wenn der Aufwand sich am Ende auch gelohnt hat.«

An diesem Punkt hatte Gina entschieden, ihn vorerst nicht darüber in Kenntnis zu setzen, dass Dr. Kira Duwe sich im Erfolgsfall ins Rampenlicht stellen und sie zu Handlangern degradieren würde. Lorbeeren, Siegerkränze und ähnliche Trophäen waren noch nie ein Ansporn für sie gewesen. Die Suche nach der Wahrheit war es, was sie an ihrem Beruf faszinierte, und zugegebenermaßen auch der Blick in menschliche Abgründe. Sie war neugierig und von klein auf daran interessiert, wie Menschen sich verhielten. Warum sie taten, was sie taten.

Sie ließ Rimsting hinter sich und erreichte kurz darauf das Dorf Hemhof, an dessen Rand sich ein Parkplatz befinden sollte. Sie entdeckte ihn linker Hand der Straße, während der See auf der anderen Seite lag. Von den Tauchern keine Spur. Erst zweihundert Meter entfernt bemerkte sie Rob und seine Leute samt Ausrüstung am Rand einer Wiese.

Dort standen ein zum Taucherbasisfahrzeug umgebautes Wohnmobil, zwei Einsatzwagen, ein Mehrzweckfahrzeug und, den Vorschriften entsprechend, auch ein Krankenwagen. Gina ließ ihren Golf dahinter ausrollen und stieg aus.

Im Basiswagen zogen sich bereits die Taucher um und prüften ihre Druckluftflaschen und sonstiges Tauchgerät. Reichlich Technik, für die Holger sich interessierte. Er war ganz in seinem Element und blieb dort zurück, während Gina sich nach Rob umsah. Sie entdeckte ihn am Ufer, wo die Schlauchboote vom Doppeltrailer zu Wasser gelassen wurden.

Das Gras war nass. Feuchtigkeit drang nach wenigen Schritten durch ihre Turnschuhe und setzte sich in die Hosensäume. Der Wind blies kräftig über den See und brachte den Geruch von Schilf und Wasser mit sich und die Ahnung, dass der Spätsommer langsam zur Neige ging.

Rob drehte sich um, als er sie kommen hörte. »Grüß dich, Gina.« Er begrüßte sie mit einem kräftigen Handschlag. »Gut schaust aus.« Seine Augen waren grau und klar und sein Gesicht von Wind und Wetter gegerbt.

»Danke.«

»Ihr heiratet, habe ich munkeln hören.«

»Ah, hast du das.« Noch hatte sie mit niemandem darüber gesprochen. Aber Tino möglicherweise.

»Der Flurfunk«, meinte er augenzwinkernd.

»Wie immer: schnell und zuverlässig.«

»Es stimmt also. Gratuliere.« Ein Lächeln breitete sich auf seinem Gesicht aus. »Wirklich. Das ist gut. Tino und du, ihr beide gehört einfach zusammen.«

Gina wurde das Thema unangenehm. Der Flurfunk hatte sicher schon vor langer Zeit die Nachricht verbreitet, dass Tinos Lebenstraum in einer großen Familie bestand. Daraus hatte er nie einen Hehl gemacht. Falls nun jemand diese beiden Nachrichten addierte ... »Nochmals danke. Auch dafür, dass du das hier möglich machst.« Mit dem Kinn wies sie zum See.

»Hoffen wir, dass wir etwas finden. Leicht wird das nicht.«

»Den Versuch ist es wert.« Wie sollte man leben mit dieser andauernden Ungewissheit? Gina wagte nicht, sich das auszumalen. Tote Kinder. Der Alptraum aller Eltern. Ein kühler Schauer jagte ein Frösteln über ihre Haut. Eltern zu sein bedeutete auch immer Angst zu haben. Angst vor Krankheit, Leid, Verlust, vor Enttäuschungen. Auf der anderen Seite stand dieser Sorge so viel Glück gegenüber. Ein Kind zu gebären erschien ihr bereits als das größte aller vorstellbaren Wunder. Es großzuziehen, aufwachsen zu sehen und stark zu machen fürs Leben, ihm all das mitzugeben, was es brauchte, um zu bestehen, um glücklich zu werden und unabhängig zu sein. Ein eigenständiger, freier Mensch mit einem ungebändigten Geist. Es zu lieben.

Liebe war der Schlüssel zu allem.

»Gina? Geht es dir gut?«

Sie schüttelte diese Gedanken ab. »Alles bestens. Und wenn es nur ein Knochen von Marie ist, kann ihre Mutter endlich Abschied nehmen.«

»Du meinst also, der östliche Teil wäre zu seicht und der nördliche zu weit vom Tatort entfernt.« Rob wies auf die Karte, die neben ihm auf einem Picknicktisch lag – offenbar ein Rastplatz für Wanderer – und von zwei Steinen beschwert wurde, damit der Wind sie nicht davonwehte.

»Es war eine Februarnacht, Vollmond, knapp über null Grad. Ich kann mir nicht vorstellen, dass Weber über einen Kilometer weit gerudert ist. Nicht mit einer normalen Jeans und einer Fleecejacke bekleidet und schon gar nicht ohne Handschuhe. Er hätte sich nicht nur die Finger abgefroren, sondern auch seinen Allerwertesten.« Die Informationen zu Bekleidung hatte sie auf der Webseite von Petra Weber gefunden. Jedenfalls war für sie die logische Schlussfolgerung, dass Maries Vater die Leiche seines Kindes im mittleren und zugleich tiefsten Teil dem See übergeben hatte.

Rob folgte ihrer Argumentation und schickte seine Leute los, während Gina am Ufer bleiben musste. Für sie war kein Platz auf dem Boot. Es sei denn, sie verzichteten auf einen Taucher, was sie natürlich nicht wollte. Die Außenbordmotoren knatterten, die Boote versetzten die ruhige Wasseroberfläche in kabbelige Unruhe, jenseits des Flaschenhalses drehten sie ab und verschwanden aus Ginas Sichtfeld. Es wurde still. Nur ab und zu drang ein Laut über den See. Die Zeit dehnte sich. Der Nachmittag schritt nur langsam voran. Holger unterhielt sich mit dem Fahrer des Tauchermobils.

Gina zog sich die Bergschuhe an, nahm das Funkgerät und ging ins Naturschutzgebiet. Nach einer halben Stunde erreichte sie die Bucht und beobachtete von dort die Arbeit der Taucher. Ab und an knisterte das Funkgerät. Rob hielt sie auf dem Laufenden. Nichts tat sich. Jedes Mal, wenn ein Taucher nach oben kam, schnellte Ginas Puls in die Höhe.

Die Kirchturmuhr im nahen Dorf schlug fünf, dann

sechs, dann sieben. Gina war in Gedanken abwechselnd bei Marie mit dem Zauberhut und bei den Hochzeitsvorbereitungen und entschloss sich, sie ihrer Mutter anzuvertrauen. Dorothee war ein Organisationstalent und würde das mit links erledigen, während ihr und Tino die Zeit dafür fehlte.

Langsam kehrte sie durch den Wald zurück. Holger saß auf der Bank am Ufer und telefonierte. Der Wind wurde stärker, fegte die letzten Wolken vom Himmel und bereitete dem Abendrot eine dramatische Bühne. Wenn bei Capri die rote Flotte im Meer versinkt, dachte Gina. In einem Roman hatte sie das mal gelesen, und nun fiel ihr der Titel nicht mehr ein.

Das Handy klingelte und holte sie aus ihren Gedanken. Es war Rita, ihre künftige Schwiegermutter, eine beeindruckende Frau. Links wie Che Guevara, klein wie Édith Piaf und eine erfolgreiche Malerin. Es erschien Gina nahezu unvorstellbar, dass sie jemals mit Tinos Vater verheiratet gewesen sein sollte, mit Alexander, diesem großbürgerlichen Starverteidiger aus bester Hamburger Gesellschaft. Gegensätzlicher ging es nicht mehr. Und es war dann ja auch nicht gutgegangen. Tino und sein Bruder Julius hatten mitten in der Pubertät gesteckt, als ihre Mutter von einem Tag auf den anderen ausgezogen war und ihre Söhne plötzlich zwei Zuhause hatten.

Sie sei eine Künstlerin, die Freiraum brauche, hatte sie erklärt, und keinen Mann, dem sie mit den Porträts, die sie damals gemalt hatte, peinlich war.

Das war beinahe dreißig Jahre her. Und seit zehn Monaten wohnte Rita nun – von kurzen Unterbrechungen abgesehen – mit ihrem Lebenspartner Georges in München. Er war an Prostatakrebs erkrankt und ließ sich hier behandeln und nicht im Elsass, wo sie seit über zwanzig Jahren lebten. Es ging ihm nicht gut. Genau genommen ging es dem Ende zu. Gemeinsam hatten sie auf die Schwangerschaft angestoßen, und sowohl Rita als auch Georges hofften, dass er die Hochzeit noch erleben würde. Mittlerweile war er derart abgemagert und kraftlos, dass er kaum noch laufen konnte und die meiste Zeit im Rollstuhl saß.

»Salut, Gina«, meldete Rita sich. »Alles gut bei dir?«
»Mir geht es prima. Und Georges?«
»Er wird jeden Tag weniger. Eines Morgens wird er ganz weg sein. Ich spüre es. Er wird in einer Nacht gehen.« Ein tiefer Seufzer klang durchs Telefon. »Wir haben jetzt endlich einen Hospizplatz für ihn gefunden.«
»Das ist gut.«
»Ich rufe wegen des Hochzeitsgeschenks an. Ich würde euch gerne das Bild geben, das dir so gut gefallen hat, vorausgesetzt, du magst es täglich um dich haben.«
»Das *Meer bei Locquémeau*? Warum sollte ich es nicht um mich haben wollen?« Obwohl sie nichts von Kunst verstand, hatte sie dieses Bild auf Anhieb gemocht. Es strahlte eine ungebändigte Kraft aus. Ein wildes, tosendes Meer am Ende der Welt.
»Weil es dir über ist. Ziemlich gewalttätig. Es macht dich klein.«
»So habe ich das noch gar nicht gesehen. Ich würde mich trotzdem darüber freuen. Es ist phantastisch, und Tino mag es auch.«
»Gut, dann wäre das geklärt. Vielleicht musst du es ab und zu einfach mit dem Gesicht zur Wand drehen.« Rita verabschiedete sich.

Die Kirchturmuhr schlug acht, und als der letzte Schlag verklungen war, hörte Gina die Boote kommen. Das Knattern der Außenbordmotoren klang stetig lauter werdend über den See.

12

Am nächsten Morgen führte Ginas erster Weg zu Thomas. Sie war frustriert, aber noch nicht bereit aufzugeben. Wobei sie keine Idee hatte, wie sie ihn von einem weiteren Einsatz der Tauchergruppe überzeugen sollte. Und selbst wenn ihr das gelang, würde die Einsatzabteilung ihn mit an Sicherheit grenzender Wahrscheinlichkeit nicht genehmigen.

Sie klopfte an die Bürotür und wollte eintreten. Doch sie war verschlossen und Thomas noch nicht da. Gina ging weiter in ihr Büro, öffnete die Fenster und ließ frische Morgenluft herein. Noch war es ruhig in der Innenstadt, doch bald würde der Lieferverkehr einsetzen, und spätestens in zwei Stunden, wenn die Läden öffneten, herrschte dort unten der alltägliche Trubel.

Auf dem Tisch neben dem Fenster standen die Kartons mit den Unterlagen zum Fall Weber. Sollte sie die zurückschicken? Das war nun ihr Fall. Also ab ins Archiv damit. Ein Gedanke, der eine Welle von Frustration in ihr auslöste. Sie schaltete den Wasserkocher ein, brühte einen Becher marokkanischen Minztee auf und zog die Breze, die sie auf dem Weg zur Arbeit gekauft hatte, aus der Tüte. Ein zweites Frühstück. Wenn ihre Essgelüste sich nicht änderten, behielt Holger am Ende recht, und sie musste nach der Entbindung ordentlich daran arbeiten, ihren Körperfettanteil zu reduzieren.

Ihr Blick fiel wieder auf die Kartons. Was war in diesen ersten Februartagen 2005 geschehen, als Christian Weber erst seine Tochter tötete und dann sich? Sie nahm ein paar

Ordner heraus, setzte sich an den Schreibtisch und begann zu lesen.

Februar 2005. Die Scheidung der Webers steht unmittelbar bevor, der Termin ist für den zehnten Februar anberaumt. Wie vereinbart, holt Christian Weber seine Tochter am Freitag, dem vierten Februar, am Nachmittag fürs Wochenende ab. Am selben Abend werden die beiden gegen achtzehn Uhr bei McDonald's in der Martin-Luther-Straße gesehen. Zeugen erinnern sich. Außerdem tauchen Vater und Tochter auf einem Überwachungsvideo auf.

Seit der Trennung im Oktober lebt Petra Weber alleine mit dem Kind in der Eigentumswohnung in der Bassaniostraße in Harlaching, während Christian Weber sich in der vierten Etage eines Mehrparteienhauses in der Cincinnatistraße 102 im Stadtteil Fasangarten eine neue Bleibe gesucht hat.

Kurz vor neunzehn Uhr parkt er seinen Wagen auf dem Stellplatz in der Tiefgarage. Einer Nachbarin begegnet er mit seiner Tochter im Flur. Das Kind ist fröhlich und vergnügt, während Weber einen niedergeschlagenen Eindruck auf sie macht. Danach werden die beiden am Freitag von niemandem mehr gesehen.

Am späten Samstagvormittag bemerken Anwohner Weber in seinem Wagen. Das Kind ist im Kindersitz auf der Rückbank angeschnallt. Kurz vor zwölf betreten Vater und Tochter am Flamingo-Eingang den Tierpark Hellabrunn. Er kauft zwei Eintrittskarten, die später in seiner Geldbörse gefunden werden. Kurz vor halb zwei bezahlt er im Tierpark-Bistro mit EC-Karte Pizza und Cola. Um vierzehn Uhr sieben filmt ihn und seine Tochter eine Überwachungskamera bei der Polarwelt. Kurz vor drei beenden die beiden den Zoobesuch. Das Parkticket wird um vierzehn Uhr achtundfünfzig an der Ausfahrt-Schranke eingesteckt.

Ein Luftzug streifte Gina. Sie sah auf. Holger kam herein. Buntes Biker-Outfit. Radhelm. Schweißnasses Gesicht.

»Guten Morgen.« Er warf Rucksack und Helm auf den Stuhl und einen Blick auf seine Pulsuhr, bevor er sie aus- und die Kaffeemaschine einschaltete. Ein Königreich für einen Kaffee, dachte Gina. Doch sie musste sich mit dem Duft begnügen.

»Auch einen?«

»Ich halte mich an Tee.« Sie wies auf ihren Becher.

»Hast du es mit dem Magen?«

»Danke. Mir geht es bestens.«

Er bemerkte den geöffneten Karton und die Ordner auf Ginas Tisch. »Wir machen also weiter?«

»Ich bin nur neugierig.«

Während Holger sich in die Umkleideräume zum Duschen zurückzog, vertiefte sie sich wieder in die Unterlagen.

Den Rest des Samstagnachmittags verbringen Vater und Tochter in Webers Wohnung. Eine Nachbarin hört den Fernseher und später Marie schreien und weinen. Es ist etwa achtzehn Uhr. Es klang nach einem trotzigen Kind, das seinen Willen nicht durchsetzen konnte, gibt die Zeugin an. Das war das letzte Lebenszeichen von Marie und Christian Weber. Danach wurden die beiden von niemandem mehr gesehen.

Sechsundzwanzig Stunden später, am Sonntagabend gegen zwanzig Uhr, erscheint Petra Weber bei der Polizeiinspektion 23 in München-Giesing. Sie ist völlig aufgelöst. Ihr Mann sollte Marie vor drei Stunden nach Hause bringen, doch er ist verschwunden. In der Wohnung ist er nicht. Sein Fahrzeug ist weg, niemand weiß, wo er und das Kind sich aufhalten. Sie nimmt an, dass ihr Mann Marie entführt hat, da er sie für ungeeignet hält, ein Kind zu erziehen, und das alleinige Sorgerecht beantragt hat, das er allerdings nicht bekommen wird. Ein gemeinsames Sorgerecht ist in seinen Augen nichts wert, solange Maries Lebensmittelpunkt bei der Mutter liegt.

Die Fahndung nach Christian und Marie Weber wird in die Wege geleitet. Am Dienstagnachmittag, es ist der achte Februar, entdecken Spaziergänger im Naturschutzgebiet östlich des Langbürgner Sees Webers VW Touran. Er steht in unmittelbarer Nähe einer verfallenen Fischerhütte. Ein Schlauchboot ist am Ufer vertäut. In der Hütte hat es einen Brand gegeben, der vermutlich durch den Starkregen in den frühen Morgenstunden des siebten Februar gelöscht wurde. Im Schutt wird die Leiche von Weber entdeckt und im Fahrzeug ein Abschiedsbrief, in dem er seinen Selbstmord ankündigt und den Mord an seiner Tochter Marie gesteht.

Gina suchte in den Akten danach und fand das Original abgeheftet in einer Plastikhülle. Die Handschrift war schwer lesbar.

Einst geliebte Petra,
wenn du diese Zeilen liest, dann ist es dir geglückt,
unsere Familie zu zerstören. Nur du bist noch übrig.
Und das ist gut so. Denn dir wird die Hölle auf Erden
beschert sein.
Wenn du diese Zeilen liest, bin ich tot.
Das wird dich nicht weiter kümmern. Vielleicht bist
du sogar erleichtert. Obwohl, wenn ich so darüber
nachdenke, bin ich sicher: Du bist froh, mich für immer
los zu sein. Jetzt stehe ich dir nicht länger im Weg.
Jetzt hast du Marie ganz für dich allein. Das denkst du.
Aber so ist es nicht.
Wenn du diese Zeilen liest, ist auch Marie tot. Ich überlasse sie dir nicht. Ich habe sie mitgenommen, denn
sie ist mein Kind, und ihr Platz ist an meiner Seite. Du

wirst sie nie betrauern können. Das ist deine Strafe, denn du allein trägst die Schuld, dass es so weit gekommen ist.
Chris

Plötzlich war Gina übel. Sie legte die Hülle mit dem Brief auf den Tisch, stellte sich ans offene Fenster und atmete durch. Nach einigen Atemzügen verschwand das flaue Gefühl aus ihrem Magen.

Was für ein narzisstisches Arschloch! Spielte sich zum Richter auf und ersann als Strafe eine lebenslange Folter für seine Frau. *Ich habe sie mitgenommen. Du wirst sie nie betrauern können.*

Was meinte er damit?

Für Trauer brauchte man Gewissheit und einen Ort, ein Grab. Hatte er am Ende gemeint, du wirst sie nie bestatten können? Wenn das sein Ziel gewesen war, weshalb hatte er Maries Leiche dann ausgerechnet im See versenkt, wo man ganz sicher nach ihr suchen würde?

Und mit einem Mal verstand sie es und atmete scharf aus. Sie hatten Marie gar nicht finden können, weil sie nicht dort lag!

13

Holger kam herein, geduscht und umgezogen und statt der Pulsuhr das Fitnessarmband am Handgelenk. Der Kaffee war durchgelaufen. Er nahm sich davon, und Gina kämpfte den Impuls nieder, es ihm gleichzutun.

»Du wolltest mir erklären, nach welchen Kriterien wir die Fälle auswählen, die wir noch einmal beackern.« Mit dem Becher in der Hand setzte er sich auf die Kante seines Schreibtischs.

Gina griff nach ihrem Minztee. »Nach Alter und möglichen DNA-Spuren. Je älter ein Fall, umso schwieriger wird es, einen neuen Ermittlungsansatz zu finden. Zeugen leben nicht mehr oder können sich nach so vielen Jahren nicht mehr erinnern. Wir suchen nach Hinweisen und Spuren, die nicht zu Ende ermittelt wurden. Vor allem suchen wir aber in den Asservaten nach täterrelevanter DNA. Finden wir die, ist der Fall in der Regel geklärt. Siehe unseren Staatssekretär. Aber erst einmal lesen wir Akten und Akten, und dann lesen wir Akten. Im Fall Diana Weigelt waren es über sechstausend Seiten. Wir inhalieren Staub und sitzen die meiste Zeit am Schreibtisch. Das muss man mögen. Bei den Kollegen mit den aktuellen Fällen geht es spannender zu.«

»Ich finde es interessant. Und wenn ich das hier richtig interpretiere, bist du mit dem Fall Weber noch lange nicht durch.«

»Irgendwo in den Unterlagen muss es einen Hinweis geben, was Weber mit Maries Leiche gemacht hat. Denn im See liegt sie sicher nicht. Lies den Brief, dann verstehst du, was ich meine.« Sie reichte ihm die Hülle und begann die Ordner in die leeren Regalfächer zu räumen, während er las.

»Aus diesem Brief spricht reichlich Hass und Selbstmitleid. *Du wirst sie nie betrauern können.* Wenn er das ernst gemeint hat, hat er die Leiche der Kleinen irgendwo anders begraben. Möglichst weit weg vom See, an einem Ort, an dem sie kaum zufällig gefunden werden kann. Wo soll man da anfangen zu suchen?« Holger griff sich ebenfalls einen Packen Ordner und schob sie ins Regal.

»Stellmacher hat die Botschaft nicht verstanden. Die Dokumentation des Wochenendes ist lückenhaft. Der Sonntag fehlt völlig. Das letzte Lebenszeichen von Marie stammt vom Samstag, achtzehn Uhr. Was hat Weber in den sechsunddreißig Stunden vor seinem Selbstmord getan? Wo war er? Wir gehen also die Hinweise aus der Bevölkerung und die Zeugenaussagen durch. Vielleicht wurde einem nicht die gebührende Beachtung geschenkt. Wenn das nichts bringt, sollten wir mit den Nachbarn von damals reden.«

»Sechsunddreißig Stunden. Das ist viel Zeit. Vielleicht hat Petra Weber ja recht, und ihr Mann hat Marie nicht getötet, sondern in Obhut gegeben.«

Dieser Gedanke hatte sie auch kurz gestreift. »Das ist nicht wahrscheinlich. Er gesteht die Tat schließlich, vor allem aber hat er sie als seinen Besitz bezeichnet. Sein Kind, das ihm gehört und über das niemand verfügen darf, nur er. Es ist der klassische Mitnahmeselbstmord.«

Als Erstes nahm Gina sich den Tatortbefundbericht vor, gewissermaßen das Herzstück der Ermittlungsarbeit.

In Webers Wohnung waren Blutspuren von Marie rund um den Esstisch gesichert worden. Zahlreiche Tropfen und Spritzer. Vermutlich Nasenbluten. Weber hatte das Kind geschlagen, als es sich weigerte, den Pudding zu essen, weil er bitter schmeckte, und hatte der Kleinen die Süßspeise mit Gewalt eingeflößt. Im beinahe geleerten Becher Schokopudding hatte die KTU Reste von Schlafmittel in einer Konzentration nachgewiesen, die für ein Kind von sechs Jahren mit einem Gewicht von einundzwanzig Kilo letal gewesen sein musste. Gina schnaubte. Dieser Fall hatte von Anfang an ihnen gehört. Der Mord war in München verübt worden. Doch das war erst mit Vorlage des toxikologischen Untersuchungsergebnisses Wochen später offenbar geworden. Zu diesem Zeitpunkt hatten die Rosenheimer längst das Heft in der Hand gehalten.

Gina suchte das Verzeichnis der Asservate heraus. Schlauchboot, Ruder, Motorpumpe, die leeren Blister der Tabletten, mit denen Weber sich am See vergiftet hatte, Autoschlüssel und Straßenkarten, Maries Handschuhe, der Abschiedsbrief, Webers Ehering, seine Kleidung, Seile, die Verpackungshülle einer Plane, eine Taschenlampe, ein Sturmfeuerzeug, seine Geldbörse und Armbanduhr und so weiter und so fort. Gina öffnete den Karton mit den Asservaten und suchte nach den Straßenkarten. Es handelte sich um drei Rad- und Wanderkarten für den Chiemsee, das Altmühltal und das Inntal. Alle trugen deutliche Gebrauchsspuren. Sie breitete sie auf dem Tisch aus.

Gemeinsam mit Holger suchte sie nach Markierungen und fand keine. Enttäuscht verstaute sie die Karten wieder und zog das Portemonnaie und die Tüte mit dessen Inhalt hervor. Ein paar Münzen, ein paar Scheine. Führerschein und Personalausweis und eine Kopie des Kfz-Scheins. Die Eintrittskarten für den Tierpark, die Rechnung des Zoo-Bistros, die McDonald's-Quittung, diverse Kassenbelege von Supermärkten über einen Zeitraum von mehreren Wochen und eine Tankquittung. Sie stammte vom fünften Februar 2005, also vom Samstag. Weber hatte an der Aral-

Tankstelle in Giesing fünfzig Liter Super getankt und bar bezahlt. Um siebzehn Uhr drei. Eine Stunde später hatte die Nachbarin Marie weinen und schreien gehört. Ein trotziges Kind, das seinen Pudding nicht essen wollte.

»Weißt du, welches Fassungsvermögen der Tank eines Touran hat?«

»Keine Ahnung. Ich google mal. Benziner oder Diesel?«

Sie warf einen Blick auf den Kfz-Schein. »Benziner. Baujahr 2003. 2.0 FSI.«

Es dauerte ein paar Minuten, bis Holger die Informationen gefunden hatte. »Der Tank fasst sechzig Liter, der Verbrauch liegt nach Herstellerangaben bei acht Komma eins Liter pro hundert Kilometer, laut eines Userforums sind es tatsächlich eher neun. Mit einer Tankfüllung kommt man also etwa sechshundertfünfzig Kilometer weit.«

»Weber hat am Samstag vollgetankt. Hoffen wir mal, dass die Kollegen aufgezeichnet haben, wie viel noch drin war, als der Wagen gefunden wurde.«

Große Hoffnungen machte Gina sich nicht. Besonders gründlich waren Stellmacher und seine Leute nicht vorgegangen. Es waren ja kaum Fragen offen gewesen und Maries Mörder geständig, vor allem aber tot. Und gegen Tote wurde nicht ermittelt. Wozu sich also groß Mühe mit Detailarbeit machen?

Es war, wie Gina vermutete: Bei den KTU-Berichten war keiner fürs Fahrzeug und auch im Tatortbefundbericht fand sie keinen Hinweis auf die Benzinmenge. Vielleicht erinnerte sich ja Stellmacher und war bereit, sein Wissen mit ihr zu teilen. Sie rief ihn an und bemühte sich um einen lockeren Tonfall. »Grüß Sie, Gina Angelucci hier. Ich hoffe, Sie reden noch mit mir.«

»Sie haben Nerven.«

»Die sollte man in unserem Job haben.«

Er ging auf ihren Scherz nicht ein. »Und haben Sie das Kind nun gefunden?«

»Sie hätten mir sagen sollen, dass Weber in seinem Abschiedsbrief geschrieben hat, dass Marie nicht im See liegt.«

Ein Schnappen klang durchs Telefon. »Hat er nicht.«

»*Du wirst sie nie betrauern können.* Das hat er geschrieben. Warum hätte er die Leiche seiner Tochter ausgerechnet dort verstecken sollen, wo man zuerst nach ihr suchen würde? Ich mache also weiter, und ich brauche Ihre Hilfe.«

»Nee, Mädel. Das kannst du vergessen.«

Es kostete sie Mühe, das *Mädel* nicht zu kommentieren, und sie ballte die freie Hand zur Faust. »Weber hat am Samstagabend seinen Wagen vollgetankt. Wissen Sie, wie viel noch im Tank war, als man ihn fand?«

»Haben Sie sich nicht die Akten gekrallt? Lesen Sie den Bericht, und jetzt stehlen Sie mir nicht länger die Zeit.« Ohne sich zu verabschieden, legte Stellmacher auf.

»Danke aber auch!« Gina steckte das Smartphone ein. »Es geht doch nichts über nette Kollegen. Offenbar gibt es doch einen Bericht der Spurensicherung fürs Auto. Irgendwo muss er sein.«

14

Der KTU-Bericht fürs Fahrzeug war nirgendwo zu finden. Holger machte sich auf den Weg nach Rosenheim, um ihn aufzutreiben, während Gina nach Petra Webers Visitenkarte suchte und nach Schwabing fuhr. Nachdem sie keinen Parkplatz gefunden hatte, stellte sie ihren Golf entnervt in einer Lieferanteneinfahrt ab und legte einen Zettel mit ihrer Handynummer hinter die Windschutzscheibe.

Die Immobilien Wilk GmbH befand sich in einem schmalen, zweistöckigen Gebäude aus der Jahrhundertwende. Roséfarbene Fassade, cremefarben abgesetzte Fenstereinfassungen, zahlreiche Simse und Vorsprünge. An der Hausecke und unter dem Vordach entdeckte Gina Überwachungskameras und zwei Signalgeber mit dem charakteristischen roten Warnlicht. Reichlich Überwachungstechnik. Auch über dem Klingelbord aus Messing befand sich eine Videokamera. Da war jemand vorsichtig. Das komplette Haus schien Mark Wilk zu gehören. Unten die Firma, darüber die Wohnung. Jedenfalls war auf den Schildern nur sein Name zu finden.

Gina klingelte unten beim Büro. In der Gegensprechanlage knisterte es. »Ja, bitte?«

»Gina Angelucci. Ich würde gerne Frau Weber sprechen.«

Der Summer ertönte, die schwere Haustür sprang auf. Gina trat ein. In der geöffneten Bürotür wurde sie von Petra Weber erwartet. »Sie haben es sich also überlegt. Kommen Sie rein.«

»Es hat sich eher ergeben.« Wenn sie es genau bedachte,

war sie in diese Geschichte unversehens hineingeschlittert.
»Jedenfalls liegt der Fall jetzt bei uns, und ich habe Fragen.«

»Sie suchen also nach Marie. Wow. Das hätte ich nicht erwartet.«

Im Flur kam ihnen ein Mann entgegen. Eins neunzig. Mitte bis Ende vierzig. Fünfundachtzig Kilo. Dunkle kurze Haare. Helle Augen. Randlose Brille. Hellblaues Hemd. Anzughose. Businesstyp.

»Mein Chef. Mark Wilk«, stellte Petra Weber ihn vor. »Und das ist die Kommissarin, von der ich dir gestern erzählt habe. Frau Angelucci.«

»Sehr erfreut. Gibt es Neuigkeiten wegen Marie?« Es klang so beiläufig, als ob er damit nicht wirklich rechnete und mit seinen Gedanken ganz woanders war.

»Wir fangen erst an. Haben Sie Christian Weber gekannt?«

»Sicher. Er war Petras Mann, und mit Petra bin ich seit Jahren befreundet.«

»Dann würde ich gerne mit Ihnen beiden reden. Und ich brauche einen Tisch oder eine Pinnwand.«

Wilk sah auf die Armbanduhr. Ein Luxusteil im Wert eines Kleinwagens. »Kein Problem. Ich habe eine halbe Stunde Zeit. Am besten gehen wir ins Besprechungszimmer. Ich komme gleich nach. Muss nur noch ein Telefonat erledigen.«

Petra Weber führte Gina in einen hellen Raum mit Parkettboden. An den Wänden hingen zwei großformatige Fotografien. Raureif an einem Strauch voller verschrumpelter Hagebutten und zwei Bäume, die sich synchron unter der Last des Schnees zu einer Seite neigten. Ein Tanz des Untergangs, eingefangen für immer. Die Bilder waren schwarz-weiß und strahlten in ihrer klaren Schönheit eine überwältigende Trauer aus.

»Sie sind von Mark. Schön, nicht?«

»Ja, wirklich. Vergrößert er sie selbst?«

»Es ist sein Hobby, und er hat sich im Keller ein Labor dafür eingerichtet.«

Ihm schien tatsächlich das ganze Haus zu gehören. Gina fragte nach, und Petra Weber bestätigte es. »Er ist ein guter Makler und erfolgreich. Als ihm das Haus vor zwölf Jahren angeboten wurde, hat er nicht lange überlegt. Es war günstig, und er hat es ganz nach seinen Wünschen für sich und seine Frau – jetzt Exfrau – umbauen lassen. Heute ist es mehr als das Doppelte wert.«

Gina legte die Wanderkarten auf den Tisch und blickte durch die Fenster des Besprechungsraums in einen betonierten Hinterhof. Der war weniger prächtig als die Fassade zur Straßenseite. An einem eingeschossigen Gebäude mit vergitterten Fenstern und bröckelndem Putz kletterte der Efeu bis aufs Flachdach und von dort weiter zur Doppelgarage, vor der ein froschgrüner Lupo stand.

Wilk kehrte zurück. »Bitte, nehmen Sie doch Platz.« Er wies auf den Konferenztisch. »Wie können wir Ihnen nun helfen?«

»Wir haben die Akten aus Rosenheim erhalten, und in den Asservaten waren diese Wanderkarten und außerdem eine Quittung für eine Tankfüllung von fünfzig Litern. In den Tank passen sechzig. Es waren also noch zehn Liter drin. Ihr Mann hätte nicht tanken müssen, wenn er nur zum See wollte. Wir vermuten, dass er Marie nicht mehr bei sich hatte, als er sich dort das Leben nahm.«

Ein Leuchten stieg in Petra Webers Augen auf. Die von Wilk weiteten sich vor Überraschung. »Sie wollen sagen, dass Chris Marie tatsächlich weggegeben hat?«

»Nein. Es tut mir leid. Ich habe mich ungeschickt ausgedrückt. Wir suchen nach … nach Maries Leiche. Frau

Weber, is gibt keinen Grund, daran zu zweifeln, dass Ihr Mann Marie getötet hat. Aber wir sind ziemlich sicher, dass er sie nicht im See ... Also, dass er sie nicht dem See übergeben hat. Alle sollten das glauben. Deshalb hat er das Schlauchboot mitgenommen. Er wollte, dass wir an der falschen Stelle suchen.«

Innerhalb einer Sekunde verlosch das Leuchten in Petra Webers Gesicht. Es versteinerte. »Natürlich hat Chris Marie nicht bei sich gehabt. Das sage ich schon seit zehn Jahren. Er hat sie vorher zu ihrer neuen Familie gebracht. Deswegen hat er getankt. Das ist doch wohl klar. Stellmacher hat mir nie etwas von dieser Tankquittung gesagt.«

Gina bemerkte den Blick, mit dem Wilk sie ansah. War das Mitleid oder Verzweiflung? Oder war er einfach nur genervt, weil er es nach all den Jahren nicht mehr hören konnte? »Sie hatten nie Akteneinsicht?«

Petra Weber schüttelte den Kopf.

»Petra hat es versucht. Doch man hat ihr erklärt, dass Akteneinsicht erst dann möglich ist, wenn der Fall abgeschlossen ist, und das ist er bis heute nicht. Alles, was Petra an Informationen hat, hat sie selbst zusammengetragen.«

»Dann kennen Sie auch das Ergebnis der toxikologischen Untersuchung nicht?«

Wilk verschränkte die Arme. »Wir wissen, dass Chris Marie eine tödliche Dosis Schlafmittel eingeflößt hat. Das wurde uns ...«

»Das hat er doch genauso inszeniert wie die Nummer mit dem Schlauchboot«, fiel Petra ihm ins Wort. »Alle sollen glauben, dass sie tot ist, damit niemand nach ihr sucht, und dass er getankt hat, beweist das doch.«

Möglich war viel, doch Gina glaubte es nicht. »Ich habe den Abschiedsbrief Ihres Mannes gelesen. Er gesteht den Mord und schreibt ...«

Petra sprang auf. »Sie kapieren es einfach nicht! Dieses Geständnis ist genauso gefakt. Das angebliche Drama musste schließlich glaubhaft sein.«

So langsam verlor Gina die Geduld. »Ich kenne einige ähnlich gelagerte Fälle, in denen Männer ihre Kinder mit in den Tod genommen haben und ihre Leichen verschwinden ließen. Sie wollen, dass die Mütter nicht trauern können. Dafür braucht man einen Ort, ein Grab. Das ist es, was auch Chris Ihnen verweigern will. Daher gehe ich davon aus, dass er Marie gar nicht im See beigesetzt hat, sondern anderswo. Doch wo? Ich habe keine Ahnung, wo wir mit der Suche beginnen sollen. Ich brauche von Ihnen eine Aufstellung von Orten, die für Ihren Mann eine besondere Bedeutung hatten. Und außerdem wollte ich Sie bitten, sich diese Karten anzusehen. Sie lagen in seinem Wagen. Wo könnte er Marie versteckt haben?«

»Machen Sie jetzt genau da weiter, wo Stellmacher aufgehört hat, ja?«, schrie Petra Weber. »Raten Sie mir jetzt auch, dass ich ein Grab für sie anlegen soll, damit ich um sie trauern kann? Ich trauere aber nicht. Denn mein Kind lebt. Und wenn Sie jetzt die Fehler von damals wiederholen, werde ich das öffentlich machen. Das lasse ich mir nicht mehr bieten. Seit zehn Jahren muss ich alleine suchen, weil die Polizei den Arsch nicht hochkriegt und mir unbedingt einreden will, dass es einen Mord gegeben hat. Warum? Weil es das für Sie einfacher macht? Weil es weniger Arbeit ist und man das Ganze ad acta legen kann? Wir leben aber in einem Rechtsstaat, und ich werde meine Möglichkeiten nutzen.«

Gina zwang sich, die Ruhe zu bewahren. Sie verstand den Zorn. Stellmacher hatte wirklich Mist gebaut, aber das hier ging zu weit.

»Frau Weber, ich bin überzeugt davon, dass Marie tot

ist, und das hat nichts mit Faulheit oder Bequemlichkeit zu tun. Es gibt gute Gründe dafür. Ich muss sie Ihnen nicht aufzählen. Sie kennen sie selbst. Alles, was ich tun kann, ist nach Maries Leiche zu suchen. Soll ich das nun machen, oder soll ich den Fall ungeklärt zu den Akten legen? Wollen Sie das? Soll Ihr Mann am Ende siegen, indem Sie sich weiter mit der Ungewissheit quälen? Das ist es doch, was er wollte.«

Mit zusammengekniffenen Augen starrte Petra Weber sie an, doch dann gab ihre Körperspannung plötzlich nach, die Schultern sanken herab, alles Abwehrende verschwand aus ihrem Gesicht. Sie brach in Tränen aus. Mark Wilk zog sie an sich und warf Gina einen Blick zu, aus dem überraschenderweise Dankbarkeit sprach.

»Die Kommissarin hat recht«, sagte er. »Du solltest Chris diese Macht über dein Leben nicht länger einräumen. Gönne ihm diesen Triumph nicht. Schließe endlich ab damit.«

Sie schien ihn nicht einmal zu hören, machte sich los von ihm und griff nach den Wanderkarten. »Chris hat die Karten für seine Mountainbike-Touren mit Oliver benutzt. Sie haben nichts mit Marie zu tun. Sie lebt.« Mit dem Handrücken wischte sie sich die Tränen vom Gesicht.

»Vielleicht können Sie mir doch ein paar Orte nennen, die für Chris von Bedeutung waren.«

Widerwillig begann sie einige aufzuzählen. Aus ihrer Sicht war es vergeudete Zeit, und das ließ sie Gina spüren. Als sie sich schließlich verabschiedete, drückte Petra Weber ihr das aktuelle Phantombild von Marie in die Hand. »So könnte sie heute aussehen. Sie müssen sie finden.«

»Wir tun unser Bestes, Frau Weber.« Gina ließ sich noch die Adresse von Webers Freund Oliver Steinhoff geben, vielleicht konnte er mit den Karten mehr anfangen.

Wilk, der zu seinem Termin musste, begleitete Gina hinaus und reichte ihr auf dem Gehweg die Hand zum Abschied. Etwas schien er noch loswerden zu wollen, doch er zögerte. »Petra will einfach nicht wahrhaben, dass Chris genau der Typ war, der so etwas tut. Sie idealisiert ihn. Das hat sie schon immer getan, und ich bringe es leider nicht fertig, ihr das zu sagen, dann wäre sie völlig isoliert.«

»Vermutlich hat sie ihn geliebt.«

Wilk fuhr sich durchs Haar. »Ja, sicher. Die beiden haben eigentlich ganz gut zusammengepasst.«

»Wie meinen Sie das?«

»Sie hatten dieselbe Vorstellung von Ehe und Familie, reichlich konservativ. Petra wollte sich um Haushalt und Kinder kümmern und Chris den Rücken für die Karriere freihalten. Er war der Versorger der Familie. Der IT-Spezialist, der eine Sprosse nach der anderen nahm. Er hat auch gut verdient, jedenfalls bis er seinen Job verlor. Petra hat sich von ihm abhängig gemacht, und das bringt jede Partnerschaft aus dem Gleichgewicht. Ich habe ihn nicht gemocht. Ich gebe es zu. Alles hatte sich immer nur um ihn zu drehen. Ein richtiger Egozentriker. Meine Frau – also jetzt Exfrau – und ich haben Petra nach Maries Geburt überredet, ihre Stelle nicht zu kündigen, und ihr einen Teilzeitvertrag gegeben. So hat sie sich ein Stück Unabhängigkeit bewahrt. Und später haben wir ihr sogar eine Partnerschaft angeboten. Sie hätte bei uns einsteigen können.« Sein Smartphone sandte einen Signalton. Er sah auf die Uhr. »Ich muss jetzt wirklich los. Wenn Sie noch Fragen haben oder ich Ihnen sonst wie helfen kann, rufen Sie an.«

»Mach ich. Wie war Marie eigentlich so?«

»Marie? Ein hübsches Kind. Ziemlich weit für ihr Alter, intelligent, aber auch pfiffig und frech, und sie schloss schnell Kontakte. Man musste sie einfach mögen.«

15

Holger war noch in Rosenheim, als Gina ins Büro kam. Sie heftete das Phantombild von Marie an die Pinnwand und legte die Wanderkarten auf den Tisch. Die Landkarte, die sie auf dem Rückweg in einer Buchhandlung gekauft hatte, fand ihren Platz neben Maries Bild an der Wand. Mit roten Pinn-Nadeln markierte sie die Orte mit besonderer Bedeutung für Chris, die Petra Weber ihr genannt hatte. Allzu viele waren es nicht.

Als das erledigt war, setzte sie sich an den PC und durchforstete die Datei der unbekannten Toten. Maries DNA war in der Datenbank hinterlegt. Daher war es unwahrscheinlich, dass man ihre Leiche zwar gefunden, aber nicht identifiziert und daher als unbekannte Tote bestattet hatte. Dennoch wollte sie auf Nummer sicher gehen.

Währenddessen kam Thomas herein. In der Hand hielt er einen Schnellhefter. Sein Blick glitt von der Pinnwand zu den geöffneten Ordnern, die überall lagen. »Du machst doch mit dieser Rosenheimer Sache weiter? Wollten wir uns nicht ab heute wieder unserer Arbeit widmen?«

»Genau genommen war das immer unser Fall. Marie wurde in München ermordet. Doch das war erst nach Wochen klar, als endlich das toxikologische Gutachten vorlag.«

Thomas hörte sich das ruhig an. Doch Gina wusste, dass er sich erneut übergangen fühlte und Ärger in ihm dräute, der rauswollte. Sie hatte allerdings ein Ass im Ärmel. Den Fall Weigelt. Als die Asservate nicht aufzutreiben waren, wollte Thomas aufgeben, während sie beharrlich drangeblieben war. Diese Karte zückte sie nun. »Die Rosenheimer haben es sich zu leicht gemacht und so den Fall in den Sand gesetzt. Für uns macht es das nicht einfacher, nach so vielen Jahren, aber du weißt ja, dass ich Herausforderungen liebe. Und es gibt einen neuen Ermittlungsansatz.«

Thomas zog einen Stuhl vom Besprechungstisch heran und setzte sich. »Lass mal hören.«

Gina berichtete ihm von der Tankquittung, dem Abschiedsbrief und den Schlüssen, die sie daraus gezogen hatte. »Holger ist nach Rosenheim gefahren und sucht dort nach dem KTU-Bericht des Fahrzeugs. Hoffentlich haben sie ihn nicht verschlampt, und hoffentlich war der Tank noch reichlich voll. Das würde den Radius, in dem wir suchen müssen, stark eingrenzen.«

»Klingt verdammt nach Stecknadel und Heuhaufen. Welche Kriterien willst du anlegen, um mögliche Ablageorte herauszufiltern?«

»Weber wollte, dass die Leiche seiner Tochter nie gefunden wird. Er wollte die Kontrolle behalten, über seinen Tod hinaus. Also wird er sie nicht irgendwo versteckt haben, sondern an einem Ort, den er gut kennt und der möglicherweise sogar in seinem Leben eine wichtige Rolle spielt.«

»Wie kommst du denn darauf? Er kann sie irgendwo versenkt, vergraben oder verbrannt haben.«

»Männer wie Chris Weber halten sich für besonders schlau und überlegen. Die spielen gerne Spielchen. Ich könnte mir sogar vorstellen, dass er die Leiche seiner Tochter seiner Frau vor die Füße gelegt hat. Täglich läuft oder fährt sie am Grab ihres Kindes vorbei und ist völlig ahnungslos.«

»Jetzt geht aber deine Phantasie mit dir durch.«

Gina zuckte mit den Schultern. »Wir machen also mit Marie weiter?«

Thomas stand auf. »Von mir aus. Vorher gibst du ohnehin keine Ruhe. Aber eines will ich sicherstellen: Das ist wirklich unser Fall?«

»Kira Duwe hat ihn an uns übergeben.« Nun war die Stunde der Wahrheit gekommen, sie musste Thomas den Deal gestehen. »Es gibt allerdings etwas, das du wissen solltest.«

»Ja?«

»Sie hat mir den Fall unter einer Voraussetzung überlassen. Demnach sind sie federführend und haben uns als die Spezialisten für Cold Cases hinzugezogen.«

»Wir als Handlanger der Rosenheim-Cops?« Thomas lachte. »Darauf hast du dich eingelassen?«

»Mir ist egal, wessen Statistik am Ende besser aussieht. Ich will den Fall zu Ende bringen. Das ist alles.«

Einen Moment überlegte Thomas, focht einen stummen Kampf mit sich aus, verzog den Mund und legte die Stirn in Falten. »Also gut«, sagte er schließlich. »Wir werden denen zeigen, wie man das richtig macht. Um die Formalitäten kümmere ich mich. Wenn sie uns den Fall übergeben haben, sind wir auch zuständig, dann liegt die *Federführung* bei uns.«

Erleichtert sah Gina ihm nach, als er den Raum verließ, und wandte sich wieder der Datei der unbekannten Toten zu. Kein Kind darunter. Irgendwo lag sie also noch, die kleine Marie mit dem Zauberhut. *Hex, hex. Alles soll wieder gut sein.*

Eine Stunde später kam Holger zurück und hielt einen Ordner hoch, wie eine Trophäe. »Die Kriminaltechniker hatten noch eine Kopie. Das ist die gute Nachricht.«

»Und die schlechte?«

»Es waren nur noch achtzehn Liter im Tank.«

»Weber hat also zweiundvierzig Liter verfahren. Dann

fangen wir mal zu rechnen an. Neun Liter auf hundert Kilometer, hast du gesagt. Wie ging der Dreisatz noch mal?«

Holger zog sein Smartphone hervor und tippte die Zahlen in die virtuelle Tastatur. »Weber hat zwischen Samstag achtzehn Uhr und dem vermuteten Todeszeitpunkt am Montagmorgen zwei Uhr 466,66 Kilometer runtergerissen. Ich guck mir das mal auf Maps an.«

Gina stellte sich zu ihm und sah ihm über die Schulter, als er mit dem Routenplaner verschiedene Strecken berechnete.

»Falls er von München an den Langbürgner See gefahren ist, was eine völlig willkürliche Annahme ist, müssen wir neunzig Kilometer abziehen. Bleiben 376 Kilometer oder ein Radius von etwa 185 Kilometern, den ich auf der Karte auf circa 150 begrenzen würde, denn Straßen sind nicht schnurgerade.«

Sie sahen es sich auf der Karte an. Im Norden entsprach das der Strecke bis kurz vor Nürnberg, im Südosten bis Salzburg, im Süden bis Innsbruck, im Westen bis weit ins Allgäu hinein. Himmel, wo sollte man da mit der Suche anfangen?

Holger deutete auf die Karte. »Wir brauchen mehr von diesen roten Pins. Vielleicht ergibt sich irgendwo ein Cluster.«

16

Oliver Steinhoff war selbständiger Unternehmensberater und wohnte in Baldham. Der Ort im Münchener Osten zog Leute an, die es zu Wohlstand gebracht hatten. Viele Häuser lagen hinter hohen Mauern oder Hecken verborgen, von Alarmanlagen und Videokameras bewacht.

Der Brunellenweg erstreckte sich am nördlichen Ortsrand. Unmittelbar dahinter begann der Baldhamer Wald. Eine privilegierte Wohnlage, die sicher ihren Preis hatte. Steinhoffs Haus war das letzte in der Straße. Auf der Wiese gegenüber stand ein Bauschild. Sechs exklusive Doppelvillen sollten demnächst hier entstehen, und Gina fragte sich, ob die Begriffe *Doppel* und *exklusiv* nicht einander ausschlossen.

Sie hatte mit Steinhoffs Sekretärin, Nicole Schmidt, einen Termin vereinbart. Doch als sie klingelte, blieb alles ruhig. Die Jalousien waren heruntergelassen und das Garagentor geschlossen. Gina zog ihr Handy hervor und rief an. »Angelucci. Ich stehe vor der Tür. Würden Sie mich reinlassen? Anscheinend funktioniert die Klingel nicht.«

»Vorhin ging sie noch. Ich mach Ihnen auf.«

Gina wartete auf das Summen des Türöffners. Nichts geschah. »Sind Sie noch dran?«

»Ja.«

»Der Türöffner geht offenbar auch nicht.«

»Kann es sein, dass Sie vor der Nummer siebenunddreißig stehen?«

»Genau.«

»Tut mir leid. Dann sind Sie falsch. Das ist Herrn Steinhoffs Privatadresse. Das Büro befindet sich in der Nummer siebzehn. Der Eintrag im Adressverzeichnis wurde offenbar noch immer nicht korrigiert. Ich habe das jetzt schon zweimal angemahnt.«

Gina ging die hundert Meter zu Fuß und wurde von Nicole Schmidt empfangen. Ende zwanzig. Eins fünfundsiebzig. Fünfzig Kilo. Puppengesicht. Kastanienfarbene Locken. Besondere Merkmale: kleine Narbe über der rechten Braue. »Bitte entschuldigen Sie das Missverständnis. Herr Steinhoff braucht noch fünf Minuten. Er hat gerade eine Skypekonferenz.«

»Kein Problem.« Gina folgte Nicole Schmidt zum Besprechungszimmer, vorbei an einem Büro, aus dem eine Männerstimme drang. Ein wenig zu laut und aufgebracht. Da lag wohl Ärger in der Luft.

Kunst an den Wänden. Ein Teppichboden, der jedes Geräusch dämpfte. Die Möbel funktional und sicher teuer. Mit einem Glas Wasser versorgt, wartete Gina. Es dauerte tatsächlich nur ein paar Minuten, bis die Tür geöffnet wurde und Steinhoff eintrat. Er reichte ihr die Hand. »Entschuldigen Sie, dass Sie warten mussten. Ein freier Mitarbeiter …« Er ließ den Satz unvollendet, deutete aber mit einer Geste an, dass es Unstimmigkeiten gab.

Er sah nicht aus wie der Prototyp eines erfolgreichen Geschäftsmanns, den Gina unwillkürlich erwartet hatte, sondern mehr wie der hilfsbereite Nachbar, bei dem man sich mal einen Schraubenschlüssel borgen konnte oder den Rasenmäher. Ende vierzig. Eins achtundsiebzig. Achtzig Kilo. Braune Augen. Kurzes braunes Haar. Graue Schläfen. Er trug eine helle Baumwollhose und ein Jeanshemd. Das einzig Auffallende an ihm war eine Nerdbrille mit petrolgrünem Rand. Er setzte sich zu ihr an den Tisch. »Sie sagten, es geht um Marie. Wurde sie endlich gefunden?«

»Wir haben die Suche wiederaufgenommen.«

»Aha. Gibt es dafür einen Anlass?«, fragte Steinhoff verblüfft. »Nicht, dass Sie jetzt denken, ich würde das nicht begrüßen. Für Petra wäre es ein Segen, wenn das endlich ein Ende hätte. Wie geht es ihr?«

»Sie haben keinen Kontakt mehr?«

Bedauernd hob Steinhoff die Hände. »Ich war mit Chris befreundet. Nicht unbedingt mit ihr. Chris und ich haben uns im Jahr vor dem Abitur kennengelernt, als die Familie nach Passau umzog, weil mein Vater dort eine neue Stelle antrat. Der Schulwechsel war nicht leicht, doch Chris hat mir geholfen. Er war das Alphatier in der Klasse und hat allen klargemacht, dass ich sein Freund und damit tabu für Härtetests und Initiationsriten bin. Petra ist eigentlich ganz nett, trotzdem sind wir nie so wirklich warm geworden miteinander. Und nach dieser Sache ... Nachdem Chris sich und das Kind umgebracht hat, ist der Faden schnell gerissen. Sie konnte sich nicht mit den Tatsachen abfinden und lief ihrem Hirngespinst hinterher, dass Marie lebt. Das hört man sich eine Zeitlang an und bringt auch für eine Weile Verständnis auf, aber irgendwann kann man es nicht mehr hören. Sie hat nicht nur mich vergrault. Sie hat sich völlig isoliert. Bis auf Mark vermutlich. Der hatte ja einen Narren an Petra und Marie gefressen. Sicher arbeitet sie noch bei ihm.« Fragend sah Steinhoff sie an.

»Ja, das tut sie.«

»Und Sie rollen den Fall jetzt wieder auf?«

»Die Abteilung, für die ich arbeite, ist auf ungeklärte Verbrechen spezialisiert, und um ein solches handelt es sich ja.«

Steinhoff stieß einen Finger in die Luft. »Ach. Jetzt weiß ich auch, weshalb Sie mir gleich bekannt vorgekommen sind. War nicht vor einigen Tagen ein Artikel über Sie in der Zeitung? Sie haben Strasser überführt.«

»Das war Teamarbeit.«

»Aber in Maries Fall ist nichts unklar.«

»Bis auf die Leiche, die fehlt. Wir vermuten, dass Chris sie an einem Ort versteckt hat, der ihm vertraut und wichtig war. Jetzt suchen wir nach solchen Orten. Deshalb bin ich hier. Sie waren sein Freund. Fällt Ihnen dazu etwas ein?«

»Sie glauben nicht, dass sie im See liegt? Davon ist die Polizei doch bisher ausgegangen.«

»Die Rosenheimer. Wir nicht. Und? Haben Sie ein paar Orte für uns?«

Steinhoff fuhr sich mit der Hand übers Kinn. »Orte, die ihm wichtig waren? Puh. Nach zehn Jahren. Da muss ich nachdenken.«

Er rief seine Mitarbeiterin herein, bat um Kaffee und bot Gina ebenfalls einen an. Sie nahm an, als sie hörte, dass es Decaf gab. Steinhoff griff nach einem Block, der auf dem Tisch lag. Eine halbe Stunde später hatte er eine beachtliche Liste zustande gebracht.

Die Hacklbergmühle stand darauf, eine verlassene Fabrik in Passau und das Abenteuerareal während Webers Jugend. Den ersten Joint hatten sie dort geraucht und verbotene Partys und heimliche Mopedstunden abgehalten. Außerdem Webers Elternhaus, ebenfalls in Passau. Es war unbewohnt. Jedenfalls war das vor zehn Jahren so gewesen. Vielleicht hatte Petra es ja in der Zwischenzeit verkauft. Steinhoff wusste es nicht. Ferner eine Berghütte in der Valepp. Das Gebiet um die Hemhofer Seenplatte, wohin ihre Mountainbike-Touren sie häufig geführt hatten. Ein Wanderweg auf den Hirschberg. Das Amphitheater im Englischen Garten. Das Hochhaus ihres ehemaligen Arbeitgebers.

Gina fragte, weshalb Steinhoff es notiert hatte.

»Weil dort die Katastrophe ihren Anfang nahm.«

»Wie meinen Sie das?«

»Hätte Chris seinen Job nicht hingeschmissen, wäre das nicht passiert. Wir waren eine Zeitlang Kollegen bei wir-fahren-in-urlaub.de, einem Reiseportal. Er als Webanalyst, ich als Leiter der Abteilung Marketing und Vertrieb. Ich bin allerdings ein Jahr vor ihm ausgeschieden. Das Arbeitsklima war unterirdisch. Ich konnte gut verstehen, dass er es satthatte. Chris dachte, dass er im Handumdrehen eine neue Stelle finden würde. Doch er täuschte sich. Das war eine frustrierende Erfahrung für ihn. Bis dahin war es in seinem Leben nur bergauf gegangen. Und nun bekam er Absagen. Das hat ihn fertiggemacht. Arbeitslosigkeit war was für Loser. Und zu denen zählte er nicht. Die Raten für die Eigentumswohnung konnte er irgendwann kaum noch aufbringen, und seiner Familie konnte er nicht mehr den gewohnten Status bieten. In dieser verfahrenen Situation hat sich Petra die Möglichkeit geboten, als Teilhaberin in das Immobiliengeschäft von Mark und Heike einzusteigen. Chris war dagegen. Er hatte seinen Stolz. Sie denken vielleicht, dass er ein Macho war. Viele Frauen würden das vielleicht so sehen. Doch Petra hat gewusst, worauf sie sich einließ. Auf eine ganz altmodische Ehe. Er als Ernährer der Familie und sie sollte ihm den Rücken für die Karriere freihalten und das Kind großziehen, und plötzlich wollte sie davon nichts mehr wissen und ihn zum Hausmann degradieren. Da hat er nicht mitgespielt. Es gab immer häufiger Krach. Die Ehe hat dieser Belastung nicht standgehalten, und am Ende hat Chris nur noch einen Ausweg gesehen. Dieser Idiot! Es hätte andere Lösungen gegeben. Und wenn er sich schon umbringen musste, warum hat er Marie mitgenommen? Das werde ich nie verstehen. Kurz bevor es passiert ist, hat er gesagt, dass die verdammte Firma schuld wäre. Hätte man ihn nicht bei der Beförderung übergangen, hätte er nicht gekündigt. Deshalb steht das Firmengebäude auf der Liste.«

Eine Adresse im Arabellapark. Hochhäuser, so weit das Auge reichte. Zahllose Keller, Schächte, Lüftungsanlagen, Abwassersysteme, vergessene Räume. Vor drei Jahren hatten sie die mumifizierte Leiche eines Obdachlosen gefunden, der sich vermutlich im Winter zuvor den Zugang zu einem solchen Raum verschafft hatte. Die Tür ließ sich nur von außen öffnen. Das hatte er zu spät erkannt.

Gina nahm die Liste und verabschiedete sich. Steinhoff begleitete sie zur Tür und schob die petrolgrüne Nerdbrille ins Haar. »Ich wünsche Ihnen Erfolg. Falls mir noch etwas einfällt, melde ich mich.«

Er sagte das mit einer Beiläufigkeit, die Gina verriet, dass er nicht an den Erfolg glaubte, den er ihr gerade gewünscht hatte, und sie erhielt sofort die Bestätigung für diese Vermutung, als hätte er diese Überlegung von ihrem Gesicht abgelesen.

»Sie haben Chris nicht gekannt. Er war einer, der immer alles richtig gemacht hat. Ein Perfektionist. Wenn er wirklich wollte, dass Maries Leiche nie gefunden wird, dann werden Sie sie auch nicht finden.«

17

Bevor Gina Feierabend machte, wollte sie noch die von Steinhoff genannten Orte auf der Karte markieren und danach mit Tino nach Hause gehen. Sie konnten über den Viktualienmarkt bummeln und für ein Picknick am Flaucher einkaufen, denn der Kühlschrank war so gut wie leer. Oder sie setzten sich gleich in einen Biergarten. Die Tage, an denen das noch möglich sein würde, gingen so rasch zur Neige wie der Spätsommer in den Herbst über.

Sie steuerte das Portal des Präsidiums an, als Tino in Begleitung von Kirsten und Alois herauskam. Die drei waren in Eile. Mit ausholenden Schritten durchquerten sie den Hof. In Tinos Gesicht spiegelte sich Fassungslosigkeit. Als er sie entdeckte, gab er Kirsten und Alois ein Zeichen, dass sie vorausgehen sollten. »Ich komme gleich nach.«

»Wird wohl nichts mit dem Feierabend?«

»Wir haben einen Leichenfund in Freimann. Du musst nicht auf mich warten.«

»Schade, ich dachte, wir könnten in den Biergarten gehen. Aber vielleicht haben ja Theo und Rebecca Zeit.«

»Grüße sie von mir, wenn du sie triffst.« Tino gab ihr einen flüchtigen Kuss und eilte davon. Sie sah ihm einen Moment nach und fragte sich, was für eine Tat ihn bereits aus der Fassung brachte, bevor er am Tatort gewesen war. Eigentlich konnte es sich nur um ein Kind handeln.

Als sie ins Büro kam, war Holger bereits weg. Es sah so aus, als hätte er pünktlich um siebzehn Uhr den PC ausgeschaltet, sich in seine Radklamotten gestürzt und die Pulsuhr angelegt. Immerhin lag ein Memo von ihm auf ihrem

Schreibtisch. *Habe in den Hinweisen aus der Bevölkerung noch keine auf Webers Touran gefunden. Inhaliere morgen weiter Aktenstaub. Dir einen schönen Abend.*

Gina markierte die von Steinhoff genannten Orte mit roten Pins. Ein Cluster begann sich allenfalls in München zu bilden. Nicht verwunderlich. Hier war Webers Lebensmittelpunkt gewesen. Und in Passau. Zwei Pins. Dem Hinweis mit dem Elternhaus mussten sie unbedingt nachgehen. Ein leerstehendes Haus.

Sie rief Theo an. Er war ein guter Freund und Mitglied der WG am Bordeauxplatz gewesen. Bis er mit Rebecca zusammengezogen war. Er war Finanzbeamter, spielte in einer Bigband Trompete und war überhaupt ein lustiger Kerl. Wie sich zeigte, hatten er und Rebecca dieselbe Idee gehabt wie sie, denn sie saßen bereits im Taxisgarten. »Für euch rutschen wir zusammen.«

Sie erklärte, dass Tino nicht mitkommen konnte, und machte sich auf den Weg. Der Biergarten war an diesem schönen Abend gut besucht. Stimmengewirr und das Klirren von Maßkrügen und Weißbiergläsern fingen sich unter den Kronen der alten Kastanien. Der Duft von Steckerlfisch ließ ihr das Wasser derart im Mund zusammenlaufen, dass sie sich erst ihre Brotzeit besorgte und dann nach Theo und Rebecca Ausschau hielt. Sie entdeckte die beiden am Rande des Getümmels und bugsierte sich samt Tablett zwischen den Tischen und Bierbänken hindurch, stolperte beinahe über einen Hund und dann über ein Kind, das weinend vor ihr stand und nach der Mama rief, die gottlob herbeieilte.

»Servus, Gina.« Theo drückte ihr zwei Bussis rechts und links auf die Wangen, Rebecca tat es ihm gleich. »Schön, dich mal wiederzusehen. Hm, Steckerlfisch.«

»Ihr könnt was abhaben. Eine ganze Makrele schaff ich nicht.«

Rebecca und Theo steuerten Obazden und Wurstsalat bei. Dass ihr Weißbier alkoholfrei war, fiel nicht auf. Theo erzählte, dass er fürs Italienerwochenende auf dem Oktoberfest noch einen Tisch im Armbrustschützenzelt ergattert hatte, und fragte, ob Gina und Tino mitkommen wollten. »Ich schon. Ob ich Tino überzeugen kann ...« Sie zog die Schultern hoch.

Es war Zeit, die Dirndl aus den Kartons zu holen und zu lüften. Mittlerweile besaß sie drei. Nicht diese billigen Jodlerlook-Polyesterfetzen mit Miniröckchen und in schrillen Farben, und auch nicht die Kitschgurkenteile, wie die Münchner Schickeria sie trug, sondern richtige Dirndl. Sündteuer und original.

Das Oktoberfest nahm einen festen Platz in ihrem Leben ein. Der kollektive Wahn, der sechzehn Tage auf der Theresienwiese tobte, war für Gina wie eine Grundreinigung ihrer Psyche. Auf den Biertischen zu stehen und zu singen und zu tanzen, mit Wildfremden Freundschaft zu schließen, Leuten in die Arme zu fallen, deren Sprache man gar nicht verstand, und doch eins zu sein mit ihnen, bei *Griechischer Wein* und *Marmor, Stein und Eisen bricht* einfach mal die Sau rauszulassen, all das war wie eine Katharsis, die all den Ballast fortspülte, der sich übers Jahr angesammelt hatte, und sie für ein weiteres die Schattenseiten ihres Berufs ertragen ließ. Alles, was Menschen einander antaten. Und sie hoffte, dass Tino sie in diesem Jahr wenigstens einmal begleiten würde, dann käme sicher auch er auf den Geschmack. Bisher fand er dieses gemeinschaftliche Besäufnis eher abstoßend. Mal sehen, sie würde ihn schon noch überzeugen.

Das Weißbierglas war leer und die Brezen gegessen. Theo bot an, Nachschub zu holen, und fragte prompt, als Gina eine Rhabarberschorle bestellte, ob sie etwa kein Weißbier mehr mochte.

»Doch. Schon. Aber die nächsten Monate lebe ich abstinent. Das Weißbier war schon bleifrei.«

»Wahnsinn! Du bist endlich schwanger!« Rebecca zog sie an sich. »Super. Das freut mich echt für euch. Lange genug geübt habt ihr ja.«

»Ah, deshalb die plötzliche Hochzeit. Ich habe es mir ja fast gedacht«, sagte Theo.

Mit einem Mal fühlte Gina sich beschwingt und leicht und vergaß Marie samt Zauberhut für einige Stunden. Theo besorgte Getränke, und dann drehte sich das Gespräch um Hochzeit und ums Kinderkriegen, um Kitas und Elternzeit, und es wurde halb zwölf, als sie sich trennten und Gina nach Hause fuhr.

Dass sie schwanger war, würde jetzt schnell im Freundeskreis die Runde machen. Darunter gab es auch Kollegen. Es war also höchste Zeit, Thomas zu informieren. Es gehörte zu ihren Dienstpflichten. Morgen musste sie in den sauren Apfel beißen und Holger die Suche nach Marie überlassen. Jedenfalls den Teil, der sich außerhalb des Präsidiums abspielte.

Um Schlag Mitternacht kam sie nach Hause. Tino war noch nicht da. Erst als sie im Bad stand und die Zähne putzte, hörte sie die Wohnungstür und seine Schritte im Flur. Einen Moment später steckte er den Kopf herein. »Hallo, Schatz. Du bist ja noch auf.«

Sie schaltete die elektrische Zahnbürste aus und spülte den Mund aus. »Bin eben erst gekommen. Theo und Rebecca lassen grüßen. Hast du Hunger?« Sicher hatte er noch nicht zu Abend gegessen. Dabei fiel ihr ein, dass der Kühlschrank nicht mehr viel zu bieten hatte.

»Ich mache mir ein Brot. Setzt du dich noch ein paar Minuten zu mir auf den Balkon?«

Der Fall lag ihm quer im Magen. Jetzt schon. Er ließ die

Arbeit wieder einmal zu nah an sich heran. Das war nicht gut für ihn.

Als sie ein paar Minuten später auf den Balkon trat, saß er bereits im Schein der Küchenlampe auf der Bank, ein Glas Wein und ein Schälchen mit Oliven vor sich, ein Butterbrot in der Hand. Sie zog die Fleecejacke über den Schlafanzug und rutschte an seine Seite. Unten auf dem Friedhof war es still. Die Flammen der ewigen Lichter flackerten sacht im Wind. Auf den Balkonen über und unter ihnen war um diese Zeit niemand mehr. Alle schliefen schon. Sie lehnte sich an ihn. »Dein neuer Fall. Ein Kind, oder?«

Er stellte das Glas ab und legte den Arm um sie. »Wie kommst du darauf?«

»Intuition.«

Er zögerte. »Ja, es stimmt«, sagte er schließlich.

Gina wunderte sich, weil er es nicht ausführte. Sie besprachen ihre Fälle immer miteinander. »Und weiter?« In dem Moment, als sie fragte, wusste sie es und fröstelte. Mit einem Ruck zog sie die Jacke enger um sich. »Etwa ein Baby?«

»Ich wollte es dir eigentlich nicht sagen.« Er griff nach ihrer Hand, strich mit dem Daumen über den Handrücken. »Ein Junge. Unsachgemäß abgenabelt. Müllmänner haben ihn in einem Container gefunden.«

Ein Baby im Müllcontainer. Etwas in Gina zog einen Schutzwall hoch, ließ sie innerlich einen Schritt zurücktreten. Solche Fälle waren selten. Gott sei Dank. Doch sie hatten meist denselben Hintergrund. Panik, Angst, Hilflosigkeit, die totale Überforderung nach einer Geburt, die für die Gebärende völlig überraschend, scheinbar aus dem Nichts kam, weil sie die Schwangerschaft restlos verdrängt hatte. Alle Anzeichen waren umgedeutet oder ignoriert worden. Die Gewichtszunahme lag am üppigen Essen, die Mens war ohnehin unregelmäßig, und die Kindsbewegungen wurden Verdauungsproblemen zugeordnet, die Wehen als Krämpfe interpretiert. Ein blinder Fleck über Monate, weil nicht sein konnte, was nicht sein durfte. Doch diese Strategie war zum Scheitern verurteilt. Natürlich endeten solche Schwangerschaften nicht zwangsläufig mit dem Tod des Kindes, doch hin und wieder geschah es.

»Sie hätte das Kind vor die Tür eines Krankenhauses oder einer sozialen Einrichtung legen können, wenn sie damit überfordert war, oder in eine Babyklappe. Oder war es eine Totgeburt?«

»So wie es aussieht, hat er bei der Geburt gelebt. Es gibt Anzeichen für einen Erstickungstod. Morgen ist die Obduktion.« Tino griff nach dem Weinglas. »Lass uns über etwas anderes reden. Über etwas Erfreuliches. Wie geht es Theo und Rebecca?«

»Prima. Theo hat eine Tischreservierung fürs Armbrustschützenzelt, fürs Italienerwochenende, was eigentlich unglaublich ist.« Sie wollte ihn aus seiner trüben Stimmung holen und ihn zum Lachen bringen. Vielleicht gelang ihr das ja. »Vermutlich ist Korruption im Spiel«, sagte sie todernst. »Theo muss jemanden bestochen haben.«

»Theo? Niemals.«

»Man muss Monate im Vorhinein reservieren. Legal kommst du an keinen Tisch im Bierzelt und schon gar nicht am Wochenende. Theo bearbeitet die Steuererklärungen von G bis I. Wer kommt also in Frage? Der Gauweiler vielleicht? Oder der Fußballtrainer, der von den Bayern. Der Pep ... Wie heißt er doch gleich?«

»Der Guardiola?« Tino lachte. »Du nimmst mich auf den Arm.«

»Niemals. Du bist viel zu schwer. Und in meinem Zustand schon gar nicht.« Immerhin hatte er gelacht. »Dieses Jahr musst du mitkommen auf die Wiesn.«

»Vielleicht. Mal sehen.«

»Nee, ganz sicher. Theo hat den Tisch. Du musst. Alles andere wäre eine Sünde.«

18

Als Gina am nächsten Morgen die Tür zum Büro öffnete, stieg der Kaffeeduft direkt ins Lustzentrum ihres Gehirns und ließ das Verlangen nach einer Tasse richtigem Kaffee förmlich explodieren. Waterboarding war gegen diese Folter Kinderkram. Doch das konnte Holger nicht ahnen, der in guter Absicht und jenseits verstaubter Geschlechterrollen die Kaffeemaschine in Gang gesetzt hatte. Ihm konnte sie also keinen Vorwurf machen. Er saß mit einem neuen elektronischen Spielzeug an seinem Platz und sah auf, als sie eintrat. »Passau könnte hinkommen. Ich habe mehrere Routen ausprobiert.«

»Gleich. Ich muss nur schnell etwas googeln.« Gina warf die Tasche auf den Tisch, setzte sich an den PC und tippte *Kaffee während der Schwangerschaft* in die Suchmaske. Die ersten beiden Treffer stammten von Kaffeeröstereien. Deren Neutralität zweifelte sie an. Der dritte führte zu einem Online-Portal mit dem Apothekenlogo im Header und dort zur Antwort auf die Frage, wie viel Kaffee in der Schwangerschaft erlaubt war. Allein die Fragestellung klang schon vielversprechend, denn sie implizierte, dass Koffein nicht zu hundert Prozent verboten war, wie es in ihrem Ratgeber zur Schwangerschaft behauptet wurde.

Begierig las sie den Eintrag. Demzufolge passierte Koffein den Mutterkuchen und drang so in den Blutkreislauf des Ungeborenen ein. Trank sie also eine Tasse Kaffee, hatte der Kleine kurz darauf denselben Koffeinpegel im Blut wie sie selbst. Das sollte für Tinos Kind nun wirklich kein Problem sein. Die Empfehlung der Deutschen Gesellschaft für

Ernährung lautete daher, nicht mehr als drei Tassen Kaffee pro Tag zu trinken.

Drei Tassen! Mit einem Klick löschte sie die Suche aus dem Browserverlauf, war mit zwei Schritten an der Kaffeemaschine und schenkte sich ihren *CSI-Miami*-Becher halb voll. Ein Schuss Milch dazu. Fertig. Welch ein Genuss! Für einen Moment schloss sie die Augen und seufzte.

Als sie die Augen wieder öffnete, blickte sie direkt in Holgers, in denen eine Frage aufstieg. Sie sah es. Petra Webers Bemerkung, ihre Google-Suche gefolgt vom Hechtsprung zur Kaffeemaschine und ihre Reaktion auf den ersten Schluck. Sherlock Holmes kombinierte. Gleich würde er fragen, ob Petra Weber nicht doch recht hatte. »Passau also. Zeig mal.«

Er griff zu dem Gerät, das vor ihm lag. »Könnte passen. Ich habe das Navi verschiedene Routen ausprobieren lassen.«

Gina setzte sich mit dem Becher in der Hand zu ihm.

»Die Strecke über die A 92 und A 3 nach Passau und wieder zurück nach München und von dort an den Langbürgner See beträgt vierhundertachtzig, die Variante über die Bundesstraßen vierhundertzweiunddreißig Kilometer.«

Auf der Karte sah das nach einem Umweg aus. »Warum hätte er von Passau zurück nach München fahren sollen?«

»Vielleicht, um das Schlauchboot zu holen und was er sonst noch brauchte, um uns an der Nase herumzuführen.«

Das war möglich. Doch war es auch wahrscheinlich? »Wie viele Kilometer sind es, wenn er direkt von Passau an den See gefahren wäre?« Sie ließ den Finger über die Karte wandern. »Über Schärding, Braunau und Altötting.«

Holger tippte die Angaben ins Navigationsgerät. »Knapp dreihundertvierzig.«

Bevor sie sich auf Passau konzentrierten, wollte Gina

Fakten. »In Passau gab es früher die Hacklbergmühle. Das Firmengelände hat Jahrzehnte brachgelegen. Sie ist ein Punkt auf Oliver Steinhoffs Liste. Kannst du herausfinden, wie es dort heute aussieht? Und ich erkundige mich, was aus Webers Elternhaus geworden ist.«

Gina rief Petra Weber an und erfuhr, dass sie den Hausanteil, den sie von ihrem Mann geerbt hatte, schon vor neun Jahren an seine Schwester Daniela verkauft hatte, und die hatte es wiederum weiterverkauft. Was danach damit geschehen war, wusste sie nicht.

Mit Webers Schwester wollte Gina ohnehin reden, auf der Suche nach weiteren Zielen für rote Pins. Sie fragte Petra, wo man ihre Schwägerin antreffen konnte, und erhielt die Auskunft, dass sie am Flughafen beim Bodenpersonal arbeitete und für verlorenes Gepäck zuständig war.

In einem persönlichen Gespräch würde sie mehr in Erfahrung bringen als am Telefon. Gina vereinbarte ein Treffen für zwölf Uhr. Daniela Reichel schlug das Chez Hugo vor, ein Bistro im Terminal zwei auf der Ankunftsebene.

Bis es Zeit war loszufahren, studierte Gina die Akten und trank ihren halben Becher Kaffee. Als sie schließlich den Ordner zuklappte und nach ihrer Tasche griff, schob Holger den Stuhl zurück und steckte sein Smartphone ein. »Auf dem Gelände der Mühle steht jetzt ein Bürokomplex mit Tiefgarage. Dort ist kein Stein auf dem anderen geblieben. Kein gutes Ziel für unsere Suche. Dann auf zum Flughafen.«

Gina hatte nicht die Absicht, ihn mitzunehmen, und suchte nach einer Begründung.

»Wir sind ein Team. Ich komme also mit«, kam er ihr zuvor. »Wenn du willst, fahre ich, dann kannst du dich ein wenig ausruhen.« Er zwinkerte ihr zu und erstickte so jeden Widerspruch im Keim.

Er wusste es oder ahnte es zumindest und machte sich stillschweigend zu ihrem Komplizen. Gina fasste einen Entschluss. Sie würde ihrer Dienstpflicht schon noch nachkommen und Thomas informieren. Wenn auch nicht heute.

»Zurück fahre aber ich.«

Es war Punkt zwölf, als Holger am Parkautomaten ein Ticket zog und den Wagen in einer Parkbucht abstellte. Kurz darauf betraten sie die Ankunftshalle durch eine Drehtür. Helligkeit und Weite empfingen sie. Glänzende Steinböden, klimatisierte Luft, eine Architektur, die die Menschenströme der Kommenden und Gehenden geschickt kanalisierte. Mit einer Lautsprecherdurchsage wurde ein Fluggast zum Infopoint gebeten. Unter der Anzeigetafel fielen sich Menschen in die Arme. Die Räder der Rollkoffer glitten lautlos über die Böden.

Das Chez Hugo war im französischen Stil gehalten, und beinahe alle Plätze waren besetzt. Eine Frau, die allein an einem der Tische mit Marmorplatte bei einem Glas Wasser saß, bemerkte sie und hob kurz die Hand. Das musste sie sein. Ende dreißig. Messingfarbene Locken. Grüne Augen. Marineblaue Uniform mit weinroten Paspelierungen. Weiße Schluppenbluse. Nirgendwo eine Falte, ein Fleck oder ein Stäubchen. Es gab Frauen, denen gelang das. Es war Gina ein Rätsel. Ihre Khakihose lag in tausend Sitzfalten. Die Bluse hatte sie heute Morgen gebügelt, doch den Aufwand sah man ihr längst nicht mehr an. Obendrein prangte an der Knopfleiste ein kleiner Kaffeefleck, und die Turnschuhe fielen beinahe auseinander und hätten eigentlich entsorgt gehört, wenn es nicht ihre Lieblingsnikes gewesen wären.

»Grüß Sie, Frau Reichel. Gina Angelucci, mein Kollege Holger Morell.«

Daniela Reichel wies auf die freien Plätze. »Sie rollen den Fall tatsächlich wieder auf?«

»Wir möchten ihn zum Abschluss bringen.« Gina erklärte wieder einmal, weshalb sie den See als Ablageort für Maries Leiche ausschloss. »Wir suchen nach Plätzen, die Ihrem Bruder wichtig waren, mit denen ihn etwas verband. Wie zum Beispiel Ihr Elternhaus. Sie haben es verkauft, habe ich gehört. Was wurde daraus?«

»Es wurde abgerissen und das Grundstück neu bebaut. Das war schon vor Christians Tod geplant. Er hätte Marie … also ihre Leiche. Er hätte sie nicht dort begraben. Jedenfalls nicht, wenn er sichergehen wollte, dass man sie nie fand, wie Sie vermuten.«

Gina stutzte. »Mit dem Verkauf des Grundstücks wäre Ihr Bruder also seine finanziellen Sorgen los gewesen?«

»Ich bitte Sie, nein. Es ist nicht besonders groß, und Passau ist nicht München. Die Grundstücke kosten dort nur einen Bruchteil. Damit hätte er die Wohnung in Harlaching nicht abbezahlen können. Aber es hätte ihm eine Weile geholfen.«

Gina fragte nach besonderen Orten, und Daniela Reichel begann einige aufzuzählen. Sie gab sich Mühe und durchforstete ihre Erinnerungen. Manche schieden von vornherein aus, weil sie zu weit weg waren, wie die Insel Juist, wo er während eines Urlaubs Petra kennengelernt, und Berlin, wo er studiert hatte.

Auch auf Danielas Liste stand der Langbürgner See. »Sie waren häufig dort. Petra, Marie und er. Einige Male war ich dabei. Es waren immer schöne Tage. Voller Harmonie. Nie hätte ich gedacht, dass er sich dort einmal umbringt.« Daniela Reichel fuhr sich mit der Hand über die Stirn. »Dass er sich überhaupt umbringt. Er war nicht der Typ dafür. Er war ein durch und durch lieber Mensch. Und dass er Marie … Ich kann das bis heute nicht glauben. Wenn er es nicht in seinem Abschiedsbrief geschrieben hätte …«

Holger richtete sich auf. »Gerade die Weichen stecken die Schläge des Lebens meist schlecht weg. Und irgendwann schlagen sie zurück. Nicht alle, aber manche.«

»Ja, mag sein. Ich verstehe es dennoch nicht. Und er war ja selbst schuld an seiner Misere. Kündigt einfach seinen Arbeitsplatz. Das macht man doch nicht. Man sieht sich erst nach etwas Neuem um.«

»Woran lag es?«, fragte Holger.

Sie zuckte die Schultern. »Verletzte Eitelkeit. Chris hatte fest damit gerechnet, die freigewordene Stelle des Teamleiters zu bekommen. Doch die Geschäftsführung hat sich ausgerechnet für seinen schärfsten Konkurrenten entschieden, für Wolfgang Höfling. Chris und er haben sich nicht gut verstanden. Sie trugen eine Art Wettbewerb aus. Wer ist der Bessere, der Schlauere, wer kommt schneller mit der Karriere voran? Chris war richtig wütend. Ausgerechnet der Höfling. Einen Tag und eine Nacht lang hat er sich in seinen Ärger hineingesteigert und am nächsten Morgen gekündigt. Er dachte, dass er sofort eine neue Stelle finden würde, doch das war ein Irrtum.«

Darüber hatte Gina sich gestern schon gewundert. Webanalysten waren gefragte Spezialisten. Heute jedenfalls, wie das vor zehn Jahren gewesen war, wusste sie nicht. »Was war der Grund?«

»Ich weiß es nicht. Chris war gut in seinem Beruf. Er war qualifiziert und hatte Erfahrung. Zu Bewerbungsgesprächen wurde er auch eingeladen, doch danach kam nichts mehr außer Absagen. Es war wie ein böser Fluch, als ob eine dunkle Macht sich gegen ihn verschworen hätte und im Hintergrund die Fäden zog.«

19

Petra verbrachte die Mittagspause mit Mark im Hans im Glück. Vor sich Pommes, Cola und einen Hamburger, all das, was Marie gerne gegessen, aber selten bekommen hatte.

Die ganze Nacht hatte sie wach gelegen und überlegt, wohin Chris Marie gebracht haben könnte. Wenn sie doch nur früher von der Tankquittung erfahren hätte! Er musste um die vierhundert Kilometer zurückgelegt haben. Zweihundert hin, zweihundert zurück. Wo war er gewesen? Sie hatte nicht den Hauch einer Ahnung.

Die Idee der Kommissarin war schlichtweg Quatsch, dass Chris Maries Leiche an einem Ort versteckt hatte, der für ihn wichtig gewesen war. Er hatte sich mit jemandem getroffen, der Marie mit sich nahm. Ein knapp siebenjähriges Kind, das seine Mutter bald vergessen haben würde. Was er ihr wohl erzählt hatte? Vielleicht, dass Mama tot war oder so böse wie eine Hexe aus dem Märchen. Bei diesem Gedanken stöhnte Petra beinahe auf und bemerkte wieder einmal Marks ewig besorgten Blick. Sie rang sich ein Lächeln ab und biss in ihren Burger.

Wo sie jetzt wohl war? Was sie wohl gerade tat? Hatte sie Ferien oder die Schule schon hinter sich? Machte sie eine Ausbildung? War sie in einen Jungen verschossen? Wie ihr Geburtstagskuchen wohl Jahr für Jahr aussah? Wieder einmal versuchte sie sich Maries neue Familie vorzustellen. Hatte sie Geschwister? Ein Haustier? Vielleicht einen Hund, den sie sich immer gewünscht und nie bekommen hatte, weil Chris Hunde nicht mochte. Doch heute gelang es ihr nicht, diese Bilder, die sie sich so oft ausgemalt hatte, heraufzubeschwören.

Mark griff nach ihrer Hand, als hätte er ihre Gedanken gelesen. Vermutlich hatte er das sogar. Es war nicht schwer, sich vorzustellen, was in ihr vorging.

Räumte sie Chris zu viel Macht über ihr Leben ein und ließ sich von ihm bereitwillig quälen? Würde er sie am Ende besiegen?

Nur solange sie Hoffnung hatte. Doch die hing an dem von Mark so treffend beschriebenen seidenen Faden, der dieser Belastung nicht länger standhalten wollte. Die Angst, dass sie es war, die sich irrte, und nicht die anderen, hing wie ein Tonnengewicht an ihm, ließ ihn Faser für Faser sirrend aufspreißeln. Petra merkte, dass sie im Begriff war aufzugeben, weil sie seit Gina Angeluccis Besuch nicht mehr spürte, was sie bisher immer gespürt hatte: dass Marie lebte, dass es ihr gutging.

Ich bin überzeugt, dass Marie tot ist, und ich habe gute Gründe dafür. Ich muss sie nicht aufzählen. Sie kennen sie selbst. Diese Worte hallten seit gestern in ihr nach und nach und nach, wie ein Echo in einem Tunnel, an dessen Ende es kein Licht mehr gab.

Petra verscheuchte diesen Gedanken. Siebzehn Jahre war Marie nun alt. Nächstes Jahr wurde sie volljährig. Wann sie wohl Geburtstag feierte, welchen Namen sie wohl trug? Chris hatte falsche Papiere für sie besorgt. So viel war sicher. Während des Informatikstudiums war er beinahe auf die schiefe Bahn geraten, weil er die falschen Freunde hatte. Hacker, die mit ausgespähten Kreditkartendaten Geschäfte machten. Die kannten sicher andere, die falsche Papiere besorgen konnten. Chris musste Kontakt zu seinen alten Freunden aufgenommen haben. Leider nicht mit seinem Laptop. Darauf hatte sie nichts Verdächtiges entdeckt.

Dann also mit dem Handy, doch das war seit jenem Wochenende im Februar unauffindbar. Beweisen konnte sie es also nicht.

Einige Monate nachdem Marie verschwunden war, hatte sie jedoch die Bestätigung in Form der Mail eines Mannes bekommen, der einen Kinderausweis für Chris gefälscht hatte. Er wollte anonym bleiben und forderte fünfhundert Euro für die Information über Maries neuen Namen und ihr neues Geburtsdatum. Damals war sie noch so naiv gewesen und hatte geglaubt, dass die Leute, die sie kontaktierten, es ehrlich mit ihr meinten und ihr helfen wollten. Sie hatte das Geld mit Western Union geschickt und nie wieder etwas von dem Kerl gehört. Auch nicht, als sie ihm noch einmal fünfhundert bot. Die Mail kam zurück. Den Account gab es nicht mehr. Stellmacher hatte sie ausgelacht, als sie ihn bat nachzuforschen.

Mark legte das Besteck beiseite. »Lass uns gehen und beim Lenbachhaus ein Eis kaufen, und das schlecken wir dann mit den Gesichtern in der Sonne auf den Stufen der Glyptothek.«

Sie gab sich einen Ruck. »Gute Idee.« Es klang nicht ganz so munter, wie sie gewollt hatte.

Gemeinsam machten sie sich auf den Weg. Die Sonne schien, und Petra verlor sich bald wieder in ihren Gedanken. Hätte sie doch nur früher von der Tankquittung erfahren.

»Du bist so still«, sagte Mark.

»Ich überlege, wohin Chris gefahren sein könnte. Mir fällt nichts ein.«

Mark entfuhr ein Stöhnen. »Hör auf damit, Petra. Vierhundert Kilometer. Er kann überall gewesen sein.«

»Aber verstehst du das denn nicht? Diese Tankquittung ist der Beweis. Chris hat Marie in Obhut gegeben.«

»Das ist deine Interpretation. Sie beweist nur, dass Chris getankt hat. Wann und wo und wie viele Liter Benzin. Sie beweist nicht, dass Marie noch am Leben ist.«

Er jetzt also auch! »Sie beweist aber auch nicht, dass sie tot ist. Wäre dir das lieber? Ja? Damit ich endlich aufhöre, euch alle zu nerven.«

Mark atmete durch. »Die Kommissarin hätte dir besser nichts davon gesagt. Sie hätte wissen müssen, wie du das auffasst. Besonders helle ist sie nicht.«

»Besonders helle ist sie nicht? Sie hat Strasser überführt. Nach achtundzwanzig Jahren. Und sie wird auch Marie finden.«

»Hoffentlich.«

»Du meinst, hoffentlich findet sie die Leiche, damit Schluss ist mit dieser Geschichte, damit ich endlich Ruhe gebe.«

Er blieb mitten auf dem Gehweg stehen. »Entschuldige, Petra. Nein, so meine ich das nicht. Es ist nur so … Mir ist das heute einfach zu viel. Können wir nicht über etwas anderes reden? Zum Beispiel, welches Eis du willst. Sie haben eine phantastische Auswahl.« Er wies auf die Eisbude, die nur noch wenige Meter entfernt war. »Zitrone ist sehr zu empfehlen.«

»Ich bin kein kleines Kind, das man mit einem Eis ruhigstellen kann, und wenn ich dir den letzten Nerv raube, dann tut es mir leid. Ich dachte, wir wären Freunde.«

Eine Zornesfalte erschien auf Marks Stirn. »Das sind wir auch. Aber wenn du für voll genommen werden willst, dann führe dich nicht auf wie ein verzogenes Gör. Mir ist die Lust auf ein Eis vergangen. Ich gehe jetzt ins Büro. Wenn man mit dir wieder vernünftig reden kann, kannst du nachkommen.« Auf dem Absatz machte er kehrt.

Völlig überrascht und fassungslos sah sie ihm nach. Er

ließ sie wirklich allein hier stehen und drehte sich nicht einmal um nach ihr.

Nachdem sie sich von diesem Schreck ein wenig erholt hatte, entschloss sie sich, erst einmal ihre Gefühle zu sortieren, und setzte sich am Königsplatz im Schatten der Glyptothek auf eine Bank.

Mark hatte ja recht. Sie strapazierte ihn seit zehn Jahren mit diesem Thema, alle anderen hatte sie vergrault. Nur er hatte bisher zu ihr gehalten, ihr Freitag. Sie wollte nicht auch noch ihn verlieren und nahm sich vor, künftig den Mund zu halten.

Ein Lachen schallte zu ihr herüber. Eine Gruppe junger Leute saß ein Stück entfernt. Vielleicht Studenten. Sie hörten Musik und unterhielten sich, und eine schwache Erinnerung kehrte zurück, wie ihr Leben früher gewesen war. Leicht und unbeschwert.

Was sie sich je erträumt hatte, hatte sie erreicht. Chris war der Mann gewesen, den sie liebte und der diese Liebe erwidert hatte. Hochzeit, Kind, eine eigene Wohnung. Das Glück hatte es gut mit ihnen gemeint. Und dann hatte es ihnen den Rücken zugekehrt und einen langen Schatten geworfen.

Das Läuten des Handys riss sie aus ihren Gedanken. Sie zog es hervor. Der Name Oliver Steinhoff stand im Display, und Petra überlegte, wann sie zuletzt mit ihm gesprochen hatte. Es war Jahre her. Er war Chris' Freund gewesen. Nicht ihrer. Obwohl er ein häufiger Gast gewesen war und sich ihr gegenüber stets korrekt verhalten hatte, hatte er ihr doch das Gefühl gegeben, dass er sie nicht so recht mochte, dass Chris was Besseres verdient hätte. Vermutlich rief er an, weil sie ihm die Polizei ins Büro geschickt hatte.

»Hallo, Oliver.«

»Grüß dich, Petra. Du bist sicher überrascht, dass ich mich melde.«

»Eigentlich nicht. Wahrscheinlich war die Kommissarin bei dir.«

»Richtig. Sie hatte Fragen wegen Chris und Marie, und da habe ich mich gefragt, wie es dir wohl geht.«

»Ich wurschtel mich so durch.«

»Du arbeitest noch bei Mark und Heike, habe ich gehört.«

»Bei Mark. Heike und er haben sich getrennt.« Wenn Mark sie jetzt hören könnte, hätte er erneut Anlass, sauer auf sie zu sein, denn das Thema Scheidung war tabu. »Und du bist immer noch selbständig?«

»Ich kann nicht klagen. Mein Unternehmen läuft recht gut. Klein, aber mein, und niemand quatscht mir rein.« Er lachte, als er den Reim bemerkte. »Ein Dichter wird nicht mehr aus mir. Die Kommissarin sagt, dass sie nach Marie suchen. Ich hoffe ja für dich, dass sie es diesmal professioneller angehen.«

»Sieht nicht so aus, obwohl sie auf alte Fälle spezialisiert ist. Sie hat Strasser überführt, deshalb habe ich mich an sie gewandt. Doch sie macht genau dort weiter, wo Stellmacher aufgehört hat. Sie sucht nach Maries Leiche. Sie fangen es wieder falsch an. Ich verspreche mir nichts davon. Und es tut mir leid, dass ich dich da mit hineingezogen habe und sie dir deine Zeit gestohlen hat.«

»Das ist doch kein Problem. Wirklich nicht. Du glaubst also nach wie vor, dass Marie lebt?«

Oliver war schon immer so geradeheraus gewesen und hatte nie einen Hehl daraus gemacht, dass er dachte, was alle dachten, weil Chris es in seinem Perfektionismus natürlich vollendet inszeniert hatte. »An der Faktenlage hat sich in den letzten Jahren nichts geändert. Wenn ich es vor zehn

Jahren nicht geglaubt habe, weshalb sollte ich es also heute glauben?« Die Wut war zurück, der Ärger auf alle, die ihr nicht halfen, sondern einreden wollten, dass ihr Kind seit zehn Jahren unter der Erde lag oder in einem See oder sonst irgendwo.

»Ich wünsche es dir ja. Und ich habe ein richtig schlechtes Gewissen, dass ich mich so lange nicht bei dir gemeldet habe.«

»Ich hätte dich auch mal anrufen können. Wie geht es dir so? Endlich die Frau fürs Leben gefunden?«

Oliver hatte immer nur kurze Affären, obwohl er sich nichts mehr wünschte als eine dauerhafte Beziehung. »Vielleicht hat er zu hohe Erwartungen«, hatte Chris einmal gesagt. »Wenn man ihm so zuhört, muss die Frau, die zu ihm passt, erst noch geboren werden, und dann ist sie ihm vermutlich zu jung. Wobei, jung dürfen sie schon sein. Seine Letzte war erst neunzehn.«

Oliver lachte. Es klang ein wenig bitter. »Eigentlich schon. Doch das war eher einseitig. Während ich mir das Hirn zermartert habe, wie ich ihr auf möglichst originelle Weise einen Antrag mache, hat sie bereits überlegt, wie sie mir schonend beibringt, dass sie ihre Koffer packen wird. Ich bin also wieder zu haben. Wie wäre es mit uns beiden?«

»War das jetzt ein Antrag?«

»Eher eine Einladung. Wir sollten uns mal wieder treffen. Was meinst du?«

Ein zweiter Freitag auf der Insel? Warum nicht? Sie versäumte nicht zu leben! »Ja, gerne.«

»Schön. Das freut mich. Ich habe morgen einen Termin in München. Ab fünf bin ich frei. Kennst du das neue Weinlokal im Glockenbachviertel?«

Sie kannte es nicht, aber sie würde es schon finden.

20

Ein paar rote Pins waren die Ausbeute des Tages. Doch keiner markierte einen Ort, mit dem Gina sich nach aktuellem Stand der Erkenntnisse derzeit näher beschäftigen wollte. Sie legte den Ordner mit den Zeugenaussagen und Hinweisen aus der Bevölkerung beiseite. Den hatte Holger bereits durchforstet, und auch ihr war nichts aufgefallen, dem sie nachgehen konnten. Wie weitermachen?

Vor ihr lag die Papiertüte mit der Rosinenschnecke, die sie am Flughafen gekauft hatte. Sie entschied sich, auf einen weiteren Kaffee zu verzichten, und brühte sich einen Becher Früchtetee auf. »Auch einen?«, fragte sie und hielt die Packung Teebeutel hoch.

Holger verzog das Gesicht. »Aus dem Alter bin ich raus. Außerdem sind da sicher Farb- und Aromastoffe drin. Ich würde das nicht trinken.« Er wandte sich ab und wies auf die Karte. »Wir brauchen andere Kriterien, um die Suche einzugrenzen.«

Vielleicht sollte sie ihn mal fragen, wie aus Kaffee Decaf wurde. Er wusste das ganz sicher. »Ach? Und welche?«

»No idea. Und auf die Rosinenschnecke solltest du besser verzichten. Zu viel Zucker, der den Stoffwechsel durcheinanderbringt, und zu viel Fett. Lauter sinnlose Kalorien.«

»Dafür aber sehr lecker.« Gina biss hinein. »Wirklich, sehr lecker.« Mit der Zunge wischte sie den Puderzucker von der Lippe. »Weißt du, Holger, früher oder später fallen wir alle in die Grube, und ich genieße mein Leben bis dahin. Aber wenn ich mal einen Ernährungsberater brauche, engagiere ich dich.«

Er zuckte mit den Schultern. »Wie du meinst.« Es klang wie: Jeder ist seiner Diabetes' Schmied. Gina griff nach dem Ordner mit dem Tatortbefundbericht, trank Tee, aß die Rosinenschnecke und vertiefte sich in die Akte, aus der muffiger Kellergeruch stieg.

Sie ging die Ereignisse am fraglichen Wochenende noch einmal durch und blieb wieder am Sonntag hängen. Weshalb hatte niemand Weber und seine Tochter an diesem Tag gesehen? Nicht im Haus, nicht auf der Straße, nicht unterwegs. Der Mann war über vierhundert Kilometer gefahren. Hatte Stellmacher eigentlich versucht, anhand der Handydaten die Route rekonstruieren zu lassen? Vor zehn Jahren musste das doch möglich gewesen sein. Gina durchstöberte den Bericht nach entsprechenden Informationen und fand nichts. Sie sah in den anderen Ordnern nach. Ebenfalls Fehlanzeige.

Holger blickte von seinen Unterlagen auf. »Suchst du etwas Bestimmtes?«

»Ich gebe mich gerade der vagen Hoffnung hin, dass vielleicht ein Bewegungsprofil existiert. Ist dir etwas in der Art untergekommen?«

»Wenn ich eines entdeckt hätte, wären wir heute nicht an den Flughafen gefahren. Dann wüssten wir ja, wo er war. Außerdem war Vorratsdatenspeicherung 2005 noch nicht erlaubt. Vielleicht sollten wir methodischer vorgehen?«

Er war also sauer, weil sie seine Ratschläge in den Wind schlug. Doch ihr Körperfettanteil und ihr Insulinspiegel gingen nur sie etwas an.

»Mir ist nur aufgefallen, dass Weber kein Handy dabeihatte«, lenkte Holger ein. »Jedenfalls ist keines bei den Asservaten, und auch im Asservatenverzeichnis ist es nicht aufgeführt.«

»Eigentlich ist das konsequent. Weber war IT-Spezialist.

Er wird gewusst haben, dass man einem Handy allerlei Informationen abzapfen kann.«

Gina vertiefte sich wieder in den Tatortbefundbericht und suchte nach der Rekonstruktion des Tatablaufs, den Stellmacher erstellt hatte.

Nachdem Weber die Leiche seiner Tochter dem See übergeben und das Schlauchboot am Ufer vertäut hat, setzt er sich, Stellmacher zufolge, in der verfallenen Fischerhütte an einen Tisch, trinkt Wodka, zündet eine Kerze an und schreibt den Abschiedsbrief, den er in das Handschuhfach des Touran legt. Anschließend löst er Schlaftabletten in einem Becher Wasser auf, spült sie mit Wodka hinunter und dämmert kurz darauf weg, sackt schließlich bewusstlos zusammen, rutscht von der Bank zu Boden und stößt dabei den Tisch mit der Kerze um. Ein kleiner Brand entsteht, der sich langsam ausbreitet, die Leiche des Mannes erfasst und kurz darauf von einem Wolkenbruch gelöscht wird.

Gina zog die Fotomappe hervor und sah sich das an. In die Hütte musste es schon längere Zeit hineingeregnet und -geschneit haben. Das halbe Dach fehlte, Moos an den Wänden. Das Holz verrottet. Auch die Bank war eine morsche Konstruktion. Die Brandspuren beschränkten sich auf das Gebiet neben dem Tisch. Dort lag die Leiche von Weber in einer Pfütze. Das Feuer hatte lediglich Oberkörper und Kopf erfasst. Unterkörper und Beine waren unversehrt. Gina blätterte weiter. Kugelschreiber und Feuerzeug lagen in der Nähe des Tisches. Die angerußte Wodkaflasche unter der Bank, daneben ein dunkelblauer Keramikbecher, in dem die Reste des Schlaftablettenbreis getrocknet waren, und drei Schachteln samt der leeren Tablettenblister sowie die Geldbörse. Etwas irritierte Gina. Sie blätterte zurück zur Aufnahme mit den Tabletten.

Drei aufgeweichte Packungen Hoggar Night. Inhalt je

zwanzig Stück. Sechs leere Blister. Reichten sechzig Schlaftabletten tatsächlich aus, um einen Mann zu töten? Gina googelte den Wirkstoff Doxylamin, fand aber keine Angaben zur letalen Dosis.

Holger legte den Ordner beiseite. »Weber hat sein letztes Abendmahl in den Wagen gekotzt. Auf der Ladefläche des Touran wurde Erbrochenes gefunden. Kartoffeln, Salat, Rindfleisch. Vermutlich ein Steak. Erst anverdaut. Wieso übergibt er sich in sein Fahrzeug und nicht ins Moos, wie das jeder gemacht hätte?«

»Weiß nicht. Vielleicht, weil seine Frau den Wagen so nur schwer verkaufen konnte. Den Geruch bekommt man fast nicht raus.« Gina suchte in den Ordnern nach dem Obduktionsbericht und fand ihn nicht. Lag der etwa auch noch in Rosenheim? »Sag mal, hast du den Obduktionsbericht gesehen?«

»Bis jetzt nicht.«

Echte Schlamperer, die Rosenheimer. Doch ihre Frage konnte ihr ein Rechtsmediziner auch ohne Bericht beantworten. Da sie ohnehin den Kopf auslüften wollte, entschied sie sich für ein persönliches Gespräch und schob die Fotos aus dem Tatortbefundbericht in die Umhängetasche.

Holger zog die Stirn in Fragefalten.

»Ich baue jetzt ein paar der überflüssigen Kalorien ab und gehe tausend Schritte.«

Erst als sie den Stachusbrunnen passierte, zog sie das Handy hervor und rief Dr. Ursula Weidenbach an. »Ich wollte nur wissen, ob Sie im Institut sind und ein paar Minuten für mich erübrigen können.«

»Wenn Sie gleich kommen. In einer halben Stunde habe ich Vorlesung.«

»Ich bin in zehn Minuten da.«

Das Institut für Rechtsmedizin gehörte zur Universität

München, und Ursula Weidenbach war eine im Dienst der Toten ergraute Expertin auf dem Gebiet, ihnen ihre letzten Geheimnisse zu entlocken. Gina traf sie in ihrem Büro an. Sie saß hinter dem Schreibtisch am PC und schob die randlose Brille ins Haar, als Gina eintrat.

»Grüß Sie, Frau Angelucci. Was treibt Sie denn zu mir?«

»Ein Selbstmord vor zehn Jahren. Ein Mann hat seine Tochter getötet und sich anschließend mit Schlafmittel vergiftet.« Gina zog die Fotos hervor und reichte sie Ursula Weidenbach. »Doxylamin. Drei Packungen, sechzig Stück. Ich frage mich, ob das ausreicht, um sich das Leben zu nehmen.«

Weidenbach warf nur einen kurzen Blick auf die Bilder. »Also das halte ich für unwahrscheinlich. Tausendfünfhundert Milligramm sind zu wenig. Vielleicht in Verbindung mit reichlich Alkohol und bei vorgeschädigten Nieren. Man müsste sich die Laborwerte von Urin und Blut ansehen. Was steht denn im Obduktionsbericht?« Die Rechtsmedizinerin legte die Fotografien beiseite und streckte die Hand aus.

»Habe ich leider nicht. Aber ich besorge ihn mir.«

Es sah ganz danach aus, als müsste sie wieder einmal Maulwurf spielen. Oder Stellmacher Feuer unter dem Hintern machen, damit sie endlich die vollständigen Unterlagen bekam. Wer wusste schon, was sonst noch in den Kellern der Rosenheim-Cops vermoderte?

21

»Keine Obduktion? Sie nehmen mich auf den Arm.« Gina lehnte am Fensterbrett ihres Büros und sah hinunter auf den Platz vor dem Dom, auf die Löwengrube.

»Der Staatsanwalt hat sie nicht angeordnet.«

»Bei einem Mord und einem Selbstmord?« Für einen Moment stellte Gina sich Löwen dort unten in der Grube vor und Stellmacher mittendrin.

»Der Arzt, der die Leichenschau vornahm, hat zweifelsfrei Selbstmord festgestellt. Es gab für den Staatsanwalt keinen Grund, eine Obduktion anzuordnen.«

Und Stellmacher hatte ihn gewiss auch nicht dazu gedrängt. »Ich hoffe, Sie haben wenigstens einen DNA-Abgleich machen lassen und sind sicher, dass der Tote Christian Weber ist.«

»Weber wurde zweifelsfrei identifiziert.«

»Ach? Wie denn?«

»Durch seine Frau, anhand einer Tätowierung und seines Eherings.«

»Anhand des Eherings? Großartig.«

»Jetzt blasen Sie sich mal nicht so auf, Mädel. Der Fall ist klar. Das war er immer, und wenn das Ihre Art ist, alte Fälle zu bearbeiten, indem Sie die Arbeit der Kollegen madig machen und Verschwörungstheorien entwickeln, dann gute Nacht, Kripo München.«

»Wenn etwas an dem Fall klar ist, dann, dass nichts klar ist. Tut mir leid, wenn ich Ihren Büroschlaf gestört habe, Stellmacher.« Wütend drückte Gina das Gespräch weg und ärgerte sich, dass sie ihn nicht doch *Burschi* genannt hatte.

Holger lehnte – ganz Ohr – in seinem Bürostuhl und hatte während ihres Telefonats die Füße vom Tisch genommen. Gleich würde er ihr erklären, dass Ärger den Blutdruck in die Höhe trieb und das nicht gut für die Gefäße war. Gut für den Kleinen war der Stress ganz sicher nicht. Gina wandte sich dem Fenster zu und atmete durch.

Die Frage, die sie gerade im Zorn gestellt hatte, kehrte zurück. Sie war berechtigt. Kopf und Oberkörper der Leiche waren durch Verbrennungen entstellt. Sie sah sich die Großaufnahme des Kopfes genau an. Eine Ähnlichkeit mit Christian Weber war vorhanden. Er konnte es sein oder auch nicht. Durch Augenschein war die Leiche jedenfalls nicht zweifelsfrei zu identifizieren gewesen. Wenn das nun gar nicht Weber war?

Inzwischen hatte Holger sich die Fotomappe von ihrem Tisch geschnappt und sah die Aufnahmen durch. »Glaubst du wirklich, dass das nicht Weber ist?«

»Keine Ahnung. Fakt ist: Die Leiche wurde nicht identifiziert. Hast du irgendwas von einer Tätowierung gelesen?«

»Sie wird in der Personenbeschreibung erwähnt, die mit der Fahndung rausging. Ein Triskel von etwa drei Zentimeter Durchmesser über dem rechten Fußknöchel. Man kann es hier auf dem Foto erkennen.« Holger reichte ihr eine Aufnahme. Tatsächlich. Das rechte Bein der Jeans war nach oben gerutscht, graue Socken und darüber ein Tattoo in Form von drei ineinander verschlungenen Spiralen, die zu einem Dreieck angeordnet waren.

Gina rief Petra Weber an. »Gina Angelucci hier. Ich habe nur eine Frage: Wann hat Ihr Mann sich das Tattoo machen lassen?«

»Das Triskel?«

»Ja, genau. Oder hatte er noch andere?«

»Nein. Die Frage hat mich nur überrascht. Ich weiß

nicht, wann er sich das hat tätowieren lassen. Jedenfalls war es nach seinem Auszug.«

»Und der war wann?«

»Im November 2004.«

»Danke. Das war es schon.« Gina legte auf und schickte Tino eine WhatsApp. *Bist du im Haus?*

Ja. Weshalb?

Brauche dringend einen Cappu.

Es dauerte, bis seine Antwort kam. *In fünf Minuten bei Guido.*

Gina wandte sich an Holger. »Kannst du mal die Datei mit den Vermissten durchgehen? Wer ist seit Februar 2005 abgängig und hat eine solche Tätowierung über dem Fußknöchel?«

»Du glaubst ...«

»Ich bin in zwanzig Minuten wieder da.«

Das Guido al Duomo befand sich im Schatten des Doms am Frauenplatz, nur drei Minuten vom Polizeipräsidium entfernt. Doch Gina traf Tino bereits im Treppenhaus. »Ist deine Pavoni kaputt?«

Er legte den Arm um sie. »Ich wollte mal raus aus der Büroluft. Steht uns nicht eine tarifliche Kaffeepause zu?«

»Nicht dass ich wüsste. Aber bei all den Überstunden, die wir vor uns herschieben, soll es einer wagen und meckern.«

Gina ahnte, welche Ursache Tinos plötzlicher Wunsch nach frischer Luft hatte. Er wollte nicht, dass sie in sein Büro kam und dort die Unterlagen oder gar Fotos seines aktuellen Falls sah. Er wollte ihr den Anblick einer Babyleiche in einem Müllcontainer ersparen, und das fand sie rührend.

Hand in Hand gingen sie den kurzen Weg. Bei Guido war es wie immer voll. Sie fanden einen freien Tisch unter der Markise. Gina bestellte sich einen richtigen Cappuccino und klärte Tino über die erlaubte Koffeinmenge auf. Er rührte braunen Zucker in seinen Espresso und fragte schließlich, was sie mit ihm besprechen wollte.

»Eine verrückte Idee. Ich habe dir doch von Petra Weber erzählt. Sie glaubt unerschütterlich daran, dass Marie lebt, und seit ein paar Minuten bin ich mir nicht mehr so sicher, ob sie nicht vielleicht recht hat.«

»Woran liegt's?«

»Ich frage mich, ob Weber seinen Tod vorgetäuscht hat und mit der Kleinen untergetaucht ist. Seine Leiche wurde anhand des Eherings und einer Tätowierung ›identifiziert‹. Kein DNA-Vergleich, keine Obduktion.«

Tino hielt mitten im Umrühren inne. »Keine Obduktion?«

»Der Staatsanwalt sah keine Notwendigkeit dafür. Es war ja alles klar, meint Stellmacher. Und wenn er nun Weber auf den Leim gegangen ist? Vielleicht hat er sich ein Opfer ausgespäht, das ihm ähnlich sah. Einen Mann, der eine Tätowierung hat, die er sich dann ebenfalls machen lässt. Ein eiskalt geplanter Mord, damit er mit seiner Tochter unbehelligt ein neues Leben beginnen kann. Ich weiß, das klingt ziemlich schräg.«

Tino stützte die Ellenbogen auf und legte das Kinn auf die verschränkten Hände, wie er es häufig tat, wenn er nachdachte. »Die Wahrscheinlichkeit, dass er damit durchkommen würde, war gering. Das muss er gewusst haben.«

»Ich sagte ja, eine verrückte Idee.«

»Da hilft eigentlich nur eines. Du solltest die Exhumierung beantragen.«

»Danke, das wollte ich hören. Hoffentlich findet Holger in der Vermisstendatei einen Mann mit Triskel-Tattoo. Dann dürfte das kein Problem werden.«

22

Als Gina ins Büro zurückkehrte, hob Holger die Hand und senkte den Daumen. »Im fraglichen Zeitraum ist niemand verschwunden, der ein Triskel-Tattoo hat, bis auf eine junge Frau aus Frankfurt, und die wird es ja wohl nicht sein.«

»Es wäre ja auch zu einfach gewesen.«

»Und wegen vorhin ... Tut mir leid. Ich bin dir auf die Zehen getreten. Das war nicht meine Absicht.«

Er konnte sich entschuldigen. Ein seltenes Phänomen. »Es waren nicht meine Zehen, sondern ein Fettnapf. Und du steckst drin, bis zum Hals.«

»Saskia, meine Ex, sagt, ich nerve die Leute mit meinem Gesundheitsfimmel. Dabei meine ich es nur gut. Ich gebe lediglich Tipps.«

»Nicht jeder mag missioniert werden.«

»Aber du bist schwanger und ...«

»Siehst du, du tust es schon wieder. Außerdem ist das mit der Schwangerschaft nur eine Vermutung von dir.«

»Stimmt es etwa nicht?«

Sie konnte es bestätigen und den Pakt besiegeln, den er ihr gestern angeboten hatte. Oder sie konnte es bestreiten. Doch das fühlte sich merkwürdig an, als ob sie ihr Kind verleugnete. So wie neulich, als Petra Weber ihr die Schwangerschaft auf den Kopf zugesagt hatte und sie Holgers Nachfrage doppeldeutig ausgewichen war. Vielleicht brachte das Unglück?

Ihre seit Generationen vom Katholizismus getränkten italienisch-niederbayerischen Gene waren Ursache für diese unausgesprochene Angst. Überall, wo der Glaube gedieh, blühte auch der Aberglaube prächtig. Und sie hatte als Kind eine gehörige Portion von beidem vorgesetzt bekommen. Das wurde man nicht los. Was also tun?

Sie entschied sich, Holger weiter im Unklaren zu lassen. »Bevor du diese Nachricht verbreitest, solltest du dir sicher sein. Ich rate also zur Vorsicht.«

Sie schnappte sich zum dritten Mal an diesem Nachmittag die Tatortfotos und suchte Thomas in seinem Büro auf.

»Störe ich?«

»Nein, komm rein. Kennst du zufällig einen Ghostwriter?«

Er saß an dem Vortrag über Cold Cases, den er demnächst an der Verwaltungsfachhochschule halten sollte.

»Leider nicht.«

»Magst du mir das nicht abnehmen?« Er wies auf den PC.

»Nicht freiwillig.«

»Schade. Und wenn ich es dienstlich anordne?«

»Bitte ich um meine Versetzung.«

»Ich hab's geahnt.« Resigniert fuhr er sich durchs graumelierte Haar und seufzte. »Gut siehst du aus. Neue Frisur?«

»Das ist seit zehn Jahren dieselbe.«

»Trotzdem: Etwas ist anders. Du strahlst so.«

Jetzt wäre ein guter Zeitpunkt. Doch etwas in Gina sträubte sich, stellte sich quer. Sie wollte die Suche nach Marie nicht Holger überlassen, während sie ihm vom Schreibtisch aus zuarbeiten musste, jetzt, wo der Fall interessant wurde.

»Wir schmieden Hochzeitspläne. Mitte Oktober ist es so weit.«

»Das sind ja schöne Neuigkeiten. Das freut mich jetzt wirklich, Sakrament.« Er stand auf und umarmte sie. »Lass dich drücken.«

»Die Einladungen verschicken wir demnächst. Du kommst doch?«

Gina nannte ihm den Termin und war froh, diese Klippe umschifft zu haben, obwohl sie wusste, dass Tino ihr Vorhaltungen machen würde.

»Und wie geht es mit Marie voran?«

Gina setzte sich auf den Stuhl vor seinem Schreibtisch und schlug die Beine übereinander. »Wir müssen den Fall anders angehen. Bevor wir weiter nach Maries Leiche suchen, sollten wir erst die des Vaters zweifelsfrei identifizieren.«

Sie erklärte Thomas, wie die Rosenheimer das gemacht hatten und dass daher die Identität des Toten vom See nicht eindeutig festgestellt war. »Ich will die Exhumierung beantragen. Habe ich Rückendeckung von dir?«

»Was für ein Dilettantenstadel. Die Duwe sollte froh sein, dass wir ihr den Fall abgenommen haben, statt auf den Handel zu pochen, den ihr beide abgeschlossen habt.«

»Sie beharrt wirklich darauf, dass der Fall offiziell bei ihnen liegt?«

Thomas zuckte die Schultern. »Warten wir ab, was am Ende dabei rauskommt. Natürlich hast du grünes Licht. Ich habe die Staatsanwaltschaft informiert, dass der Fall Weber nun bei uns ist. Die Borchers ist zuständig.«

Gina stöhnte. »Ausgerechnet die Borchers? Wünsche mir Glück.«

»Du schaffst das schon.« Thomas setzte sich wieder an seinen Vortrag.

Zehn Minuten später war Gina auf dem Weg zur Staatsanwaltschaft und fuhr über den Stiglmaierplatz. Wo sich einst hinter toskanagelben Mauern und unter uralten Kastanien einer der schönsten und größten Biergärten Münchens befunden hatte, ragten jetzt die Nymphenburger

Höfe in den Himmel. Büros und luxuriöse Stadtwohnungen, so weit das Auge reichte und wie sie mittlerweile in allen Großstädten zu finden waren. Egal ob Hamburg, Frankfurt oder Berlin, alle sahen seltsam gleich aus. Immer mehr Urmünchnerisches fiel den Bulldozern und der Gier zum Opfer und wurde plattgemacht, um gesichtslose Komplexe aus Beton und Glas sprießen zu lassen. Warum nicht gleich die Euroscheine?

Gina passierte das Landgericht, in dem seit über zwei Jahren der NSU-Prozess lief, und bog in die Linprunstraße ein. Wieder einmal war kein Parkplatz zu finden. Sie stellte ihren Golf im Haltverbot ab, ließ die Sicherheitskontrolle über sich ergehen und suchte die Staatsanwältin Liselotte Borchers in ihrem Büro auf.

Sie war eine von der altmodischen Sorte, eine, die es mit ihrer Karriere nicht weit gebracht hatte und in der Staatsanwaltschaft hängen geblieben war, was mindestens dreißig Jahre her sein musste. Jemand hatte sie mal im Scherz als Sparschwein der bayerischen Justiz bezeichnet. Nicht zu Unrecht. Sie wog sehr genau ab, wann sich der Einsatz von Personal und Mitteln ihrer Meinung nach lohnte und wann nicht.

Gina klopfte und trat ein, als von drinnen ein »Ja bitte« erklang. Die Staatsanwältin stand vor einem Regal und räumte einen Stapel Bücher ein.

An die sechzig. Eins fünfundfünfzig. Sechzig Kilo. Kastanienbraun gefärbtes Haar mit weißem Ansatz. Flinke, dunkle Augen hinter einer randlosen Bille. Sie trug eine weiße Bluse zur grauen Hose. Der dazu passende Blazer hing am Bügel neben der Robe.

»Frau Angelucci. Grüß Sie.«

»Guten Tag, Frau Borchers. Störe ich, oder haben Sie ein paar Minuten für mich?«

»Setzen Sie sich. Es geht um den Fall aus Rosenheim, nehme ich an. Als ob wir nicht genug eigene Arbeit hätten.«

»Genau genommen war das nie ein Fall der Rosenheimer, denn der Mord geschah in München. Wenn Weber seine Tochter überhaupt getötet hat. Inzwischen habe ich Zweifel, und deswegen bin ich hier. Ich brauche Ihre Unterstützung.«

Lieselotte Borchers räumte einen Aktenstapel vom Schreibtisch auf einen Rollwagen, nahm Platz und wies auf den Stuhl. Gina fühlte sich plötzlich wie eine Schülerin, die zur Rektorin gerufen wurde.

»Meine Unterstützung also. Ich höre.«

Gina berichtete von ihrem Gespräch mit Dr. Ursula Weidenbach über die Frage, ob die Dosis Doxylamin wirklich letal gewesen war, und der anschließenden Suche nach dem Obduktionsbericht, den es nicht gab, weil keine Obduktion stattgefunden hatte, ebenso wenig wie ein DNA-Abgleich, vom Zustand der Leiche, die man nicht durch Inaugenscheinnahme identifizieren konnte und dass die Rosenheimer das anhand einer Tätowierung und des Eherings getan hatten. Während Gina sprach, legte sie die Bilder vor.

»Ich möchte die Leiche exhumieren und obduzieren lassen. Die Identität muss geklärt und die Todesursache festgestellt werden.«

»Hm.« Nachdenklich legte Liselotte Borchers die Fingerspitzen aneinander. »Nach zehn Jahren. Wie soll man da noch Spuren von Doxylamin nachweisen? Kein Gewebe, keine Sekrete, keinerlei Asservate in der Rechtsmedizin. Mit dem Ehering gebe ich Ihnen recht. Das alleine reicht nicht aus. Doch wie fälscht man ein Tattoo?«

»Gar nicht. Man sucht sich ein Opfer mit Tätowierung und lässt sich dasselbe machen. Weber hat sich den Triskel erst kurz vor seinem Selbstmord – vielleicht auch vorgetäuschten Selbstmord – stechen lassen.«

»Sie vermuten, dass er einen Mann ausgesucht hat, der an seiner Stelle sterben musste. Eine Art Double. Warum?«

»Damit er mit seiner Tochter untertauchen und irgendwo ein neues Leben beginnen konnte.«

»Den Mord am Kind hat er also auch vorgetäuscht?«

»Es gibt keine Leiche. Es wäre möglich.«

»Klingt ziemlich ... hm ... ungewöhnlich, wissen Sie das?«

»Das ist mir bewusst. Fakt ist: Wir haben keine Ahnung, ob Weber in seinem Grab liegt oder ein Fremder. Beantragen Sie die Exhumierung beim Richter, ordnen Sie die Obduktion an, und dann wissen wir, woran wir sind.«

Nachdenklich lehnte Borchers sich im Stuhl zurück und studierte eine Weile eine Stelle an der Wand, bevor sie sich wieder an Gina wandte. »Der Mann hat einen Abschiedsbrief mit einem Geständnis hinterlassen, und er hatte eine Reihe guter Gründe, freiwillig aus dem Leben zu scheiden. Dass Männer in derartigen Situationen oft ihre Kinder mit in den Tod nehmen, ist bekannt. Auch wenn die Identifizierung des Toten nicht mit allen zur Verfügung stehenden Mitteln abgelaufen ist, sehe ich eigentlich keinen Grund für Exhumierung und Obduktion. Die Kosten einer ...«

»Sie übersehen ...«

Borchers hob die Hand. »Ich bin noch nicht fertig. Wie gesagt: Ich sehe eigentlich keinen Grund. Aber Sie haben Strasser überführt und daher bei Poschmann einen Stein im Brett. Wenn ich jetzt ablehne, gehen Sie zu ihm. Er ruft dann mich an und schickt mich mit dem Antrag zum Richter oder macht es gleich selbst. Ich gebe mich also geschlagen. Sie bekommen den Beschluss.«

23

Erik Terbek trat in den Garten mit nichts als einer winzigen Badehose bekleidet, deren String zwischen den Pobacken verschwand und die vorne nur das absolut Notwendigste bedeckte. Und selbst das fand er schon zu viel.

Vom Terrassentisch nahm er die Gartenhandschuhe, streifte sie über und suchte zwischen den Staudenbeeten und in der Rabatte nach diesen Mistviechern, die seine Arbeit zunichtemachen wollten und sein Paradies zerstören. Doch da waren sie bei ihm am Falschen. Er hatte ihnen den Krieg erklärt. Allein unter den Dahlien fand er mehr als vier Dutzend Schnecken. Er warf sie in die Plastiktüte und streute Salz darüber. Die billigste Methode, sie zu killen. Seinen Blumen konnten sie jedenfalls nichts mehr anhaben. Als er fertig war, knotete er die Tüte zu und warf sie in die Mülltonne neben der Garage. Morgen dann dasselbe Spiel.

Im Licht der untergehenden Sonne betrachtete er das Haus, das er von seiner Mutter geerbt hatte. Es war der Ort seiner Kindheit, der langsam und stetig verfiel.

Er hatte nicht genügend Geld, um diesen Zankapfel in Schuss zu halten, für den seine Schwester bereit gewesen war, alles zu tun. Bei dem Gedanken an sie legte Terbek den Kopf in den Nacken, spie aus und malte sich aus, wie er sie ins Gesicht traf. Dabei blieb sein Blick am Dach hängen, während die Spucke im Winterjasmin landete. Die Ziegel waren noch die erste Deckung, fünfzig Jahre alt, und gehörten eigentlich erneuert. Die Fassade musste gestrichen werden, und die klapprigen Fensterläden würde er gerne durch Rollos ersetzen. Die Heizung machte es auch nicht mehr lange, und das Bad war noch im Zustand der letzten Renovierung Mitte der Siebziger. Moosgrüne Sanitäreinrichtung, orange Fliesen.

Was seine Mutter ihm an Bargeld hinterlassen hatte, konnte er nicht ins Haus stecken. Er benötigte es zum Leben. Monat für Monat wurde es weniger. Älter als siebzig durfte er nicht werden, dann musste er sich die Kugel geben oder das Haus verkaufen, bevor er vom Sozialamt auch nur einen müden Euro bekommen würde. Doch das Haus konnte er nicht verkaufen. Es war Symbol seines Siegs, Bewahrer seiner Kindheit, Heim für ihn und seine Freundin. Das Haus war der einzige Fixpunkt in seinem Leben.

Angesichts des Zustands der Fensterläden überlegte er wieder einmal, ob er sich nicht einen Vierhunderteurojob suchen sollte. Probiert hatte er es schon oft. Immer vergebens. Wer nahm schon einen Exknacki mit Anfang fünfzig, dessen einst gute Programmierkenntnisse in sieben Jahren Knast veraltet waren und dem ein Ruf folgte wie ein nicht abzuschüttelnder Schatten. Spätestens wenn sie den Grund seiner Verurteilung erfuhren, wandten sich alle angewidert ab. Über elf Jahre waren vergangen, seit sich die Gefängnistore vor ihm geöffnet und ihn angeblich in die Freiheit entlassen hatten. Was war das für eine Freiheit, in der die Gesellschaft ihn weiter mit Ächtung und Ausgrenzung strafte?

Mit denen da draußen war er quitt. Ihm war nichts anderes übriggeblieben, als sich hinter die Mauern, die seinen Garten umgaben, zurückzuziehen, bis sie ihn mehr oder weniger vergessen hatten, sich kaum erinnerten, dass es ihn noch gab. Er hatte Frieden geschlossen mit seiner Situation, denn Hass vergiftete das Leben. Und alles, was er davon noch erwartete, war, in Ruhe gelassen zu werden. Es ging ihm gut, auch wenn er bescheiden leben musste. Und er war nicht allein. Das war das Wichtigste. Denn Alleinsein machte einen verrückt. Jeder brauchte jemanden zum Reden und zum Umsorgen, jemanden, für den man Verantwortung übernahm und Liebe empfand.

Vom Neubau jenseits der Mauer erklang ein metallisches Schaben. Dort hatte bis vor einem Jahr ein Häuschen wie seines gestanden. Nach dem Verkauf durch die Erbengemeinschaft war es abgerissen und ein Haus mit acht Eigentumswohnungen hochgezogen worden. Vier davon mit Blick auf sein Grundstück. Die Balkontür der Wohnung im zweiten Stock quietschte. Die klapperdürre Blondine, die dort wohnte, trat heraus, zündete sich eine Zigarette an und starrte zu ihm herüber, wie sie das immer tat. Als wollte sie die Mauern am liebsten mit ihren neugierigen Blicken durchdringen, begierig darauf zu erfahren, was in diesem hässlichen Häuschen vor sich ging, dessen Läden immer zu waren. Warum wohl?, fragte sie sich sicher und malte sich bereits die verrücktesten Sachen aus.

Freundlich grüßend hob er die Hand. Sie nickte ihm zu und blies den Rauch in den Himmel. Seit sie dort wohnte, dachte er über Jalousien nach. Obwohl er die Fensterläden Tag und Nacht geschlossen hielt, könnte jemand durch die schmalen Ritzen sehen, das war seine Sorge, auch wenn er wusste, dass sie unbegründet war, denn er hatte es ausprobiert. Niemand konnte erkennen, was drinnen vor sich ging. Und dennoch ließ diese fixe Idee ihn nicht los, dass die neuen Nachbarn ihn beobachteten.

Sobald die Witterung es zuließ, meistens schon ab Mai und oft bis in den Oktober hinein, lief er nackt durch sein Haus und seinen Garten, den er in ein Paradies an Farben und Dürften verwandelt hatte. Er genoss Licht und Luft an seinem Körper, das Streichen des Windes an seiner Haut, die inzwischen wie gegerbtes Leder war. Niemand hatte an seiner Nacktheit bisher Anstoß nehmen können, denn die

Mauer, die das Grundstück umgab, war hoch. Niemand hatte ihn bisher so gesehen. Doch seit dieses verdammte Haus dort drüben stand und die Bewohner mit ihren kleinen Kindern zu ihm herüberschauen konnten, trug er Badehosen, zwar die knappsten, die er gefunden hatte, aber trotzdem Badehosen. Er musste verhindern, dass überbesorgte Eltern die Polizei riefen. Von den Uniformierten wollte er keinen im Garten haben. Und schon gar nicht im Haus.

Die Kirchturmuhr von Maria Immaculata schlug zwanzig Uhr. Es war Zeit, hineinzugehen und nach seiner Liebsten zu sehen. Wie gut, dass sie bei ihm war, denn alleine wäre es nicht auszuhalten.

24

Kurz vor halb sieben Uhr morgens waren die Tore des Waldfriedhofs noch geschlossen. Die Sonne ging gerade erst auf, in der Luft lagen noch die Kühle und Feuchtigkeit der Nacht, als sich vor dem Zugang an der Fürstenrieder Straße eine kleine Gruppe von Menschen einfand. Zuerst kam Gina mit Holger. Kurz darauf Petra Weber und ihre Schwägerin Daniela Reichel. Sie übergab einen Plastikbeutel an Gina. »Das ist Christians Buff.«

Was war ein Buff? Gina hatte keine Ahnung und betrachtete das Kleidungsstück genauer. Sah aus wie ein Schal oder ein Stirnband.

»Er hat ihn beim Radeln getragen«, erklärte Webers Schwester. »Und er lag noch so im Karton, wie ich ihn damals eingepackt habe. Es müssen also genügend Hautschuppen von Chris dran sein.«

»Danke.« Gina steckte die Tüte ein. Neben ihnen rollte ein uralter Mercedes in eine Parklücke. Dr. Ursula Weidenbach stieg aus und gesellte sich zu ihnen. Sie trug Arbeitshosen, Arbeitsschuhe und Fleecejacke und stellte einen Alukoffer neben sich ab. »Warum nicht gleich um Mitternacht?«, fragte sie gähnend und zündete sich eine Zigarette an. »Aus mir wird jedenfalls keine Lerche mehr.«

Schlag halb sieben näherte sich ein Mitarbeiter der Friedhofsverwaltung auf dem Kiesweg jenseits des Zauns und öffnete das Tor für die Besucher. Dr. Ursula Weidenbach nahm noch einen raschen Zug von ihrer Zigarette und trat die Kippe aus.

Über den Gräbern lag Stille. Ein zarter Nebelschleier

stieg von einer Wiese auf, und in den Bäumen begannen die Vögel zu zwitschern. Unmittelbar vor Gina flitzte ein Eichhörnchen über den Weg und verschwand in einer Weide. Hinter ihr ging Holger mit Petra Weber und Daniela Reichel. Sie waren Webers nächste Angehörige und hatten das Recht, bei der Exhumierung anwesend zu sein. Es sei denn, sie würden zum Kreis der Verdächtigen zählen, dann wüssten sie nicht einmal davon.

Plötzlich wurde die Stille zerrissen. Ein Dieselmotor sprang knatternd an und scheuchte einen Schwarm Krähen aus den Bäumen. Krächzend stoben sie davon. Nach der nächsten Wegbiegung wurde die Ursache des Lärms sichtbar: ein Minibagger, dessen Arm sich in Webers Grab senkte. Die Bepflanzung lag bereits auf einer Plane hinter dem Grabstein. Am Wegesrand standen der Transporter eines Bestattungsinstituts und ein Leichenwagen für die Überführung von Webers sterblichen Überresten in die Rechtsmedizin. Falls das überhaupt Weber war, der da *six feet under* lag. Gina war beinahe bereit zu wetten, dass in diesem Grab ein unbekannter Toter bestattet war. Hinter dem Leichenwagen parkte ein Jeep mit Anhänger für den Bagger, und darum herum standen vier Männer. Drei davon in Arbeitskluft, einer im dunklen Anzug, der Anweisungen gab.

Petra Weber hakte sich bei ihrer Schwägerin ein und stellte sich mit ihr ein wenig abseits. Leise unterhielten sich die beiden. Die Hoffnung, die sie mit der Exhumierung verband, war Maries Mutter anzusehen. Wenn nicht ihr Mann in diesem Grab lag, stützte das ihre Theorie, dass Marie lebte, und zwar bei ihm.

Gina reichte dem Bestatter den Exhumierungsbeschluss. »Angelucci, Kripo München. Mein Kollege Holger Morell und Dr. Weidenbach, die Rechtsmedizinerin.«

»Sebastian Freude. Sehr erfreut.«

Das war mal ein Name für jemanden, der die Toten unter die Erde brachte. Gina verkniff sich eine entsprechende Bemerkung. »Dann fangen wir mal an. Wie gehen Sie vor?«

Er warf einen Blick auf das Dokument und gab es an den Mitarbeiter der Friedhofsverwaltung weiter, der es einsteckte und sich verabschiedete. »Wir richten uns ganz nach Ihren Vorgaben«, sagte Freude an Weidenbach gewandt.

»Ich würde gern das Skelett und was sonst noch übrig ist erst einmal in möglichst unverändertem Zustand in Augenschein nehmen.«

Freude nickte. »Kein Problem. Wir tragen die Humusschicht vorsichtig mit dem Bagger ab, dann noch einen halben Meter vom Kies, und den Rest schaufeln meine Männer von Hand raus. Das wird allerdings ein Weilchen dauern.«

Sie setzten sich auf eine Bank unter einer Linde und beobachteten schweigend, wie der Erdberg Baggerschaufel um Baggerschaufel wuchs. Weidenbach rauchte noch eine Zigarette. Gina kämpfte gegen die Müdigkeit an, auch sie war eine Begleiterscheinung der Schwangerschaft. Holger unterdrückte ein Gähnen. Irgendwann sagte er in ihr dreifaches Schweigen hinein: »Polizisten, die auf Gräber starren.« Das kam so unvermittelt, dass Gina lachen musste.

Schließlich verstummte der Motor, und zwei der Arbeiter, die bisher am Grabstein gelehnt hatten, griffen nach den Schaufeln und stiegen in die Grube. Freude gab ihnen Anweisungen, verzog sich dann in den Transporter und las Zeitung. Petra Weber und ihre Schwägerin machten einen Spaziergang. Als sie eine halbe Stunde später zurückkehrten, hörte das gleichmäßige Scharren der Schaufeln auf. Einer der Arbeiter winkte sie herbei. »Der Sarg ist noch ganz gut erhalten«, rief er zu ihnen hinüber. »Sicher deutsche Eiche.«

Es war Ginas erste Exhumierung. Daher wusste sie nicht, was sie erwartete. Wirklich schlimm würde es schon nicht werden. Nach zehn Jahren lagen da sicher nur noch Knochen. Zu dritt traten sie an die Grube.

In anderthalb Meter Tiefe entdeckte sie Teile des Sarges, der im Lauf der Zeit verrottet und schließlich unter der Last von Erde und Kies zusammengebrochen war. Längliche Holzstücke zwischen Steinen und Sand, Messingbeschläge, die Ränder einer schmutzig braunen Decke mit Spitzenrand lugten darunter hervor. Vermutlich die Sargunterlage und ziemlich sicher kein Naturmaterial, sondern hundert Prozent Polyester, das auch in tausend Jahren nicht verrottete. Sie entdeckte einen Knochen und dann noch einen weiteren zwischen den Überresten dessen, was vermutlich einst der Sargdeckel gewesen war, und bat den Arbeiter, die Stücke des Deckels zu entfernen. Der Reihe nach legte er sie ins Gras. Nach und nach wurden Teile des Skeletts sichtbar. Ursula Weidenbach nahm die Kamera aus einem Fach des Alukoffers. »Den Rest mache ich selbst.«

Sie tauschte mit dem Arbeiter in der Grube den Platz und begann mit einer kleinen Handschaufel Kies und Sand zwischen den Knochen und den Fetzen des Anzugs zu entfernen, mit dem man den Toten bestattet hatte. Zwischendurch fotografierte sie. Die nicht verrottete Sargunterlage erleichterte ihr die Arbeit. Am Ende hatte sie das Skelett darauf freigelegt und reichte Gina die Kamera nach oben. »Würden Sie ein paar Aufnahmen vom Gesamtbild machen? Dann muss ich hier nur einmal rausklettern.«

Während Gina das tat, tauschte Weidenbach die Arbeitshandschuhe gegen solche aus Latex und unterzog das Skelett einer ersten Untersuchung. Schließlich stieß sie einen leisen Pfiff aus. »Sehen Sie sich das mal an. Das könnte interessant werden.« Sie hielt Gina und Holger den Schädel entgegen. Der Unterkiefer fehlte, leere Augenhöhlen starrten sie an. Völlig unvermittelt stieg eine Welle von Übelkeit in Gina auf, ihr wurde schwindlig. Das war ihr noch nie passiert. Auch beim Anblick schlimm zugerichteter Leichen und blutbesudelter Tatorte nicht.

Holger griff nach ihrem Arm. »Fall bloß nicht in die Grube. Alles in Ordnung?«

»Ja, klar.« Es waren sicher nur die Hormone, die derzeit Achterbahn fuhren. Es war schon vorüber. Sie machte sich los und warf einen Blick auf den Schädel. Weidenbach hatte ihn so gedreht, dass man das Scheitelbein sah. Darin gab es mehrere feine Sprünge, Frakturen, die sich sternförmig von einem Zentrum ausbreiteten. »Eine Schlagverletzung?«

»Kann sein. Muss aber nicht sein. Ich muss das genauer untersuchen.« Weidenbach sah zu dem Arbeiter hoch, der am Rand der Grube stand und das Geschehen interessiert verfolgte. »Sie haben doch sicher eine Gebeinekiste mitgebracht.«

Er nickte. »Kommt sofort.«

Weidenbach wandte sich wieder an Gina. »Wollen Sie mir helfen, die Knochen einzusammeln? Dann sind wir schneller fertig.«

Für alles im Leben gab es ein erstes Mal, und Gina hatte noch nie zu denen gehört, die sich drückten. »Aber sicher.« Sie reichte Holger die Kamera, während sie gegen eine weitere Welle von Brechreiz ankämpfte. Ging es jetzt mit der morgendlichen Übelkeit los?

»Nee, lass. Ich mache das«, sagte Holger. »Wollte ich schon immer mal.«

»Wenn du meinst. Ich dränge mich nicht vor.«

Ehe sie es sich versah, war er schon an Weidenbachs Seite. Eigentlich war er ein netter Kerl, und er verfügte über ein feines Gespür, wenn auch gelegentlich über zu wenig Taktgefühl.

Petra Weber und Daniela Reichel standen noch immer

ein wenig abseits und beobachteten die Arbeiten. Gina bemerkte eine Gestalt, die sich auf dem Weg hinter den beiden näherte. Ein schlaksiger Kerl mit dem federnden Schritt eines immer gutgelaunten Optimisten. Gina erkannte ihn schon an diesem Gang. Es war Jörg Schramm, freier Journalist und ganz sicher nicht zufällig hier. Er machte ein paar Fotos und trat lächelnd zu ihr.

»Guten Morgen, Frau Angelucci.«

»Grüße Sie, Herr Schramm. Wer hat Ihnen denn das hier gesteckt? Oder sind Sie zufällig beim Morgenspaziergang vorbeigekommen?«

»Sie sagen es.« Er hob die Kamera erneut und fotografierte den Grabstein. Gina gefiel das nicht. Wenn das nicht Weber war, dessen Gebeine sie dort unten zusammensuchten – und darauf würde sie jetzt angesichts der Schädelverletzungen tatsächlich wetten –, dann würde ihn ein Artikel über die Exhumierung warnen.

»Christian Weber.« Schramm dehnte den Namen wie Kaugummi. »Wer war das doch gleich noch mal?«

»Sie werden schon noch draufkommen. Aber mir wäre es sehr lieb, wenn Sie das hier vorerst für sich behielten.«

Mit der Hand fuhr er sich nachdenklich übers Kinn. »Klingt interessant. Als wären Sie da etwas Größerem auf der Spur.« Abwägend ließ er seinen Blick zwischen ihr und dem offenen Grab pendeln. »Einverstanden. Was können Sie anbieten?«

Gina seufzte. Selbstlosigkeit kam aus der Mode. Immer wollten alle einen Deal. »Wenn sich meine Vermutung bestätigt, erhalten Sie von mir vorab ein paar exklusive Informationen.«

»Wie lange vorab?«

»Rechtzeitig genug, damit Sie die Story als Erster haben. Deal?«

»Einverstanden.« Er reichte ihr die Hand, sie schlug ein, und er machte noch einige Aufnahmen, bevor er ging. Gina sah ihm nach. Er würde Wort halten. So gut kannte sie ihn. Aber sie musste auf ihn achten. Es war nicht auszuschließen, dass er sich an ihre Fersen heftete.

Holger stieg aus der Grube, half dann Ursula Weidenbach heraus und klopfte sich den Dreck von der Hose, während die Arbeiter die Gebeinekiste zum Leichenwagen trugen und Petra Weber sich zu ihnen gesellte. »Wann werden Sie wissen, ob das Chris ist?«

»Morgen. Ich melde mich, sobald der DNA-Befund vorliegt.«

25

Seit sich die Gebeinekiste im Institut für Rechtsmedizin befand, war Gina unruhig. Es lag weniger an der noch unklaren Identität des Toten als daran, dass sie an diesem Fall nicht weiterarbeiten konnten, bevor das Ergebnis des DNA-Abgleichs vorlag. Sie musste sich gedulden, und das gehörte nicht zu ihren Stärken.

Wenn ihre Befürchtung sich bestätigte, hatte ein Unbekannter in Webers Grab seine letzte Ruhe gefunden. Ein Mann, der von seiner Familie und Freunden vermisst wurde, die hofften, dass es ihm gutging und er eines Tages wiederkommen würde. Dann wurden auch sie seit zehn Jahren von Ungewissheit gequält, wie Maries Mutter.

Tino war mit seinen Leuten unterwegs. Daher verbrachte Gina die Mittagspause allein in der Innenstadt. Sie aß einen Döner, sah sich bei Beck die festlichen Kleider an und entdeckte prompt eines, das ihr gefiel. Ein schlichtes cremefarbenes Kleid mit passendem Blazer, der ein Schößchen hatte. Allerdings hing es nur in den Größen vierunddreißig bis achtunddreißig am Ständer. Sie fragte nach Größe vierzig.

»Tut mir leid«, sagte die Verkäuferin. »Dieser Designer lässt seine Kollektionen nicht in großen Größen anfertigen.« Ein abschätzender Blick folgte. »Und Sie brauchen ohnehin eher zweiundvierzig.«

Und du brauchst eine Schulung, wie man mit Kunden umgeht, dachte Gina. Sie fühlte sich plötzlich dick wie eine Elefantenkuh, dankte der Verkäuferin für die einmalig unfreundliche Auskunft, verließ verärgert den Laden und ging weiter Richtung Odeonsplatz.

Ihre Stimmung war im Keller. In all den feinen Boutiquen, die sich entlang der Theatinerstraße reihten, würde sie ohnehin nichts finden. Entweder nicht ihr Stil oder abartig teuer, und vermutlich würde sie sich eine ähnliche Abfuhr holen wie bei Beck. Mit Konfektionsgröße vierzig galt man also bereits als adipös in dieser magersüchtigen Modewelt. Die Lust, nach einem Kleid für die Hochzeit Ausschau zu halten, war ihr vergangen. Plötzlich fühlte sie sich plump und hässlich. Und das alles wegen der dummen Bemerkung einer Verkäuferin! Doch es war so. Sie konnte es nicht ändern. Oder vielleicht doch?

Dieser Gedanke schoss ihr durch den Kopf, als sie durch die Viscardigasse ging und ins Schaufenster des Skin Spa sah. Irgendwo in den Tiefen ihrer Geldbörse musste noch der Geburtstags-Gutschein für eine Pflegebehandlung stecken, für den Ferdinand, Theo, Rebecca und Xenia zusammengelegt hatten. Sie kramte in der Tasche und fand ihn tatsächlich im hintersten Fach des Portemonnaies, mehrfach zusammengefaltet, mit brüchigen Knickkanten, aber noch gültig. Kurz entschlossen trat sie ein.

Das Erste, das ihr auffiel, war der Duft. Dezent, vornehm, teuer. Dann die Einrichtung in Hochglanzrot und Cremefarben und schließlich ein Mitarbeiter mit lackschwarzem Haar. Er empfing Gina mit einem freundlichen Lächeln und schien die ausgebeulte Cargohose ebenso wenig zu bemerken wie die Turnschuhe, an denen noch Erde vom Friedhof haftete. Er fragte, was er für sie tun könne. Gina reichte ihm den Gutschein. »Meinen Sie, das reicht aus, um meine Laune von Gruft auf Normalnull zu heben?«

Er warf einen Blick darauf. »Was schwebt Ihnen denn vor? Gesichts- oder Körperbehandlung?«

»Eher eine Körperbehandlung. Ein Peeling, mit dem man auf einen Schlag fünf Kilo loswird, wäre phantastisch.«

»Um Gottes willen«, wehrte er ab. »Das würde Ihnen gar nicht stehen. Sie sind ganz und gar der weibliche Typ, und Ihre Proportionen sind perfekt. Darüber würde sich manch eine meiner Kundinnen freuen.«

Seine Worte waren Balsam für ihre Seele, auch wenn sie vermutete, dass er ihr nur schmeicheln wollte, um mehr Umsatz zu machen.

»Sie sind zum ersten Mal bei uns?«

Gina nickte und wies auf den Gutschein. »Ein Geschenk von Freunden.«

»Normalnull, sagten Sie? Wissen Sie was, wir machen die Sky-Lounge daraus.«

Sie hatte es ja geahnt. Doch der Gutschein war bereits ein kleines Vermögen wert, und sie hatte nicht die Absicht, noch etliche Scheine obendrauf zu legen. »Erdgeschoss reicht völlig aus.«

»Ein Upgrade auf Kosten des Hauses.« Mit einem verschwörerischen Zwinkern beugte er sich über den Tresen. »Ich warne Sie aber. Das ist ein Marketingtrick von mir. Sie werden so begeistert sein, dass Sie wiederkommen.«

»Okay. Das riskiere ich. Sollen wir einen Termin machen?«

»Wenn es Ihnen passt, können Sie gleich hierbleiben. Eine Kabine ist frei, und Valerie hat Zeit für Sie.« Er winkte eine Mitarbeiterin herbei, die lautlos eingetreten war.

Einen Moment überlegte Gina. Neuigkeiten aus der Rechtsmedizin würde es heute nicht mehr geben. Daher konnte sie ruhig ihren Berg an Überstunden, der längst die Zwillingstürme der Frauenkirche überragte, um einige abbauen. Sie schickte Thomas eine SMS und folgte Valerie in die Kabine.

Die Glocken des Alten Peter schlugen drei, als Gina das Spa wieder verließ. Sky-Lounge war keine Übertreibung.

Sie fühlte sich himmlisch entspannt, und ihre Haut war nach Peeling, Massage und einer Mineralienpackung glatt und weich wie der sprichwörtliche Babypopo. In der Hand hielt sie eine Tüte mit Pröbchen und einer sündteuren Gesichtspflege, die sie sich dann doch spendiert hatte.

Gutgelaunt ging sie durch die Fußgängerzone Richtung Polizeipräsidium und rief Tino an, ob sie einen Cappuccino bei ihm bekommen würde. Doch er war leider noch immer in Freimann unterwegs. Offenbar gab es eine heiße Spur zur Mutter der toten Babys.

Daher spendierte Gina sich den ersten Kaffee des Tages im Oskar Maria unter einem Sonnenschirm und dazu ein Stück Apfeltarte, schließlich musste sie ihre perfekten weiblichen Proportionen in Form halten.

Als sie ins Büro zurückkam, fand sie ein Post-it von Holger an ihrem Monitor. Seine Tochter war beim Radfahren gestürzt, und ihre Mutter hatte keine Zeit, sie zum Arzt zu bringen. Deshalb hatte er das übernommen.

Das mit den Post-its war schon eine seltsame Marotte von ihm. Warum schrieb er keine SMS oder WhatsApp?

Gina setzte sich an ihren PC, las die Mails und sah schließlich die Datei der vermissten männlichen Erwachsenen durch. Das hatte Holger zwar schon getan, aber sicher war sicher. Wenn sie das Tattoo als Kriterium erst einmal außen vor ließ, gab es tatsächlich zwei Männer von Webers Statur und Alter, die im Zeitraum zwischen dem vierten und sechsten Februar 2005 in Deutschland verschwunden waren. Der eine hieß Lukas Wulke und stammte aus einem Dorf in der Nähe von Braunschweig. Der Name des anderen war Dominik Bender. Er war am Freitag, den vierten Februar, gegen zweiundzwanzig Uhr am Münchner Hauptbahnhof im U-Bahn-Zwischengeschoss das letzte Mal gesehen worden. In Gedanken setzte Gina ihn auf ihre Liste.

Wenn morgen die Bestätigung aus der Rechtsmedizin kam, sollte man die DNA-Proben vergleichen.

Das Klingeln des Telefons holte Gina aus ihren Überlegungen. Felix Meister von der Pforte meldete sich. »Ein Herr Steinhoff möchte dich sprechen. Hast du Zeit?«

»Kein Problem. Du kannst ihn nach oben bringen lassen.«

Kurz darauf klopfte es an der Tür. Gina schloss die Datenbank mit den Vermissten und rief: »Herein.«

Wie neulich, als sie Steinhoff in Baldham in seinem Büro aufgesucht hatte, trug er Freizeitkleidung. Heute ein gestreiftes Poloshirt und Jeans, deren Taschen von Smartphone und Schlüsselbund ausgebeult wurden.

»Herr Steinhoff, grüß Sie.« Sein Händedruck war fest und kühl. »Was führt Sie denn zu mir?«

»Unser Gespräch hat mir keine Ruhe gelassen. Man vergisst so schnell und schiebt derart unerfreuliche Ereignisse beiseite. Doch jetzt kommt das alles wieder hoch. Gibt es schon Neuigkeiten wegen Marie?«

»Wir tun, was wir können. Ist Ihnen noch etwas eingefallen?«

»Ich habe etwas für Sie.« Aus der Gesäßtasche zog er eine abgegriffene Rad- und Wanderkarte. »Nach Ihrem Besuch habe ich mich daran erinnert. Chris hat sie bei mir vergessen. Das muss im Herbst 2004 gewesen sein, nach unserer letzten Mountainbiketour. Im Sommer war er häufiger allein im Allgäu unterwegs. Ich hatte ja nicht immer Zeit, eigentlich nur an den Wochenenden, und Chris hatte mehr als genug davon, seit er arbeitslos war. Jedenfalls ist mir die Karte wieder eingefallen, nachdem Sie nach besonderen Orten gefragt haben. Er hat einen markiert.« Steinhoff schob die Brille mit dem petrolgrünen Gestell aus den Haaren auf die Nase und breitete die Karte auf dem Tisch aus. »Sehen Sie hier.«

Ein Kreuz, mit Kugelschreiber gemalt und mit einem Kreis umrandet, kennzeichnete den Ort Obermaiselstein im Allgäu.

»Ich kenne das Dorf nicht. Wir waren nie gemeinsam dort. Aber ich habe im Internet gesucht. In Obermaiselstein befindet sich die Sturmannshöhle. Das ist zwar eine Schauhöhle und von Besuchern gut frequentiert, aber der Führungspfad endet nach gut zweihundert Metern, während die Höhle beinahe fünfhundert Meter tief in den Berg hineinführt.«

»Sie glauben, dass er Marie dort versteckt hat?«

»Das mit dem Versteck war Ihre Idee. Ich dachte ja, wie alle, dass er sie im Langbürgner See bestattet hat.«

Gina beugte sich über die Karte, während Steinhoff sich interessiert umsah. Vielleicht gab es mehr Markierungen. Doch sie entdeckte keine weiteren.

»So würde sie also heute aussehen.« Steinhoff stand vor der Pinnwand und betrachtete das Phantombild von Marie. »Und diese roten Nadeln markieren wohl die Orte, an denen Sie suchen. Also ganz ehrlich: Das sieht nach Stecknadel und Heuhaufen aus.« Bedauernd sah er sie an. »Und jetzt haben Sie noch einen mehr.«

»Mal sehen.« Sie dankte Steinhoff und begleitete ihn zur Tür. Bevor sie sich mit dieser Höhle beschäftigte, wollte sie wissen, wer in Webers Sarg lag.

26

Oliver war schon da, als Petra kurz nach halb sechs die Weinbar im Glockenbachviertel betrat. Sie war ganz anders, als sie erwartet hatte. Statt Holztäfelung und Schummerlicht ein helles und modernes Ambiente. Schiefertafeln mit der Getränkeauswahl an den weißen Wänden. Kräutertöpfe mit frischem Grün als Dekoration. Der Duft von Weißbrot, Oliven und Knoblauch hing in der Luft, und dezente Loungemusik klang aus den Lautsprechern über der Theke.

Zu dieser frühen Stunde waren erst einige Tische besetzt. Oliver saß am Fenster, mit Blick auf den Gärtnerplatz. Obwohl sie ihn seit Jahren nicht gesehen hatte, erkannte sie ihn sofort. Er schien keinen Tag gealtert zu sein und kein Gramm zugenommen zu haben.

Er stand auf, um sie zu begrüßen. »Petra, schön, dich zu sehen.«

Nachdem sie sich nach so langer Zeit ein wenig befangen umarmt hatten, schob er den Stuhl für sie zurecht und setzte sich erst, als sie saß. Sie erinnerte sich, wie viel Wert er auf gute Umgangsformen gelegt hatte. Stets ganz Gentleman. »Du siehst gut aus«, sagte er. »Nur die Haare waren früher länger.«

»Danke, und du hast dich überhaupt nicht verändert.« Plötzlich erschien es ihr, als wären nicht Jahre, sondern nur ein paar Wochen vergangen, seit sie sich zuletzt gesehen hatten. Wie einen Freund, den man nach dem Urlaub wiedertraf und mit dem man sich einiges zu erzählen hatte.

Der Kellner trat an den Tisch. Oliver fragte, was sie trinken wollte. Rot oder weiß? Sie entschied sich für Weißwein, ein kleines Glas. Der Kellner empfahl einen Pinot Blanc aus dem Elsass, Oliver schloss sich an und bestellte nach Rückfrage mit ihr Tapenade, Käse und Baguette und eine große Flasche Wasser. Es war wie früher, wenn sie und Chris ausgegangen waren. Auch er hatte diese zuvorkommende, aber auch bestimmende Art gehabt. Petra fühlte sich wohl in diesem Lokal und in Olivers Gesellschaft, und ein Teil der Anspannung fiel von ihr ab. Mit einem wohligen Seufzer lehnte sie sich im Stuhl zurück und sah, dass Oliver lächelte. »Dir geht es gut. Das freut mich.«

»Im Moment schon.«

Der Kellner brachte die Getränke. Sie stießen an. Oliver fragte nicht, wie Mark vor einigen Tagen, worauf sie trinken wollten, und dafür war Petra ihm dankbar, denn sie hätte wieder die Hoffnung vorgeschlagen und das Gespräch hätte sich wieder darum gedreht, wie trügerisch sie sein konnte.

Er fragte, ob sie noch in der Bassaniostraße lebte, und sie erzählte ihm vom Umzug in die Au, wobei sie die Schäbigkeit der Wohnung nicht erwähnte und stattdessen die Nähe zur Isar hervorhob. Von der Webseite und ihrer Suche nach Marie sagte sie nichts. Plötzlich war sie es leid, sich ständig rechtfertigen zu müssen, weshalb sie das tat, warum sie nicht aufgab.

Er erzählte von seiner Firma. Seit kurzem arbeitete er auch für BMW und war im Bereich Online-Marketing an der Markteinführung der neuen Elektrofahrzeugreihe beteiligt. Die Arbeit machte ihm viel Freude. Mit einigen Anekdoten über seine Kunden brachte er sie zum Lachen. Sie bestellten vom Wein nach und gelangten schließlich doch bei dem Thema an, das Petra am liebsten gemieden hätte, um diesen unerwartet netten Abend weiter genießen zu können.

»Ich sollte mich wirklich schämen«, sagte Oliver. »Dass erst eine Kriminalbeamtin bei mir auftauchen musste, um mich an dich zu erinnern. Schande über mein Haupt. Und das nennt sich Freund.«

»Du warst mit Chris befreundet. Weniger mit mir. Wenn ich mich recht erinnere, hast du von mir nicht allzu viel gehalten. Er hätte was Besseres verdient, hast du mal gesagt, als dieses brave Mädchen.« Mit beiden Händen wies sie auf sich und bemerkte erst jetzt, dass sie einen kleinen Schwips hatte.

»Das soll ich gesagt haben?«

Petra nickte. »Ich habe euch belauscht.«

»Ts, ts.« Oliver wackelte mit dem Zeigefinger. »Das tun brave Mädchen aber nicht. Also bist du keines.«

»Wer weiß?«

»Wie auch immer. Jedenfalls gebührt Frau Angelucci mein Dank. Ich war heute übrigens bei ihr.«

»Ach? Wieso denn?«

»Sie hat nach Orten gefragt, die Chris wichtig waren, und da ist mir eine Radkarte eingefallen, die er bei mir vergessen hat. Ich habe darauf tatsächlich eine Markierung gefunden. Hat er mal von Obermaiselstein und einer Höhle erzählt, die es dort gibt?«

»Obermaiselstein?« Petra dachte nach. Sie konnte sich nicht erinnern, diesen Namen je gehört zu haben. »Vielleicht hatte er sich dort mit den Leuten verabredet, bei denen Marie jetzt lebt. Er wird sie vorher schon einmal getroffen haben. Denn ganz sicher hat er Marie nicht Wildfremden anvertraut. Wenn ich nur wüsste, wie er sie gefunden hat.«

»Vielleicht übers Internet?«

»Auf seinem Laptop habe ich nichts entdeckt.«

»Du glaubst also immer noch, dass sie lebt? Die Polizei sucht nach ... Du weißt ja, wonach sie suchen.«

»Natürlich lebt sie. Und er wahrscheinlich auch.«

Oliver, der gerade einen Schluck aus seinem Glas trinken wollte, hielt mitten in der Bewegung inne und stellte es wieder ab. »Chris?« Verblüffung stand ihm ins Gesicht geschrieben.

»Wahrscheinlich. Es ist jedenfalls möglich.«

»Du hast ihn doch identifiziert.«

»Ja. Ich weiß. Ich war mir auch sicher, dass er es war. Aber er hatte Verbrennungen. Auch im Gesicht. Wenn er es nicht ist, dann sah ihm der Tote jedenfalls verdammt ähnlich.«

»Wieso sollte er es denn nicht sein?«

»Sie haben damals keinen DNA-Vergleich gemacht, und jetzt haben sie Zweifel. Deshalb holen sie es nach. Heute Morgen wurde er exhumiert.«

»Eine Exhumierung.« Oliver griff nach dem Weinglas und trank einen Schluck. »Mit zehn Jahren Verspätung.« Bedächtig schüttelte er den Kopf. »Und wenn nun nicht Chris in dem Grab lag? Das würde ja bedeuten ... Dann hätte er sich eine Art Doppelgänger gesucht und den ermordet, und Marie lebt vielleicht wirklich noch. Zusammen mit ihm. Das würde ja alles ändern. Eine ganz schön turbulente Zeit für dich«, sagte Oliver. »Wann erhältst du Bescheid?«

»Morgen. Ich rufe dich an, sobald ich es weiß.«

Der Kellner fragte, ob sie noch Wünsche hätten. Petra entschied sich, ein weiteres Glas Wein zu trinken, Oliver schloss sich an. Das Gespräch kreiste bald wieder um andere Themen. Er erzählte von seinem Hobby, dem Wildwasser-Rafting, und einer Tour durch die Ardeche, die er im Sommer gemacht hatte. Allein, denn zu diesem Zeitpunkt hatte Jessica ihn schon verlassen. Sie war die Frau, bei der er überlegt hatte, wie er auf originelle Weise einen Antrag machen konnte, während sie schon übers Kofferpacken nachdachte. Er zog sein Smartphone hervor und zeigte Petra ein Bild. »Das ist sie.«

Jessica war Ende zwanzig, hatte blaue Augen, blondes Haar, und ihre natürliche Schönheit ließ Petra unwillkürlich an Heuwiesen denken. »Wow. Sie sieht phantastisch aus.«

»Sie arbeitet als Model.« Ein wenig Stolz lag in Olivers Stimme. »Unsere Leben waren einfach zu unterschiedlich. Sie immer unterwegs, mal hier, mal da, mal dort, umgeben von Menschen, die nach der Arbeit Party machen. Mein Leben erschien daneben plötzlich spießig und langweilig. Vielleicht war sie auch einfach nur zu jung für mich«, sagte er lächelnd und breitete die Hände aus. »Und bei dir?«

»Keine Zeit für die Liebe, und nach der Erfahrung mit Chris bin ich auch nicht wirklich scharf auf eine Beziehung. Nicht, dass ich es nicht versucht hätte.« Die drei Gläser Wein waren ihr zu Kopf gestiegen. Sie erzählte Oliver tatsächlich von Sebastian, den sie zwei Jahre nach Chris' Tod kennengelernt hatte. Lehrer. Nett. Total sympathisch. Einer, der zuhören konnte und leider auch Ratschläge erteilte. Im Übermaß. Es war nur so lange gutgegangen, bis auch er ihr riet, das Unabänderliche zu akzeptieren: Maries Tod. Sie sollte sich nicht weiter mit der Suche nach ihr verrückt machen. Sie machte sich also verrückt! War es am Ende vielleicht schon? Doch, ja, so ganz normal war es nicht, was sie da tat.

»Ein Wort hat das andere gegeben. Einige unverzeihliche waren darunter. Und das war es dann. Mit Sebastians Nachfolger Tom ist es nicht wesentlich anders gelaufen. Keiner der beiden hat mich unterstützt, und einen solchen Mann will ich nicht an meiner Seite haben.«

Sie leerte ihr Glas und bemerkte, dass Oliver sie musterte.

»Wenn du mich brauchst: Ich bin für dich da.«

Das Braun seiner Augen war warm. Ein kleiner Funke stob darin auf. So etwas wie Verlangen oder Begehren? Die Hoffnung auf ein schnelles Abenteuer? Petra hatte keine Ahnung. »Danke. Das ist nett von dir. Mach dich darauf gefasst, dass ich dich gegebenenfalls beim Wort nehme.«

Es war schon zehn, als sie aufbrachen. Oliver wollte sie nach Hause bringen. Sie meinte, er solle sein Auto besser stehen lassen und sich ein Taxi rufen.

»Ich nehme alles zurück. Du bist doch ein braves Mädchen«, sagte er und gab ihr zum Abschied einen Kuss auf die Wange.

27

Als Gina mit Tino am nächsten Morgen vor das Haus trat, roch es nach Herbst. Ein frischer Wind jagte blütenweiße Wolken über den blauen Himmel, und das Licht hatte über Nacht jene Klarheit angenommen, die nur der Herbst kannte. Und noch etwas hatte sich verändert. Im morgendlichen Stadtbild erschienen nach den langen Ferien wieder Schulkinder.

In der Maistraße begegneten ihnen mehrere Familien, die ihre Erstklässler zum ersten Schultag begleiteten. Aufgeregtes Geschnatter, fröhliches Lachen, riesige Schultüten, manche beinahe so groß wie die Kinder selbst und ebenso bunt wie die Schultaschen, die sie auf ihren Rücken trugen. Eine Verkehrshelferin mit neongelber Warnweste stand am Zebrastreifen. Ein kleines Mädchen mit Pferdeschwanz rannte darüber, gefolgt von seinen Eltern, für die dieser Tag einen ebenso großen Einschnitt darstellen musste wie für die aufgeregte Kleine. Lächelnd sah Gina ihr nach.

In sieben Jahren würden sie und Tino denselben Weg gehen und ihr Kind an diesem wichtigen Tag begleiten. Ganz automatisch glitt ihre Hand hinab zum Bauch, während Tino den Arm um ihre Schultern legte. »Eines nach dem anderen. Das dauert noch ein paar Jahre.«

An der Ecke Lindwurmstraße verabschiedeten sie sich voneinander. Gina musste ins Institut für Rechtsmedizin, während für Tino das Morgenmeeting mit dem Team anstand. Der Fall bedrückte ihn jeden Tag mehr. Was vermutlich auch daran lag, dass er kaum mit ihr darüber sprach. Das war zwar lieb gemeint, doch nicht nötig. In der Regel gelang es ihr, den Schutzwall hochzuziehen, der Emotionen und Arbeit trennte. Ihm oft nicht. Einen Augenblick sah sie ihm noch nach und spürte wieder einmal die Gewissheit tief in sich, dass er der Mann fürs Leben war. In Gedanken sandte sie ihm einen Kuss hinterher und überquerte die Straße, als die Fußgängerampel auf Grün schaltete. Ein Pulk Schulkinder kam ihr entgegen.

Sicher war Marie an ihrem ersten Schultag ebenso erwartungsfroh gewesen wie diese Kinder. Doch nur ein paar Monate später war sie verschwunden, und Gina hoffte, dass ihr Schicksal sich jetzt endlich klären würde. Hinter der St.-Matthäus-Kirche bog sie in die Nußbaumstraße ein, in ihrem Blickfeld erschienen die imposanten Gründerzeitgebäude der Innenstadtkliniken. Kurz darauf betrat sie das Institut für Rechtsmedizin, dessen hohe Flure in einem neonbeleuchteten Dämmerlicht lagen und dessen Luft einen ganz eigenen Geruch nach Sauberkeit und Hygiene und dennoch auch – kaum wahrnehmbar, vielleicht bildete sie es sich auch nur ein – nach Tod und Verwesung in sich trug.

Hinter ihr erklang der zügige Schlag von Schritten. Sie sah sich um. Es war Holger.

»Guten Morgen, Gina.«

»Hallo. Wie geht es deiner Tochter?«

»Sie haben sie im Krankenhaus behalten. Gehirnerschütterung. Verdacht auf ein leichtes Schädel-Hirn-Trauma. Warum lässt sie das Kind auch ohne Helm fahren!«

Holger hätte ihr vermutlich obendrein eine Rüstung aus Knieschonern, Ellenbogenschützern und Rückenprotektor verpasst und das Rad dann am liebsten noch via App ferngesteuert. »Solche Sachen passieren, und es ist doch Gott sei Dank nicht schlimm.«

»Es war einfach nur verantwortungslos von Saskia.«

»Hast du dir nie das Knie aufgeschlagen oder bist von einem Baum gefallen? Lass deine Tochter ihre Erfahrungen sammeln.«

Verärgert schüttelte Holger den Kopf. »Man merkt, dass du keine Kinder hast.«

»Entspann dich mal ein wenig.« Der Ton hatte an Schärfe zugenommen. Das war nicht ihre Absicht gewesen. »Tut mir leid. Das ist deine Sache. Trotzdem: Google mal Monika Gruber unter dem Stichwort *Vor 1980 geboren*. Dann verstehst du, was ich meine.«

Sie erreichten den Sektionssaal und traten ein. Viel zu obduzieren gab es nicht. Es würde hoffentlich nicht lange dauern. Ursula Weidenbach war schon da. Sie stand am vordersten der drei Sektionstische. Auch an den beiden anderen wurde bereits gearbeitet. Nie würde Gina sich an das kreischende Sirren der Oszillationssäge gewöhnen, mit der Professor Dr. Herzog am Nebentisch das Schädeldach einer Leiche öffnete. Es verursachte ihr noch immer Gänsehaut.

Auf dem Tisch vor Ursula Weidenbach lagen die Knochen in der ihnen natürlicherweise zugedachten Ordnung. Gina sah sich das an, während Weidenbach einen Fingerknochen an seinen Platz legte. Ein makabres Puzzle. »Beinahe fertig«, sagte sie zufrieden und blickte auf. »Bis auf ein paar kleinere Knochen, die längst verrottet sind. Aber das soll uns nicht stören.«

»Guten Morgen«, grüßte Gina.

Weidenbach schob die Brille ins Haar und lächelte zufrieden. »Ja, dieser Morgen ist nicht schlecht. Das da hat sich wirklich gelohnt.« Sie wies auf den Tisch. »Es ist doch immer wieder erstaunlich, welche Geheimnisse man den Toten nach so langer Zeit noch entlocken kann.«

»Es gibt also Überraschungen?«

»Könnte man so sagen.«

»Haben Sie die DNA schon?« Diese Frage kam von Holger.

Weidenbach nickte. »Aber vorher will ich Ihnen etwas zeigen.« Sie zog sich ein paar frische Latexhandschuhe über, griff nach dem Schädel und wies auf die feinen Sprünge im Scheitelbein. »Die sind uns ja gestern schon aufgefallen. Ich habe den Schädel geröntgt und bin mir sicher, dass die Frakturen von einem Schlag herrühren und nicht von einem Sturz. Sie gehen von einem Zentrum aus und befinden sich deutlich oberhalb der Hutkrempe. Jemand hat ihm eines übergebraten.«

»War der Schlag tödlich?«

»Schwer zu sagen. Es ist möglich, aber nicht mehr mit Sicherheit festzustellen. Es gibt allerdings noch etwas anderes.« Weidenbach wies auf den rechten Unterarmknochen. »Eine Fraktur von Elle und Speiche.« Ihre Hand wanderte weiter. »Und die elfte und zwölfte Rippe der linken Körperhälfte sind angebrochen. Und auf der rechten gibt es zwei gebrochene Rippen.« Die abgebrochenen Bögen lagen neben der Wirbelsäule. »Wenn sie die Lunge perforiert haben, wovon auszugehen ist, könnte ihm das den Rest gegeben haben.« Weidenbach sah wieder auf. »Was ich sagen will: Dieser Mann hat vor zehn Jahren um sein Leben gekämpft, und er hat verloren.«

»Weber hat sich also tatsächlich ein Double gesucht«, sagte Gina. »Er hat einen Wildfremden ermordet, um mit seinem Kind untertauchen zu können? Himmel! Ich glaube es nicht.«

Weidenbach schob die Brille zurück und schüttelte den Kopf. »Wie gesagt, wir haben die DNA. Nicht er ist mit Marie untergetaucht. Sondern ein anderer. Das hier sind die sterblichen Überreste von Christian Weber.«

28

Petra Weber trat aus dem strahlenden Herbstlicht in den dämmrigen Flur des Instituts für Rechtsmedizin. Seit der Exhumierung wechselten sich Hoffnung, Wut und Sorge in steter Folge ab. Die Hoffnung, dass sich bestätigte, was sie schon immer gewusst hatte, befeuerte ihre Ungeduld. Die Wut auf Chris, der ihr das angetan hatte und möglicherweise mit Marie irgendwo lebte, wuchs ins Unermessliche und wechselte sich mit der Sorge ab, dass sie vielleicht alles falsch gemacht hatte. Zehn lange Jahre.

Sie hatte schlecht geschlafen, was auch an den drei Gläsern Wein lag, die sie mit Oliver getrunken hatte, und war bereits um sechs aufgestanden. Ab sieben hatte sie versucht, jemanden im Institut für Rechtsmedizin zu erreichen. Vor einer halben Stunde war ihr das dann endlich geglückt, und sie hatte erfahren, dass die Obduktion schon für acht Uhr angesetzt war. Deswegen war sie hier. Sie musste wissen, ob der Tote Chris war. Dass er es nicht sein könnte, auf diese Idee war sie nie gekommen. In zehn Jahren nicht. Was für ein infamer Plan. Wenn es so war. Noch wusste sie es nicht, und das machte sie ganz kirre.

Sie hatte keine Ahnung, wohin sie musste. Suchend sah sie sich um und entdeckte eine Hinweistafel an der Wand. Die Sektionssäle befanden sich im Erdgeschoss. Am Ende des Flurs und dann links.

In den Gängen war es ruhig. Geschlossene Türen aus massivem Holz. Die Gummisohlen ihrer Sneaker quietschten auf dem Steinboden. Es roch nach Desinfektionsmittel und nach etwas anderem, das Petra nicht benennen konnte. Weiter hinten zog eine Putzfrau mit Wischmopp ihre Kreise. Die Tür des Sektionssaals war geschlossen. Ein schwaches Sirren drang an ihr Ohr. Viertel nach acht. Die Obduktion war offenbar schon im Gang. Petra setzte sich ein Stück weiter hinten im Flur auf eine Bank zwischen zwei Säulen und wartete darauf, dass die Tür sich öffnen und die Rechtsmedizinerin herauskommen würde, die gestern Chris' Knochen mit einer Selbstverständlichkeit eingesammelt hatte, als würde sie dergleichen täglich tun.

Wenn das überhaupt seine Gebeine waren.

Hoffentlich nicht. Denn dann war klar, dass er seit zehn Jahren mit Marie ein schönes Leben führte, während sie vor Sorge und Kummer beinahe verrückt geworden war. Dieser verdammte Mistkerl!

Ihr Handy klingelte. Es war Mark. Sie hatte ihm eine SMS geschickt, dass sie heute später kommen würde, und er fragte, ob alles in Ordnung war. »Die Obduktion findet gerade statt. Keine Ahnung, wie lange das dauert. Vielleicht wird es Mittag, bis ich im Büro bin.«

»Willst du dir das wirklich zumuten? Die Polizei wird dich doch informieren.«

»Ich muss wissen, ob er es ist oder nicht.«

»Soll ich kommen?«

Lieber, guter Mark. Immer besorgt und immer an ihrer Seite. »Das ist nett von dir, aber ist nicht nötig. Ich melde mich.« Petra steckte das Handy ein.

Über der Tür zum Sektionssaal hing eine Uhr. Der Minutenzeiger zog langsam seine Kreise, während sie sich abwechselnd ausmalte, wie sie Chris ins Gesicht spucken, ihn schlagen und treten würde, sobald man ihn gefunden hatte, oder ihn wahlweise mit stummer Verachtung strafte, während sie Marie in ihre Arme nahm. Sie gab sich diesem Tagtraum hin, bis sie glaubte, die Wärme des kleinen

Körpers an ihrem zu spüren, und ihr klarwurde, dass es kein Kinderkörper sein würde, sondern der einer jungen Frau, einer jungen fremden Frau. Zehn gestohlene Jahre. Sie mussten ganz von vorne anfangen. Es würde ihnen schon gelingen, wenn sie beide es wollten. Doch sie hatte keine Ahnung, welches Gift Chris Marie über ihre Mutter ins Ohr geträufelt hatte.

Wenn er untergetaucht war, würde man jetzt endlich nach ihm fahnden. Nach einem Mörder und Entführer. Bei diesem Gedanken schluckte Petra trocken. War er wirklich ein Mörder? Sie hatte ihn gekannt und geliebt, und obwohl sie ihn seit zehn Jahren nur noch hasste, gelang es ihr nicht, sich ihn als Mörder vorzustellen. Trotz seines Ehrgeizes und seiner Zielstrebigkeit und manchmal knallharten Art, sich durchzusetzen, hatte er auch eine weiche Seite an sich gehabt, voller Mitgefühl und Einfühlungsvermögen. Er war auch hilfsbereit und entgegenkommend gewesen und freundlich. Bis auf das letzte Jahr ihrer Ehe. Die Arbeitslosigkeit hatte an seinem Selbstbewusstsein gezehrt, wie ein Geschwür hatte es sich durch ihn gefressen und ihn aggressiv gemacht, aufbrausend und verletzend. Hatte sie sich derart in ihm getäuscht? Vielleicht war all das schon immer in ihm angelegt gewesen und erst in der Krise zum Vorschein gekommen?

Natürlich hatte sie sich in ihm geirrt! Denn entweder lag ein Fremder auf dem Sektionstisch, dann war Chris ein Mörder, oder er war es, und hatte sich selbst getötet, aber auch einen Selbstmord hatte sie ihm nicht zugetraut und schon gar nicht, dass er ihr Marie nehmen würde. Letztlich hatte sie ihn nicht wirklich gekannt. Jedenfalls diese dunkle Seite nicht. Das war eine bittere Erkenntnis.

Der Signalton einer eingehenden Nachricht erklang und holte sie aus ihren wirren Überlegungen. Eine SMS von Oliver. *Bin in Gedanken bei dir und wünsche dir von ganzem Herzen, dass sich alles zum Guten wendet.*

Es war nett von ihm, dass er an sie dachte. Sein kleiner Annäherungsversuch gestern hatte ihr gutgetan. Sie erinnerte sich an die Blicke der Frau vom Nachbartisch, ein wenig neidisch, ein wenig abschätzig. Ihr hatte Oliver gefallen, doch er hatte nur Augen für sie gehabt, und es war schön gewesen, als ernstzunehmende Konkurrentin gesehen zu werden. Auch wenn sie nichts von Oliver wollte.

Danke, simste sie zurück. *Sobald es Neuigkeiten gibt, melde ich mich.*

Wieder sah sie auf die Uhr. Der Sekundenzeiger zog weiter seine Runden. Eine Gruppe Studenten ging vorbei. Ihre Schritte hallten noch nach, als die Tür des Sektionssaals geöffnet wurde. Gina Angelucci kam in Begleitung ihres Kollegen heraus. Petra schob das Handy zurück in die Handtasche und eilte den beiden nach, die sich mit raschen Schritten entfernten.

»Diese Idioten!« Mit einer Hand wedelte die Kommissarin vor ihrer Stirn. »Eine Obduktion war ja nicht nötig. Es war ja alles klar. Da übersehen die tatsächlich, dass Weber ermordet wurde! Es ist einfach nicht zu fassen, was die alles versaubeutelt haben!«

Weber. Ermordet. Diese Worte stürzten wie ein Schwall Eiswasser auf Petra herab und ließen sie mitten im Schritt erstarren. Es war, als ob ihr Körper die Botschaft schneller entschlüsselt hatte, als ihre Gehirnzellen sie verarbeiten konnten. Kein Selbstmord. Kein Mord. Oder vielmehr doch ein Mord. Aber Chris war das Opfer. Jemand hatte ihn getötet. Und … Marie entführt!

Sie stieß einen unterdrückten Schrei aus. In rasender Geschwindigkeit begann ihr Gehirn Bilder zu produzieren: ein finsterer Keller. Blut überall. Das dämonische Grinsen eines

Josef Fritzl, das unscheinbare Bubengesicht eines Wolfgang Priklopil. Verliese, Gitter, Ketten. Eine geschändete Kinderleiche unter Laub begraben. Blut. Überall Blut.

Ihre Beine versagten ihr den Dienst. Petra lehnte sich an die Wand und rutschte daran herunter zu Boden. In hämmernden Schlägen donnerte ihr Herz gegen die Rippen, während ein Wimmern in ihr emporstieg. Marie. Wo war Marie? Was war mit ihr geschehen?

»Ist Ihnen nicht gut? Brauchen Sie Hilfe?« Die Putzfrau streckte ihr die Hand entgegen.

Benommen rappelte Petra sich auf. »Danke. Es geht schon.«

Was konnte sie jetzt noch tun?

Nichts.

Nicht sie. Die Polizei. Verdammt! Es war Aufgabe der Polizei, Marie zu finden! Entschlossen atmete sie durch und eilte Richtung Ausgang. Vielleicht erwischte sie die Kommissarin noch. Doch es war Mark, dem sie in die Arme lief. »Was tust du denn hier?«

»Ich habe mir Sorgen gemacht. Zu Recht offenbar. Du bist ja weiß wie die Wand.«

Die Kommissarin passierte mit ihrem Kollegen die Zufahrtsschranke. Petra ließ Mark stehen und lief ihr hinterher. Atemlos holte sie die beiden ein. »Frau Angelucci. Warten Sie!«

Die Polizistin blieb stehen. »Frau Weber?« Mit der Hand strich sie eine Strähne hinters Ohr. »Wo kommen ...«

»Was ist mit Chris? Wurde er wirklich ermordet?«

Mark erreichte sie. »Was sagst du da?«

Der Blick der Kommissarin pendelte zwischen ihr und Mark. »Wir sollten das nicht hier besprechen.«

Es stimmte also. Sie hatte sich nicht verhört. »Warum nicht? Wollen Sie das jetzt unter den Teppich kehren? Ich stelle mich hier hin und brülle die Leute zusammen, wenn Sie mir nicht sofort sagen, was los ist.«

»Petra ...«

Sie schüttelte Marks Arm ab. »Ich habe es gehört. Wie? Von wem? Ich will das jetzt wissen!«, schrie sie.

»Es wird nichts vertuscht, und es tut mir leid, wie die Ermittlungen bisher geführt wurden. Da ist viel falsch gelaufen. Die Obduktion hat einige Frakturen zutage gefördert. Am rechten Arm, an den Rippen, vor allem aber am Schädel. Die genaue Todesursache ist nicht mehr feststellbar. Ihr Mann kann an der Schädelfraktur verstorben sein oder an einer Perforation der Lunge. Vielleicht hat beides zusammengewirkt.« Abwartend sah die Kommissarin sie an. Es gab also noch etwas, das sie wissen sollte.

»Und weiter?«

29

»Wie kannst du nur hier leben?« Mark sah sich in ihrer Wohnung um, als wäre er noch nie hier gewesen.

Ein Zimmer mit Blick in den dunklen Hinterhof, in dem nur im Hochsommer an ein paar Tagen die Sonne schien. Ein winziges Bad und eine noch kleinere Küche. Petra genügte es. Sie brauchte nicht mehr. Bis auf die Sonne, die fehlte ihr an manchen Tagen.

»Bestrafst du dich so selbst?«

Petra ließ sich auf das Sofa fallen und hätte am liebsten geheult. »Für mich reicht es. Und es ist völlig unwichtig, wie ich wohne.« Sie streifte die Schuhe ab und ließ sie achtlos auf dem Sisalteppich liegen.

Sie konnte nichts mehr tun. All die Jahre war sie in die falsche Richtung gerannt. Hatte ihr Geld und ihre Kraft in eine Suche gesteckt, die von völlig falschen Voraussetzungen ausgegangen war. Nicht Chris war mit Marie untergetaucht, sondern so ein Drecksarschloch hatte sie in seine Gewalt gebracht. Allein der Gedanke ließ sie vor Angst beben, wollte ihr die Haut in Fetzen vom Leib reißen. Sie versuchte Wut heraufzubeschwören und Zorn, um die Angst zu bannen, die sich in ihr auszubreiten begann und Bilder der Ereignisse jener Februarnacht am Langbürgner See anschwemmte. Bilder, die sie nie gesehen hatte, die ihre Phantasie produzierte. Chris hatte versucht, Marie zu beschützen, und hatte mit seinem Leben dafür bezahlt. Wenigstens in diesem Punkt hatte sie sich nicht getäuscht. Nie hätte er ihr etwas angetan. Am Ende war er sogar für sie gestorben. Sie alle hatten ihm unrecht getan. Er war kein

Mörder, Selbstmörder oder Entführer. Eine heiße Welle von Scham stieg in ihr auf. Es war so furchtbar und unfassbar.

Mark ging zur Kochnische. »Magst du einen Tee oder lieber einen Kaffee?«

»Ich will nichts.« Ein Klumpen setzte sich in ihren Hals. »Nur Marie. Ich will mein Kind wiederhaben.« Sie wusste, wie kindisch sich das anhörte. Doch das war es, was sie wollte. Sie wollte ihr Kind zurück.

Mark setzte sich neben sie und legte seinen Arm um ihre Schultern. »Sie suchen doch nach ihr. Jetzt endlich tun sie das. Alles wird gut.« Sie hörte das leichte Schwanken seiner Stimme, die Unsicherheit, die mitschwang. Woher sollte er auch die Gewissheit nehmen, wo doch alles möglich war? Was würden sie am Ende finden? Eine verstörte junge Frau, als Sklavin gehalten, vom Licht der Sonne und den Menschen isoliert, in einem Loch vegetierend? Oder die Leiche eines Kindes? Wenn sie überhaupt jemals irgendetwas fanden.

Übelkeit stieg in ihr auf, als sie erkannte, dass Marie tot sein könnte. Seit zehn Jahren schon. Der seidene Faden ihrer Gewissheit war gerissen, die Enden baumelten mit einem Mal lose im Wind, wie eine Spinnwebe, in der sich ihre Hoffnung verfangen hatte.

Mark strich ihr über die Wange. »Ich weiß, dass du dir jetzt tausend Sachen ausmalst. Doch das ist nicht gut. Im Moment kannst du nichts tun, als abzuwarten. Und vielleicht etwas essen. Gefrühstückt hast du sicher nicht, und jetzt ist es schon Mittag. Lass uns einen Spaziergang in der Sonne machen und reden und nach einem netten Lokal Ausschau halten.«

Wie konnte er jetzt nur an Essen denken? Bewegung würde ihr allerdings guttun, und von ihrer Wohnung war es nicht weit bis an die Isar. Irgendetwas musste sie unternehmen, und sei es nur laufen. Also zog sie die Schuhe wieder an und steckte das Handy ein.

Die Isar zog gemächlich gen Norden. Auf den Wegen entlang des Ufers tummelten sich Spaziergänger mit Hunden und Mütter mit Kinderwagen zwischen Radfahrern und Joggern. Das Leben ging einfach weiter. Die Sonne schien, als wäre nichts gewesen. Das Leuchten und Flirren dieses Septembertags machte Petra regelrecht zornig. Sie zog die Sonnenbrille aus der Tasche und setzte sie auf. Die Ungeheuerlichkeit dieses perfiden Plans, den jemand vor zehn Jahren ersonnen hatte, um Marie in seine Gewalt zu bringen, wurde ihr Schritt für Schritt bewusster. Denn eines war klar: Das konnte keine spontane Tat gewesen sein.

Mark schien ihre Gedanken gelesen zu haben. »Chris' Mörder muss euch über einen längeren Zeitraum ausgeforscht haben. Ist dir jemand aufgefallen, der sich merkwürdig verhalten hat?«

Ihr fiel nichts dazu ein. »Es ist so lange her.« Mit der Schuhspitze trat sie einen Stein ins Wasser. »Ich kann das nicht glauben. Ich will nicht. Das ist so bösartig, so gemein. So infam. Wenn ich mir vorstelle, wie er Chris gezwungen hat, den Abschiedsbrief zu schreiben ... Und Chris muss gewusst haben, was ihm bevorstand. Ihm und Marie. Wieso ist er überhaupt an den See gefahren? Nachts. Mit dem Kind?«

Wieder wollten ihr die Tränen kommen. Alles war ganz anders als sie immer geglaubt hatte. Und sie hatte nicht ein einziges Mal an die Möglichkeit gedacht, dass sie alle einer Täuschung aufsaßen.

Das Handy klingelte. Es war Daniela. Petra hatte ganz vergessen, sie anzurufen.

»Gibt es schon Neuigkeiten?«

»Ja. Und es sind keine guten.« Sie setzte sich auf einen

Findling am Ufer, während Mark sich an den Baum daneben lehnte, und erzählte Daniela, was damals am See geschehen war. Jedenfalls soweit sie es wusste.

»Er wurde ermordet, und die Polizei hat das übersehen? Das kann doch nicht sein.« Danielas Stimme drohte zu kippen, wurde aber mit dem nächsten Atemzug zornig. »Man sollte gegen diese unfähigen Deppen vorgehen. Ich werde mir einen Anwalt nehmen und sehen, was ich tun kann. Und was ist eigentlich ... Was ist mit Marie, Petra? Da ist jetzt wieder alles offen. Gibt es einen Hinweis? Eine Spur?«

»Noch nicht. Sie fangen ja jetzt erst richtig an, nach ihr zu suchen. Mark meint, dass wir ausgespäht wurden. Hat Chris zu dir mal gesagt, dass er sich beobachtet fühlt?«

»Nein. Nichts dergleichen.« Ein Stöhnen klang durchs Telefon. »Sie haben einfach zehn Jahre ungenutzt verstreichen lassen? Sag, dass das nicht wahr ist.«

Petra wurde das Gespräch zu viel. »Ich habe Oliver versprochen, dass ich ihm Bescheid sage. Kannst du das für mich übernehmen?«

»Oliver?«

»Ja, Oliver.« Sie hörte die Ungeduld in ihrer Stimme. »Ich erkläre es dir ein andermal. Informierst du ihn?«

»Ja, sicher.«

Sie schob das Handy zurück in die Jackentasche. Mark lehnte noch immer am Baum. »Du hast Oliver getroffen?«

Sei schloss die Augen, spürte den Wind an ihrer Haut und hörte das leise Rauschen des Flusses. »Wir haben ein Glas Wein getrunken.«

»Ich habe ihn ewig nicht gesehen. Wie geht es ihm?«

»Gut. Jedenfalls beruflich.« Petra war für den Themenwechsel dankbar und erzählte Mark von dem unerwartet netten Abend, während sie weiter flussabwärts Richtung Reichenbachbrücke gingen. Nur den kleinen Annäherungsversuch ließ sie aus. Weshalb, wusste sie selbst nicht. Vielleicht, weil sie eine leichte Enttäuschung spürte, die von Mark ausging. War er etwa eifersüchtig auf Oliver? Sie wollte nichts von ihm. Und auch nicht von Mark.

Mark war ihr bester Freund, ihr einziger. Ihr Freitag auf der Insel. Diese Freundschaft würde sie nicht aufs Spiel setzen.

»Falls du jetzt Hunger hast, könnten wir uns am Reichenbach-Kiosk etwas holen. Ich könnte jedenfalls etwas vertragen.«

Das Laufen hatte ihr gutgetan und Appetit gemacht. An der Brücke wechselten sie auf die andere Isarseite und kauften sich am Kiosk Fleischpflanzerl mit Kartoffelsalat, die sie auf einer Bank am Ufer aßen. Petra war gerade fertig, als ihr Handy klingelte und sich Daniela aufgeregt meldete.

»Du hast doch vorhin gefragt, ob mir damals jemand aufgefallen ist, der euch beobachtet hat.«

»Ja?«

»Nicht beobachtet. Aber erinnerst du dich noch an Bettina Schuster und ihren Mann Frank?«

»Dunkel.« Eine Kollegin von Chris und ihr Mann. Eigentlich nette Leute, die ein paarmal zu Besuch gewesen waren. Nur sie war ein wenig seltsam gewesen. Psychisch labil, hatte Chris gesagt.

30

Am nächsten Morgen wurde Gina vom Rattern der Espressomühle geweckt. Sie schwang die Beine aus dem Bett und ging in die Küche.

»Guten Morgen, Liebes.« Tino nahm sie in den Arm, und eine Wolke von Aromen flutete ihre Geruchszellen. Kaffeeduft, Olivenduschgel, Zahnpasta und dieser leichte Geruch nach frischem Wind, der zu ihm gehörte. »Was magst du trinken? Früchtetee, Decaf oder richtigen?«

»Heute brauche ich meine Dosis Koffein gleich.«

»Hast du schlecht geschlafen?«

Gina nickte, nahm die Croissants aus dem Tiefkühlfach und schob sie zum Auftauen in die Mikrowelle. »Du bist gestern spät heimgekommen. Habt ihr die Mutter gefunden?«

»Leider nicht. Falscher Alarm. Wir arbeiten weiter alle Spuren und Hinweise ab. Und bei dir? Was hat die Obduktion ergeben?« Tino füllte Espressopulver in den Siebträger der Maschine und stellte die vorgewärmten Tassen darunter.

Gina unterdrückte ein Stöhnen. »Stellmacher und seine Leute sind eine wahre Zierde der bayerischen Polizei. Weber hat nicht Selbstmord begangen. Er wurde ermordet, ob am Langbürgner See oder an einem anderen Ort, wissen die Götter. Und der Tatzeitpunkt ist ebenso unklar. Irgendwann zwischen Samstag, fünfter Februar, achtzehn Uhr, und dem darauffolgenden Dienstag. Sein angeblicher Selbstmord und sein Abschiedsbrief sind ein Ablenkungsmanöver. Der Täter muss Weber gezwungen haben, ihn zu schreiben. Vermutlich mit vorgehaltener Waffe.«

Tino stellte zwei Tassen Cappuccino auf den Tisch und nahm die Croissants aus der Mikrowelle. »Die haben eine Schussverletzung übersehen?«

»Einen eingeschlagenen Schädel. Weber hat um sein Leben gekämpft, und um das seiner Tochter. Besser gesagt um ihr Schicksal.« Ganz unerwartet setzte sich ein Druck in Ginas Brust. »Dieser gemeine Plan ergibt nur dann einen Sinn, wenn Marie entführt wurde. Ein sechsjähriges Mädchen, das man zu einer willigen Sklavin erziehen kann, wie im Fall Kampusch, oder verkaufen oder zur Prostitution zwingen, wie es dieser Dutroux getan hat.«

»Du glaubst also, dass Marie lebt?«

»Seit gestern halte ich das für möglich.«

Der Druck wanderte nach oben in den Hals und in die Augen. Gina zwinkerte die aufsteigenden Tränen weg. Es war besser, die Emotionen außen vor zu lassen und pragmatisch an diesen verfahrenen Fall heranzugehen.

»Ich weiß nicht, wo ich anfangen soll. Zehn Jahre nach der Tat! Ohne gesicherte Ermittlungsergebnisse, denn wer weiß, was die Rosenheimer sonst noch versaubeutelt haben? Mir wird ganz schlecht, wenn ich daran denke, was uns alles nicht zur Verfügung steht. Webers Wohnung. Sein Auto. Die Telekommunikationsdaten, Überwachungsbänder von Tankstellen und Autobahnen und die Bilder von Radarfallen. Alles weg. Futsch. Aufgelöst, verkauft, im digitalen Nirwana verschwunden oder durch den Reißwolf gejagt.« Sie stand mit so gut wie leeren Händen da.

Tino stellte seine Tasse ab. Ein Rest Milchschaum haftete an seiner Oberlippe. »Dir wird nichts anderes übrigbleiben, als ganz von vorne zu beginnen. Mit der Befragung der Nachbarn. Und zieh Boos und seine Leute von der OFA hinzu. Heigl gibt bestimmt grünes Licht.«

Mit dem Finger wischte sie den Schaumrest von seiner Lippe, schleckte ihn ab und gab ihm einen Kuss.

»Das ist eine gute Idee. Vielleicht erkennen die Profiler ja etwas, was wir nicht sehen.«

Etwas lag Tino noch auf der Seele. »Es hat wohl keinen Sinn, dich daran zu erinnern, dass du schwanger bist und eigentlich Innendienst verrichten solltest. Du hast es Thomas noch immer nicht gesagt.«

»Ich konnte ja nicht vorhersehen, wie sich die Suche nach Marie entwickelt. Diesen verkorksten Fall kann ich Holger nicht alleine überlassen.«

»Mir gefällt das nicht. Das weißt du. Und ich weiß, dass ich dich nicht davon abhalten kann, das zu tun, was du für richtig hältst. Es sei denn, ich würde es Thomas sagen.«

»Was ich dir echt übelnehmen würde. Andere schwangere Frauen arbeiten schließlich auch bis sechs Wochen vor der Entbindung.«

»Aber nicht bei der Polizei. Versprich mir, dass du vorsichtig bist. Wenn es brenzlig werden könnte, nimm Kollegen von der Schutzpolizei mit und geh nie allein zu einer Befragung. Am besten wäre es, du bleibst im Büro. Wer auch immer Weber ermordet und seine Tochter entführt hat, ist ein ernstzunehmender Gegner. Er schreckt vor nichts zurück.«

»Aber er hat keine Ahnung, dass wir ihm auf die Schliche gekommen sind. Vorteil für uns.«

Eine halbe Stunde später musste Gina erkennen, dass dieser Vorteil nicht länger bestand.

Auf dem Weg zum Präsidium passierte sie mit Tino das Zwischengeschoss des U-Bahnhofs am Sendlinger Tor. An den Kiosken dort unten konnte man Gebäck und Blumen kaufen, Tickets, Getränke, Süßigkeiten und Zeitungen. Als Gina die Headline des *Münchner Blicks* sah, war das wie ein Schlag in den Magen. *Entführung und Mord! Kripo vertuscht Versagen im Fall Weber.* Blattbreit war darunter das Kinderfoto von Marie neben einem Bild ihres Vaters abgedruckt.

»Shit! Was für ein Mist ist das denn!« Sie gab einen Euro für das Dreckblatt aus und überflog den Artikel, während Tino ihr über die Schulter sah.

»Die Wittock natürlich wieder«, sagte er. »Ihre Quellen würde ich gerne kennen.«

»Maries Mutter wird ihr das gesteckt haben. Sie hat beste Kontakte zu den Medien, und sie ist echt wütend auf uns. Kann ich ja verstehen, aber das an die Presse zu geben, ist einfach nur dämlich.« Gina zog das Handy hervor und rief Petra Weber an. »Mit der Info an die Zeitung haben Sie uns einen Bärendienst erwiesen. Nun weiß Maries Entführer, dass seine Inszenierung vom Spielplan genommen wurde und wir ihn suchen. Das erschwert uns die Arbeit. Aber schon so! Haben Sie auch nur eine Sekunde darüber nachgedacht?«

»Was? Wovon reden Sie?«

»Vom *Münchner Blick*. Er macht mit einem Artikel über Marie auf. Stammen die Infos etwa nicht von Ihnen?«

»Nein. Natürlich nicht. Ich bin doch nicht blöd.«

Was? Gina war sich sicher gewesen. Woher wusste die Wittock dann davon? Möglich, dass sich jemand aus der Rechtsmedizin ein Zubrot verdient hatte. »Entschuldigen Sie … Es tut mir leid. Ich dachte wirklich, dass Sie das waren. Kann ich Sie heute im Büro erreichen? Wir müssen reden.«

»Sicher. Ich bin da.«

Kaum hatte Gina das Gespräch weggedrückt, klingelte das Handy. Es war Jörg Schramm, und er war stinksauer. »Wir hatten einen Deal. Schon vergessen?«

»Sie blaffen die Falsche an. Ich war das nicht.«
»Dann gibt es also eine undichte Stelle bei der Kripo?«
»Ich vermute die Quelle eher in der Rechtsmedizin.«
»Ich hätte mich nicht drauf einlassen sollen. Und das werde ich künftig auch nicht. Keine Deals mehr mit Ihnen.« Schramm legte auf.

31

Holger saß mit dem *Münchner Blick* am Schreibtisch, als Gina ins Büro kam, zur Stellwand ging und die roten Pins aus der Karte rupfte. Alles auf Anfang!

»Hast du das hier schon gesehen?«

»Die Ursache meiner guten Laune.«

Gina konnte dem Kaffeeduft nicht länger widerstehen und schenkte sich ihren *CSI-Miami*-Becher halb voll. Damit war ihr Koffeinkontingent für heute ausgeschöpft.

»Ich wette, dass Stellmacher jeden Moment anruft und dich zur Schnecke macht. Sie bezeichnet ihn tatsächlich als Provinzbullen. Woher weiß sie eigentlich davon?«

»Journalisten vom Schlag der Wittock haben überall ihre Zuträger.«

Das Telefon auf ihrem Schreibtisch klingelte. Im Display erschien eine Nummer der Rosenheimer Kripo. »Die Wette hast du schon gewonnen.« Sie hatte keine Lust, sich von Stellmacher Mädel nennen zu lassen, und zögerte einen Augenblick. Ihr Adrenalinpegel war bereits auf Anschlag. Stellmacher würde ihn weiter in die Höhe jagen, und sie spürte instinktiv, dass das zu viel für den Kleinen war.

»Soll ich das übernehmen?«

»Wenn du dich anblaffen lassen magst, gerne.«

Grinsend stand Holger auf und zog ihr Telefon auf seinen Tisch. »Ich habe da eine Taktik. Auskotzen und ins Leere laufen lassen.« Mit einem Lächeln nahm er ab. »Kriminaloberkommissar Morell.«

Gina wandte sich wieder der Pinnwand zu und warf die Pins zu den anderen in der Plastikbox.

»Tut mir leid. Frau Angelucci ist außer Haus. Sie müssen sich mit mir begnügen.« Es folgten einige *Hms* und *Ahas* und ein *Ja, habe ich gelesen* und weitere Floskeln von Holger. Es dauerte keine zwei Minuten, dann hatte Stellmacher Dampf abgelassen. »Ja, sicher. Ich werde es dem *Mädel* ausrichten. Aber etwas Entscheidendes sollten Sie bei all Ihrem Ärger nicht außer Acht lassen: Sie waren es, der den Fall gegen die Wand gefahren hat. Aber so richtig.«

Kaum hatte Holger aufgelegt, kam Thomas herein, mit dem *Münchner Blick* in der Hand. »Habt ihr ...?«

Gina stöhnte. »Ja. Haben wir. Und Stellmacher hat sich auch schon austoben dürfen.«

»Fein. Dann ist ja niemand überrascht, dass Heigl eine Soko will.«

Das Thema war jetzt in der Öffentlichkeit, und Heigl war stets darauf bedacht, dass die Münchener Kripo ein gutes Bild abgab. Sicher hatte er längst die Ärmel aufgekrempelt und bereitete eine Pressekonferenz vor.

»Unterstützung können wir weiß Gott brauchen. Und ich würde gerne die Fallanalytiker dazuholen.«

»Das sieht Heigl genauso. Er hat Boos schon informiert. Wir bekommen außerdem Verstärkung von Moritz Russo und seinen Leuten. Ich schlage vor, dass wir das erste Soko-Meeting gegen elf abhalten. Dann können wir nicht an der Pressekonferenz teilnehmen.« Ein Lächeln zog über sein Gesicht. »Allerdings sollten wir Rauber und seine Leute von der Pressestelle ins Bild setzen. Kannst du das übernehmen?«

»Kein Problem.«

Thomas wandte sich zum Gehen, hielt dann aber inne. »Eines muss man dir lassen, Gina, das war gute Arbeit.« Anerkennend hob er den Daumen. »Ohne dich wäre dieser

Mord nie aufgedeckt worden. Vielleicht haben wir ja eine Chance, Marie lebend zu finden.«

Das hoffte sie, doch sie war sich nicht so sicher wie ihr Chef, dass sie diesen Fall richtig angegangen waren. »Danke. Das hört Frau gerne.«

»Eigentlich ist das dein Baby, also solltest du die Soko leiten. Was meinst du?«

Das kam völlig überraschend. Hoppla!, dachte Gina, und dann: Yes! Soko-Leiterin! Eine schwangere Soko-Leiterin, um genau zu sein, und immer an vorderster Front. Das ging nicht.

Als sie nicht sofort reagierte, fragte Thomas nach. »Du hast doch kein Problem damit?«

»Wie kommst du darauf?« Diese Chance wollte sie sich nicht entgehen lassen.

»Dann um elf im großen Besprechungsraum.« Er schloss die Tür hinter sich.

Holger drehte sich in seinem Bürostuhl. »Gratuliere.« Erst jetzt bemerkte Gina das Mountainbike, das hinter ihm an der Wand lehnte. Funktionierte er jetzt das Büro zur Garage oder am Ende gar zum Fitnesscenter um?

»Das ist nur für heute«, erklärte er. »Ich hab ein spezielles Bügelschloss dafür bestellt und einen GPS-Tracker, weil es so schweineteuer war. Hast du schon einen Plan, wo wir in diesem verkorksten Fall noch ansetzen können? Ich nämlich nicht.«

»Wir werden ganz von vorne anfangen müssen. Akten sezieren, von Tür zu Tür gehen und mit den Nachbarn reden. Die ausfindig machen, die inzwischen weggezogen sind. Und wir müssen uns mit Petra Weber unterhalten. Wer Marie in seine Gewalt gebracht hat, muss die Familie gut gekannt haben. Und damit kennt Petra Weber ihn höchstwahrscheinlich auch.«

»Jemand aus dem persönlichen Umfeld?«

»Möglich. Muss aber nicht sein. Es kann auch jemand sein, der sie über einen längeren Zeitraum beobachtet und sich über sie informiert hat. So unsichtbar kann sich niemand machen, dass er nicht doch jemandem auffällt.« Das Problem war die Zeit, die gegen sie gearbeitet hatte. Zehneinhalb Jahre.

Gina wollte nicht unvorbereitet in ihr erstes Meeting als Soko-Leiterin gehen und bat Holger, einen chronologischen Ablauf der Ereignisse am Tatwochenende zusammenzustellen und Lücken zu kennzeichnen. Sie selbst setzte sich mit der Fotomappe vom Tatort und der Mappe mit dem KTU-Bericht des Touran an den Schreibtisch und legte die Beine hoch. Das sollte gut für die Venen sein.

Das Schlauchboot, die verfallene Hütte, etliche Aufnahmen der Leiche, die leeren Blister des Medikaments, die angerußte Wodkaflasche, die Ladefläche des Autos mit dem Erbrochenen. All diese Fotos hatte sie schon mehrmals gründlich betrachtet, doch unter anderen Vorzeichen.

Webers letzte Mahlzeit war seine Henkersmahlzeit gewesen. Er hatte nicht dort gestanden und in den Wagen gekotzt, nachdem er sein Kind getötet hatte, sondern er hatte dort gelegen. Bewusstlos und gefesselt. Dieses Bild stand plötzlich vor Ginas Augen, als hätte sie es selbst gesehen. Und das bedeutete, dass Weber nicht erst am See überwältigt worden war, sondern schon in München. Er hatte gelebt, als er an den See gebracht worden war. Fundort war auch Tatort. Da war sie sich plötzlich ziemlich sicher.

Wo war Marie zu diesem Zeitpunkt gewesen? Ebenfalls betäubt im Kindersitz? Oder bereits weggesperrt in einem Verlies? Wie und wo hatte der Täter Weber in die Falle gelockt? Hatte er den beiden aufgelauert und sie überfallen?

Oder hatte das Drama in Webers Wohnung begonnen, die der Täter später schließlich so präpariert hatte, dass die Geschichte glaubhaft wurde, die er sich für das Verschwinden von Vater und Tochter ausgedacht hatte? Was war zwischen Samstagabend achtzehn Uhr, dem letzten Lebenszeichen von Weber und Marie, und dem Auffinden seiner Leiche am darauffolgenden Dienstag geschehen?

Es war Zeit, mit Maries Mutter zu reden. Gina schwang die Beine vom Tisch, um sie anzurufen, als im selben Moment das Telefon auf ihrem Schreibtisch zu klingeln begann. Der Kollege, der an der Pforte Dienst tat, meldete sich und fragte, ob Gina für Petra Weber zu sprechen sei.

»Sie kommt genau richtig, schicken Sie sie rauf.«

Zwei Minuten später trat sie ein. Hektische rote Flecken im Gesicht. »Daniela hat etwas herausgefunden. Bettina und Frank. Die beiden müssen Sie überprüfen. Da stimmt etwas nicht.«

»Bettina und Frank?«

Aus der Umhängetasche zog Petra Weber Fotos und breitete sie auf dem Tisch aus. Es waren Bilder von einer Gartenparty. Der Kleidung nach zu urteilen sicher mehr als zehn Jahre alt. Auf zweien waren sie und ihr Mann mit einem anderen Paar zu sehen und auf einem anderen Daniela mit denselben Leuten.

»Das sind Bettina Schuster und ihr Mann Frank. Sie war eine Kollegin von Chris. Zu dem Zeitpunkt, als die Bilder gemacht wurden, allerdings nicht mehr. Ob sie gekündigt hat oder ihr gekündigt wurde, wusste er nicht. Es gab Gerüchte, dass sie psychische Probleme hatte. Jedenfalls war sie meistens ziemlich durch den Wind. Wir haben die beiden nur ein paarmal getroffen. Eigentlich waren sie ganz nett, auch wenn ich Bettina seltsam fand. Mit Marie konnte sie gut. Sie hatte einen regelrechten Narren an ihr gefressen, und dann waren sie plötzlich verschwunden. Kurz nach der Sache mit Chris und Marie.«

»Sie glauben, dass die Schusters etwas damit zu tun haben?«

»Es könnte sein.«

»Und wie kommen Sie darauf?«

»Bettina hatte einen beinahe krankhaften Kinderwunsch. Aber es hat nicht geklappt. Nach mehreren Fehlgeburten war klar, dass es nie klappen würde. Bei diesem Gartenfest«, Petra Weber bohrte ihren Finger in eines der Bilder, »stand sie ziemlich neben sich. Kurz zuvor hatten sie erfahren, dass sie zu alt für eine Adoption waren. Und dann verschwand Marie, und sie waren weg.«

»Wie weg? Umgezogen?«

»Nein, weg. Daniela hatte Bettina ein paar CDs geliehen und wollte sie irgendwann wiederhaben. Doch die Telefonnummer war abgemeldet. Also ist sie hingefahren und hat festgestellt, dass Bettina und Frank ihr Haus in Trudering gekündigt hatten. Das muss im März oder April 2005 gewesen sein. Die Nachmieter kannten die neue Adresse ebenso wenig wie der Eigentümer. Daniela hat sie gegoogelt und nichts gefunden. Sie kann stur sein, also hat sie weiter herumgefragt. Niemand wusste, wo die beiden abgeblieben waren, und irgendwann hat sie aufgegeben. Daran hat Daniela sich gestern erinnert und noch mal nach ihnen im Netz gesucht und nichts gefunden. Heute findet man doch jeden im Internet. Sie hat dann ein paar gemeinsame Bekannte angerufen und erfahren, dass eine ehemalige Kollegin Bettina mal in der Fußgängerzone getroffen hat. Vor etwa sieben oder acht Jahren, da hatte sie ein Kind dabei. Ein Mädchen, und sie hat gesagt, das wäre ihre Tochter. Wie kann das sein, wo sie doch keine Kinder bekommen konnte?«

Gina wusste nicht, was sie davon halten sollte. Vielleicht hatte die Adoption doch geklappt. Wenn Bettina Schuster und ihr Mann Weber ermordet und Marie entführt hatten, würden sie dann tatsächlich in München wohnen bleiben und mit dem Kind an der Hand durch die Fußgängerzone laufen? Mit an Sicherheit grenzender Wahrscheinlichkeit nicht. Andererseits war es seltsam, dass offenbar niemand wusste, wohin sie gezogen waren.

Sie ließ sich von Petra Weber die damalige Adresse der Schusters geben und den Namen der Frau, der Bettina begegnet war, und fragte schließlich, ob sie sich vielleicht an den Mädchennamen von Bettina erinnerte oder an das Geburtsdatum.

»Sie war ein paar Jahre älter als ich, ich glaube Jahrgang siebenundsechzig oder achtundsechzig. Und an den Geburtstag erinnere ich mich genau. Wir waren zu ihrer Geburtstagsfeier eingeladen. Dabei hat sie sich als Aprilscherz bezeichnet. Es ist also der erste April. Sie suchen nach ihr?« Die hektischen roten Flecken hatten sich weiter ausgebreitet. Endlich gab es so etwas wie eine Spur, nach all den Jahren. Gina verstand die Aufregung und wollte sie nicht dämpfen.

Die Vorstellung, dass Marie vielleicht nicht seit zehn Jahren gefangen gehalten und gequält und misshandelt wurde, sondern behütet und geliebt bei einem Paar aufwuchs, das sich als ihre Eltern ausgab, hatte etwas beinahe Tröstliches. Doch so recht glaubte sie nicht daran.

32

Bereits eine Viertelstunde vor dem ersten Meeting betrat Gina den großen Besprechungsraum und öffnete die Fenster. Mit der frischen Luft kam der Gesang eines Straßenmusikanten herein, der sich an Bob Dylans *It Ain't Me, Babe* versuchte. Gar nicht mal schlecht. Eine raue und brüchige Stimme voller Leidenschaft. Sie beugte sich aus dem Fenster und erspähte unten in der Fußgängerzone einen abgewetzten braunen Cowboyhut, eine zerschlissene Jeansjacke und einen im Takt wippenden Fuß. »You say you're lookin' for someone who's never weak, but always strong.«

»But it ain't me, babe«, sang sie mit. Hoppla, das war ein wenig zu laut. Er hob den Kopf, entdeckte sie und legte noch eine Schippe Inbrunst auf. »Someone who will die for you an' more.«

»But it ain't me, babe. No, no, no, it ain't me, babe«, schmetterte sie.

»It ain't me you are lookin' for, babe«, sang er zu ihr herauf.

In einer Geste des Bedauerns breitete sie die Arme aus und machte sich an die Arbeit.

Sie stöpselte den Laptop an den Beamer, startete das Programm und justierte die Titelseite ihrer Präsentation auf der Leinwand.

Als Erster erschien Moritz Russo. Ein durchtrainierter sehniger Triathlet und einen halben Kopf kleiner als sie. Sein Körperfettanteil war sicher goldrichtig. Eigentlich der ideale Kollege für Holger.

»Servus, Gina. Räumen wir jetzt den Dreck der Rosenheimer weg? Wie ist das denn passiert?«

»Das ist eine lange Geschichte. Ich erzähle sie, wenn alle da sind.«

Als Nächster kam Thomas mit Alexander Boos, dem Leiter der Abteilung Operative Fallanalyse, der zwei Leute aus seinem Team mitbrachte. In einem Fernsehkrimi hätte man sie als Profiler bezeichnet. Doch die Operative Fallanalyse der deutschen Kripo unterschied sich von der Arbeit der amerikanischen Kollegen, denn sie beruhte einzig und allein auf gesicherten Fakten. Phantasievolle Ergänzungen und filmreife Interpretationen kamen nicht vor.

Boos war um die fünfzig, trug einen stahlgrauen Anzug und wie immer auffallende Hosenträger. Eine Marotte, die er sich während seiner Zeit in Langley, wo er ein halbes Jahr zur Fortbildung gewesen war, angewöhnt hatte. Heute waren es Stars and Stripes. Er grüßte Gina. »Keine leichte Aufgabe, was ich bisher so gehört habe.« Er wies auf den Mann neben sich. »Julian Heinen.«

Gina nickte. Sie kannten sich bereits aus der Zeit, als sie noch in Tinos Team gewesen war und eine Mordserie aufzuklären hatten, in deren Mittelpunkt eine Selbsthilfegruppe stand. Heinen hatte sich mit seiner nahezu autistischen Art nicht beliebt gemacht. Wie damals trug er einen Tweedanzug mit Lederflicken an den Ärmeln und machte wohl auf Sherlock Holmes.

Neben ihm stand eine junge Frau mit braunen Locken, die Boos als Kriminaloberkommissarin Merle Ruff vorstellte. Wenn sie sich in puncto Kleidung an ihrem Vorgesetzten und Kollegen orientieren würde, müsste sie ein Businesskostüm tragen, dachte Gina. Doch Merle Ruffs Beine steckten in Leggings und Shorts. Darüber trug sie ein hautenges Shirt, das ihre knuffige Figur betonte. »Freut mich.«

»Dito. Klingt nach einem spannenden Fall.« Interessiert sah Merle Ruff sich um, während Nicolas Stahl mit Annmarie Böttcher noch rasch am Fenster eine Zigarette rauchte. Beide gehörten zu Russos Team. Stahl war ein Workaholic, der sich seit der Scheidung in Arbeit vergrub. Sie war neu bei der Mordkommission und gehörte zu den Menschen, die wenig sprachen, dafür aber Informationen aufsogen und bei passender Gelegenheit parat hatten. Annmarie war jemand, der den Überblick behielt.

Als Letzter kam Holger. Alle setzten sich. Das Stühlerücken verklang schnell. Gina schaltete den Beamer an. Die Titelseite des *Münchner Blicks* erschien auf der Leinwand. *Entführung und Mord! Kripo vertuscht Versagen im Fall Weber.*

»Einen schönen guten Tag, Kollegen. Wer heute Zeitung gelesen hat, ist ja bereits bestens informiert. Ich kann mir die Einführung also ersparen.«

Russo lachte. »Der war gut.«

»Woher haben die die Infos?« Das kam von Nicolas Stahl, dem gelegentlich der Sinn für Humor fehlte.

»Zu neunzig Prozent aus den Fingern gesogen. Die Arbeit der Kollegen in Rosenheim lasse ich besser unkommentiert. Der Fall liegt jetzt bei uns. Einfach wird es nicht. Aber wir werden ihn klären. Der Mord an Christian Weber und die Entführung seiner Tochter Marie liegen über zehn Jahre zurück. Es gibt keinen vollständigen Tatortbefundbericht und nur eine lückenhafte Dokumentation des Wochenendes, an dem es geschah. Es gab keine Obduktion von Christian Webers Leiche.« Jemand stöhnte. »Und keine Auswertung der Telekommunikationsdaten und so weiter und so fort. Was wir alles nicht haben, ist gigantisch. Wir müssen eigentlich ganz von vorne anfangen. Bevor ich in die Details gehe, eines vorneweg: Als wir den Fall übernommen haben, ging es um die Suche nach Maries Leiche. Das hat sich inzwischen geändert. Was am ersten Februarwochenende 2005 in Webers Wohnung in München und am Langbürgner See geschehen ist, ergibt nur dann einen Sinn, wenn der Täter mit dieser Inszenierung erreichen wollte, dass niemand nach Marie sucht, weil alle sie für tot hielten. Ich gehe davon aus, dass sie lebt.«

»Ein zweites Amstetten oder Strasshof?«, fragte Merle Ruff.

»Ja. Das halte ich für wahrscheinlich.« Gina suchte Blickkontakt zu Alexander Boos. »Meine Einschätzung beruht auf der Inszenierung der Tat. Sie haben da sicher bessere Methoden.«

Boos lächelte. »Sagen wir andere. Unsere Arbeit setzt einen gut dokumentierten Tatort voraus. Das scheint nicht der Fall zu sein. Woran liegt's?«

»Da fragen Sie die Falsche. Aber ich versuche es mal mit der Logik der Kollegen zu erklären. Als Webers Leiche am Langbürgner See gefunden wurde, sah alles nach einem Mitnahmeselbstmord aus.« Sie klickte sich durch die Aufnahmen vom Tatort bis zu den Bildern der Leiche. »Der Arzt bescheinigte Suizid. Für den Staatsanwalt war damit alles geklärt und eine Obduktion aus seiner Sicht nicht nötig. Mal abgesehen davon, dass man Webers Leiche nicht wirklich durch Augenschein identifizieren konnte, denn sie war entstellt.« Mit dem Laserpointer umkreiste sie die Großaufnahme des Kopfes. »Gegen Tote wird nicht ermittelt. Sie haben ein Weilchen nach der Leiche des Kindes gesucht und den Fall dann ad acta gelegt.«

Heinen wischte sich imaginäre Krümel von der Lippe. »Grandios.«

»Es ist, wie es ist.« Einer von Tinos Lieblingssprüchen. Es steckte fatale Wahrheit darin. »Wir müssen mit dem arbeiten, was wir haben, und nachholen, was damals versäumt wurde, soweit das möglich ist. Aber jetzt der Reihe nach.«

Gina legte dar, was sie bisher wussten. Sie sprach von den Eheproblemen, der Trennung und der bevorstehenden Scheidung, den Streitigkeiten wegen des Sorgerechts, das Weber für sich allein beanspruchte, und was am ersten Februarwochenende 2005 geschehen war, sofern es rekonstruiert worden war. »Was Weber zwischen Samstag, achtzehn Uhr, und Montagmorgen etwa zwei Uhr getan hat, dem vermuteten Zeitpunkt seines Todes, wissen wir nicht. Am Samstag hat er noch vollgetankt. Die Quittung war in seiner Geldbörse. Als man den Wagen fand, war der Tank nur noch zu einem Viertel voll. Weber muss an dem Wochenende etwa vierhundert Kilometer gefahren sein, und wir haben keine Ahnung, wo er war.«

Merle Ruff hob die Hand.

»Ja?«

»Sie sprachen von einer Inszenierung, die von den wahren Motiven des Täters ablenken sollte. Wäre es nicht möglich, dass er Weber die Tankquittung untergeschoben hat? Ein Ablenkungsmanöver, genau wie das Schlauchboot?«

Das war ein guter Einwand. »Sicher ist das denkbar. Wir sollten versuchen, die zeitliche Lücke zu füllen, und müssen mit den Nachbarn reden. Auch mit denen, die inzwischen weggezogen sind. Ebenso mit Maries Lehrern und Mitschülern und mit deren Eltern. Ist jemandem etwas aufgefallen? Vielleicht einer, der die Webers beobachtete. Moritz, könnt ihr das übernehmen?«

Russo nickte. »Machen wir. Ist aber echte Fieselarbeit, und die braucht Zeit.«

»Zeit ist genau das, was uns fehlt. Wenn Maries Entführer Zeitung liest, weiß er, dass wir nach ihr suchen.

Hoffentlich bewahrt er die Ruhe und verhält sich weiterhin angepasst und unauffällig.«

Gina vergab weiter Aufgaben. Holger sollte sich darum kümmern, dass ein Foto von Webers Touran zusammen mit einem Zeugenaufruf veröffentlicht wurde. Hatte jemand das Fahrzeug am fraglichen Wochenende gesehen? Außerdem sollte er die Datei der einschlägig Vorbestraften durchforsten. »Ich will die Namen aller Pädophilen und von jedem, der jemals ein Kind angequatscht, entführt oder zu entführen versucht hat.«

Alexander Boos meldete sich zu Wort. »Maries Entführer muss nicht zwangsläufig pädophil veranlagt sein. Es kann auch um Macht und Dominanz gehen. Der hohe Grad an Planung würde dafür sprechen. Unter Vorbehalt. Wir brauchen alle Unterlagen zum Tatort.«

»Die stehen Ihnen zur Verfügung.«

»Was ist mit Webers Handy? Wurde das ausgewertet?« Es war wieder Merle Ruff, die fragte.

»Vermutlich liegt es am Grund des Sees. Jedenfalls ist es nicht bei den Asservaten, und die Telekommunikationsdaten wurden damals nicht ermittelt.«

»Wirklich ein verfahrener Fall.«

»Sehen wir ihn als Herausforderung. Solange wir keinen Anlass haben, etwas anderes anzunehmen, sollten wir davon ausgehen, dass Marie lebt und wir sie gemeinsam finden werden. Machen wir uns an die Arbeit.«

Thomas begann mit den Fingerknöcheln auf die Tischplatte zu klopfen. Die anderen schlossen sich an. Mit Zuversicht blickte Gina in die Runde der Kollegen. Gemeinsam würden sie es schaffen. Aus der Fußgängerzone klang leise Dylans *The Times They Are A-Changin'* zu ihnen herauf.

33

»Gut gemacht.« Thomas hob den Daumen und lächelte Gina zu, während der Sokoraum sich leerte.

»Danke. Wie kommst du mit deinem Vortrag voran?«

»Erinnere mich nur nicht daran. Kann ich dich nicht doch überreden, ihn zu schreiben?«

»Gott bewahre!«

Merle Ruff trat zu ihnen. »Gibt es die Dokumentation des Tatorts schon digital?«

»Leider nicht. Aber allzu viel müssen Sie nicht schleppen.« Ihr Handy begann zu klingeln. »Entschuldigung.«

Tino meldete sich. »Gratuliere, Soko-Leiterin.«

Der Buschfunk war in diesem Haus schneller als das Internet. »Danke.« Sie wandte sich ab und senkte die Stimme. »Gibt es eigentlich alkoholfreien Prosecco? Dann können wir das heute Abend feiern.«

»Es ist zu befürchten. Weshalb ich anrufe: Wir müssen mit Dorothee wegen der Einladungskarten reden. Sie hat uns eine Auswahl gemailt. Hast du sie schon gesehen?«

»Nein. So schlimm?«

Tino lachte. »Na ja, die eine hat eine Art Tortenspitze als Verzierung und wird mit einer Satinschleife zugebunden.«

Spitze und Schleife! Was war mit ihrer Mutter los? »Und die anderen? Sag's besser nicht. Ich ahne Schreckliches. Pinke Herzen?«

»Und Hochzeitskutschen. Ich hätte es gerne schlichter.«

»Ich auch! Ich rede mit ihr.«

Als Gina gefolgt von Merle Ruff ins Büro zurückkam,

saß Holger vor dem PC und streckte sich zufrieden. »Ich liebe unsere Datenkrake.«

»Soll heißen?«

»Nicht erster, sondern zweiter April sechsundsechzig. Bettina Schuster hat sich als *verspäteter* Aprilscherz bezeichnet.«

»Du hast sie schon gefunden?«

»War keine große Sache. Bettina Schuster, geborene Weyer und jetzt wieder Weyer. Sie hat sich von Frank Schuster scheiden lassen, und nur ein paar Monate später haben die beiden wieder geheiratet. Nur, dass er diesmal ihren Namen angenommen hat. Die beiden wohnen in einer noblen Gegend von München. Saphirstraße.«

»Es gibt tatsächlich eine Saphirstraße?«

»Ein ganzes Edelstein-Viertel. Rubin, Smaragd, Diamant und mittendrin der Onyxplatz.«

»Du nimmst mich auf den Arm.«

»Erst wenn du deinen Körperfettanteil reduziert hast. Guck selbst.«

»Gleich.« Gina übergab den Tatortbefundbericht und die KTU-Dokumentation des Touran an Merle Ruff, die sich damit verabschiedete. Dann sah sie Holger über die Schulter, der Google Maps geöffnet hatte.

Viertel war übertrieben, und die Lage war alles andere als nobel. Ein kleines Siedlungsgebiet im Stadtteil Ludwigsfeld, eingeklemmt zwischen Autobahn und Würmkanal. Von Westen und Norden drängte das ständig weiterwuchernde Firmengelände der MAN immer näher heran und würde die Handvoll Straßen und Häuser bald umzingelt haben wie die Römer einst Kleinbonum.

Holger ließ die Fingerknöchel knacken. »Das eigentlich Interessante ist aber, dass die beiden keine Kinder haben.«

Mit einer Adoption hatte es also nicht geklappt. Eigentlich war es Zeit für die Mittagspause, und sie war wirklich hungrig. Doch nun erwachte die Neugier. »Wir sollten uns dort mal umsehen.«

Mit Ginas Golf machten sie sich auf den Weg und erreichten kurz vor halb zwei ihr Ziel im Münchner Norden. Linker Hand ragten die mehrgeschossigen Bürokomplexe von MAN und MTU in funktionaler Hässlichkeit in den Himmel. Auf der anderen Straßenseite schien dagegen die Zeit seit den späten fünfziger Jahren des vorigen Jahrhunderts stehengeblieben zu sein, wenn man mal vom Supermarkt an der Ecke und den Klein- und Mittelklassewagen entlang der Straßen absah. Langgezogene, schmucklose Häuserriegel, die man nach Kriegsende eilig hochgezogen hatte. Kleine Fenster, an deren Rahmen die Farbe blätterte, von Flechten und Schmutz überzogene graue und gelbe Eternitverkleidungen, dunkle Hauseingänge und Dächer ohne Überstand. Das einzig Schöne waren die großen Rasenflächen zwischen den Häusern, reichlich Platz für Kinder zum Spielen und Toben, und die liebevolle Bepflanzung einiger Vorgärten.

Ganz eindeutig hatten die Immobilienspekulanten dieses Kleinod bisher übersehen. Es dämmerte im Dornröschenschlaf seit sechzig Jahren vor sich hin. Erst als Gina in die Kristallstraße einbog, bemerkte sie ihren Irrtum. Hier wurde bereits kräftig saniert. Neue Fenster, frisch eingedeckte Dächer, dicke Dämmung, steigende Mieten.

»Hier möchte ich ja nicht tot überm Zaun hängen«, meinte Holger.

»Könntest du auch nicht. Ich habe noch keinen gesehen.« Gina bog in die Saphirstraße ein, ließ den Wagen am Wegesrand ausrollen und stieg aus.

Das Haus mit der Nummer elf war ein Eckhaus und unterschied sich nur dadurch von den anderen, dass seine

Eternitverkleidung ursprünglich rosa gewesen war. Neben der Haustür befand sich ein überdachter Platz für Mülltonnen und Fahrräder. Gina zählte sieben Stück, die dort teils standen, teils lagen, darunter zwei Kinderräder und dazwischen Roller, Skateboards und ein Fußball. Holger pfiff durch die Zähne und tauschte mit Gina einen Blick.
»Keine Kinder?«

Die Fenster im Erdgeschoss waren gekippt. Stimmengewirr drang nach außen, das Gina an die lebhaften Gespräche von früher in ihrer WG erinnerte, nur dass es Kinderstimmen waren. »Dann schauen wir mal, welche Bewandtnis es damit hat. Am besten sagen wir, dass wir wegen einer Beschwerde kommen. Die Kids sind zu laut.«

»Einverstanden.«

Am Klingelschild klebte der Name Weyer. Gina legte den Finger auf den Knopf aus vergilbtem Kunststoff und zog den Dienstausweis hervor. Nach einer Weile hörte sie Schritte, die Tür wurde geöffnet, der intensive Duft von Tomatensoße und Parmesan schlug Gina entgegen. Seit Wochen lief ihr Geruchssinn auf Hochtouren und machte ihr jetzt klar, wie hungrig sie war. Die Frau, die geöffnet hatte, war etwa fünfzig Jahre alt und höchstens fünfundvierzig Kilo schwer. Bordeauxrot gefärbte Haare, die scharfen und misstrauischen Gesichtszüge eines Menschen, der zu viele unliebsame Erfahrungen gemacht hatte.

»Frau Weyer?«

Die Antwort kam zögernd. »Ja?«

»Gina Angelucci. Mein Kollege Holger Morell.« Sie hob kurz den Dienstausweis. Bettina Weyer wich zurück, als wollte sie gleich die Tür zuschlagen. »Es geht nur um eine Routineangelegenheit. Ein Nachbar hat sich wegen des Kinderlärms beschwert. Können wir kurz reinkommen?«

»Nein. Und wenn der Schmieding behauptet, dass die

Kinder zu laut sind, dann sagen Sie ihm, er soll einfach sein Hörgerät leiser stellen. Der hört ja sogar die Ameisen marschieren.«

»Wir sollten das nicht zwischen Tür und Angel besprechen.«

»Da gibt es nichts zu besprechen. Kinder sind Kinder, und die machen nun mal Krach. Und meine bemühen sich, leise zu sein.«

»Wie viele haben Sie denn?«

»Derzeit sind es vier.«

»Es sind also nicht alle Ihre eigenen?«

»Mein Mann und ich betreuen Pflegekinder.«

Von hinten erklang das schrille Quietschen einer Fahrradbremse. Gina sah sich um. Ein Mädchen stieg von einem klapprigen Rad und schob es in den Ständer. Bei all dem Make-up war das Alter schwer zu schätzen. Vielleicht sechzehn oder siebzehn, vielleicht auch erst fünfzehn. Die braunen Haare waren zu Dreadlocks gedreht. Trotz des warmen Wetters trug sie eine türkisfarbene Beaniemütze und hatte um den Hals ein Tuch gewunden, das ausgebreitet vermutlich die Größe eines Strandlakens hatte. Ein überraschter Blick aus ein wenig zu weit auseinanderstehenden Augen streifte Gina für einen Moment. »Hi, Mum. Was wollen die Leute?«

»Nichts. Geh rein und setz dich an den Tisch. Wir haben schon ohne dich angefangen. Aber wasch dir vorher die Hände.«

Mit einem Augenrollen wurde diese Anweisung kommentiert. Das Mädchen nahm die Schultasche aus dem Fahrradkorb und verschwand im Haus.

»Wenn es das war, dann würde ich jetzt gerne mit den Kindern zu Mittag essen.«

»Eigene Kinder haben Sie nicht?«, fragte Gina.

»Weshalb interessiert Sie das?«

»Berufskrankheit.«

»Es hat leider nicht geklappt.« Bettina Weyer schloss die Tür. Holger zog die Schultern hoch. »Das war wohl nichts. Ich werfe mal einen Blick durchs Fenster.«

»Ja, gut. Tu das.« Sie war nicht ganz bei der Sache. Dieser Blick. Sie glaubte, ihn schon einmal gesehen zu haben. Auf dem Foto von Marie mit dem Zauberhut. Doch Millionen Menschen hatten ein wenig zu weit auseinanderstehende Augen.

Nach einer Weile kam Holger zurück. »Sie sitzen alle artig um den Mittagstisch. Dachte gar nicht, dass man das heute noch so macht. Und es sind nicht vier, sondern sechs Kinder.«

34

Sabine Kremp, die zuständige Mitarbeiterin des Jugendamts, sah von ihren Unterlagen auf und suchte Blickkontakt zu Gina. »Bettina und Frank Weyer betreuen derzeit vier Kinder. Dominik, sieben Jahre alt, Maike, neun, Patrik, sechzehn, und Anna, siebzehn.«

Es war kurz nach drei. Gina hatte die Mittagspause noch einmal verschoben, denn die Augen des Mädchens und seine vage Ähnlichkeit mit dem Phantombild ließen ihr keine Ruhe. Also war sie gleich weiter zum Jugendamt und hatte unterwegs den Versuch unternommen, sich bei Bülents Imbiss am Hauptbahnhof einen Döner zu kaufen. Allein von dem Geruch war ihr schlagartig so übel geworden, dass sie sich nicht vorstellen konnte, jemals wieder etwas zu essen. Diese Vorstellung löste sich nun auf wie eine Fata Morgana im Wind und machte bohrendem Hunger Platz. Gleich würde ihr Magen knurren.

»Ich kenne die Familie seit zwei Jahren«, fuhr Sabine Kremp fort. »Und ganz ehrlich: Pflegeeltern dieses Schlags hätte ich gerne mehr. Es gibt keine Probleme. Sie kümmern sich um die Kinder, als wären es ihre eigenen.«

»Wie lange lebt Anna schon bei den Weyers?«

»Sie ist am längsten dort, zusammen mit Patrik. Seit Mai 2005.«

»Und es gab nie Ärger oder Auffälligkeiten?«

Ein Kopfschütteln war die Antwort. »Nicht, seit ich mit ihnen zu tun habe. Aus den Akten weiß ich, dass es eine schwierige Phase während der Scheidung gab. Das war eine Zeit, in der wir häufiger nach dem Rechten gesehen haben, um gegebenenfalls reagieren zu können. Damals waren es fünf Kinder, und wir hatten Sorge, dass Frau Weyer allein überfordert wäre. Doch aus den Unterlagen geht hervor, dass sie die Lage gut gemeistert hat, und dann haben die beiden ja wieder geheiratet. Das Leben schreibt schon merkwürdige Geschichten.« Mit einem Lächeln schob Sabine Kremp die schwarzumrandete Brille am Nasenrücken nach oben. Eine toughe Frau von Anfang dreißig, und Gina fragte sich, wie viel Akzeptanz sie bei Pflegeeltern hatte, die in der Regel deutlich älter waren und über mehr Lebenserfahrung verfügten als sie.

»Was ist mit Annas leiblichen Eltern? Wollten sie ihr Kind nie zurück?«

»Ihre Mutter war heroinabhängig, als sie Anna bekam. Der Vater ist unbekannt. Vermutlich ein Freier. Sie hat das volle Programm an Unterstützung erhalten. Wohnung, Entzug, Familienhelferin. Es sah so aus, als hätte sie es geschafft, bis man sie eines Tage tot auffand. Überdosis. Die Oma nahm das Kind zu sich. Die Frau war alkoholabhängig, was sie verheimlicht hat, um das Sorgerecht zu bekommen und das Pflegegeld. Um das ging es ihr wohl. Im Suff schlug sie die Kleine. Doch das fiel erst auf, als Anna mit fünf in den Kindergarten kam. Zu ihrem eigenen Schutz konnte sie nicht länger bei ihrer Großmutter bleiben. Sie wurde zuerst in einem Heim untergebracht und dann von den Weyers aufgenommen. Dort hat sie sich gut entwickelt, sie geht auf die Realschule und macht bald ihren Abschluss.«

»Und die Oma hat keinen Kontakt?«

Sabine Kremp blätterte in den Akten. »Sie ist 2006 verstorben. Außer ihr hat Anna nur noch eine Tante, die sich aber nie um das Kind gekümmert hat.«

»Haben Sie in der Akte Fotos von Anna im Grundschulalter?«

»Nein. Das ist nicht üblich.«

»Die Weyers sind in den letzten zehn Jahren viermal umgezogen. Wissen Sie, weshalb?«

»Seit ich für sie zuständig bin, wohnen sie in der Saphirstraße. Weshalb wollen Sie das alles eigentlich wissen?«

Gina ahnte die Reaktion bereits, bevor sie die Frage beantwortete. Niemand aus dem Jugendamt würde sich vorstellen können, dass ein Kind in einer Pflegefamilie lebte, das es offiziell nicht gab oder den Platz eines anderen Kindes eingenommen hatte, dessen Schicksal unklar war. Denn das würde bedeuten, versagt zu haben. »Wir haben bei der Suche nach einem seit zehn Jahren vermissten Kind einen Hinweis auf die Weyers bekommen.«

Wieder schob Sabine Kremp die Brille über den Nasenrücken nach oben. Diesmal betont langsam. »Sie meinen jetzt aber nicht, dass ich nicht bis fünf zählen kann? Was Sie vermuten, wäre auch gar nicht durchführbar. Spätestens bei der Einschulung müssen Geburtsurkunde und Kinderausweis vorgelegt werden.«

Ein entführtes Kind vor den Behörden als eigenes auszugeben war wegen der Papiere sicher nicht einfach, aber auch nicht unmöglich. Wenn man die richtigen Kontakte und Geld hatte, kam man auch an eine gut gefälschte Geburtsurkunde. Alles ließ sich kaufen.

Auf dem Rückweg ins Präsidium startete Gina einen zweiten Versuch bei Bülents Imbiss, und diesmal spielte ihr Geruchssinn ihr keinen Streich. Sie entschied sich für Köfte im Fladenbrot mit einer Extraportion Zaziki.

»Togo?«, fragte Bülent.

Überrascht sah Gina ihn an. Togo? Was meinte er?

»Mitnehmen oder hier essen?«, präzisierte er seine Frage.

Ach so! Gina unterdrückte ein Lachen. »Zum Mitnehmen.«

Mit routinierten Griffen umwickelte Bülent die eine Hälfte des Fladenbrots mit Alufolie und reichte es über den Tresen.

Sie hatte es noch nicht aufgegessen, als sie ihr Büro betrat.

Holger saß am PC und war damit beschäftigt, alle Informationen über Bettina und Frank Weyer zusammenzustellen, die sich im Schatz der Datenkrake befanden. Angesichts ihrer aluummantelten Mahlzeit öffnete er den Mund, doch dann verkniff er sich jeden Kommentar über Kalorien, Kohlehydrate und Fett. Er war also lernfähig.

»Wie war es beim Jugendamt?«

»Zeitlich könnte es hinkommen.« Gina legte die Tasche ab und stellte sich mit vollem Mund an die Pinnwand. Das Phantombild der siebzehnjährigen Marie hing noch dort. Die Augenpartie war schon sehr ähnlich. »Das Mädchen mit den Dreads heißt Anna Sokolowski und ist seit Mai 2005 in Pflege bei den Weyers. Leider haben sie keine Fotos von ihr in der Akte.«

»Du denkst wirklich, dass sie Marie ist?« Holger stand auf und öffnete beide Fensterflügel. »Kreuzkümmel stinkt wie verschwitzter alter Mann, findest du nicht?«

Gina zuckte mit den Schultern. »Natürlich bin ich mir nicht sicher. Wie auch? Aber ich habe ein seltsames Gefühl. Warum hat Bettina Weyer uns nicht hereingelassen? Am liebsten hätte sie uns die Tür vor der Nase zugeschlagen. Etwas stimmt da nicht.«

»Vielleicht wollte sie nur mit ihrer Familie zu Mittag essen, bevor das Essen kalt wurde.«

»Und die vielen Kinder?«

»Freunde der Pflegekinder. Ich habe zwei Geschwister, und wir haben ständig Freunde mit nach Hause gebracht. Davon saßen meistens einige mit uns am Tisch.«

Die Erklärung, die er anbot, klang logisch. Trotzdem blieb ein merkwürdiges Gefühl, und Tino war das beste Beispiel dafür, dass es richtig war, solche Gefühle nicht zu ignorieren.

Allerdings wäre es schon ziemlich dreist, vor allem aber riskant, ein entführtes Kind zwischen wechselnden Pflegekindern zu verstecken, und sobald jemand Verdacht schöpfte, zog man um. Das war die eine Möglichkeit. Die andere wäre furchtbar, aber auch konsequent, wenn man die Vorgehensweise des Täters betrachtete. Er war nicht davor zurückgeschreckt, Christian Weber zu ermorden, um Marie entführen und diese Tat als erweiterten Suizid darstellen zu können. Das erforderte ein hohes Maß an krimineller Energie und brutale Kaltblütigkeit. Da war jemand einem präzisen Plan gefolgt, der vielleicht noch weiter gegangen war. Damit Marie den Platz eines anderen Kindes einnehmen und so unsichtbar werden konnte, musste dieses verschwinden. Für immer. Vielleicht ein Pflegekind, das keine Angehörigen hatte. Wie Anna Sokolowski.

Gina aß den letzten Bissen Köfte, knüllte die Alufolie zusammen und fragte sich, ob ihre Phantasie mit ihr durchging. »Was hast du bisher über die Weyers herausgefunden?«

»Schon eine ganze Menge.« Holger reckte die verspannten Schultern und wandte sich dann dem Monitor zu. »Bettina Weyer, geboren am zweiten April 1966 in München. 1998 Hochzeit mit Frank Schuster, 2008 geschieden und im selben Jahr wieder mit Frank Schuster verheiratet, wobei sie diesmal ihren Namen als Familiennamen gewählt haben. Ich habe auch eine Idee, weshalb. Dazu komme ich gleich. Mittlere Reife, Ausbildung zur Bürokauffrau. Wechselnde Stellungen. Christian Weber hat sie bei wir-fahren-in-urlaub.de kennengelernt. Dort hat sie aber nur anderthalb Jahre gearbeitet. Es folgte ein Jahr Arbeitslosigkeit, danach Teilzeitjobs in Discountern und Kaufhäusern, an der Kasse und zum Regalauffüllen. Was sicher damit zusammenhängt, dass sie und ihr Mann seit 2005 ihr Einkommen zum Teil als Pflegeeltern sichern.«

»Du meinst, das Pflegegeld ist ihre Haupteinnahmequelle?«

»Ich nehme es an. Wenn man sich das hier so ansieht«, Holger wies auf den Monitor, »dann ist das die Geschichte eines Abstiegs. Deshalb vermutlich auch die zahlreichen Umzüge. Von der Doppelhaushälfte im guten Vorort ging es in ein kleines Reihenhaus in Milbertshofen, weiter in eine Wohnung im Hasenbergl und vor vier Jahren dann in dieses abgeranzte Viertel in Ludwigsfeld. Und damit bin ich bei Frank Schuster. Er ist drei Jahre älter als sie. Abitur, anschließend Ausbildung an der Journalistenschule. Zwölf Jahre fest angestellt bei einem Fachzeitschriftenverlag als Redakteur für Umwelt- und Wirtschaftsthemen. Infolge der Medienkrise hat er den Job verloren und sich gezwungenermaßen selbständig gemacht, doch das hat nicht hingehauen. Zu wenige Aufträge, um sich über Wasser halten zu können. Er hat Freunde angepumpt und ehemalige Kollegen. Ich vermute, dass er deswegen den Namen seiner Frau angenommen hat. So ist er für seine Gläubiger schwieriger aufzustöbern. Obwohl er als Journalist so gut wie nichts verdient, leistet er sich den Luxus eines Büros. Zehn Quadratmeter zur Untermiete in einer Bürogemeinschaft. Beide haben keine Vorstrafen. So, das war es bis jetzt. Sollen wir uns wirklich weiter damit befassen?«

Gina zögerte.

»Weshalb hätten sie Marie entführen sollen? Ihr Problem mit dem unerfüllten Kinderwunsch haben sie doch durch die Betreuung der Pflegekinder gelöst.«

»Richtig. Machen wir ein Häkchen dahinter.« Gina schob den Stuhl zurück. Es war Zeit für den Nachmittagscappu. Hoffentlich war Tino im Haus. Sie würde sich gerne mit ihm über Marie und Bauchgefühle unterhalten und außerdem über die Einladungskarten für die Hochzeit. Dorothee musste da etwas missverstanden haben.

35

Es war kurz vor fünf, als Petra mit ihrer Arbeit fertig war und den PC herunterfuhr. Sie war allein, denn Mark hatte vor einer Stunde spontan einen Besichtigungstermin für eine Wohnung in Berg am Laim vereinbart. Das tat er eigentlich nie, und sie hatte sich im Stillen darüber gewundert. Nun schrieb sie ihm eine Notiz, dass die Vertragsunterlagen für das Objekt an der Chiemgaustraße fertig waren und einer der Interessenten für die Wohnung in der Leopoldstraße ausschied, weil er seine Schufa-Auskunft frisiert hatte.

Einen Moment zögerte sie, ob sie ihr Handy einschalten sollte. Seit dem Morgen riefen Journalisten an und wollten Interviews oder wenigstens eine Stellungnahme, und einer hatte sogar versucht, sie in eine Talkshow zu locken. Natürlich könnte sie sich jetzt ins Rampenlicht setzen und ihrem Ärger über die Polizei Luft machen. Doch auf die Medien war sie mindestens genauso wütend. Wie konnte der *Münchner Blick* nur veröffentlichen, was vor zehn Jahren wirklich passiert war? Hatten die denn nicht einen Funken Verstand im Kopf? Ihnen musste doch klar sein, dass sie damit Marie in Gefahr brachten!

Auf der Mailbox hatte sich ein Dutzend Nachrichten angesammelt. Die meisten von Reportern. Ein paar von eher flüchtigen Bekannten, die ihre Sensationsgier stillen wollten. Eine kam von Renate, einer Freundin aus der Schulzeit, die sich ewig nicht gemeldet hatte und nun wissen wollte, was los war und ob Petra vielleicht Hilfe brauchte. Eine weitere stammte von ihrem Vater. Dass er ihre Handynummer überhaupt noch hatte, überraschte sie. Seit Jahren hatte sie nichts von ihm gehört, seit er ihr vorgeworfen hatte, dass alles ihre Schuld sei. »In guten wie in schlechten Zeiten«, hatte er gesagt. »Das hast du gelobt. Man steht so etwas gemeinsam durch. Das hast du nun von deinem Egoismus.«

Nun wollte er wissen, ob es Neuigkeiten von Marie gab, und endete mit dem Vorwurf, dass sie sich nie meldete und es ihr offenbar egal war, wie es ihm ging. So viel zum Thema Egoismus, dachte Petra. Wie es mir geht, will er nicht wissen.

Die nächste Nachricht kam von Karin Svoboda vom *Focus*. Sie bat um ein Exklusivinterview. Petra überlegte, ob sie sich darauf einlassen sollte. Die Journalistin hatte viel für sie getan. Doch jetzt mit einem Interview an die Öffentlichkeit zu gehen erschien ihr falsch. Vielleicht brachte sie damit Marie in Gefahr. Sie schickte eine SMS. *Ich muss darüber in Ruhe nachdenken und melde mich.*

Auch ihre Wahrsagerin hatte auf die Mailbox gesprochen. Natürlich hatte Miranda die Zeitung gelesen und verfolgte die stetig wachsende Flut an Berichten im Fernsehen und online und bot ihre Dienste an. »Ich bin jederzeit für Sie da. Rufen Sie mich an.« Ein kurzes Zögern. »Mit meinem Honorar kann ich Ihnen natürlich entgegenkommen. Sie werden jetzt sicher eine Menge Interviews geben. Falls Sie mich an Ihrer Seite haben wollen … Wir sollten reden. Meine Nummer haben Sie ja.« Doch sicherheitshalber wiederholte Miranda sie noch einmal.

Okay, das war es dann, dachte Petra. Mark lag mit seiner Vermutung richtig. Auch Miranda ging es nur um Geld und ihre fünfzehn Minuten Berühmtheit. Wobei sie sich angesichts des Medienspektakels bestimmt mehr als fünfzehn Minuten ausrechnete.

Kaum hatte sie die Mailbox abgehört, begann das Handy zu klingeln. Petra wollte das Gespräch schon wegdrücken, als sie die Nummer erkannte. »Hallo, Frau Angelucci. Gibt es Neuigkeiten?«

»Ich wollte Sie nur informieren, dass wir die Schusters gefunden und überprüft haben. Sie haben nichts damit zu tun.«

»Und die angebliche Tochter?«

»Ist ein Pflegekind. Es hat alles seine Ordnung.«

Wieder eine Hoffnung, die sich zerschlagen hatte. »Danke, dass Sie mir Bescheid sagen.«

»Wie geht es Ihnen?«

»Eigentlich ganz gut. Nur die Journalisten sind lästig. Ein Fernsehsender wollte mich sogar nach Köln für eine Talkshow einfliegen lassen. Ich habe abgelehnt.« Plötzlich war sie sich nicht mehr sicher, ob das richtig war. »Oder denken Sie, es wäre sinnvoll, wenn ich mitmachen würde?«

»Zum jetzigen Zeitpunkt wäre das nicht gut. Sind Sie denn grundsätzlich bereit dazu?«

»Wenn es hilft, natürlich.«

»Falls das der Fall sein sollte, komme ich vielleicht darauf zurück.« Die Kommissarin verabschiedete sich.

Petra aktivierte die Alarmanlage, schloss die Bürotür hinter sich und sperrte auch die Haustür ab, ganz wie Mark es wünschte. Sollte sich jemand an einem Fenster oder einer Tür zu schaffen machen, gab eine App Alarm auf seinem Smartphone. Ständig hatte er Angst, es könnte eingebrochen werden, sein Sicherheitsbedürfnis war beinahe schon paranoid.

Sie entschied sich, die U-Bahn zu nehmen, wie meistens. Ihren Lupo benutzte sie selten, weil sie nicht gerne Auto fuhr und im Berufsverkehr schon gar nicht. Als sie auf die Theresienstraße trat, stieß sie fast mit einer molligen Frau zusammen, die ein knallrotes Kleid mit türkisfarbenem Blumenmuster zu pinken Leggings trug.

»Hallo, Frau Weber. Melissa Wittock vom *Münchner Blick*. Wir sollten uns unterhalten.«

Das war also Melissa Wittock. Petra konnte es nicht glauben. Diese Frau war die Dreistigkeit in Person. »Mit Ihnen rede ich nicht. Und wenn Sie sich an meine Fersen heften, rufe ich die Polizei.«

»Nur eine Frage. Werden Sie …«

»Sie scheinen es an den Ohren zu haben. Und an Verstand mangelt es Ihnen ganz offensichtlich ebenfalls. Ist Ihnen überhaupt klar, was Sie mit Ihrem Artikel angerichtet haben?«

»Ich habe die Öffentlichkeit informiert, wie es um unsere Polizei bestellt ist. Die Ermittlungsarbeit werden Sie ja wohl nicht gutheißen …«

»Sie haben den Entführer meiner Tochter informiert, dass er mit seinem miesen Spiel aufgeflogen ist. Wenn er Marie nun in Panik umbringt?«

»Sie glauben, dass sie lebt?« Melissa Wittocks Verblüffung war von derart unverfälschter Echtheit, dass Petra die Luft wegblieb. Auf dem Absatz machte sie kehrt und ging Richtung U-Bahn-Station. Doch die Wittock lief ihr hinterher. »Gibt es Hinweise darauf? Der Pressesprecher der Polizei hat sich ja ziemlich bedeckt gehalten.«

Petra zog das Handy hervor. »Ich meine es ernst. Wenn Sie nicht sofort verschwinden, wähle ich den Notruf.«

»Ist ja gut.« Die Journalistin zog eine Visitenkarte aus der Tasche und hielt sie Petra hin. »Vielleicht ein andermal?«

»Wer hat Ihnen eigentlich gesteckt, dass mein Mann ermordet wurde?«

»Bekomme ich ein Interview, wenn ich es Ihnen verrate?«

»Das ist es mir nicht wert. Ich gehe jetzt hier lang und Sie in die andere Richtung. Können wir uns darauf einigen?«

»Okay. Ich sage es Ihnen. Es war keiner meiner üblichen Informanten. Der Anruf kam anonym. Erst danach habe ich meine Quellen angezapft und mir die Info bestätigen lassen.« Melissa Wittock drücke ihr die Karte in die Hand. »Falls Sie es sich anders überlegen.«

Auf dem Weg zur U-Bahn knüllte Petra die Karte zusammen und warf sie in einen Papierkorb.

Der Tag war noch immer so schön, dass er ihr beinahe unwirklich erschien und sie regelrecht wütend machte. Dieses flirrende Herbstlicht erschien ihr verlogen, und es erinnerte sie an Chris. An die Wiesn. Früher waren sie immer aufs Oktoberfest gegangen. Eine Maß im Hippodrom, eine Fahrt mit der Achterbahn, gebrannte Mandeln und Lebkuchenherz und die Enthauptung beim Schichtl gehörten zu ihrem festen Programm, genau wie die Plastikrose, die er Jahr für Jahr für sie geschossen hatte. Nach seinem Tod hatte sie das Oktoberfest nie wieder besucht. Nichts sollte sie mit ihm verbinden. Auch an sein Grab war sie seit der Beisetzung nicht gegangen. Sie ließ es vom Friedhofsgärtner pflegen und ärgerte sich jedes Mal, wenn die Rechnung kam. Warum gab sie Geld aus für den schönen Schein? Weshalb ließ sie es nicht verwildern und das Unkraut wuchern, damit jeder sah, dass da einer lag, um den niemand trauerte?

Und nun war alles anders. Mit seinem Leben hatte Chris bezahlt. Er hatte sich für Marie geopfert. So wie auch sie alles geben würde, um sie jemals wieder in den Armen zu halten. Die Liebe zu ihrem Kind verband sie über seinen Tod hinaus. Petra fühlte sich elend und beschämt. Zehn Jahre hatte sie Chris unrecht getan.

An der U-Bahn-Station wollte sie mit der Rolltreppe ins Untergeschoss fahren, als ihr Blick auf die hellen Türme der Ludwigskirche fiel, die plötzlich den Wunsch in ihr weckten, für ein paar Minuten dieses unwirkliche Leuchten der Stadt hinter sich zu lassen und in eine Ruhe einzutreten, in der sie ihre Gedanken sortieren und sich sammeln konnte.

Noch immer war sie nicht gläubig, noch immer beneidete sie die Menschen, die ihr Schicksal ohne zu hadern annehmen konnten und darauf vertrauten, dass ein Sinn hinter ihrem Leid steckte, ein göttlicher Plan, der sich erst später für sie erschließen würde. Es machte es leichter. Doch in ihrem Fall war es kein göttlicher Plan, sondern ein teuflischer.

Sie überquerte die Straße, stieg die Stufen empor und trat ein. Das schwere Portal schloss sich hinter ihr, sperrte Lärm und Hektik aus. Ruhe umfing sie und Dämmerlicht, das schwache Leuchten von Kerzen, ein flüchtiger Duft von Weihrauch. Weiter vorne saß eine Frau gebückt in einer Bank. Der Raum vor dem Altar war verlassen. Dahinter ragte ein Fresko auf, so gigantisch groß, dass Petra sich sofort klein fühlte, unscheinbar, unbedeutend. Sie war nichts. Ein Staubkorn im Universum. *Lehne dich nicht auf, füge dich. Sei demütig und klein.* Das war die Botschaft des Gemäldes und der gesamten Architektur dieser Kirche.

Ihre Schritte hallten nach. Im Seitenschiff entdeckte sie einen Tisch mit Kerzen. Sie nahm eine, warf einen Euro in die Sammelbüchse und ging zum Seitenaltar, vor dem unzählige Kerzen brannten. Ihre entzündete sie an einer anderen, steckte sie auf und setzte sich in eine Bank. *Verzeih mir*, war alles, was sie denken konnte. *Verzeih mir. Es tut mir so leid.*

Die Stille tat gut. Eine Weile verharrte sie so, unfähig, ihre Gefühle und ihr eigenes Versagen in Worte zu fassen. Dennoch spürte sie, wie sich etwas veränderte und zu Ende ging. Endlich konnte sie ihn loslassen, den Mann, den sie einmal geliebt hatte, den Vater ihres Kindes, mit dem sie nur noch Feindschaft verbunden hatte und ein zehn Jahre lang geschürter Hass. Nun eroberte Trauer sich den Raum, der ihr zustand, und mit ihr stieg ein Bild aus ihren Erinnerungen auf.

Chris und sie in Irland, an der Südküste bei Skibbereen. Eine Kirchenruine aus verwittertem Granit, umgeben von einem alten Friedhof mit versunkenen Gräbern, auf denen Hortensien wuchsen. Er hatte gesagt, dass auf seinem Grab auch einmal Hortensien blühen sollten.

Diesen Wunsch konnte sie ihm erfüllen, und eines Tages würde sie mit Marie an seinem Grab stehen, während dieser verfluchte Mistkerl, der ihnen das angetan hatte, im Gefängnis verrottete. Das schwor sie sich.

Sie fuhr mit der U-Bahn bis zur Fraunhoferstraße und ging über die Reichenbachbrücke den kurzen Weg nach Hause. Als sie in ihre Straße einbog, kam ihr auf der anderen Seite ein Mann entgegen, der ihr bekannt erschien. Groß und breitschultrig. Ein seltsam asymmetrisches Gesicht, das von dunklen Augen beherrscht wurde. Tatsächlich: Wolfgang Höfling, Chris' Kollege, der damals statt seiner Teamleiter geworden war. Er schien ganz in Gedanken zu sein und bemerkte sie erst, als sie fast schon aneinander vorbei waren.

»Hallo, Petra!«, rief er hinüber, und sie brachte es nicht fertig, so zu tun, als hätte sie ihn nicht gehört.

»Wolfgang? Das ist ja eine Überraschung.«

Er wechselte die Straßenseite. »Ja, finde ich auch. Wir haben uns ewig nicht gesehen.«

»Wolltest du zu mir?«

»Zu dir? Wohnst du nicht mehr in Harlaching?«

»Schon lange nicht mehr. Und du? Noch immer bei wirfahren-in-urlaub.de?«

Er zog die Brauen zusammen. »Ich habe die Branche gewechselt und arbeite jetzt bei einer Versicherung. Wie es dir geht, frage ich besser nicht. Ich habe es gelesen. Schrecklich. Wie hältst du das nur aus?«

Gar nicht, hätte sie am liebsten gesagt. Stattdessen zog sie die Schultern hoch.

Er wies auf das Straßencafé, vor dem sie standen. »Hast du Zeit? Wir könnten was trinken. Ich lad dich ein.«

Sie überlegte, ob sie annehmen sollte, so recht hatte sie Wolfgang nie leiden können, und schon gar nicht, seit Chris bei der Beförderung zu seinen Gunsten übergangen worden war. Chris hatte den Verdacht geäußert, dass Wolfgang im Hintergrund dafür gesorgt hatte. Eine Intrige, eine Verleumdung – doch das war nur eine Vermutung. Er hatte es nicht beweisen können. Während sie also noch zögerte, bugsierte Wolfgang sie bereits an einen der Tische unter der Markise und winkte die Bedienung herbei.

»Du magst doch sicher einen Sprizz.« Ehe sie antworten konnte, bestellte er bereits zwei und erzählte, dass er es mit der Versicherung gut getroffen hatte. Seine Karriere verlief planmäßig. Nur noch ein Schritt fehlte auf der Leiter, und er war Vorstand für IT.

Petra hörte ihm nur mit halbem Ohr zu. Er war ein Angeber und Langweiler, und sie suchte nach einer Ausrede, um sich verabschieden zu können. Schließlich begann er sich für sie zu interessieren. Er fragte, wie es ihr ging? Was sie beruflich machte? Was die Polizei nun tat? Hatten sie eine Spur, oder stocherten sie im Nebel? Eine Soko immerhin. Ob Marie wohl noch lebte und ob man sie je finden würde? So lief das eine ganze Weile, bis es Petra zu viel wurde und sie demonstrativ auf die Zeitanzeige ihres Handys blickte.

»Entschuldige, Wolfgang. Mein Italienischkurs fängt in einer halben Stunde an. Ich muss los.«

Beim Abschied umarmte er sie, als wären sie beste Freunde, während sie von einer Welle von Widerwillen überrollt wurde und sich losmachte.

Der Sprizz auf leeren Magen zeigte Wirkung. Leicht angeschickert ging sie die letzten Meter zu ihrer Wohnung und fragte sich plötzlich, ob die Begegnung wirklich Zufall war oder ob er sie abgepasst und ausgefragt hatte.

Sie passierte den Durchgang zum Hinterhaus, holte die Post aus dem Briefkasten und sperrte die Wohnungstür auf. Die Tasche landete auf dem Sessel im Flur, die Post nahm sie mit ins Zimmer und legte sie auf den Tisch.

Eine leichte Beunruhigung stieg durch ihren Schwips nach oben. Etwas war anders. Sie drehte sich langsam um ihre eigene Achse. Alles schien wie immer, und doch irritierte sie etwas. Als ob jemand hier gewesen wäre.

Fenster und Tür waren geschlossen und unbeschädigt. Es fehlte auch nichts, und doch wirkte alles ein wenig verrutscht. Die Zeitungen und die Bücher im Regal, die Deckel der Schachteln, in denen sie ihre Sachen aufbewahrte, die Decke auf dem Sofa, als hätte jemand hier nach etwas gesucht und sich bemüht, alles wieder genau so hinzulegen, wie er es vorgefunden hatte. Das war ihr erster Eindruck. Als sie ihren Blick ein weiteres Mal durch den Raum wandern ließ, kam ihr der Anblick wieder vertraut vor. Niemand war hier gewesen. Sie hatte tatsächlich einen Kleinen sitzen.

Während sie die Post durchsah, klingelte es an der Wohnungstür.

36

Tino war in Freimann unterwegs, und es wurde Abend, bis Gina endlich dazu kam, sich die Mail ihrer Mutter mit den Vorschlägen für die Einladungskarte anzusehen. Tatsächlich Tortenspitze und Satinbändchen, gefolgt von Pferdekutschen und Schnörkelschriften. Gott sei Dank vertrug Dorothee klare Ansagen und würde nicht beleidigt sein. Gina klickte auf *Antworten*.

Hallo, Mama. Du hast dir viel Mühe mit der Auswahl gemacht. Aber Tino und ich hätten gerne eine ganz schlichte Karte. Soll ich mal gucken, oder willst du weitersuchen? Ciao und grüß auch Paps von mir.

Nachdem das erledigt war, packte sie ihre Sachen zusammen. Holger war bereits weg, um seine Tochter im Krankenhaus zu besuchen. Die Pressekonferenz war kurz und knackig über die Bühne gegangen. Das hatte sie von Thomas erfahren, der dabei gewesen war.

Normalerweise hätten sie zu diesem frühen Zeitpunkt die Medien herausgehalten. Doch nach dem Artikel im *Münchner Blick* war das nicht mehr möglich. Also hatte Heigl bestätigt, was ohnehin bekannt war, und sich Asche aufs Haupt gestreut, obwohl das besser Stellmacher und seine Leute getan hätten. Man warf Kollegen nun mal nicht der Presse zum Fraß vor. Auch in diesem Fall nicht. Wobei die Journalisten sich trotzdem auf sie stürzen würden. Sie hatten ja sonst nichts. Heigl hatte sich aus ermittlungstaktischen Gründen bedeckt gehalten und hatte das Stakkato von Fragen ruhig und routiniert beantwortet.

Es war schlimm genug, dass der Täter aufgescheucht war

und wusste, dass nach ihm und Marie gesucht wurde. Was würde er tun?

Hoffentlich nichts. Hoffentlich hielt er einfach still und vertraute darauf, dass sein Geheimnis im Keller sicher war, oder wo auch immer er Marie gefangen hielt – falls er sie überhaupt noch gefangen hielt und sie nicht längst tot und begraben war. Hoffentlich blieb er seiner Rolle treu, gab den netten Nachbarn, den hilfsbereiten Kollegen, den fürsorglichen Familienvater. Wer ein derartiges Geheimnis hatte, verhielt sich unauffällig und umgänglich, der provozierte keinen Streit und kein Aufsehen und gab sich sozialverträglich. Ginas Hoffnung war, dass er das weiterhin tat und die Nerven behielt.

Sie verließ das Präsidium, doch statt zu Fuß nach Hause zu gehen, wie sie es vorgehabt hatte, ging sie zu ihrem Wagen. Etwas zog sie in die Saphirstraße. Sie wusste nicht genau, was es war. Ein seltsames Gefühl.

Was verbarg Bettina Weyer? Möglicherweise nur Unordnung und Chaos im Haus. Vielleicht Diebesgut oder Drogen? Oder Hämatome an Kinderkörpern und die damit verbundene Angst, ihre Schutzbefohlenen und so die Einnahmequelle zu verlieren? Vielleicht aber auch ein Mädchen, das ihnen nie vom Jugendamt anvertraut worden war.

Weshalb hielt sie das plötzlich für möglich, wo sie es doch vor wenigen Stunden erst ausgeschlossen hatte? Gina wusste es nicht.

Im dichten Berufsverkehr brauchte sie beinahe eine halbe Stunde, bis sie Ludwigsfeld erreichte und in das Viertel mit den Straßennamen einbog, die ihr Versprechen nach Wohlstand nie gehalten hatten.

Doch wenn sie es genau bedachte, mussten diese Häuser, die ihr heute schäbig und heruntergekommen erschienen, für ihre ersten Bewohner nach Krieg und Flucht und Vertreibung die Erfüllung eines Traums gewesen sein. Endlich ein Dach über dem Kopf, Räume für die Familie, die man nicht mit anderen teilen musste, eine Tür, die man hinter sich schließen konnte. Es war damals dasselbe gewesen, das sich auch die Flüchtlinge von heute erhofften, die seit Wochen zu Tausenden über die österreichische Grenze nach Deutschland kamen. Frieden und ein Zuhause.

Gina ließ den Wagen vor dem Haus der Weyers ausrollen, stellte den Motor ab und blieb sitzen.

Das Chaos von Fahrrädern neben der Haustür hatte sich gelichtet. Zwei Jungs kurvten auf Skateboards vorbei. Neben dem Eingang von Nummer fünfzehn saß ein dicker alter Mann auf einem weißen Plastikgartenstuhl, eine Flasche Bier in der Hand. Auf den Grünflächen spielten Kinder.

Zwischen dem Wegzug der Weyers aus Trudering, Maries Entführung und der Aufnahme des ersten Pflegekinds lagen kaum mehr als zehn Wochen. War diese zeitliche Nähe wirklich Zufall? Und dann waren da noch immer Annas Augen, die Gina keine Ruhe ließen.

Im Außenspiegel nahm sie eine Bewegung wahr. Jemand näherte sich auf dem Gehweg und klopfte an die Seitenscheibe. Bettina Weyers Gesicht erschien formatfüllend darin. Gina stieg aus.

»Guten Abend, Frau Weyer.«

»Sie sind eine Lügnerin. Niemand hat sich wegen der Kinder beschwert. Sie waren wegen Marie hier. Oder? Es kam vorhin in den Nachrichten. Und jetzt lungern Sie schon wieder hier herum. Was soll das?«

»Es gab einen Hinweis. Dem sind wir nachgegangen.«

»Einen Hinweis? Auf uns? Etwa, dass wir Marie entführt haben?«

»Kann ich kurz mit Anna sprechen?«

Die Körperhaltung wurde abwehrend. Verschränkte Arme, gesenktes Kinn. »Sie ist nicht da. Sie übernachtet bei einer Freundin.«

»Und Ihr Mann?«

»Ist noch im Büro. Und wenn Sie jetzt fragen wollen, ob Sie sich bei uns ein wenig umsehen dürfen: Vergessen Sie es. Ich muss Sie nicht reinlassen. Verschwinden Sie.« Auf dem Absatz machte Bettina Weyer kehrt und ging ins Haus.

Einen Augenblick sah Gina ihr nach, bevor sie sich ins Auto setzte und den Motor startete. Sie wendete in der Zufahrt und warf im Wegfahren einen Blick aufs Haus. An einem der Fenster im ersten Stock stand Anna. Ihre Blicke trafen sich für einen Moment, bis das Mädchen zurücktrat und sein Gesicht in der Dunkelheit des Zimmers verschwand.

Etwas stimmte hier nicht. Man sollte die früheren Nachbarn der Weyers in Milbertshofen befragen, überlegte Gina, und dort Bilder von Marie herumzeigen. Außerdem musste sie irgendwie ein Bild der kleinen Anna auftreiben.

Auf dem Mittleren Ring ging es nur im Schneckentempo voran. Die Luft stank nach Abgasen. Aus dem Wagen, der auf der Nebenspur dahinkroch, wummerte Techno. Im Cabrio vor ihr stritt sich ein Paar. Gina ließ die Seitenscheiben nach oben fahren und stellte die Klimaanlage an.

Jemand hatte die Webers vor zehn Jahren ausspioniert, oder er hatte sie gut gekannt. Ein Nachbar? Ein Freund? Jemand aus Maries Umfeld? Ein Lehrer? Jedenfalls hatte er vom Zustand der Ehe gewusst. Trennung und bevorstehende Scheidung hatten ihn dazu inspiriert, Mord und Entführung als erweiterten Suizid zu inszenieren. Man würde eine Zeitlang nach Maries Leiche suchen und irgendwann aufgeben. So sein hinterhältiger Plan.

Einem Impuls folgend, fuhr Gina nicht auf direktem

Weg nach Hause, sondern machte einen Umweg durch Harlaching.

Es war eine betuliche und ruhige Wohngegend zwischen Isar und Perlacher Forst. Die Bassaniostraße unterschied sich nicht von den anderen im Viertel. Mauern und Hecken umgaben die meisten Grundstücke. Viele der kleinen Einfamilienhäuser aus den fünfziger bis siebziger Jahren waren in den letzten Jahren abgerissen und die frei gewordenen Flächen mit modernen zwei- bis dreigeschossigen Renditeobjekten bebaut worden.

Gina stieg aus und betrachtete das Haus mit der Nummer sechs. Es war ein solches Objekt. Sechs Wohnungen mit Balkonen und Dachterrassen. Ein winziger Vorgarten. In der zweiten Etage hatten die Webers vor zehn Jahren gewohnt. Gegenüber verwehrte eine knapp zwei Meter hohe Mauer Einblick in das dahinterliegende Grundstück. Sie wirkte wie ein Fremdkörper in dieser herausgeputzten Straße. Der Putz bröckelte, und ein neuer Anstrich täte ihr gut. Auf dem verwitterten Ziegeldach, das dahinter zwischen den Baumkronen aufblitzte, saßen Moos und Flechten in dichten Polstern.

Ganz in der Nähe schlug eine Kirchturmuhr und holte Gina aus ihren Gedanken. Schon sieben. Sie wollte längst zu Hause sein.

37

Die Kirchturmuhr von Maria Immaculata schlug sieben. Erik Terbek stand im Garten, nur mit Badehose und Gartenhandschuhen bekleidet, und stellte einen Strauß Rosen für seine Liebste zusammen. Vor Jahren hatte er beschlossen, dass dieser Tag Mitte September ihr Geburtstag sein sollte.

Tanja, wie er sie nannte, mochte Blumen, besonders Rosen. Sie galten als Symbol der Liebe, und wie alle Frauen lechzte sie nach Beweisen, dass seine nicht erloschen war. Der Strauß war bereits prächtig, doch Terbek wandte sich noch den Leonardo da Vinci zu. Deren Dunkelrot passte wunderbar zum Rosé der Cinderella und dem Apricot der Caramella, die seine Mutter noch gepflanzt hatte. Er wählte drei halbgeöffnete Blüten aus und schnitt sie ab. Ein schöner Strauß. Tanja würde sich freuen. Den ganzen Tag hatte sie darauf gewartet, dass es Abend wurde und sie feierten.

Er streifte die Gartenhandschuhe ab, trug sie zusammen mit der Rosenschere zurück ins Gartenhäuschen und bemerkte dabei, dass die Nachbarin schon wieder rauchend auf dem Balkon stand und zu ihm in den Garten starrte. Er hatte sie nicht kommen hören. Vermutlich hatte sie die Tür vom Hausmeister justieren lassen, damit sie nicht länger über den Boden schliff und ihn so warnte, dass sie dort oben stand und ihn ausspionierte, diese vertrocknete Wachtel. Er hob die Hand zum Gruß und rang sich ein Lächeln ab, obwohl er am liebsten vor ihr ausgespuckt hätte.

Sie erwiderte den Gruß mit einem angedeuteten Nicken, und er hatte eine Idee. Er wandte ihr den Rücken zu, griff nach den Rosen, ließ sie fallen und musste sich nun bücken, um sie aufzuheben. Er präsentierte ihr seinen Arsch, dessen einzige Bedeckung der String der Badehose war, der sich zwischen den Pobacken hindurchzog. Langsam hob er Rose für Rose auf. Kurz darauf verriet ihm das dumpfe Ploppen der Balkontür, dass sie hineingegangen war.

Über die Veranda betrat er das Wohnzimmer und zog die Läden sofort wieder hinter sich zu. Eine Sekunde oder zwei, in denen man von diesem verdammten Neubau aus einen Blick in sein Haus erhaschen konnte. Die Vorstellung, dass die Wachtel Einblick in seine Privatsphäre bekam, verursachte ihm Übelkeit.

Es war höchste Zeit, dieses Problem zu lösen. Natürlich konnte er die Terrassentür meiden und die Haustür benutzen, um in den Garten zu gehen. Doch das wollte er nicht. Er wollte sich nicht weiter in seiner ohnehin begrenzten Freiheit einschränken lassen. Eine Markise wäre eine Lösung. Wenn er sie immer ausgefahren ließ, würde sie den Blick versperren. Doch Markisen waren teuer. Eine derartige Investition verschlang das Budget von Monaten und würde seine Lebenszeit dementsprechend reduzieren. Vielleicht ein Sonnensegel. Ja, dieser Gedanke gefiel ihm. Das konnte er selbst nähen. Die alte Nähmaschine seiner Mutter stand bei all dem Gerümpel im Keller, und die Schränke waren voller Tischdecken und Bettwäsche. Mehr als er und Tanja je brauchten. Ein Sonnensegel war die Lösung. Wobei es mehr ein Blicksegel werden sollte.

Tanja saß abwartend auf dem Sofa und beobachtete ihn, wie er so dastand, mit dem Strauß in der Hand, fast wie ein schüchterner Gymnasiast. Das schien ihr zu gefallen, denn sie lächelte still in sich hinein, bis er ihr schließlich zum Geburtstag gratulierte, ihr einen Kuss gab und die Blumen überreichte. Wie in jedem Jahr ihres Beisammenseins freute sie sich über die Rosen, ihre Farben und ihren Duft. Doch ihr Blick fragte, ob er nicht vielleicht etwas vergessen hatte.

Natürlich! Die Wachtel hatte ihn völlig aus dem Konzept gebracht. Die Geschenke hatte er am Morgen eingepackt und holte sie nun aus dem Schlafzimmer. Erst reichte er Tanja das eine und half ihr beim Auspacken. Knisternder Satin, schwarze Spitzen und Strapse. Er wusste, dass sie nicht so sehr auf diese Art von Wäsche stand. Aber ihn machte das an, und da sie sein Glück wollte, widersprach sie ihm nie.

Als sie ihn jetzt ansah, erschien ihr Blick ihm sogar ein wenig frivol, und er freute sich, dass sie mitspielte. Sein Glück war ihr Glück. Sie nahm hin, was er wollte.

Er reichte ihr das zweite Geschenk und stellte die Blumen ins Wasser, während sie rätselte, was wohl in dem Päckchen sein mochte. Es enthielt ein Parfum, das er im Internet bestellt und das der Postbote am Vormittag gebracht hatte, und außerdem eine DVD mit einem Softporno. Die harten Sachen waren nicht nach seinem Geschmack. Er stand auf ganz normalen Sex. Er oben, sie unten. Danach Kuscheln, und wenn er dann wieder Lust hatte, war die Löffelchenstellung seine bevorzugte Position.

Tanja war das Licht in seinem eingeschränkten Leben, sein Sonnenschein und sein kleines Glück. Er wagte nicht, sich auszumalen, was geschehen würde, wenn herauskam, mit wem er zusammenlebte.

Sie mochte den Duft des Parfums. Exotisch und schwer, ein wenig süß, und er half ihr, ein paar Tropfen davon hinter die Ohren und auf die Handgelenke zu tupfen, und bemerkte dabei ihr Lächeln, und das machte ihn glücklich. Mit dem Piccolo aus dem Discounter stießen sie auf ihren Geburtstag an, er ließ seinen Kopf an ihre Schulter sinken und nahm ihre Hand in seine. Ohne sie wäre er so einsam wie ein Eremit in seiner Höhle.

Nach einer Weile griff er zur Fernbedienung und schaltete den Fernseher an. Es war Zeit für die Nachrichten.

Das alles beherrschende Thema waren die Flüchtlinge. In Ungarn wurden sie wie Kriminelle behandelt, und die Münchner hießen sie mit Applaus willkommen. Eine verrückte Welt. Die Arbeitslosenzahlen waren auf dem niedrigsten Stand seit zehn Jahren. Und jetzt forderten sogar Teile der CDU ein Zuwanderungsgesetz. Es interessierte ihn eigentlich nicht.

Er hob das Glas, stieß mit seiner Liebsten an und schlug vor, ins Schlafzimmer zu gehen, um die neuen Dessous anzuprobieren, die DVD zu gucken und eine kleine Nummer zu schieben. Ihm war grad danach. Wie immer war Tanja einverstanden. Er half ihr in den Rollstuhl und wollte ihn schon aus dem Wohnzimmer schieben, als er ihren Namen hörte und ihr Bild im Fernsehen sah und abrupt innehielt. Die kleine Marie und ihr Vater. Mord und Entführung. Im Anschluss an die Nachrichten sollte es eine Sondersendung dazu geben. Terbek lachte trocken. Die Polizei. Lauter verbeamtete Versager. Nichtskönner. Arrogante Arschlöcher, die sich für die Wahrheit doch gar nicht interessierten. Genau wie Richter und Anwälte. Alles dasselbe Pack. Er bemerkte, wie sich die Beunruhigung in ihm auszubreiten begann und zur Angst wurde. Die eigentliche Nachricht sickerte erst jetzt in sein Bewusstsein. Die Polizei begann mit zehn Jahren Verspätung nach Marie zu suchen.

38

Als Gina am Morgen Richtung Schwabing fuhr, lag der Himmel hinter einer grauen Wolkendecke verborgen, aus der ein feiner Sprühregen niederging. Das angekündigte Tief hatte München über Nacht erreicht.

Auf der Theresienwiese standen Kräne und Tieflader. Der Aufbau der Bierzelte und Fahrgeschäfte für das Oktoberfest war seit Wochen in vollem Gang, und ein Heer von Arbeitern wuselte wie blaue Ameisen umher.

Im Berufsverkehr kam Gina nur langsam voran, und sie ärgerte sich, dass sie nicht die U-Bahn genommen hatte. Überhaupt war ihre Stimmung nicht die beste. Es lag an dem Disput, den sie mit Tino am Vorabend gehabt hatte.

Er war richtiggehend zornig geworden, als sie ihm von ihrem Ausflug nach Ludwigsfeld erzählt hatte. »Du hast die Weyers in Verdacht und fährst ohne Begleitung zu ihnen? Ich glaube es nicht. Wir hatten eine Abmachung: Du gehst nirgendwo alleine hin. Wenn du richtigliegst, sind die beiden Schwerverbrecher. Mit denen wirst du im Notfall nicht ohne Unterstützung fertig.«

So zornig hatte Gina ihn selten gesehen. Wobei dieser Zorn ja nur seine Angst spiegelte. Er sorgte sich um sie und ihr Kind, und er hatte tatsächlich gedroht, Thomas über die Schwangerschaft zu informieren, wenn sie sich nicht an die Abmachung hielt, nie ohne Begleitung unterwegs zu sein. Über dieses Thema waren sie schnell auf das nächste heiße Eisen gekommen: die Pränataldiagnostik, die sie sich und dem Kleinen eigentlich nicht zumuten wollte, weil sie mit erheblichen Risiken behaftet war. Bis hin zur Fehlgeburt.

Letztlich hatte sie nur deshalb dem ersten Screening zugestimmt, um Tino zu beruhigen. Der Termin dafür war übermorgen. Daran hatte er sie gestern erinnert, als ob sie ihn vergessen würde, und sie hatte ihm vorgeworfen, sie zu kontrollieren.

War er zu übervorsichtig und ängstlich oder sie zu leichtfertig? Darüber hatte es eine Diskussion gegeben, man konnte auch sagen, einen kleinen Streit, und der lag ihr noch im Magen, obwohl sie sich gleich wieder versöhnt hatten.

In Schwabing fand Gina natürlich keinen Parkplatz. Sie stellte den Wagen auf dem Gehweg vor Wilks Büro ab, das sie eine halbe Stunde später unverrichteter Dinge wieder verließ.

Seit vorgestern zermarterte Petra Weber sich den Kopf, wer Marie entführt haben könnte. Am Ende waren ihr nur zwei Namen eingefallen, bei denen es theoretisch möglich wäre und doch unvorstellbar war. Sie war bei ihren Überlegungen systematisch vorgegangen, von innen nach außen, wie sie es nannte. Angefangen mit der Familie über Freunde bis zu Bekannten, Nachbarn, Kollegen, Lehrern, Eltern von Mitschülern und so weiter. Bei jedem hatte sie sich gefragt, ob ihr etwas aufgefallen war. Hatte sich jemand seltsam verhalten, sie ausgefragt, vielleicht sogar ausgeforscht? Traute sie ihm oder ihr Mord und Entführung zu?

Am Ende war ein Kollege ihres Mannes übriggeblieben, Wolfgang Höfling, und ein Nachbar, über den sie eigentlich kaum etwas sagen konnte. Ernst oder Erich Terbek, selbständiger Programmierer. Er wohnte alleine in einem der alten Häuser in der Bassaniostraße und war eigentlich ein freundlicher, wenn auch zurückgezogen lebender Mann, ein wenig seltsam und scheu, als ob er etwas zu verbergen hätte.

Wolfgang Höfling hingegen hatte Petra als undurchsichtig beschrieben. Gestern war sie ihm zufällig begegnet, wobei sie sich nicht sicher war, ob er diese Begegnung nicht bewusst herbeigeführt hatte, und er hatte versucht sie auszuhorchen, was die Polizei nun unternahm. Vor zehn Jahren war er ein übergewichtiger Mittdreißiger gewesen, der bei den Frauen abblitzte, obwohl er alles dafür tat, eine Freundin zu finden. Er trieb sich in Internetforen herum und auf Kontaktbörsen und war vermutlich einer der ersten Teilnehmer der damals aufkommenden Speeddatings gewesen. Außerdem hatte er ein Faible für mädchenhafte Frauen. Klein, zierlich, zerbrechlich mussten sie sein. Jedenfalls hatte Chris das mal gesagt.

Gina startete den Wagen. Mit den beiden sollte man reden. Welche Rückschlüsse Boos und seine Leute wohl aus den Spuren am Tatort auf die Persönlichkeit des Täters ziehen würden? Auf das Ergebnis war Gina gespannt. Was man jetzt auf alle Fälle schon sagen konnte: Er war ein Planer, ein Geduldiger mit langem Atem, der die Eheprobleme der Webers geschickt für seine Zwecke genutzt hatte.

Es war wie ein böser Fluch, als ob eine dunkle Macht sich gegen ihn verschworen hätte und im Hintergrund die Fäden zog. Dieser Satz von Webers Schwester ging Gina plötzlich durch den Kopf, und mit ihm flammte eine Idee auf, wie ein Streichholz in der Finsternis.

Obwohl sie eigentlich ins Büro fahren wollte, gab sie dem Impuls nach und rief Daniela Reichel an. »Ich würde mich gerne mit Ihnen unterhalten. Haben Sie Zeit?«

»Heute habe ich Spätschicht und bin noch daheim. Sie stören mich also nur beim Putzen, und davon lasse ich mich gerne abhalten.«

Zehn Minuten später parkte Gina in einem Halteverbot am St.-Anna-Platz. Eigentlich sollte man mit jedem Fahrzeug einen ausrollbaren Parkplatz ausliefern, dachte sie wieder einmal, ganz nach Bedarf einsetzbar. Sicherheitshalber legte sie ihre Visitenkarte aufs Armaturenbrett und hoffte auf die Nachsicht eventuell kontrollierender Kollegen.

Daniela Reichels Namen entdeckte sie auf dem Klingelschild der vierten Etage. Kein Lift, wie sie feststellte, als sie sich im Treppenhaus umsah. Als sie oben ankam und läutete, war sie ein wenig außer Atem. Auch das war neu, normalerweise ging ihr nicht so schnell die Puste aus.

Sogar privat sah Webers Schwester aus wie aus dem Ei gepellt. Statt Airline-Uniform trug sie ein weißes T-Shirt, Jeans und blaue Ballerinas. Keine Falte, kein Fussel, geschweige denn ein Fleck, und das Shirt war natürlich gebügelt. Und mit dem Putzen war sie offenbar längst fertig. Die kleine Wohnung war sauber und aufgeräumt, bis auf den Staubsauger, der im Flur stand und den sie nun auf dem Weg ins Wohnzimmer rasch in einem Einbauschrank verstaute.

Das Wohnzimmer war gleichzeitig Schlafzimmer. Das Bett wurde von einem Paravent verborgen. Helle Möbel mit klaren Formen, keinerlei Schnickschnack. Eine große Fensterfront nach Südwesten, davor ein Balkon.

»Möchten Sie etwas trinken?«

Ein Cappuccino wäre jetzt nicht schlecht, doch den wollte Gina sich für den Nachmittag aufsparen. »Danke, nein.«

Daniela Reichel bot Platz auf dem Sofa an und setzte sich in den Sessel. »Kommen Sie wegen Bettina und Frank Schuster?«

»Eigentlich nicht. Wir sind Ihrem Hinweis natürlich nachgegangen. Die beiden betreuen Pflegekinder. Ich bin wegen einer Bemerkung hier, die Sie neulich gemacht haben. Es handelt sich um die Arbeitssuche Ihres Bruders. Sie sagten, es wäre, als hätte eine dunkle Macht im Hintergrund die Fäden gezogen. Wie haben Sie das gemeint?«

»Das habe ich gesagt?«

Gina nickte.

Einen Augenblick überlegte Daniela Reichel und strich sich schließlich eine Locke hinters Ohr. »Es ist eigentlich ein schiefes Bild. Was ich meinte, war, dass Chris einmal falsch abgebogen ist, und von da an ging es in der falschen Richtung weiter, Einbahnstraße, Sackgasse. Es gab auf einmal keinen Weg mehr zurück. Alles lief in die falsche Richtung. Eine Art Kettenreaktion. Ja, so könnte man das nennen. Er hat aus einer Laune heraus seinen Job hingeworfen. Und er hat keinen neuen gefunden. Warum, ist mir ein Rätsel. Er war qualifiziert, aber er konnte auch sehr arrogant auftreten. Vielleicht lag es daran. Die Soft Skills spielen ja eine immer größerer Rolle bei Personalentscheidungen. Jedenfalls hat das an seinem Ego gekratzt und ihn langsam fertiggemacht. Das führte wiederum zu Streit zwischen Petra und ihm. Und dann wurde es ohne Job auch finanziell schnell eng. Christian war nicht der Typ, der etwas auf die hohe Kante legte, und er hatte ja selbst gekündigt, bekam also erst nach einiger Zeit Arbeitslosengeld. Als Mark und Heike Petra angeboten haben, ins Unternehmen einzusteigen, ist Chris ausgeflippt. Er wollte keinen Rollentausch. Er als Hausmann, sie als Ernährerin der Familie. Nicht mit ihm. Er hat seinen ganzen Frust an ihr ausgelassen.«

»Dass die Ehe scheiterte, lag also an seiner Arbeitslosigkeit.«

»Wenn man es auf eine einfache Formel herunterbrechen will, dann trifft das wohl zu.«

»Neulich haben Sie gesagt, dass Chris zu Bewerbungsgesprächen eingeladen wurde und danach nur Absagen bekam.«

»Er hatte keine Erklärung dafür. Seiner Meinung nach waren die meisten Gespräche gut gelaufen.«

»Können Sie sich erinnern, wo er sich beworben hat?«

Einen Moment überlegte Daniela und schüttelte dann den Kopf. »Es ist mehr als zehn Jahre her. Am besten fragen Sie Petra.«

Am besten wäre es, wenn man die Termine von damals hätte, dachte Gina. »Sie wissen nicht zufällig, ob Ihre Schwägerin seinen Terminkalender oder seinen Laptop aufbewahrt hat?«

»Petra? Nein. Als sie umzog, wollte sie alles wegwerfen, was sie an Chris erinnerte. Ich habe seine Sachen mitgenommen, weil ich es einfach nicht übers Herz gebracht habe, ihn so ganz und gar aus meinem Leben verschwinden zu lassen.«

39

Meo nahm Christian Webers Laptop entgegen und drehte ihn in den Händen. »Als der neu war, habe ich grad auf den Führerschein gespart.«

Das kam vermutlich hin. Meo Klein, der eigentlich Romeo hieß – eine Namenswahl, die er seinen Eltern noch nicht verziehen hatte –, war der jüngste Computerspezialist der Münchner Polizei, und er war gut. Ein flusiger Bart spross auf seinen Wangen, an der Stirn leuchtete ein Pickel, und auf dem T-Shirt prangte ein Spruch, den Gina noch nicht kannte. *21 is only half the truth.*

»Was soll ich damit anstellen?«

»Kannst du ihn zum Laufen bringen? Mich interessieren Termine, Mails und die Kontaktdaten.«

»Wenn die HD nicht abgeraucht ist, sollte das eigentlich kein Problem sein. Kennst du das Passwort?«

»Leider nicht.«

»Macht nichts. Da ist sicher ein Uraltwindows drauf. Sollte eigentlich zu knacken sein. Ich melde mich.«

Gina ließ Meo mit Webers Laptop allein und suchte Tino in seinem Büro auf. Er stand vor der Pinnwand mit den Fotos seines aktuellen Falls und heftete ein Phantombild dazu. Es zeigte einen Mann von etwa vierzig, slawischer Typ, dunkle kurze Haare, Narbe an der Stirn. »Habt ihr endlich eine heiße Spur?«

Tino hatte sie offenbar nicht kommen hören, denn er fuhr regelrecht herum, als sie ihn ansprach. »Du solltest dir das nicht ansehen.«

Doch Ginas Blick weilte bereits bei den Bildern. Ein silbergrauer Müllcontainer, wie es sie zigtausendfach gab. Der Deckel geöffnet. Eine aufgerissene Plastiktüte lag auf einem Berg von Abfall, ein kleiner Arm ragte daraus hervor. Die Hand so klein, die Fingerchen so winzig und so weiß. Am Unterarm eine dunkle Spur von getrocknetem Blut. Konservendosen, Pampers, eine vergammelte Melone, eine leere Zahnpastatube und jede Menge anderer Müll umgaben diese winzige weiße Hand. Ein Neugeborenes, getötet und entsorgt wie Abfall, weil es lästig war und unwillkommen, dieses kleine hilflose Wesen, das auf Fürsorge angewiesen war, weil es alleine nicht überleben konnte, und daher jeder Willkür ausgeliefert.

Normalerweise hatte sie nicht nah am Wasser gebaut, doch dieser Anblick trieb ihr die Tränen in die Augen. Sie wandte sich ab. »Kann ich eine verrückte Idee mit dir besprechen?«

»Geht es um Marie?«

Gina setzte sich auf die Fensterbank, und zwar so, dass sie die Pinnwand nicht im Blick hatte. »Wer Weber ermordet und Marie entführt hat, wusste über den desolaten Zustand der Ehe Bescheid. Auf der Ehekrise basiert sein Plan.«

Tino nickte und schaltete die Espressomaschine an. »Auch einen?«

»Gerne. Vor ein paar Tagen hat Webers Schwester eine Bemerkung gemacht, dass es ihr im Nachhinein manchmal so vorgekommen ist, als hätte eine dunkle Macht die Fäden gezogen. Und nun meine verrückte Idee: Ersetze *dunkle Macht* durch *jemand*.«

»Du denkst, jemand hat dafür gesorgt, dass die Ehe den Bach hinunterging? Er hat die Probleme nicht geschickt genutzt, sondern herbeigeführt?«

»Ich sagte ja, eine verrückte Idee. Aber sie stand plötzlich vor mir. Und du predigst doch immer, dass man seine

Bauchgefühle nicht ignorieren soll. Fakt ist, wir haben es mit einem Planer zu tun, mit jemandem, der gerne alles im Griff hat und die Kontrolle nicht abgibt.«

»Er müsste großen Einfluss auf Weber oder seine Frau gehabt haben, um deren Beziehung Richtung Katastrophe steuern zu können. Also ein guter Freund oder jemand aus der Familie. Jemand, dem sie vertrauten.«

»Oder jemand aus der Firma. Ein Kollege, besser ein Vorgesetzter. Jemand, der Einfluss auf Webers berufliche Entwicklung hatte, denn das ganze Schlamassel beruht darauf, dass Weber keine neue Stelle fand, nachdem er seine hingeschmissen hatte. Mein Bauch sagt mir, dass sogar diese Kündigung provoziert war.«

»Und dann hat dieser – nennen wir ihn mal Manipulator – weiter seinen Einfluss genutzt und verhindert, dass Weber eine neue Stelle fand? Wie soll er das geschafft haben? Dafür müsste er über jedes Vorstellungsgespräch informiert gewesen sein, um danach dort geschickt die Botschaft platzieren zu können, dass man Weber besser nicht einstellen sollte. Früher oder später hätte er davon erfahren. Außerdem wird sich kein Personalchef auf diese Weise in seine Entscheidungen hineinreden lassen. Mal abgesehen davon, dass diese Strategie schon einen sehr langen Atem erfordert. Wie viel Zeit ist zwischen Kündigung und Trennung vergangen? Doch sicher ein Jahr oder mehr.«

Gina gab sich geschlagen. »Du hast recht. Es hat gereicht, wenn er von der Trennung wusste.«

»Außerdem sagst du selbst, dass du es mit einem Planer zu tun hast. Die verlieren nicht gerne die Kontrolle. Manipulator hin oder her, er hätte nicht sicher sein können, dass die beiden sich wirklich trennen. Er muss sie beobachtet haben, vielleicht sogar überwacht. Davon sollest du ausgehen.« Tino reichte ihr den Cappuccino.

»Danke.« Sie trank einen Schluck. »Das ist genau das, was ich jetzt brauche. Und bei dir geht es voran?« Sie wies mit dem Kinn Richtung Phantombild.

»Wir haben einen Zeugen, der in der Nacht, als die Leiche in den Container gelegt wurde, diesen Mann beobachtet hat, und ein anderer Zeuge will einen SUV gesehen haben, der kurz davor stoppte. Ein Münchner Kennzeichen. Mehr haben wir nicht.«

»Ein Mann? Also nicht der typische Fall: Frau wird von Geburt völlig unvorbereitet überrascht, tötet in einer Art Schockzustand das Neugeborene und lässt die Leiche verschwinden?«

»Im Moment recherchieren wir im Umfeld von Zwangsprostituierten. Aber jetzt lass uns von etwas Erfreulicherem reden.«

So wie Tino sie ansah, hatte er eine Überraschung in petto. »Und zwar?«

»Von unserer Hochzeitssuite.«

»Suite? Klingt schon mal gut. Können wir arme Beamte uns das leisten? Ich meine, wir wollen nach Venedig, wo alles dreimal so teuer ist wie im Rest Italiens.«

»Paps schenkt uns den Aufenthalt zur Hochzeit. Eine Suite im Danieli für eine Woche.«

»Im Danieli?« Gina sah an sich hinunter. »Die werden mich gar nicht reinlassen, mit meinen ollen Hosen und den auseinanderfallenden Nikes. Für so einen Luxusschuppen habe ich gar nichts anzuziehen.«

»Sie werden dich genau so nehmen, wie du bist. Das ist einer der Vorteile dieser Hotels.«

Einmal Sky-Lounge im Day Spa war vorher auf alle Fälle nötig, und außerdem musste sie ihr Sparbuch plündern. Ein paar vorzeigbare Kleidungsstücke sollte sie schon haben.

»Und was sagst du?« Erwartungsvoll sah Tino sie an.

»Das Danieli! Himmel! Das ist großartig! Auch wenn ich erst noch eine adäquate Garderobe an Bord bekommen muss, damit ich nicht so negativ heraussteche.« Sie gab Tino einen Kuss. »Gib den an deinen Vater weiter. Und jetzt muss ich wieder an die Arbeit.«

Tino ließ sie nicht los. »Du fällst nirgendwo negativ auf. Dein Leuchten überstrahlt alles.«

Wow. Wieder einmal wurden ihre Knie weich, als er sie enger an sich zog und ihren Kuss erwiderte. Sanft und zärtlich. »Du bist wunderschön. Hab ich dir das schon mal gesagt?« Seine Lippen wanderten in ihre Halsbeuge, was ziemlich gemein war, denn er wusste genau, dass das ihre erogenste Zone war und sie ihm gleich die Kleider vom Leib reißen würde, wenn er nicht sofort aufhörte.

»Hast du nicht, und es würde auch nicht zu dir passen, mit einer derartigen Plattitüde um dich zu werfen. Hallo, kannst du mal aufhören? Oder willst du Sex im Büro?« Sie machte sich von ihm los.

»Es stimmt aber. Und seit du schwanger bist, bist du sogar noch schöner.«

»Danke.« Sie warf ihm eine Kusshand zu. »Vergiss nicht, wo wir stehengeblieben waren, dann machen wir heute Abend genau da weiter.«

Lächelnd verließ sie sein Büro und traf auf dem Weg in ihres Moritz Russo im Flur. »Hallo, Gina, gut, dass ich dich treffe. Ich komme gerade aus Milbertshofen. Wir können ein Häkchen hinter den Namen Weyer machen. Anna ist Anna. Keiner der Nachbarn hat Marie je gesehen, und die Grundschullehrerin von Anna hat mir ein Klassenfoto aus dem zweiten Schuljahr gezeigt. Zugegeben, es gibt eine Ähnlichkeit, mehr aber nicht.«

»Danke, dass du der Sache nachgegangen bist.«

Diese Spur war ausermittelt. Was auch immer Bettina und Frank Weyer zu verbergen hatten, es hatte nichts mit ihrem Fall zu tun.

40

Holger war nicht da, als Gina zurück ins Büro kam. Sie las die eingegangenen Mails und überlegte, ob sie Boos anrufen und fragen sollte, wie weit sie schon waren. Doch die Arbeit der OFA beanspruchte mehr als einen Tag. Vielleicht konnte sie auch Beatrice Mével aufsuchen. Die Polizeipsychologin konnte sicher einschätzen, wie Maries Entführer auf den Druck reagierte, der jetzt auf ihm lastete. Eine Beruhigungspille, dass er nicht durchdrehte, wäre Gina jetzt sehr willkommen. Doch die würde sie nicht erhalten. Alles war möglich, und erst jetzt wurde ihr bewusst, dass sie seit gestern das Gefühl begleitete, keine Zeit verlieren zu dürfen.

Ihre größte Hoffnung bestand darin, dass es ihnen gelang, das gigantische Zeitloch von zweiunddreißig Stunden wenigstens teilweise zu füllen.

Bevor sie sich wieder mit den Akten beschäftigte, wollte sie Wolfgang Höfling und Erich oder Ernst Terbek aufsuchen, und dafür brauchte sie Holger als Bodyguard. Wo war er eigentlich? Kein Post-it in Sicht.

Sie zog das Handy aus der Tasche und entdeckte eine SMS, die er ihr schon vor anderthalb Stunden geschickt hatte. *Mein Vater wurde ins Krankenhaus eingeliefert. Klinke mich für eine Stunde aus.* Simsen beherrschte er also doch.

Irgendwie schien Holger Katastrophen anzuziehen. Erst seine Tochter, jetzt sein Vater. Hoffentlich nichts Ernstes. Gina steckte das Handy ein. Sie konnte Nicolas mitnehmen oder Annmarie. Es klopfte an der Tür, und Meo kam herein. Mit Webers Laptop samt Kabel und einem breiten Grinsen im Gesicht. »Wusste ich es doch: Uraltwindows.«

»Schon gehackt? Das ging ja fix.«

»Am längsten hat die Suche nach einem passenden Netzkabel gedauert. Der Akku hatte sich entladen. Im Moment hat er zwei Prozent Saft. Du musst ihn an die Leine legen.« Das tat Meo gleich selbst und stöpselte ihn an. Auf dem Bildschirm erschien die Benutzeroberfläche. »Hier die Mails, hier der Kalender, hier das Adressbuch. Wenn du was nicht findest, ruf Hilfe, und ich komme. Das Passwort lautet *Petra_Marie*.«

Die Tür fiel hinter Meo zu. Gina öffnete die Mails. Die letzten stammten vom Freitag, dem vierten Februar. Der Newsletter des *SZ-Magazins*, eine Bestellbestätigung eines Online-Versandhauses für ein Fachbuch, eine Mail mit der Terminbestätigung für ein Vorstellungsgespräch am Dienstag, dem achten Februar. Dazu war es dann ja nicht mehr gekommen. Gesendet hatte Weber am vierten Februar nur eine Mail, und zwar an Petra. Er schrieb, dass er Marie eine Stunde früher abholen würde. Keine Frage, ob ihr das passte, lediglich die Mitteilung einer Tatsache.

In der Woche davor sah es ähnlich aus. Nur wenige private Mails. Im Eingang eine von Daniela, die fragte, wie es ihm ging. Sie hatte seit Wochen nichts von ihm gehört, ob man sich nicht mal treffen wollte. Eine von Oliver Steinhoff, der von einer freiwerdenden Stelle gehört hatte und die Kontaktdaten schickte.

Weshalb hatte Weber keine neue Arbeit gefunden? Wieder ging ihr die Idee durch den Kopf, dass jemand dafür gesorgt hatte. Sie öffnete die Kalenderapp und suchte nach Vorstellungsterminen. Weber hatte sie grün markiert und neben die Uhrzeit auch den Namen des Gesprächspartners samt Mailadresse und Telefonnummer notiert. Gina suchte die letzten fünf heraus. Als Erstes rief sie bei der Allinsurance an, einem Versicherungskonzern am Maximiliansplatz. Ansprechpartner Joachim Trebing. Nach kurzem Klingeln meldete sich eine tiefe Männerstimme. »Guttmann.«

»Gina Angelucci, Kripo München. Ich würde gerne Herrn Trebing sprechen.«

»Wen?«

»Joachim Trebing. Ihren Personalchef. Jedenfalls war er das im Oktober 2004.«

»Mein Vorgänger. Er arbeitet seit mindestens fünf Jahren nicht mehr hier. Tut mir leid.«

Was sie hier versuchte, war ziemlich aussichtslos. Wer konnte sich nach elf Jahren noch an ein bestimmtes Vorstellungsgespräch, geschweige denn an Ablehnungsgründe erinnern? Dennoch probierte sie es. »Es geht um eine Bewerbung vom Oktober 2004. Bewahren Sie Unterlagen darüber auf?«

»Nur wenn wir uns für einen Kandidaten entscheiden. Dann wandern die Bewerbungsunterlagen in die Personalakte.«

Gina bedankte sich für die Auskunft und versuchte in der folgenden Stunde ihr Glück bei einigen weiteren Unternehmen, bei denen Weber sich beworben hatte. Überall war es dasselbe. Entweder arbeiteten die damaligen Gesprächspartner nicht mehr in den Firmen, oder sie erinnerten sich nicht. Einen letzten Versuch gab Gina sich noch und wählte die Nummer von Werner Pape, seines Zeichens Leiter der Personalabteilung eines Verlags für Corporate Publishing. Dort hatte Weber am 28. Januar 2005 sein letztes Vorstellungsgespräch geführt. Nach dem zweiten Klingeln hatte sie eine Frau an der Strippe. »Ute Kempf.«

»Gina Angelucci, Kripo München. Ist Herr Pape zu sprechen?«

»Ich bedaure. Herr Pape ist vor einem Jahr in Ruhestand gegangen. Ich bin seine Nachfolgerin. Wie kann ich Ihnen helfen?«

»Vermutlich gar nicht.«

»Ich könnte es versuchen.«

»Mich interessiert der Verlauf eines Bewerbungsgesprächs vom Januar 2005. Christian Weber. Gibt es dazu Unterlagen?«

»2005? Das ist über zehn Jahre her. Christian Weber sagen Sie? Und Sie sind von der Kripo. Meinen Sie den Christian Weber, der ermordet und dessen Tochter entführt wurde?«

»Genau den. Haben Sie ihn damals kennengelernt?«

»Nein. 2005 habe ich noch gar nicht hier gearbeitet. Ich habe nur gefragt, weil diese furchtbare Geschichte derzeit durch die Medien geistert. Mir tut die Frau so leid. Ich würde Ihnen wirklich gerne weiterhelfen. Aber wir dokumentieren Bewerbungsgespräche nicht.«

Gina verabschiedete sich und legte auf. Im selben Moment kam Holger herein. Er sah blass und angeschlagen aus. Richtiggehend ungesund.

»Wie geht es deinem Vater?«

»Nicht gut. Herzinfarkt. Ist mitten auf dem Gehweg zusammengesackt. Direkt vor einer Bushaltestelle, an der ein Anästhesist auf den 53er wartete, der Verspätung hatte. So gesehen hat er Glück gehabt.«

»Wenn du Urlaub nehmen willst ...«

Holger winkte ab. »Er wird das schon packen. Er ist zäh, und es reicht, wenn meine Mutter und meine Schwester um ihn herumwuseln und die Ärzte und das Pflegepersonal verrückt machen.« Er ließ sich auf seinen Stuhl fallen. »Außerdem lenkt Arbeit ab. Hast du wegen Terbek schon etwas unternommen?«

»Wegen Terbek?«

»Ich habe dir einen Ausdruck auf den Tisch gelegt.«

Gina sah sich um und breitete die leeren Hände aus. Da lag nichts.

»Ich weiß genau ... Ach, Mist. Er liegt noch im Drucker.« Holger stand auf und nahm das Blatt aus dem Ausgabefach. »Wir haben einen Treffer: Erik Terbek. Er saß sieben Jahre wegen schweren sexuellen Missbrauchs. Wurde im Oktober 2003 aus der Haft entlassen. Lebt seither in der Bassaniostraße neun und konnte den Webers vermutlich in die Töpfe gucken.«

41

Am nächsten Morgen verabschiedete Gina sich vor dem Sokoraum von Tino. Mit dem Finger fuhr er die Kontur ihrer Lippen nach. »Dann bis um zwei bei deiner Gyn. Treffen wir uns dort, oder fahren wir gemeinsam?«

»Ich werde aus Harlaching kommen. Also treffen wir uns am besten in der Praxis.«

Das Screening lag ihr quer im Magen. Am liebsten hätte sie es abgesagt. Es war unnötig wie ein Kropf. Doch in ihrem Innersten wusste sie genau, wovor sie sich fürchtete. Nicht nur vor dem Risiko einer Fehlgeburt. Vor allem hatte sie Angst, schlimmstenfalls vor eine Entscheidung gestellt zu werden, die sie nicht treffen konnte, die sie und Tino überfordern würde. Sie war nicht mehr die Jüngste, und mit dem Alter stieg das Risiko, Eltern eines behinderten Kindes zu werden.

Gina atmete durch. Ihr ging es gut. Sie fühlte sich großartig. Wenn etwas nicht stimmte, würde sie es spüren. Am Absatz zum Treppenhaus drehte Tino sich noch einmal zu ihr um, und in seinem Lächeln lag satte Zufriedenheit. Für einen Moment erinnerte er sie an einen Kater, der einen ganzen Topf Sahne leergeschleckt hatte.

Die Nacht war aber auch wirklich kurz gewesen. Sehr kurz sogar. Nicht, weil sie gestern noch bis um halb neun im Büro war, um mit Holger alle Infos über Terbek zusammenzutragen, sondern vor allem, weil sie und Tino wirklich dort weitergemacht hatten, wo sie am Nachmittag aufgehört hatten: mit seinen Lippen in ihrer Halsbeuge, die ganz eindeutig ihre erogenste Zone war, und natürlich hatte sie ihn postwendend aus seinen Klamotten geschält. Einen Moment gab sie sich noch diesem Rosawolkengefühl hin, dann betrat sie den Sokoraum, legte die Unterlagen bereit, die sie gleich brauchen würde, und öffnete das Fenster.

In der Fußgängerzone war es bis auf den Lieferverkehr noch ruhig, von Bob Dylans Double keine Spur. *The Times They Are A-Changin'*. Das konnte man so sagen. Das Stochern in einem zehn Jahre währenden Nebel machte sich bezahlt. Die Schwaden lichteten sich und gaben den Blick auf eine hässliche Geschichte frei.

Als Erste traf Merle Ruff als Vertreterin der OFA ein. Sie trug wieder Shorts und Leggings und hielt in der Hand einen Pappbecher Geh-Kaffee, wie Thomas das nannte. Sie warf ihre Tasche auf den Tisch. »Guten Morgen, Frau Angelucci.«

»Guten Morgen.«

»Ich hab was herausgefunden wegen der Obduktion. Ich meine, warum sie vermutlich nicht stattfand.«

»Ja?«

»Ein beleidigtes Alphatier.« Merle Ruff ließ sich auf der Tischkante nieder. »Vor zehn Jahren hat Dr. Herzog von der Münchner Rechtsmedizin eine Mordserie in einem Traunsteiner Seniorenheim aufgedeckt. Eine Angehörige hat den Stein damals ins Rollen gebracht. Sie hatte Verdacht geschöpft, weil in dem Heim innerhalb kurzer Zeit vier alte Frauen an Herzversagen gestorben sind, auch ihre Mutter, die nie etwas am Herzen hatte. Sie wollte also eine Obduktion und musste sie am Ende selbst finanzieren, denn Mellmann, der zuständige Staatsanwalt, hat sie nicht angeordnet. Bei der Obduktion kam raus, dass die alte Dame durch eine Kaliuminfusion getötet wurde. Daraufhin wurden die drei anderen Leichen exhumiert und obduziert, und am Ende stand Mellmann am öffentlichen Pranger. Das hat er Herzog offenbar so übelgenommen, dass er nun erst recht Obduktionen äußerst sparsam anordnete. So auch im Fall Weber. Nehme ich an. Der Arzt hatte ja keine Zweifel am Selbstmord. Zeitlich passt das.«

»Das erklärt einiges. Danke.« Wenn der Täter das wusste, hatte er nicht einfach Glück gehabt, sondern hatte den Zwist für seine Zwecke genutzt, und das passte deutlich besser zu dem Bild, das Gina sich von ihm machte.

Merle Ruff ließ die Beine baumeln. »Einem Reporter vom *Oberbayerischen Volksblatt* ist damals aufgefallen, dass die Zahl der Obduktionen rückläufig war. Er hat einen Zusammenhang vermutet und einen Artikel darüber geschrieben. Der hatte den Schulterschluss von Polizei, Justiz und Staatsanwaltschaft zur Folge. Alle stellten sich hinter Mellmann. Vielleicht hat unser Mann deshalb den Landkreis Rosenheim als Tatort ausgewählt.«

Gina war beeindruckt. »Ja, das habe ich auch gerade gedacht.«

In den folgenden Minuten traf das Team ein. Thomas, Holger und Annmarie nahmen Platz, und kurz darauf setzten sich auch Moritz und Nicolas an den Tisch. Alle waren da. Gina griff nach dem Bild von Erik Terbek. Es war siebzehn Jahre alt und stammte aus seiner Akte. Ein neueres hatte sie nicht. Es zeigte einen schwammigen, weichen Mann von Anfang dreißig mit einem seltsam konturlosen Gesicht. Bis auf die Augen. Die strahlten eine Kälte aus, die Gina kurz frösteln ließ.

»Guten Morgen, Kollegen. Es gibt Neuigkeiten. Holger hat sich mit den einschlägig Vorbestraften beschäftigt und ist dabei auf einen Nachbarn der Webers gestoßen.« Sie heftete das Bild mit einem Magneten an die Stellwand. »Erik Terbek, geboren am 23.9.1965 in München. Vom Landgericht Regensburg am 7.10.1996 zu sieben Jahren

Haft verurteilt wegen schweren sexuellen Missbrauchs zum Nachteil seiner damals achtjährigen Nichte Jasmin Herter. Er musste die Strafe bis zum letzten Tag absitzen, weil er sich einer Therapie verweigerte. Dennoch hat ein Gutachter bescheinigt, dass er nicht weiter gefährlich wäre.«

»Es ist immer wieder dasselbe.« Annmarie schüttelte den Kopf. »Man lässt diese Kerle laufen, und dann schlagen sie wieder zu.«

»Im Oktober 2003 wurde Terbek aus der Haft entlassen, allerdings unter Führungsaufsicht gestellt«, fuhr Gina fort, »und ist nach München in die Bassaniostraße neun gezogen, in das Haus, das er von seiner Mutter geerbt hat. Es befindet sich gegenüber der Hausnummer sechs, in der die Webers damals lebten.«

Sie nahm die Bilder aus der Mappe, die sie von Terbeks Grundstück hatte, und hängte sie ebenfalls an die Stellwand. Sie stammten aus dem Internet. Dank Google Maps und Street View gab es keine Privatsphäre mehr. In diesem Fall begrüßte Gina das. »Hier lebt Terbek.« Sie umkreiste mit einem Laserpointer die Satellitenaufnahme. »Und hier wohnten die Webers. Ein ruhiges Viertel. Gehobener Mittelstand. Zum Perlacher Forst ist es nicht weit. Von Terbeks Grundstück etwa vierhundert Meter. Ich sage das, weil wir den Forst nicht außer Acht lassen sollten.«

Erst vorgestern Abend hatte sie vor dem Haus mit seiner bröckelnden Mauer und den Flechten auf dem Dach gestanden und gedacht, dass es einer Festung glich.

»Es ist eines der alten Häuser, die noch nicht abgerissen und durch rentable Mehrfamilienhäuser ersetzt wurden. Eine hohe Mauer schirmt es nicht nur zur Straße hin ab. Wie man auf dieser Aufnahme sehen kann, zieht sie sich um das gesamte Grundstück. In der Nachbarschaft gilt Terbek als eigenbrötlerisch und zurückgezogen lebend. Angeblich ist er selbständiger Programmierer. Es gibt allerdings weder eine Gewerbeanmeldung noch Steuerunterlagen auf seinen Namen.«

Moritz hob die Hand. »Vielleicht arbeitet er schwarz.«

»Das glaube ich nicht. Holger hat eine andere Vermutung.«

Holger stand auf. »Inzwischen ist es sicher. Terbek wurde ja unter Führungsaufsicht gestellt, deswegen hat er einen Bewährungshelfer, und mit dem habe ich vorhin telefoniert. Robert Velten heißt er. Terbek hat von seiner Mutter nicht nur das Haus geerbt, sondern auch Barvermögen. Davon lebt er. Gezwungenermaßen, meint Velten, denn Arbeit hat Terbek nach der Entlassung nicht gefunden. Nicht mal einen Minijob. Sobald bekannt wird, weshalb er saß, machen alle einen Rückzieher. Niemand will einen Kinderschänder beschäftigen.«

»Aber in seinem Viertel scheint das niemand zu wissen«, warf Nicolas ein. »Wie hat er das geschafft?«

»Die Tat fand in Regensburg statt. Der Prozess ebenfalls. Vermutlich liegt es daran. Er wird es sicher nicht an die große Glocke gehängt haben, als er nach der Haft nach München gezogen ist. Um das Haus gab es übrigens einen erbitterten Streit. Seine Schwester hat versucht, Terbek für erbunwürdig erklären zu lassen, dann wäre es an sie gefallen. Das Gericht ist ihrer Auffassung nicht gefolgt. Er hat also ausgesorgt und muss nicht arbeiten.«

»Und das Geld reichte bestimmt auch, um das Haus mit einem Verlies auszustatten.« Das kam von Annmarie. »Wir stellen das jetzt auf den Kopf, oder?«

»So einfach ist das nicht«, wandte Gina ein. »Es liegt nichts gegen ihn vor. Kein Richter wird uns einen Beschluss geben. Und freiwillig wird er uns nicht reinlassen. Wir hören uns also unauffällig im Viertel um. Ich will nicht, dass er aufgeschreckt wird und etwas von unseren Recherchen bemerkt, falls er mal über seine Mauer guckt. Ich will wissen, ob Terbek in den letzten Jahren mit einem Kind gesehen wurde oder mit einer Jugendlichen. Ist er irgendwann übergriffig geworden oder sonst wie auffällig? Holger hat Listen mit Namen und Adressen angelegt. Außerdem erhalten wir Unterstützung von zwei Kollegen der Schutzpolizei. Viele von Terbeks Nachbarn werden in der Arbeit sein oder in Urlaub. Vermerkt bitte, mit wem ihr gesprochen habt, damit wir bei den anderen gegebenenfalls noch mal nachhaken können.«

Holger teilte die Listen aus. Thomas hob die Hand. »Die Kollegen von der Streife sollten dann besser in Zivil kommen.«

»Ich habe sie schon darum gebeten. Gibt es noch Fragen?«

Merle Ruff meldete sich. »Mich interessiert das psychologische Gutachten. Kann ich das bekommen?«

»Ich kümmere mich darum. Es liegt in Regensburg.«

»Und die Unterlagen zum Missbrauch, seine Aussage, die des Kindes und die medizinische Akte bräuchte ich auch. Haben Sie das vorliegen?«

»Ich habe alles angefordert. Sobald sie da sind, bekommen Sie Kopien.«

»Wir müssen die Taten vergleichen, den Planungsgrad, die Vorgehensweise. Die Art, wie er seine Entscheidungen trifft und auf Stress reagiert. Dann werden wir wissen, ob wir es mit ein und demselben Täter zu tun haben.«

Wir werden wissen, ob er es ist, wenn wir in seinen Keller gesehen haben, dachte Gina. Ihr Blick wanderte zu Maries Kinderbild mit dem Zauberhut. *Ich hol dich raus, wo immer du auch bist. Alles soll wieder gut sein. Hex, hex.*

42

Vier Stunden später wünschte Gina sich tatsächlich, hexen zu können. Dann würde sie einen Anlass herbeizaubern, der es ihr ermöglichte, Terbeks Haus zu durchsuchen.

Als sich das Team um zwölf in einem Stehimbiss an der Seybothstraße traf, hatten sie nichts in der Hand. Absolut nichts. Die wenigsten Leute im Viertel kannten Terbek, und wenn, dann nur vom Sehen. Und die, die ihn kannten, wussten lediglich, dass Terbek im Haus seiner verstorbenen Mutter lebte, die im Übrigen eine nette und redselige Frau gewesen war, ganz im Gegensatz zu ihrer Tochter, die sei ein echter Besen. Doch was der Sohn tat, wovon er lebte, ob er Besuch erhielt, mit wem er sich traf, dazu konnte niemand etwas sagen. Wie Dornröschen schien er hinter den Mauern seines Besitzes zu hausen, von allen vergessen.

»Er kauft nicht mal im Viertel ein«, sagte Holger und biss zu Ginas Verblüffung in eine Leberkässemmel. Frustessen, weil der Vater todkrank war? Oder hatte er einfach mal Lust auf reichlich Fett, Farb- und Konservierungsstoffe? »Er geht höchstens zur Post«, fuhr Holger fort. »Ab und an trifft man ihn bei einem Spaziergang im Perlacher Forst. Ist ja nicht weit. Nur ein Steinwurf von seinem Haus. Man grüßt sich, mehr nicht, denn er lässt sich nicht in Gespräche verwickeln.«

Moritz schüttelte bedauernd den Kopf. »Bei mir und Nicolas ist es dasselbe.«

»Man muss allerdings dazusagen, dass uns tatsächlich nur an etwa jeder dritten Wohnungstür geöffnet wird«, sagte Annmarie. »Wie schon vermutet, sind viele in der Arbeit oder noch in Urlaub.« Das bestätigten auch die beiden Kollegen von der Streife. Ihnen war es nicht anders ergangen.

Das Gebiet, das Gina mit Holger für die Befragung ausgewählt hatte, umfasste etwa ein Dutzend Straßen und wurde im Norden von der Seyboth-, im Westen von der Theodolinden-, im Osten von der Bozzaristraße und im Süden von der Straße Am Perlacher Forst begrenzt. Sie überlegte, ob sie es weiter einschränken sollte, um sich erst einmal auf die unmittelbare Nachbarschaft zu konzentrieren, als ihr Handy klingelte. Die Nummer ihrer Gyn erschien im Display.

Gina trat etliche Schritte zur Seite, bevor sie das Gespräch annahm. Eine der Arzthelferinnen meldete sich. »Frau Angelucci, es tut mir leid. Ich muss für diese Woche alle Termine absagen. Vielleicht auch für die nächste. Die Frau Doktor hatte einen Autounfall.«

»Oh, das tut mir leid. Ist es schlimm?«

»Ich weiß es nicht. Mir sagt man ja nichts. Ich bin ja keine Angehörige.«

»Geben Sie mir einfach einen neuen Termin in der übernächsten Woche.«

»Nicht jetzt. Rufen Sie bitte morgen an. Ich muss noch tausend Telefonate führen.« Ehe Gina sich's versah, war das Gespräch beendet. Sie schickte Tino eine WhatsApp, dass das Screening verschoben werden musste, und gesellte sich wieder zu ihren Leuten an die Stehtische. »Machen wir weiter. Nächster Zwischenstand um drei. Und wenn es Neuigkeiten gibt, die einen richterlichen Beschluss bewirken können, dann informiert mich bitte sofort.«

Mit Holger kehrte Gina in die Bassaniostraße zurück. Als sie um die Ecke bog, lief ihr Jörg Schramm direkt in die Arme, die Kamera einsatzbereit in der Hand. Woher wusste er das jetzt schon wieder? »Unsere zufälligen Treffen häufen sich auffallend. Was machen Sie denn hier?«

»Vermutlich dasselbe wie Sie.«

»Sie haben sich an uns gehängt. Oder tracken Sie uns etwa via GPS?«

»Spielt das eine Rolle?«

»Strafrechtlich schon.« Gina versuchte es scherzhaft klingen zu lassen. Wusste Schramm von Terbek? Wenn ja, durfte er sein Wissen nicht veröffentlichen. Das Letzte, das sie jetzt brauchten, war eine Hetzjagd, die Marie in Gefahr brachte. Falls sie in Terbeks Keller saß, was sie noch immer nicht wussten. Himmel! Sie musste diesen Durchsuchungsbeschluss bekommen!

»Wir führen eine Nachbarschaftsbefragung durch.«

»Mit zehn Jahren Verspätung.«

Erleichtert atmete Gina durch. So wie es aussah, war Terbek noch nicht auf Schramms Radar. »Ich habe es nicht verbockt. Auch wenn das eigentlich Routine ist und jetzt vermutlich zu spät.«

»Dann viel Glück.« Schramm hob die Hand zum Gruß und trollte sich.

Holger sah ihm nach. »Der war doch neulich schon auf dem Friedhof. Wer ist er?«

»Jörg Schramm. Ein freier Journalist.« Wenn er auf Terbek aufmerksam geworden wäre, hätte er sie darauf angesprochen.

Sie erreichten das Haus, das unmittelbar an Terbeks Grundstück grenzte und mit dem sie am Morgen bei ihrer Recherche begonnen hatten. Dieses Gebäude interessierte Gina besonders, denn dieses dreigeschossige Haus war das einzige, von dem aus man Einblick auf Terbeks Grundstück haben konnte. Allerdings war ihnen am Vormittag nur bei zwei der acht Wohnungen geöffnet worden. Die eine lag im Erdgeschoss mit Ausblick auf die Mauer. Ein betagter Herr wohnte dort, der seinen Lebensabend offenbar zeitunglesend in einem braunen Ledersessel verbrachte. Wie alle Mieter beziehungsweise Eigentümer lebte er erst seit einem halben Jahr hier, seit der Fertigstellung des Hauses, und hatte keine Ahnung, wer sein Nachbar war. Er hatte Terbek noch nie gesehen.

Die andere Tür, die sich für Gina und Holger geöffnet hatte, gehörte zu einem Ein-Zimmer-Apartment in der zweiten Etage, allerdings mit Blick zur falschen Seite. Eine Studentin hatte verschlafen und widerwillig ihre Fragen beantwortet. Sie hatte keine Ahnung, von wem sie redeten. Sie kannte Terbek nicht.

Gina hoffte, dass inzwischen einer der Mieter zurückgekehrt war, die Aussicht auf Terbeks Grundstück hatten. Und diesmal hatten sie Glück. Als sie die Klingel mit dem Namen Kathrin Goetz drückte, rauschte kurz darauf die Gegensprechanlage. »Ja, bitte.«

»Gina Angelucci, Kripo München. Wir führen eine Befragung durch und würden uns gerne mit Ihnen unterhalten.«

»Haben Sie einen Ausweis?«

Gina kramte ihn heraus und hielt ihn vor das digitale Auge über der Gegensprechanlage.

»Ist gut. Sie können raufkommen.« Einen Moment später summte der Türöffner.

Kathrin Goetz erwartete sie an der Wohnungstür. Sie war etwa vierzig Jahre alt, eins sechzig groß, höchstens fünfundvierzig Kilo schwer. Kurze dunkle Haare, braune Augen. Besondere Merkmale: auffallend kleine Ohren.

»Kann ich die Ausweise noch mal sehen?«

Gina reichte ihn ihr. Holger zog seinen ebenfalls hervor. Kathrin Goetz sah sich beide gründlich an und gab sie schließlich zurück. »Okay. Sie können Ihre Fragen stellen.«

»Es geht um einen Ihrer Nachbarn.«

Die Brauen stiegen in die Höhe. »Etwa um den Nacktarsch?«

»Um Erik Terbek. Er wohnt dort drüben in dem alten Haus.«

»Terbek heißt er also. Das wusste ich nicht.«

Holger steckte seinen Ausweis ein. »Läuft er denn nackt herum?«

»So gut wie. Er trägt nur eine String-Badehose. Und das seit Mai. Ganz ehrlich: Das ist ein Anblick, den man sich nur dann gönnen sollte, wenn man abnehmen will. Da vergeht einem echt der Appetit. Kommen Sie rein.«

Vor dem Fenster im Wohnzimmer stand ein Schreibtisch mit aufgeklapptem Laptop. Dahinter lag der Balkon mit freier Aussicht in Terbeks Garten. »Darf ich mal einen Blick hinunterwerfen?«, fragte Gina.

»Sicher. Was hat er denn angestellt? Sich etwa an Kindern vergriffen?«

Gina fuhr herum. »Haben Sie Kinder bei ihm gesehen?«

»Nein. Das nicht. Ich habe noch nie jemanden bei ihm gesehen. Er scheint allein zu leben. Aber zutrauen würde ich es ihm. Ein schmieriger Kerl und irgendwie schräg drauf.«

»Wie meinen Sie das?«, hakte Holger nach.

»Schmierig eben und komisch.« Sie fuhr sich durchs Haar. »Zum Rauchen gehe ich auf den Balkon. Wenn er mich dort sieht, grüßt er freundlich herauf, als ob wir die besten Nachbarn wären, dabei haben wir noch nie ein Wort gewechselt. Aber ich weiß, dass es ihm nicht gefällt, wenn ich dort stehe und in seinen Garten gucke. Sein Lächeln erreicht nie die Augen, es ist wie festgefroren, und erst gestern hat er mir auf sehr charmante Weise gezeigt, was er von mir hält. Er hat Rosen geschnitten und sie fallen lassen, und zwar so, dass er mir seine Kehrseite zuwenden musste, um sie aufzuheben. Und das hat er in Zeitlupe getan. Wie gesagt, er trägt nur diese scheußlichen String-Badehosen und hat mir eigentlich den nackten Arsch gezeigt. Die Botschaft war klar.«

Gina trat auf den Balkon. Fünf Meter unter ihr lag ein verwunschen schöner Garten, mit viel Liebe angelegt und gepflegt. Rosen und Jasmin, Dahlien und Cosmea in allen Farben. Der Rasen war kurz geschnitten und sicher unkrautfrei. Ein kleines Paradies, umgeben von einer Mauer. Eine abgeschottete Welt. Das Haus dagegen sah renovierungsbedürftig aus. Der ockergelbe Verputz bröckelte, an den Fensterrahmen blätterte die Farbe. Alle Fensterläden waren geschlossen, als wäre der Bewohner nicht zu Hause, als stünde das Objekt leer. Von Erik Terbek keine Spur.

»Die Fensterläden hat er immer zu. Tag und Nacht. Da dringt kein Lichtschein rein und keiner raus.«

Gina wollte nicht, dass Terbek den Auflauf auf dem Balkon bemerkte, und kehrte mit Kathrin Goetz und Holger in die Wohnung zurück. »Bekommt er Besuch?«

Ein Kopfschütteln war die Antwort. »Wie schon gesagt: Ich habe noch nie jemanden bei ihm gesehen. Manchmal fährt er mit dem Auto weg. Vermutlich zum Supermarkt. Wenn er zurückkehrt, trägt er Lebensmittel ins Haus. Auf der Straße bin ich ihm bisher noch nicht begegnet. Und er lässt auch niemanden an die Haustür. Außer den Postboten, dem macht er auf. Und falls Sie sich jetzt fragen, ob ich ihn etwa beobachte und ausspioniere, lautet die Antwort nein. Aber ich habe meinen Arbeitsplatz hier.« Sie wies auf den Laptop. »Ich bin freie Werbetexterin, und jedes Mal, wenn ich den Kopf hebe, sehe ich in seinen Garten und bekomme mit, wenn sich was tut.«

»Und Sie haben nie etwas bemerkt, das Ihnen seltsam erschienen ist?«

»Der ganze Kerl ist seltsam, doch das ist ja nicht strafbar. Aber Sie sind von der Kripo, und ich zähle jetzt mal eins und eins zusammen: Sie haben ihn in Verdacht, dass er die kleine Marie von gegenüber entführt hat.«

»Wir führen lediglich eine Nachbarschaftsbefragung durch. Das ist alles.« Gina wollte nicht, dass ihr Verdacht im Viertel die Runde machte und Terbek aufschreckte. »Wenn Ihnen noch etwas einfallen sollte, rufen Sie mich bitte an.« Sie reichte Kathrin Goetz ihre Karte und verließ mit Holger das Haus.

»Wir klingeln jetzt bei ihm.«

»Er wird uns nicht reinlassen«, erwiderte Holger. »Es sei denn, wir verkleiden uns als Postboten.«

»Terbek rechnet mit unserem Besuch. Er wird mitbekommen haben, dass hier Leute von Haus zu Haus gehen und Fragen stellen. Und wenn er Zeitung liest und Fernsehen guckt, weiß er auch, weshalb. Wir müssen bei ihm auftauchen, sonst wird er sich fragen, warum wir ausgerechnet ihn auslassen. Wo wir doch wissen sollten, dass er einschlägig vorbestraft ist.«

43

Erik Terbek spürte eine seltsame Unruhe, die durchs Viertel zog, über die Mauer hinwegkroch und zu ihm und Tanja vordrang. Etwas war anders als an den anderen Tagen, an denen normalerweise um diese Zeit am Vormittag eine träge Ruhe über den Häusern und Gärten lag.

Sie saßen beim Frühstück, als er sie zum ersten Mal wahrnahm. Er mit Kaffee und einem Salamibrot. Sie hatte wie jeden Morgen eine Tasse Tee vor sich, den sie wieder nicht trinken, und einen Becher Joghurt, den sie nicht anrühren würde. Das mit dem Essen war ein Problem. Eigentlich konnte er es sich nicht leisten, ständig Lebensmittel wegzuwerfen. Aber er liebte sie, und da sollte das egal sein.

Die Fenster waren geöffnet. Die schmalen Ritzen der Läden ließen genügend frische Luft herein, und an einem sonnigen Tag wie diesem auch ausreichend Licht, um die Zeitung lesen zu können. Heute hatte er sie noch nicht einmal aus dem Briefkasten geholt. Er wollte gar nicht wissen, was über Marie darinstand. Als könnte er das Unabänderliche verhindern, indem er den Kopf in den Sand steckte.

Sie würden kommen. Sie würden ihn mitnehmen. Velten hatte angerufen. Sie hatten sich schon nach ihm erkundigt.

Seit zehn Jahren versuchte er unsichtbar zu sein, und nun würde ihm das nicht länger gelingen. Wieder würden sie ihn ins Blitzlichtgewitter zerren und an den Pranger stellen und in eine Gefängniszelle stecken. Bei diesem Gedanken wurde ihm schlagartig übel.

Plötzlich spürte er sie wieder, diese Hände, die nach ihm

griffen, ihn umklammerten, festhielten. Hiebe und Tritte, wie Hagelschlag. Blut in Mund und Augen. Klebrig und süß. *Kinderficker, schieb mal deinen Arsch rüber.*

Terbek stöhnte auf, wischte sich den Schweiß von der Stirn, der plötzlich perlend daraufstand. Die Angst lag wie ein glühender Stein in seiner Brust, setzte sich wie ein Pfropfen in seine Kehle und legte sich wie eine Schlinge um seinen Hals. Lieber würde er sterben, als das noch einmal durchzumachen.

Tränen traten ihm in die Augen. Er hatte doch auch mal Träume gehabt. Ein geordnetes Leben, eine Frau, die er heiraten wollte. Bis diese Cruise Missile in seinem Leben eingeschlagen war, dieser ferngesteuerte Marschflugkörper, der all seine Träume und Pläne zerfetzte. Terbek spuckte aus. Angst wich Hass und Zorn. Und dann spürte er sie mit einem Mal, diese leichte Unruhe, sie schwappte zu ihnen herein. Eine gärende Nervosität. Er stand auf und stellte sich ans Fenster.

Tanja sah auf. In ihrem Blick lag die Frage, was denn war.

»Es ist nichts, meine Liebe. Nur die Katze von nebenan, sie schleicht wieder durch den Garten.«

Doch da war etwas. Schritte. Klopfen. Ein leises Gesumm von Stimmen. Oder bildete er sich das ein? Gespannt lauschte er, hörte seinen eigenen Atem, den galoppierenden Schlag seines Herzens.

Beunruhigt drückte er seiner Liebsten einen Kuss aufs Haar. »Ich bin gleich wieder bei dir. Trink solange deinen Tee.« Vielleicht bildete er sich das nur ein.

Seit er die Speisekammer zum Bad umgebaut und aus dem Esszimmer das Schlafzimmer gemacht hatte, nutzte er die Räume im oberen Stockwerk nicht mehr. Mit dem Rollstuhl war die Treppe nicht zu bewältigen und ein Treppenlift zu teuer.

Nun stieg er sie nach oben und betrat das Zimmer seiner Mutter. Es lag zur Straße hin. Sonnenschein fiel in Streifen durch die Läden. Bett und Nachttisch duckten sich im Dämmerlicht. In der Spiegelfront des Kleiderschranks bewegte er sich wie ein Schatten. Feiner Staub lag in einer dünnen Schicht über allem und in wolligen Knäueln in den Ecken. Jeder seiner Schritte wirbelte sie auf, ließ sie träge in den Lichtstreifen tanzen.

Um die Straße überblicken zu können, öffnete er die Fensterläden einen Spaltbreit. Zunächst schien alles wie immer zu sein. Dann bemerkte er sie. Zwei Männer traten aus dem Haus gegenüber, notierten etwas und klingelten an der nächsten Tür. Und dort eine Frau und ein Mann. Sie taten dasselbe. Weiter unten in der Straße wieder zwei. Sie fragten nach ihm. Sie erzählten den Nachbarn, was er bisher vor ihnen verborgen hatte. Ein Kinderschänder wohnt nebenan.

Ein Mann mit Fotoapparat trat in sein Blickfeld. Hastig schloss er den Fensterladen und ließ sich auf das Bett fallen, aus dem dichte Schwaden von Staub aufstiegen. Und noch etwas anderes umschwirrte ihn. Motten. Er schlug nach ihnen.

»Ihr kriegt mich nicht.« Als heiseres Flüstern stiegen diese Worte aus seiner Kehle. »Ihr kriegt mich nicht.« Wie wild schlug er um sich. »Ich lasse mir nicht noch einmal alles kaputtmachen.« Es war ja schon irrsinnig genug, wie er hier lebte, mit Tanja, nie hätte er sich das vorstellen können. Doch es war so gekommen, und nun war sie sein einziges Glück. Seine Verbindung zur Welt, zum Leben. Nein, er war nicht verrückt. Er war nur einsam.

Das Schrillen der Klingel Stunden später ließ ihn aus einer Art Schockstarre erwachen.

Es ging wieder los.

44

Gina stieg aus der Dusche, frottierte sich ab und schlüpfte in Slip und BH. Die Brüste spannten seit Wochen und schmerzten bei jeder Berührung. Und jetzt war auch noch der BH zu klein. Sie ging ins Schlafzimmer und suchte in der Kommode nach einem anderen. Kritisch betrachtete sie das Ergebnis im Spiegel. Auch er war zu knapp. Sie brauchte neue. Ihr Bäuchlein war runder geworden. Wobei das allerdings auch am Essen liegen konnte. Sie hatte wirklich einen gesegneten Appetit. Doch sie stellte sich lieber vor, wie ihr Kind in ihr heranwuchs, und fuhr mit der Hand über die Wölbung. *Guten Morgen, mein Kleiner.* Schließlich zog sie eines der weiten Shirts an, damit fiel das BH-Problem nicht so ins Auge.

Als sie in die Küche kam, hatte Tino schon fürs Frühstück gedeckt, und der Cappu war gerade fertig geworden.

»Gut geschlafen?«

»Nicht so besonders.«

»Habe ich wieder geschnarcht?«

»Es liegt am Fall. Terbek ist durch meine Träume gegeistert. Dabei habe ich den Mann noch nicht einmal zu Gesicht bekommen. Und du schnarchst auch nicht, du pühst.«

Das tat er wirklich. Wenn er auf dem Rücken schlief, spitzte er beim Ausatmen die Lippen und entließ die Luft mit einem *Püh*. Mal leiser, mal lauter. Manchmal so laut, dass sie davon aufwachte.

»Hast du schon einen neuen Termin bei deiner Gyn?« Tino stellte die Tassen auf den Tisch und setzte sich zu ihr.

»Steht auf meiner To-do-Liste für heute.«

Aus dem Radio klang Musik. *Morning, it's another pure grey morning*, sang Jake Bugg. Nicht bei uns, dachte Gina und warf einen Blick auf den blauen Himmel vor dem Küchenbalkon, nahm einen Schluck von ihrem Cappu und schloss für einen Moment genüsslich die Augen.

Terbek geisterte auch durch ihre Tagträume, denn sofort sah sie sein Haus vor sich. Wie sie dort gestanden hatte, den Zeigefinger auf den Klingelknopf gepresst und das Schrillen im Haus bis hinaus auf die Straße hören konnte. Nichts hatte sich gerührt. Terbek stellte sich taub oder tot. Doch das würde ihn nicht retten.

Vielleicht hatten Moritz, Nicolas und Annmarie gestern Abend noch etwas in Erfahrung gebracht, das einen Richter dazu bringen konnte, einen Durchsuchungsbeschluss zu erlassen. Sie verscheuchte diesen Hoffnungsschimmer. Wenn das so wäre, hätte Moritz sich längst bei ihr gemeldet. Sie mussten die Befragung also fortsetzen.

Auch Tino kam in seinem Fall nur zäh voran. Es war einer, bei dem Geduld und Beharrlichkeit gefragt waren.

Jake Bugg war mit seinem Song am Ende angekommen. Der Moderator verlas die aktuellen Verkehrsmeldungen. Der allmorgendliche Stau auf dem Mittleren Ring Richtung Luise-Kiesselbach-Platz war ein fester Moderationspunkt. Es folgten das Wetter und die Nachrichten. Eigentlich immer dasselbe. Der Krieg in Syrien und der damit verbundene Flüchtlingsstrom. Die Einigkeit der meisten EU-Staaten, vor diesem Leid die Augen zu verschließen. Erneut war ein Boot im Mittelmeer gekentert und Dutzende Menschen ertrunken. In der letzten Nacht hatten wieder Tausende Flüchtlinge Bayern erreicht. Ein Heer voller Verzweifelter, Traumatisierter, Hoffnungsvoller, mit denen der Rest Europas seinen Wohlstand nicht teilen wollte. Und die Kanzlerin bezog Dresche, weil sie ein Herz gezeigt und die Grenze geöffnet hatte. »Wir schaffen das!« Und nun wurde auf ihr herumgehackt, weil die Deutschen angeblich wieder mal allen zeigen wollten, wie man es richtig macht, während Gina die Frau zum ersten Mal für wählbar hielt.

Es war ein Verbrechen, was diesen Menschen auf der Flucht widerfuhr, und Gina ging bei der Nachricht die Galle hoch, dass wieder Dutzende in diesem Massengrab Mittelmeer ihr Leben gelassen hatten, in dem Sommer für Sommer Millionen Touristen badeten, tauchten, schnorchelten, ihre Bäuche mit Sonnencreme einrieben, Gelati und Pizza aßen und ihren Urlaub genossen, als wäre da nichts gewesen.

Plötzlich hatte sie keine Lust mehr, nach Venedig zu fahren. Während sie im Luxushotel residierten, starben davor die Menschen. »Sag mal, Tino, was kostet das Danieli eigentlich?«

Er sah auf. »Ich glaube nicht, dass du das wirklich wissen willst.«

»In diesem Fall unterliegst du einem Irrtum.«

»Es ist unser Hochzeitsgeschenk. Da kann ich Vater schlecht nach dem Preis fragen.«

»Stimmt.« Gina schnappte sich das iPad, ging online und suchte nach dem Danieli.

»Weshalb interessiert dich das jetzt auf einmal?«

»Weil wir vermutlich ein anderes nehmen müssen. Was Kleineres und Billigeres.«

»Und weshalb müssen wir das?«

Gina fand die Webseite des Hotels und schnappte nach Luft, als sie die Preise sah. »Das ist ja krank. Weißt du, was das kostet? Die verlangen für eine Suite ab viertausend Euro aufwärts. Pro Tag! Für uns zwei! Hat dein Vater im Lotto gewonnen?«

»Ich verstehe nicht, weshalb du dich so aufregst. Pa kann es sich leisten. Er hat sein Geld vierzig Jahre lang gut angelegt. Und er hat nie schlecht verdient.«

»Um nicht zu sagen, blendend.«

Tino griff nach ihrer Hand. »Er hat gesagt, dass auch sein letztes Hemd keine Taschen haben wird, und er will uns eine Freude machen. Was ist plötzlich mit dir los? Weshalb ärgerst du dich so?«

»Ich kann mich aber nicht freuen, wenn zur selben Zeit, in der wir uns in den Satinlaken wälzen, Menschen auf der Flucht ertrinken. Außerdem habe ich ohnehin ein schlechtes Gewissen, weil ich mich bisher noch nicht an den Hauptbahnhof gestellt und Wasser und Essen verteilt habe. Wenn dein Vater mir eine Freude machen will, soll er das Geld spenden.«

»Ach, darum geht es.« Tino wies auf das Radio. Der Moderator wechselte das Thema von Flüchtlingen zur Eurokrise. »Er will *uns* eine Freude machen. Und ich würde gerne im Danieli wohnen und mich dort lieber in Seidenlaken mit dir wälzen als in Satin. Wenn schon, denn schon.« Dieses freche Lächeln huschte über sein Gesicht. »Und spenden können wir ja trotzdem. Oder wir helfen beide am Bahnhof oder beim Sortieren der gespendeten Kleidung.«

Viertausend Euro. Pro Nacht. Das war doch krank. Und sie wollten eine Woche nach Venedig. So viel Kleidung konnten sie gar nicht sortieren, um das aufzuwiegen. Ein Kompromiss war gefragt. »Und wenn unser Lotterbett nun in einem einfachen Doppelzimmer steht? Ich nehme mal an, dass es in diesem Luxushotel keine wirklichen Bruchbuden gibt. Könntest du damit leben?«

Mit der Hand fuhr Tino die Falte an ihrer Nasenwurzel nach. »Wenn dich das glücklich macht. Ich werde es mit Vater klären.«

»Und den Differenzbetrag soll er an den Bayerischen Flüchtlingsrat spenden.«

»Du weißt, dass sich dadurch nicht wirklich etwas ändert.«

»Aber es hilft. Wenn ich etwas ändern wollte, müsste ich in die Politik wechseln.«

»Da ist mir das Doppelzimmer lieber.«

»Und sag ihm, er soll das nicht falsch verstehen.«

»Das wird er nicht.«

Der Radiomoderator war mit den Welt- und Deutschlandnachrichten fertig und kam zum Bayernteil.

»München. Im Fall der vermissten Marie Weber gibt es eine neue Entwicklung. Gestern führte die Polizei eine Befragung im Stadtteil Harlaching durch, wo das Kind zum Zeitpunkt seines Verschwindens vor zehn Jahren mit seinen Eltern lebte. Bisher ergebnislos, wie die Pressestelle der Polizei auf Nachfrage bestätigte. Ich begrüße nun einen Gast in unserer Sendung, der mehr weiß.«

Gina fuhr hoch und fing Tinos überraschten Blick auf. »Jörg Schramm arbeitet als freier Journalist für die großen deutschen Tageszeitungen. Guten Morgen, Herr Schramm.«

Gina stöhnte. »Shit! Er hat Terbek entdeckt.«

45

Petra wurde vom Morgenlicht geweckt, das durch die Fenster auf ihr Gesicht fiel. Von irgendwoher klang Musik, und sie kämpfte sich allmählich aus dem Schlaf in den neuen Tag. Wo war sie? Jedenfalls nicht in ihrer Wohnung.

Es dauerte noch einen Augenblick, bis sie sich erinnerte, dass sie gestern Abend – einem Nervenzusammenbruch nahe – einen Hilferuf an Mark abgesetzt hatte.

Ihr Handy konnte sie ausschalten und so die Anrufe der Journalisten ins Leere laufen lassen. Und am Büro mussten sie läuten, und Mark wies sie ab. Doch bei der Klingel an der Wohnungstür war das nicht möglich. Es gab keine Sicherung dafür. Den dritten Tag ging das nun schon so. Kaum war sie daheim, versuchte einer sein Glück. Zwei Abende hatte sie durchgehalten, Kopfhörer aufgesetzt und Musik gehört und das Läuten ignoriert. Doch gestern hatten ihre Nerven nicht mehr mitgemacht. Sie wollte nur noch weg und hatte Mark angerufen.

Zwanzig Minuten später hatte er sie abgeholt. »Pack ein paar Sachen. Du kannst bei mir wohnen. Ich habe mit Marius telefoniert. Du hast ihn mal auf einer Party von uns kennengelernt. Er ist Anwalt.«

Petra erinnerte sich. Es war Jahre her und Heike und Mark noch ein Paar gewesen. »MM. Marius Mangold, der Mann mit dem gewissen Extra.« So hatte er sich vorgestellt.

»Er wird dir ab sofort diese Meute vom Hals halten. Wenn wir bei mir sind, stellen wir einen entsprechenden Hinweis auf deine Webseite, und du solltest die Ansage deiner Mailbox dahingehend ändern. Dann ist hoffentlich Ruhe.«

»Einen Anwalt kann ich mir nicht leisten.«

»Doch. Kannst du. Ich habe dir rückwirkend zum Jahresbeginn eine Gehaltserhöhung gewährt. Wehe, du schlägst sie aus.«

»Ach, Mark.«

»Ich werde nur sauer, wenn du das Geld Miranda in den Rachen stopfst. Doch ein Blick in meine Glaskugel hat mir verraten, dass du das nicht tun wirst. So gut wie Miranda bin ich allemal, und ich arbeite gratis für dich.«

Damit hatte er sie zum Lachen gebracht, und das tat gut.

Sie hatten das Haus durch den Hinterhof verlassen und waren in die Theresienstraße gefahren. Zuerst hatten sie die Webseite aktualisiert, dann im Bella Gaggenau den Tiefkühlschrank inspiziert und auch für Marius Mangold eine Pizza in den Ofen geschoben. Kaum war sie fertig gewesen, hatte der Anwalt geklingelt. Bei Pizza und Wein und einer mächtigen Schokocreme, die MM beisteuerte, hatte Petra die erforderlichen Papiere unterschrieben. Nun hatte sie also einen Anwalt.

Sie reckte sich, ließ sich dann wieder in die Kissen zurückfallen und zog die Decke hoch. Zu viel Wein gestern Abend. Die andere Hälfte des Bettes war leer. Mark hatte drauf bestanden, auf dem Sofa zu schlafen. Wie albern war das denn?

»Wir sind Freunde«, hatte sie ihm erklärt. »Wir werden es hinkriegen, im selben Bett zu schlafen, ohne gleich übereinander herzufallen.« Als sie das sagte, spürte sie plötzlich eine beiderseitige Befangenheit. Wann hatte sie zuletzt mit einem Mann geschlafen? Es war auch schon wieder fast zwei Jahre her. Und Mark lebte noch viel länger keusch. Jedenfalls soweit sie wusste. Er sprach nicht darüber. Vielleicht hatte er ja manchmal One-Night-Stands. Es wäre kein Problem für ihn, dachte sie. Er war attraktiv und charmant. Während sie das gedacht hatte, hatte sie einen kleinen und irritierenden Stich von Eifersucht gespürt.

»Ich bin mir da nicht so sicher.« Das Lächeln, mit dem er seiner Bemerkung einen scherzhaften Anstrich hatte verleihen wollen, war ihm ein wenig verrutscht.

Seither lag ein Ziehen in ihrem Magen, wie sie es zuletzt vor Jahren verspürt hatte. Eine Art Verliebtheit, die offenbar nicht einseitig war, so wie er sie mit seinem halben Lächeln angesehen hatte.

Sie stand auf, zog Jeans und Shirt über und ging zu Mark in die Küche. Er stand an der Espressomaschine.

»Guten Morgen. Was magst du zum Frühstück? Kaffee oder Tee?«

»Earl Grey, wenn du welchen hast.«

»Hoffe ich doch.« Mark suchte in einer hölzernen Teebox danach, die mindestens ein Dutzend Sorten enthielt.

Sie beobachtete, wie er den Tee für sie zubereitete und für sich einen Becher unter die Kapselmaschine für Kaffee stellte, wie er mit Butterdose und Marmeladenglas hantierte, die Eier aus dem Kocher holte, lauschte dem Sänger aus dem Radio, der von einem kalten, grauen Morgen sang, während ihr langsam warm ums Herz wurde und das Ziehen in ihrem Magen sich verstärkte. Er war ein lieber Mensch, ein herzensguter, ihr bester Freund, ihr Freitag. Sollte sie es wagen, oder würde sie ihre Freundschaft ruinieren?

Sie gab sich einen Ruck, ging zu ihm und umarmte ihn. Sie fühlte die Wärme seines Körpers und nahm den Duft seiner Haut wahr. Ein wenig Zimt, ein wenig Curry. Woher das wohl kam? »Danke.«

»Bitte, gerne geschehen. Breze oder Semmel?«

»Nicht für den Tee. Für alles.«

»Bitte. Gern geschehen«, wiederholte er. »Für dich immer.«

Ihr Herz begann wie rasend zu schlagen. »Für deine Freundschaft.« Sie gab ihm einen Kuss auf die Stirn, und er ließ es geschehen. »Dafür, dass du mich durchfütterst.« Einer auf die Wange folgte. Der nächste auf das Augenlid. »Dafür, dass du immer für mich da bist.«

Er zog sie an sich. »Ich bin dran. Dafür, dass es dich in meinem Leben gibt.« Seine Lippen berührten ihre Nasenspitze. »Und den dafür, dass du mich nicht länger zappeln lässt.« Ihre Lippen fanden sich. Der Sänger im Radio sang weiter von einem grauen Morgen, während ihrer ganz golden wurde und leuchtend und hell und sie sich mit einem Mal unsagbar leicht fühlte.

Als sie sich ein wenig atemlos voneinander lösten und Mark den Vorschlag machte, das Frühstück vielleicht auf später zu verschieben, waren die Verkehrsmeldungen bereits vorüber und der Sprecher bei den Lokalnachrichten angekommen.

»München. Im Fall der vermissten Marie Weber gibt es eine neue Entwicklung.«

Was? Angst stürzte wie ein eisiger Wasserfall auf Petra herab. Mark löste sich von ihr und drehte das Radio lauter.

»Ich begrüße nun einen Gast in unserer Sendung, der mehr weiß. Jörg Schramm arbeitet als freier Journalist für die großen deutschen Tageszeitungen. Guten Morgen, Herr Schramm.«

»Guten Morgen, Herr Meier.«

»Herr Schramm, Sie haben sich mit dem Fall Marie Weber intensiv beschäftigt und haben dabei eine Entdeckung gemacht. Welche?«

»Bei meinen Nachforschungen zu diesem Verbrechen

habe ich mich auch mit pädosexuellen Straftätern beschäftigt. Nur vier Monate bevor Marie verschwand, wurde ein einschlägig vorbestrafter Mann aus der Haft entlassen und ist in die Bassaniostraße gezogen, in die Nachbarschaft der Familie Weber.«

»Ein Kinderschänder wohnte also Tür an Tür mit Marie Weber und ihrer Familie, und die Polizei hatte diesen Mann nie im Visier?«

»Sie haben ihn übersehen. Vor zehn Jahren schon und jetzt wieder.«

Das konnte doch nicht sein! Petra ließ sich auf einen Stuhl fallen. Gegenüber? Terbek! Dieser stille Mann, der immer freundlich gegrüßt hatte. Terbek! Nur einen Steinwurf entfernt. Sie hatte doch auf ihn hingewiesen!

Wieder einmal begannen Bilder in einem rasenden Reigen vor ihrem inneren Auge zu tanzen. Marie in Ketten, in Dessous, mit Highheels an den viel zu kleinen Füßen, geschlagen, gedemütigt, halb verhungert, voller blauer Flecken. Terbeks Hände, die nach ihr griffen. *Mama, da war ich! All die Jahre. Direkt gegenüber! Mama!*

Die Tränen begannen zu laufen. Das konnte doch nicht sein.

Mark setzte sich zu ihr und griff nach ihrer Hand. »Niemand hat uns gewarnt«, schluchzte Petra. »Man kann doch so einen nicht in eine Gegend mit Kindern ziehen lassen. So eine tickende Zeitbombe. Wie konnten sie ihn übersehen?«

»Wer sagt denn, dass sie ihn nicht überprüft haben? Nur dieser Reporter. Doch stimmt das auch? Ich glaube nicht, dass die Polizei ihre Ermittlungen öffentlich macht.« Er zog sie an sich, strich ihr über das Haar, und es erschien ihr plötzlich falsch. So falsch. Was wusste er denn schon? Er hatte keine Ahnung.

»Ich habe der Kommissarin den Namen genannt. Erich

oder Ernst Terbek. Wenn sie ihn gekannt hätte, hätte sie doch darauf reagiert.« Zorn packte sie. Eiskalte Wut. Sie rappelte sich auf. »Ich fahre zu ihm. Ich will wissen, was er mit Marie gemacht hat!«

»Vielleicht gar nichts. Überlass das der Polizei.«

»Der Polizei? Die nichts von ihm weiß! Obwohl, jetzt natürlich schon!«

»Beruhige dich.« Mark legte den Arm um sie. »MM kann sich darum kümmern. Ich rufe ihn an.« Er griff nach dem Smartphone.

»Das soll sie mir selber sagen, die Kommissarin. Dass sie ihn ganz außer Acht gelassen haben.« Mit drei Schritten war Petra im Schlafzimmer, riss ihr Handy vom Nachttisch und schaltete es ein. Die Mailbox quoll über. Ihre Nase lief. Auf der Suche nach einem Taschentuch zog sie die Schublade des Nachtkästchens auf. Ein Päckchen Tempos lag darin und direkt daneben eine Pappschachtel mit Munition. Petra erschrak. Besaß Mark etwa eine Waffe?

Zuzutrauen war es ihm, bei seiner Paranoia, dass jemand einbrechen könnte.

46

Kinderschähnder! Raus aus unserem Fiertel!

Gina unterdrückte einen Fluch, als sie dieses Graffito an Terbeks Gartenmauer entdeckte. Ob er das schon gesehen hatte? Wenn ja, war er vermutlich noch weniger gesprächsbereit als gestern. Wobei das keinen Unterschied machte. Null war null.

»Da war die Intelligenzia am Werk.« Holger, der neben ihr auf dem Beifahrersitz saß, wies auf das Kunstwerk. »Zwei Fehler in fünf Wörtern. Das erfordert schon eine spezielle Begabung.«

»Hoffentlich kommt da nicht mehr.«

»Du weißt doch, wie das in der Regel läuft. Am Ende werden wir Terbek noch unter Polizeischutz stellen müssen.«

Wie hatte Schramm ihn aufgespürt? Das hatte er im Radiointerview natürlich nicht gesagt. Aber ganz selbstverständlich hatte er sich darüber ausgelassen, dass die Polizei ihn übersehen hatte, einen polizeibekannten Kinderschänder! Vor zehn Jahren schon und heute wieder.

Nachdem Schramm seinen Mist verbreitet hatte – der jetzt auch schon online nachzulesen war –, hatte Gina ihn angerufen und ihn frisch gemacht. »Wir sind an Terbek dran und haben Gründe, das nicht mit dem Megaphon in die Welt zu posaunen. Haben Sie das auch nur eine Sekunde in Erwägung gezogen? Sie behindern eine polizeiliche Ermittlung und gefährden möglicherweise ein Menschenleben. Schalten Sie einfach mal Ihr Hirn ein, bevor Sie sich so aufplustern. Und überhaupt hätten Sie gestern mit mir reden können.«

Und nun hatten sie den Salat. *Kinderschähnder! Raus aus unserem Fiertel!*

Sie stieg mit Holger aus dem Wagen und bemerkte Schemen hinter Gardinen und ein paar Neugierige, die sich über Balkone beugten, außerdem Kathrin Goetz, die rauchend auf ihrem stand. »Wir können es ja mal versuchen.« Gina drückte den Klingelknopf und hörte, wie gestern, das Läuten im Haus. Sie wartete eine Weile und versuchte es erneut. Nichts rührte sich. Sie wandte sich schon zum Gehen, als die Gegensprechanlage zu knistern begann. »Ich rede nicht mit Ihnen. Und ich weiß, dass ich Sie nicht reinlassen muss. Verschwinden Sie!«

Bevor Gina etwas erwidern konnte, erstarb das Rauschen. »Früher oder später wird er mit uns reden müssen. Machen wir weiter.«

Das Handy in ihrer Tasche klingelte. Eine Nummer erschien im Display, die ihr nichts sagte. »Ja? Angelucci.«

»Kathrin Goetz. Ich hab grad gesehen, dass Sie vor seinem Haus stehen. Wir sollten reden.«

»Okay. Ich bin gleich bei Ihnen.« Fragend sah Holger sie an. »Frau Goetz ist doch noch etwas eingefallen.«

Zwei Minuten später ließ Terbeks Nachbarin sie ein und führte sie wie gestern in das Wohnzimmer. Vor der Balkontür blieb sie stehen und verschränkte die Arme. Eine abwehrende Haltung, die Gina irritierte. »Mit meiner Vermutung gestern, dass er sich an Kindern vergreift, habe ich also einen Volltreffer gelandet.«

»Wir wollten es nicht an die große Glocke hängen.«

»Und heute hört man es im Radio und kann es im Internet nachlesen. Weshalb nehmen Sie ihn nicht fest? Das habe ich mich gefragt.«

Dieses Thema stand nicht zur Debatte. Gina wappnete sich für einen Angriff der Art, dass die Polizei mal wieder

Kerle laufenließ, die man besser am nächsten Baum aufknüpfen sollte. »Wir haben unsere Gründe.«

»Ich weiß. Ich habe ein wenig recherchiert. Sie müssen etwas Belastendes gegen Terbek vorweisen können, damit Sie sein Haus durchsuchen dürfen. Und mit Ihnen reden muss er auch nicht.«

Als Zeuge würde er das müssen, aber nicht tun. »Weshalb haben Sie mich angerufen, Frau Goetz?«

Die verschränkten Arme lösten sich. Kathrin Goetz gab die Abwehr auf, präsentierte gewissermaßen die Flanke, machte sich verwundbar. In Gina stieg eine Ahnung auf, was jetzt kommen würde.

»Den Durchsuchungsbeschluss würden Sie erhalten, wenn jemand Terbek in Verbindung mit Marie bringt?«

Gina nickte zögernd.

»Das ist richtig«, sagte Holger. Sie hörte die gespannte Erwartung in seiner Stimme. Er würde das also mitmachen, und binnen eines Sekundenbruchteils fasste Gina einen Entschluss: sie ebenfalls. Sie wollte in dieses Haus. Sie wollte in diesen Keller. »Der Schutz der Privatsphäre ist ein hohes Gut. Deshalb darf eine Hausdurchsuchung nur bei einem begründeten Anfangsverdacht angeordnet werden. Man muss irgendwas in der Hand haben. Beweise, Zeugenaussagen. Fakten eben.«

»Und wenn ich nun eine Beobachtung gemacht habe?«

»Dann sollten Sie uns das sagen, auch wenn Sie sich nicht hundertprozentig sicher sind, wie ich annehme.« Die Würfel waren gefallen. Gina atmete durch. Korrekt war das nicht, aber gleich würde sie den Schlüssel zu Terbeks Haus erhalten.

Einen Augenblick zögerte Kathrin Goetz. »Mir ist heute Nacht doch noch etwas eingefallen. Es muss Ende Mai gewesen sein, kurz nach meinem Einzug. An den genauen Tag kann ich mich nicht mehr erinnern. Es wurde schon dämmrig, und ich habe mit einem Glas Wein auf dem Balkon gesessen und dabei in Terbeks Garten geblickt.«

Sie macht das geschickt, dachte Gina. Sie baut sich einen Fluchtweg ein. Das Glas Wein, aus dem sie, falls es für sie eng wurde, eine Flasche machen konnte, die ihre Wahrnehmung getrübt hatte.

»Es gibt ja nur diese Aussicht«, fuhr Kathrin Goetz fort und wies hinunter in Terbeks Garten. »Eine der Terrassentüren wurde geöffnet, und eine junge Frau trat heraus, vielleicht sechzehn oder siebzehn. Ich habe sie nur kurz gesehen, denn Terbek kam hinter ihr hergelaufen, griff sie am Arm und zog sie sofort wieder hinein.«

»Er hat sie gegen ihren Willen zurück ins Haus geholt?«, fragte Holger.

»Ja. Und heute Morgen habe ich das Phantombild gesehen, wie Marie heute aussehen könnte. Vielleicht war sie das. Ich bin mir nicht sicher. So, das war es.« Die angespannten Schultern sanken herab.

»Danke, Frau Goetz. Das hilft uns weiter.«

»Falls ich mich geirrt habe, ich meine, es wurde schon dämmrig, und ich habe sie ja nur kurz gesehen … Ich komme deswegen doch nicht in Teufels Küche.«

»Wenn Sie wüssten, wie häufig sich Zeugen irren. Das ist nur allzu menschlich.«

47

Es war halb elf, als sie den zuständigen Richter mit dem Beschluss in der Hand verließen und Gina einen stummen Dank an Kathrin Goetz sandte, während Holger skeptisch dreinblickte. »Er wird uns nicht reinlassen.«

»Dafür gibt es die Truppe von Schindler.«

»Ein SEK-Einsatz im Morgengrauen?«

»Eher um zwölf Uhr mittags. High noon.«

»Hältst du das für klug?«

»Er ahnt ohnehin, dass wir kommen. Der Überraschungseffekt entfällt.« Außerdem wollte sie keine Zeit verlieren. Sie zog das Handy hervor. Der Akku war leer. Sie zog die Powerbank aus einer Tasche ihrer Cargohose und stöpselte das Smartphone an. Drei neue Nachrichten waren auf der Mailbox. Das musste warten, erst war Schindler dran.

Sie erklärte ihm, dass sie ihn und seine Leute brauchte, und vereinbarte mit ihm einen Termin zur Einsatzbesprechung in einer halben Stunde im Präsidium.

Die Nachrichten auf der Mailbox stammten alle von Petra Weber, und erst jetzt wurde Gina klar, was sie versäumt hatte. Sie hätte Maries Mutter sofort informieren müssen und hatte das in ihrem Ärger auf Schramm vergessen. Es war höchste Zeit. Sie rief zurück.

»Guten Morgen, Frau Weber. Es tut …«

»Stimmt es?« Nur diese zwei Worte. Wie ein Eissturm fegten sie an Ginas Ohr.

»Wir …«

»Ist Terbek so ein Schwein, wie im Radio behauptet wird?«

»Wir ...«, setzte Gina zum zweiten Mal an.

»Wussten Sie von ihm?«

»Ja.« Sie wartete einen Moment und sprach weiter, als Petra Weber sie ließ. »Wir haben ihn auf unserem Radar und ziehen seit gestern Erkundigungen über ihn ein und wollten ihn natürlich nicht aufschrecken.«

»Das hat nun dieser Reporter erledigt.«

»Gut möglich, dass Terbek mit unserem Besuch rechnet, seit der Artikel im *Münchner Blick* erschienen ist.«

»War er es?«

»Ich weiß es nicht.«

»Was werden Sie jetzt tun?«

»Über laufende Ermittlungen darf ich Ihnen keine Auskunft geben. Aber wir sind an ihm dran.«

»Sie holen Marie da raus?«

»Wenn sie dort ist, ja. Und, Frau Weber ...«

»Was?«

»Sie fahren jetzt nicht zu ihm. Sie lassen sich dort nicht blicken. Das wäre gar nicht gut und würde unsere Arbeit behindern.«

Anscheinend hatte Petra Weber genau das vorgehabt. Denn sie zögerte, bevor sie Gina zusicherte, die Bassaniostraße zu meiden.

Schindler erschien pünktlich zur Einsatzbesprechung im Präsidium, an der auch Thomas teilnahm. Gina erklärte die Lage, wies auf die erschwerten Zugangsmöglichkeiten durch die Mauer hin, die das Grundstück umgab, zeigte Fotos und die Satellitenaufnahmen und erklärte, dass sie weder wusste, in welcher psychischen Verfassung Terbek sich befand, noch, ob er bewaffnet war. Allerdings galt er nicht als aggressiv. Im Gefängnis hatte er sich gut geführt und war nie mit Gewalttätigkeiten aufgefallen. Sie entschieden sich schließlich dafür, ihn an die Gegensprechanlage zu locken, während das SEK sich vom Nachbargrundstück aus Zugang über die Terrasse verschaffen sollte.

Kurz vor eins bog Gina mit ihrem Wagen in die Bassaniostraße ein und hielt vor Terbeks Haus. Die Nachricht, wer darin wohnte, hatte sich in der Nachbarschaft weiter verbreitet. An einem Balkon gegenüber hing ein Transparent. *Raus du Sau!* Auf dem Gehweg standen zwei Frauen und umklammerten die Griffe ihrer selbstgemalten Schilder – *Hände weg von unseren Kindern. Null Toleranz für Sexualverbrecher!* –, während sich die Medienvertreter offenbar im Hintergrund hielten oder hier für heute fertig waren. Gina entdeckte niemanden, der nach Reporter aussah.

»Die sollten besser verschwinden«, meinte sie mit Blick auf die beiden Demonstrantinnen.

»Ich erledige das.« Holger stieg aus dem Wagen, während Gina noch einen Augenblick sitzen blieb. Die Frauen wollten das Feld nicht räumen, sondern eine Diskussion beginnen. Sie sah es an den zurückgeworfenen Köpfen und den gestikulierenden Händen. Mit einer Basta-Geste schnitt Holger ihnen das Wort ab, wies auf den Streifenwagen, der am Ende der Straße wartete, während Schindlers Leute ihre Positionen bezogen. Die beiden trollten sich schließlich, Holger kehrte zurück. Kurz darauf meldete sich Schindler über Funk. »Wir sind bereit.«

»Gut. Dann geht es los.«

»Soll das nicht besser ich übernehmen?«, fragte Holger mit Blick auf ihre Körpermitte.

»Ich hole ihn an die Tür. Du informierst Schindler. So ist es besprochen, und es gibt keinen Grund, das zu ändern.«

Gina stieg aus, ging die wenigen Meter bis zum Gartentor und bemerkte einige von Terbeks Nachbarn, die hinter den Fenstern und auf den Balkonen Position bezogen hatten, um ja nichts zu verpassen. Wie gestern drückte sie den

Klingelknopf, hörte das Schrillen der Glocke im Haus und wartete auf eine Reaktion. Nichts rührte sich. Sie probierte es ein zweites und drittes Mal und ließ schließlich den Finger auf dem Knopf liegen, bis die Gegensprechanlage zu knistern begann. »Verpisst euch!«

Gina hob den Daumen. Zwanzig Sekunden noch und sie würde dieses Haus betreten. »Kripo München. Gina Angelucci. Wir sollten reden.«

»Ich lass Sie nicht rein.«

»Wollen Sie Strafanzeige gegen die Schmierfinken erstatten?«

»Ob ich was will?«

»Jemand hat Ihre Gartenmauer mit Graffiti verziert.« Noch neun Sekunden. »Das ist Sachbeschädigung. Der Nachbar von gegenüber beschimpft Sie schriftlich. Das erfüllt den Straftatbestand der Beleidigung. Wollen Sie Anzeige erstatten?«

»Ich will meinen Frieden! Lassen Sie mich einfach in ...« Etwas knallte, martialisches Geschrei erklang, gebrüllte Befehle, das Rauschen der Gegensprechanlage erstarb. Kurz darauf öffnete Schindler die Haustür und betätigte den elektrischen Öffner für das Tor. »Haus unter Kontrolle. Sie können übernehmen.«

Gina trat ein. Der Geruch nach dem gezündeten Knallkörper lag noch in der Luft. Schwarze Gestalten im Flur, die den Rückzug antraten.

»Danke. Saubere Arbeit.«

»War ein Spaziergang. Die Terrassentür war nur angelehnt. Die Zielperson sitzt unter Bewachung in der Küche.« Schindler entwischte ein Grinsen, das er zu unterdrücken versuchte.

»Gibt es etwas, das ich wissen sollte?«

»Sie werden schon sehen.«

Holger trat ein, ihm auf dem Fuß folgten Moritz, Nicolas und Annmarie. Ihr Team für die Hausdurchsuchung.

Am Küchentisch saß Erik Terbek, hinter sich zwei Schwarzvermummte, und starrte auf seine im Schoß verschränkten Hände. Auf den ersten Blick wirkte er nackt, und Gina hoffte, dass er die Badehose trug. Die Haut war braun, wie gegerbt. Obwohl er nicht dick war, wirkte alles an ihm weich und schwammig. Von der ersten Sekunde an war er ihr unsympathisch.

Erst jetzt entdeckte sie den Rollstuhl, der mit dem Rücken zu ihr vor dem Tisch stand. Eine Frau mit langen dunklen Haaren saß darin. Schindler drehte ihn herum. Ginas Adrenalinspiegel schoss in die Höhe. Eine Tote. Das war ihr erster Gedanke, doch dann erkannte sie ihren Irrtum. Es war eine lebensechte Puppe aus Silikon. Aufwendig gemacht, sorgsam geschminkt und bemalt und trotz aller Mühe, sie lebendig wirken zu lassen, völlig unbeseelt. Sie musste ein kleines Vermögen gekostet haben und roch nach billigem Parfüm. Was Gina auffiel, war die Figur. Zart und feingliedrig, beinahe androgyn. Sie trug Dessous aus schwarzem Polyester und Highheels, und Gina wollte sich gar nicht vorstellen, was Terbek mit ihr trieb.

»Immer willig und auf Dauer billiger als Nutten«, meinte Schindler lachend. »Wenn man auf passiv steht und aufs Gestöhne verzichten mag. Also mich bringt das ja immer erst so richtig auf Touren. *Komm, zeig's mir, mein Hengst.*« Feixend sah er sich um.

»Nur mit dem Blasen wird das nichts«, erwiderte prompt einer seiner Männer.

»Dafür widerspricht sie nie«, warf ein anderer in die Runde. »Und will nie etwas ausdiskutieren.«

Annmarie verdrehte die Augen.

»Danke, die Herren«, schnitt Gina ihnen das Wort ab,

bevor das ausuferte. »Wir übernehmen. Mille grazie für die Unterstützung.«

Das SEK verließ das Haus durch den Vordereingang. Terbeks Nachbarn bekamen etwas geboten.

Gina legte den Beschluss auf den Tisch. »Herr Terbek. Wir haben einen Durchsuchungsbeschluss für Ihr Haus. Wollen Sie Ihren Anwalt anrufen?«

Noch immer starrte Terbek auf seine Hände und schüttelte den Kopf.

»Oder vielleicht Herrn Velten?«

»Nein. Niemanden. Sie ist nicht hier, und sie war nie hier.«

»Wer?«

»Marie Weber. Um die geht es doch.« Endlich sah Terbek auf. Seine Augen glänzten feucht. »Ich habe mir nichts zuschulden kommen lassen. Ich habe nur das Pech, dass sie gegenüber wohnte.«

»Wir durchsuchen jetzt Ihr Haus. Im Anschluss daran würde ich mich gerne mit Ihnen unterhalten. Sie haben das Recht, uns durch die Räume zu begleiten. Wollen Sie das?«

Terbek schüttelte den Kopf. Gina ertrug den Anblick nicht länger. »Könnten Sie sich bitte etwas anziehen.«

Gehorsam erhob Terbek sich. Er trug tatsächlich eine String-Badehose. Gina sah weg und gab Holger mit einem Zeichen zu verstehen, dass er ihn begleiten sollte.

Fünf Leute, drei Etagen. Gina teilte die Teams ein, holte die Stabtaschenlampe aus dem Wagen, stieg mit Holger in den Keller hinab und verschaffte sich erst einmal einen Überblick.

Hier unten war es dunkel und eng, die Decken niedrig. Im Flur roch es muffig und im Heizkeller nach Öl. Eine der Neonröhren flackerte. Entlang der Flurwände waren Regale angebracht, die ein Sammelsurium an Pinseln und

Farben, Büchern, Zeitschriften, Marmeladengläsern, angeschlagenem Geschirr und sonstigem Hausrat und Werkzeug enthielten. Alles willkürlich hineingeräumt, ohne jedes System und zum Teil millimeterdick mit Staub bedeckt.

In der Waschküche sah es nicht besser aus, ebenso in dem Raum, den man am ehesten als Werkstatt bezeichnen konnte. In jedem freien Winkel waren Regale, Schränke, Kommoden, angefüllt mit allem erdenklichen Kram, der größtenteils schon seit Jahrzehnten dort liegen musste. Der ganze Keller war vollgestopft, bis auf einen winzigen fensterlosen Raum, gleich am Ende der Treppe. Er war nahezu leer. Lediglich ein altes Gitterbett stand hochkant an der Wand. Gina pfiff leise durch die Zähne. Das sollte Buchholz sich ansehen.

Nach dem groben Überblick begann die systematische Suche. Sie dauerte Stunden. Als Gina mit Holger am späten Nachmittag wieder nach oben kam, hatten sie in jeden Karton geguckt und in jedes Regal und in jeden Schrank.

Das Einzige, das ihre Aufmerksamkeit erregt hatte, war der leere Raum in diesem überfüllten Keller und ein Fund von Holger. In einer Schublade hatte er eine CD-Box mit Märchenfilmen und eine Puppe entdeckt, die nicht aus den sechziger Jahren stammte, als Terbek und seine Schwester noch Kinder gewesen waren.

Die Ausbeute der Kollegen war noch geringer. Moritz breitete die leeren Hände aus. »Nichts, bis auf den Laptop. Soll Meo sich den ansehen?«

Gina nickte. »Und oben?«

Annmarie klopfte sich Staub von der Hose. »Die Räume oben sind möbliert, aber er benutzt sie wohl nicht. Die Staubschichten sind fingerdick. Nur im Schlafzimmer nicht. Ab und zu geht er wohl hinein. Von dort hat man direkten Blick in die ehemalige Wohnung der Webers. Das ist alles.«

Frustriert dankte Gina ihnen und entließ sie.

Während Holger sich die Garage ansah, suchte sie nach Terbek. Sie fand ihn im Wohnzimmer. Er trug T-Shirt und Jeans und saß Hand in Hand mit seiner Puppe auf dem Sofa. Dieses Bild war lächerlich und erschütternd zugleich. Beinahe mitleiderregend.

Sie legte die Spurenbeutel mit der Puppe und den Märchenfilmen auf den Tisch. »Wem gehört das?«

Terbek sah sie sich an. »Mir. Ich habe sie für Jasmin gekauft, doch sie wollte sie nicht.«

»Jasmin? Das ist Ihre Nichte, die Sie missbraucht haben.«

Terbek starrte zwischen seinen Beinen hindurch auf den abgewetzten Teppich. »Ich war das nicht.«

»Sie wurden deswegen zu einer siebenjährigen Haftstrafe verurteilt.«

»Ich war es trotzdem nicht. Es ging um das Haus hier. Auf den ersten Blick jedenfalls. Sie hat Krieg gegen mich geführt.«

»Sie?«

»Meine Schwester. Sie hasst mich, weil unsere Mutter mich geliebt hat und sie nicht. Darum ging es, und sie hat verloren. Das Haus gehört mir. Und trotzdem hat sie gewonnen: Sie hat einen Perversen aus mir gemacht. Sie hat mein Leben zerstört.«

Immer waren die anderen schuld. Gina kannte diese Rechtfertigungsstrategie bis zum Erbrechen. »Die Sachen gehören also Ihnen. Und was ist mit dem leeren Raum unter der Treppe?«

»Was soll mit ihm sein?«

»Ihr ganzer Keller ist voller Geraffel. Nur dieser Raum ist leer. Bis auf ein Kinderbett. Wer hat darin geschlafen? Wann haben Sie den Raum ausgeräumt?«

»Vor zehn Jahren. Als ich hier eingezogen bin. Ich wollte den ganzen Müll entsorgen. Doch ich habe es nicht geschafft. Nur das eine Zimmer. Und das Bett war mein Kinderbett. Niemand hat darin geschlafen außer mir. Das ist die Wahrheit.« Terbek sah auf seine Hände. »Ich kenne die kleine Marie nicht. Ich habe sie nie gesehen, und ich habe ihr nichts getan.«

Wir werden ja sehen, dachte Gina und rief Buchholz an. Wenn Marie in diesem Keller gewesen war, würde er das feststellen, auch nach zehn Jahren noch.

48

Zwei Stunden später überließ Gina Buchholz und seinen Mitarbeitern das Haus und machte Schluss für heute. Vor morgen war mit Ergebnissen nicht zu rechnen. Holger war schon vor einer halben Stunde aufgebrochen. Er wollte seinen Vater im Krankenhaus besuchen, dem es besserging. Wie viel Glück im Pech musste man haben, um mit einem Herzinfarkt direkt in die Arme eines Arztes zu fallen?

Gina fuhr ins Präsidium, informierte Thomas über den aktuellen Stand und fuhr dann mit der S-Bahn zum Bordeauxplatz in ihre alte WG, in der noch ihre Eltern lebten.

Von unterwegs schickte sie Tino eine Nachricht, dass auch er erwartet wurde, um die Hochzeitskarte auszusuchen. Außerdem hatte Dorothee gekocht, und das hatte noch nie zu ihren Stärken gehört. Gina war abgehärtet, Tino nicht. *Falls du Zeit hast, iss vorher irgendwo einen Happen. Bis gleich? :X*

In der Wohnung roch es nach Fisch und Lauch. Gina begrüßte ihre Mutter mit Küsschen auf die Wangen.

»Es gibt Lachslasagne«, verkündete Dorothee. »Und die Kartenauswahl liegt im Wohnzimmer auf dem Tisch. Es ist höchste Zeit, dass ihr die auf den Weg bringt, sonst haben die Leute schon was anderes vor. Also entscheidet euch.« Sie wischte sich die Hände an einem Geschirrtuch ab und ging voran.

»Wir haben eine Save-the-date-Mail verschickt. Alle wissen Bescheid. Ist Paps nicht da?«

»Er ist für einen Kollegen eingesprungen. Also, was sagst du nun? Sind die jetzt schlicht genug?«

Dorothee hatte Glitzerflitzer und Tortenspitzen aussortiert. Drei einfache Karten lagen auf dem Tisch. »So etwas Schmuckloses zu finden war wirklich nicht einfach. Also mir gefällt eigentlich keine.«

»Aber mir, Mama. Die sieht doch gut aus, und sie wird Tino auch gefallen.« Es war eine quadratische Klappkarte aus dickem, mattem Papier mit einer rauen Oberfläche. *Einladung zu unserer Hochzeit.* Die Schrift war blaugrau und schnörkellos-elegant. Keine Herzen, Tauben, Rosen, Ringe oder Ornamente.

»Wenn du meinst.«

Es klingelte an der Wohnungstür. »Das wird Tino sein.« Gina ließ ihn ein. Er nahm sie in den Arm. »Wie war dein Tag?«

»Stellenweise skurril. Erzähle ich dir später.«

»Und das Screening? Gibt es einen neuen Termin?«

»Im Trubel ganz vergessen. Ich kümmere mich morgen darum.«

Dorothee kam dazu. »Grüß dich, Schwiegersohn. Ich hoffe, du magst Lachslasagne. Wenn ihr euch entschieden habt, können wir essen.«

Gina zeigte ihm die Auswahl, und er wählte dieselbe Karte wie sie. Ein Punkt auf der Liste erledigt. Um den Versand wollte sich Dorothee kümmern.

Es war Zeit, den Tisch zu decken. Xenia und Ferdinand kamen nach Hause und halfen dabei. Xenia studierte an der Hochschule für Fernsehen und Film und arbeitete derzeit an ihrem Abschlussprojekt. Ferdinand war Restaurator bei den Bayerischen Staatsgemäldesammlungen. Die beiden waren der verbliebene harte Kern von Ginas WG, zu der vor einigen Jahren auch ihre Eltern gestoßen waren und vor einem Jahr Tinos Kollegin Kirsten mit ihrer dreizehnjährigen Tochter Kathi. Die beiden hatten Ginas Zimmer übernommen und das von Theo, der mit Rebecca zusammengezogen war.

Meistens saßen sie zu sechst oder mehr um den Tisch, doch heute war die Runde klein. Kirsten besuchte ihren Italienischkurs, Kathi war noch bei einer Freundin, und Bodo hatte Schicht.

Die Lasagne sah gut aus. Doch etwas war mit der Béchamelsoße passiert. Sie schmeckte merkwürdig. Xenia und Ferdinand schienen nichts zu bemerken, sie aßen mit gutem Appetit. Seit Jahren waren sie an Dorothees Kochkünste gewöhnt. Ein fragender Blick zu Tino. Er zog kaum merklich die Schultern hoch. Die Aufklärung kam schließlich von Dorothee selbst. »Ich hoffe, es schmeckt euch. Obwohl mir die Soße ein wenig über den Brenner gefahren ist.«

»Ganz vorzüglich«, sagte Ferdinand. Er war der Typ Bär, groß und ein wenig rund um die Mitte und trug neuerdings Bart.

»Merkt man gar nicht«, pflichtete Xenia ihm bei, und Gina und Tino schlossen sich flugs an.

Erleichtert griff Dorothee wieder zur Gabel. »So eine Mehlschwitze brennt nun mal leicht an.«

Trotz der Brennerüberquerung blieb nichts übrig. Dorothee fragte, ob jemand einen Espresso wollte, und Tino bestand darauf, sich darum zu kümmern. Zum Kaffee gab es Vin Santo und Cantuccini, die Dorothee selbst gebacken hatte, und die waren ihr wirklich gut gelungen. Ginas Tagesdosis an Koffein war erschöpft, und Alkohol kam gar nicht in Frage. Sie hielt sich an die Cantuccini. Das Gespräch kreiste bald um Schwangerschaft und Hochzeit, um den Namen für den Kleinen, die Einrichtung des Kinderzimmers, um die Erstausstattung und ums Brautkleid. Dorothee bot an, Gina beim Kauf zu begleiten, denn der Bräutigam dürfe es nicht vor der Trauung sehen, das brächte Unglück. Gina befürchtete, dass Dorothee ein Sahnebaiser-Kleid vorschwebte, bodenlang und mit Schleppe, während sie eher an ein Kostüm dachte, das sie auch später noch mal tragen konnte. Fieberhaft suchte sie nach einer Ausrede und fand auf die Schnelle keine, bis ihr Xenia beisprang und kurzerhand erklärte, in der Ukraine, woher sie stammte, gelte diese Regel für die Brautmütter, es wäre Aufgabe der besten Freundin, das Kleid mit auszusuchen. Gina müsse sich also an Rebecca wenden.

Es war schon nach elf, als sie sich auf den Heimweg machten. Tino fuhr umsichtig wie immer und sah lächelnd zu ihr hinüber. »Das war ein schöner Abend. Trotz angebrannter Soße.«

»Ja, fand ich auch.«

In ihrer WG hatte sie sich immer wohl gefühlt, und der Umzug war ihr schwergefallen. Eigentlich wäre es ideal, wenn sie alle zusammen am Bordeauxplatz wohnen könnten. Ihre Mutter könnte sich um den Kleinen kümmern, während sie arbeiteten. Hoffentlich klappte das mit dem Krippenplatz. Gina hatte sich inzwischen bei mehreren Einrichtungen beworben.

»Was meintest du eigentlich damit, dein Tag sei *stellenweise skurril* gewesen?«

Das Bild von Terbek und seiner Lebensgefährtin stand wieder vor ihr. Sie erzählte Tino von der Hausdurchsuchung, allerdings nicht, mit welcher List sie den Beschluss dafür erhalten hatten. Er hätte das Angebot von Kathrin Goetz nicht angenommen. Für derartige Kunstgriffe war er zu korrekt.

»Er hat eine lebensechte Sexpuppe. Die fährt er im Rollstuhl durchs Haus. Vermutlich ist sie zu schwer, um sie ständig herumzutragen. Er scheint richtig mit ihr zu leben. Macht Frühstück für sie, hält Händchen. Einen Moment lang hat er mir richtig leidgetan. Wie einsam muss man sein, um so etwas zu tun? Und jetzt geht die Hetzjagd auf ihn los. Ich hab die Kollegen von der Polizeiinspektion Harlaching informiert, damit sie öfter mal in der Bassaniostraße nach dem Rechten sehen, wenn sie Streife fahren.«

»Und hat die Durchsuchung etwas gebracht?«

»Nicht viel. Ein leerer Raum im Keller, in dem nur ein Kinderbett steht, während das übrige Haus bis zum Dachboden voller Krempel ist. Dann noch eine Puppe und eine Box mit Märchenfilmen. Buchholz hat sich den Raum schon vorgenommen und die Sachen im Labor. Hoffentlich findet er DNA von Marie. Dann haben wir ihn.«

»Glaubst du, dass er die Kleine entführt hat?«

»Ich traue es ihm zu. Sein erstes Opfer war nur unwesentlich älter als Marie. Sieben Jahre hat er dafür gesessen. Und dann kommt er raus, und genau gegenüber wohnt ein Mädchen im selben Alter, und das geht Tag für Tag an seinem Haus vorbei. Pädosexuelle werden ihre Veranlagung nicht los. Sie können nur lernen, sie zu kontrollieren. Doch wie lange kann das gutgehen, wenn man täglich gegen die Versuchung ankämpfen muss? Wie heißt es so schön? *Ich kann allem widerstehen, nur der Versuchung nicht.* Ein wahres Wort. Doch die Angst vor Strafe ist noch größer. Terbek hat sieben Jahre im Gefängnis hinter sich. Du weißt, wie Kinderschänder dort behandelt werden. Das will er nicht noch einmal erleben. Er braucht also einen Plan. Und dann kriegt er mit, wie die Ehe der Webers zerbröselt.«

»Wie hat er das mitbekommen?«

»Vom ersten Stock seines Hauses hatte er freie Sicht in die Wohnung der Webers. Schlafzimmer, Wohnzimmer, Kinderzimmer gehen zur Straße raus. Vor seiner Verhaftung hat Terbek bei einer Firma für Netzwerksicherheit als Programmierer gearbeitet. Er weiß also, wie man sich in

Rechner hackt. Meo analysiert seinen Laptop. Vielleicht finden wir ja Überwachungssoftware darauf. Und selbst wenn nicht: Er hat auch so gesehen, was sich in der Wohnung gegenüber abspielte. Er ist arbeitslos und hatte Zeit.«

Ein Handy begann zu schrillen. Es war Tinos, das in der Freisprechanlage steckte. »Entschuldige.« Er nahm das Gespräch an. »Ja? Dühnfort.«

»Hallo Tino. Pia hier.«

Pia Cypris war eine Kollegin vom Kriminaldauerdienst und seit knapp vier Stunden im Einsatz. Wenn sie anrief, konnte das nur bedeuten, dass Tino gebraucht wurde. Ginas Vermutung wurde postwendend bestätigt.

»Wir haben hier einen Leichenfund im Hofoldinger Forst. Todesursache unklar. Der Notarzt kann Mord nicht ausschließen, daher würde ich das gerne gleich an dich übergeben.«

»Wohin muss ich?«

Pia gab ihm eine Wegbeschreibung. Tino informierte Alois und Kirsten, die gerade erst nach Hause gekommen war, und legte auf.

»Tut mir leid, Gina. Ich wäre jetzt lieber mit dir in die Federn gekrochen.«

Sie zuckte mit den Schultern. So war das nun mal in ihrem Beruf. »Sei froh, dass du eine Frau aus demselben Metier heiratest, sonst wäre bald die Trennung fällig. Lass mich einfach da vorne raus. Das kurze Stück gehe ich zu Fuß.«

49

Als Gina am nächsten Morgen ins Büro kam, beugte Holger sich bereits über Papiere, die er auf dem Besprechungstisch ausgebreitet hatte. Der Kaffee war fertig, und auf ihrem Schreibtisch lag eine Tüte vom Bäcker.

»Was ist das?«, fragte sie überrascht.

»Die Baupläne.« Holger sah auf und bemerkte seinen Irrtum. »Eine Vollkornrosinenschnecke. Hab ich dir mitgebracht.«

»Danke.« War das der Beginn eines Umerziehungsprogramms?

»Meine Ex arbeitet in einer Biobäckerei.«

»Verstehe. Und was ist mit den Bauplänen? Sind die etwa von Terbeks Haus?«

»Richtig.«

»Vermutlich will ich gar nicht wissen, woher du sie hast.« Sie durften nämlich bei einer Hausdurchsuchung nicht wahllos alles mitnehmen. Im Beschluss stand, wonach sie suchten, und nur das durften sie auch beschlagnahmen. Es sei denn, sie fanden Gegenstände, deren Besitz strafbar war oder mutmaßlich im Zusammenhang mit einer Straftat standen. Beides war bei den Bauplänen nicht der Fall, sie hätten Terbek darum bitten müssen.

»Nicht wirklich«, sagte Holger. »Heute Nachmittag liegen sie wieder an Ort und Stelle, falls er mich reinlässt.«

Gina spendierte sich die zweite Ration Koffein des Tages und stellte sich mit dem *CSI*-Becher in der Hand zu Holger. »Und hat es sich gelohnt?«

»Leider nicht. Es gibt keinen abgetrennten, geheimen

Raum. Wir waren in allen. Es sei denn, er hat einen angebaut. Aber das hätten die Nachbarn mitbekommen. Wenn er Marie gefangen gehalten hat, dann in dem Raum unter der Treppe.«

Die Rosinenschnecke war gar nicht mal schlecht. Nur ein wenig süßer hätte sie für ihren Geschmack sein dürfen. Gina nahm das allmählich zur Gewohnheit werdende zweite Frühstück zu sich und rief mit vollem Mund Buchholz an.

Der Leiter der Spurensicherung blieb sich treu, man könnte auch sagen, er war berechenbar. Wie erwartet war er grantig. »Wir tun, was wir können. Hexen gehört nicht dazu. Aber eine interessante Nachricht habe ich für dich. In diesem Verschlag unter der Treppe haben wir Blutanhaftungen auf dem Boden und an der Wand entdeckt. Feine Spritzer. Und jetzt frag nicht, ob die von dem Kind sind. Ich weiß es nämlich noch nicht.« Bevor Gina noch etwas sagen konnte, legte Buchholz auf. So war er nun einmal.

Es hieß also, sich in Geduld zu üben.

Gina suchte Meo auf, der mit Terbeks Laptop beschäftigt war, und erhielt die niederschmetternde Antwort, dass die frühesten Daten erst sechs Jahre alt waren.

Tino war wieder im Hofoldinger Forst, wo in der vergangenen Nacht ein Jäger einen Mann beim Verscharren einer Frauenleiche gestört hatte. Hals über Kopf war er geflüchtet. Noch war die Tote nicht identifiziert. Der einzige Hinweis auf ihre Identität war eine Paybackkarte mit dem Namen Elena Kamorowski, die Tino in der Nähe gefunden hatte.

Auf dem Rückweg in ihr Büro erhielt Gina einen Anruf von der Pforte. »Eine Frau Herter will Sie sprechen. Es geht um den Fall Marie Weber.«

Herter? Etwa Jasmins Mutter? »Lassen Sie sie nach oben bringen.«

Die Frau, die kurz darauf das Büro betrat, war Anfang fünfzig, eins fünfundsechzig groß, hatte brombeerrot gefärbte Haare, braune Augen und beachtliches Übergewicht. Gina schätzte es auf mindestens zwanzig Kilo. Mit flinkem Blick scannte sie den Raum, streckte Gina die Hand entgegen – »Monika Herter« – und ließ sich auf einen Stuhl fallen.

»Gina Angelucci.«

»Ja, ich weiß. Ich hab Sie in den Nachrichten gesehen. Ich bin wegen Erik hier. Dieses Schwein. Jetzt hat er es also wieder getan.«

»Mutmaßlich. Noch wissen wir es nicht.«

Terbeks Schwester wischte Ginas Einwand mit einer Hand beiseite. »Lassen Sie sich nicht von ihm einlullen. Das kann er gut. Vermutlich wissen Sie nicht, dass er schon als Fünfzehnjähriger seine Finger nicht von den Mädchen lassen konnte. Und ich meine jetzt nicht die gleichaltrigen. Es gab einige Zwischenfälle dieser Art.«

Gina setzte sich zu ihr. »In den Akten findet sich nichts dazu.«

»Ich sagte ja, dass Sie davon keine Ahnung haben können. Meiner Mutter ist es immer gelungen, den Deckel draufzuhalten. Vermutlich hat sie das mit Geld geregelt. Anfang der Siebziger hat man derartige Dinge nicht öffentlich gemacht. Da ging man nicht zur Polizei.«

»War Ihre Mutter so vermögend?«

»Sie betrieb drei Imbisswagen an guten Standorten und hatte in den besten Zeiten zehn Mitarbeiter. Die Imbisse waren Goldgruben.«

»Und niemand hat je Anzeige erstattet?«

»Wie gesagt, Mama hat das geregelt. Sie war eine starke Frau. Was sie erreichen wollte, hat sie auch erreicht. Wenn sie noch gelebt hätte, als Erik sich an meiner Tochter verging, hätte sie Himmel und Hölle in Bewegung gesetzt, um zu verhindern, dass ich ihn anzeige. Und vermutlich hätte sie das sogar geschafft.« Monika Herter musste Luft holen und atmete durch. »Ja, vermutlich hätte sie mich so weit bekommen. Immer hat sie ihn beschützt. Wissen Sie, dass er nie eine eigene Wohnung hatte? Auch als er mit dem Studium fertig war, ist er nicht ausgezogen. Das ist doch nicht normal. Er brauchte wohl ihren Schutz. Ich weiß, dass er nichts dafür kann. Er ist so veranlagt, aber ihm fehlt die Disziplin, um das im Griff zu haben. Man darf ihn nicht frei herumlaufen lassen. Er ist eine Gefahr für Kinder.«

Hinter Gina raschelte es. Holger faltete die Baupläne zusammen und setzte sich zu ihnen.

»Haben Sie Ihren Bruder je mit Marie Weber gesehen?«, fragte Gina.

»Nein. Natürlich nicht. Denken Sie etwa, ich hätte noch Kontakt zu diesem Schwein?«

»Hat er irgendwann Umbauarbeiten an dem Haus ausführen lassen?«, fragte Holger.

»Wenn, dann weiß ich nichts davon.«

»Wer hat sich ums Haus gekümmert, als er saß?«

»Niemand. Er hat es einfach leer stehen lassen. Sieben Jahre lang. Mama hätte sich im Grab umgedreht.«

»Aber jemand muss doch wenigstens ab und zu danach gesehen haben. Vielleicht ein Freund?«, fragte Holger.

»Erik hat keine Freunde. Hatte er noch nie.«

»Oder ein Nachbar.«

»Die Nachbarn von damals sind inzwischen alle weggestorben oder im Pflegeheim. Ihre Häuser wurden abgerissen und die Grundstücke neu bebaut. Sie sind ein Vermögen wert, und eigentlich stünde mir die Hälfte von unserem zu. Doch Erik hat mich um mein Erbe betrogen.

Ich weiß nicht, wie er es gemacht hat, aber er hat Mama dazu gebracht, ein Testament zu schreiben, das ganz sicher nicht ihrem Willen entsprach.«

Die Erbstreitigkeiten interessierten Gina nicht. »Man kann ein Haus nicht sieben Jahre leer stehen lassen. Wen könnte er damit betraut haben, wenigstens ab und zu dort nach dem Rechten zu sehen?«

»Vielleicht seinen Anwalt.«

»Weshalb haben Sie uns eigentlich aufgesucht?«, fragte Gina.

Einen Moment schien diese Frage Terbeks Schwester zu irritieren. »Um Ihnen zu sagen, dass ich sicher bin, dass er Marie entführt, missbraucht und getötet hat. Und weil ich nicht will, dass er damit davonkommt. Ich weiß, was Sie jetzt denken, nämlich dass ich ihn hasse, und das stimmt. Er hat das Leben meiner Tochter ruiniert und genau genommen auch meines, und dann hat er mich auch noch um mein Erbe betrogen. Er ist ein durch und durch schlechter Mensch. Das wollte ich Ihnen sagen. Er hat kein Mitleid verdient. Nehmen Sie ihn fest. Buchten Sie ihn ein. Es ist das Beste für alle.« Mit diesen Worten stemmte sie sich aus dem Stuhl hoch und verließ den Raum.

»Was war das jetzt?«, sagte Holger kopfschüttelnd. »Es geht doch nichts über Geschwisterliebe. Aber weitergebracht hat uns das nicht. Glaubst du eigentlich, dass Marie noch lebt?«

Diese Frage versetzte Gina einen Stich. »Ich halte es da ganz mit Petra Weber. Dass sie tot ist, glaube ich erst, wenn wir ihre Leiche gefunden haben. Er hat sie nicht entführt, missbraucht und dann aus Angst vor Strafe getötet. Er hat sich eine willige Sklavin gesucht und herangezogen. Der ganze Aufwand mit dem inszenierten Selbstmord wäre sonst doch sinnlos.«

»Das ist zehn Jahre her, Gina. Zehn lange Jahre. In dieser Zeit kann viel passiert sein.«

»Es gibt Frauen und Mädchen, die haben das länger ertragen.« Ertragen müssen, dachte sie. Wie übersteht man eine solche Gefangenschaft, seine eigene Entmenschlichung und die ständigen Demütigungen und Gewaltausbrüche? Gina wusste es nicht und hoffte, dass Marie diese Stärke besessen hatte, noch besaß. Sie wollte sie lebend finden. Sie wollte sie in den Armen ihrer Mutter sehen. Sie wollte das Happy End!

Das Telefon auf dem Schreibtisch klingelte. Es war Buchholz. »Schlechte Nachrichten. Marie war nie in diesem Keller. Keine DNA von ihr. Auch nicht an der Puppe und den DVDs.«

»Was? Das kann doch nicht sein.« Ihre einzige Spur war nichts wert. »Bist du sicher?« Sie wusste, dass es die falsche Frage war, in dem Moment, in dem sie sie stellte. Ein Schnauben klang durchs Telefon. »Willst du die Ergebnisse überprüfen?«

»Entschuldige. Ich bin nur frustriert.«

»Ja. Ich auch.« Buchholz legte auf.

Holger hatte Fragezeichen in den Augen. »Keine DNA von Marie in Terbeks Haus. Wie machen wir jetzt weiter?« Aus der Schublade nahm sie ihre Notration gegen Frust, eine Tüte Weingummis, und riss sie auf. »Auch einen?«

Holger nahm ihr die Packung aus der Hand und las die Zutatenliste. »Das ist pure Chemie. Farbstoffe: E 104, 110, 122, 131, Säuerungsmittel E 270, modifizierte Stärke. Bienenwachs.« Er sah auf. »Ganz ehrlich: Würdest du freiwillig einen Löffel Bienenwachs essen? Wobei das offenbar der einzige natürliche Rohstoff ist außer Zucker.«

»Sie schmecken sehr lecker, und sie helfen gegen Frust.« Gina nahm ihm die Tüte weg und noch eine Handvoll

Weingummis heraus. Für den Kleinen war das vielleicht wirklich nicht gut. Zögernd ließ sie sie wieder zurück in die Tüte fallen.

»Es gibt auch Bio-Weingummis.«

»Ich habe es verstanden. Und ich habe dir gesagt, wenn ich einen persönlichen Ernährungsberater und Fitnesscoach brauche, dann engagiere ich dich.«

»Jetzt lass deinen Frust nicht an mir aus.«

Ginas Handy klingelte. Die Nummer im Display kam ihr bekannt vor. Es war die von Ute Kempf. »Grüß Sie, Frau Angelucci. Wir haben neulich telefoniert. Sie erinnern sich? Es ging um Webers Bewerbung.«

»Ja natürlich. Ist Ihnen noch etwas eingefallen?«

»Ich habe ein wenig Detektivin gespielt und meinen Vorgänger ausfindig gemacht, Herrn Pape, den wollten Sie ja eigentlich sprechen. Haben Sie was zu schreiben?«

»Gleich.« Gina suchte nach einem Kuli. Sie kritzelte Adresse und Telefonnummer auf ein Post-it und dankte Ute Kempf für die Mühe, die sie sich gemacht hatte.

»Wie kriegen wir Terbek nun?«, fragte Holger.

»Gute Frage. Unsere einzige *Zeugin* wird umfallen, wenn sein Anwalt sie in die Mangel nimmt. Außerdem können wir sie nicht weiter in ihre Falschaussage hineinreiten.«

»Einige seiner Nachbarn sagen, dass er nachts häufig wegfährt. Wir sollten ihn observieren. Vielleicht hat er ja irgendwo eine Datscha.«

»Hat Moritz schon überprüft. Nothing, niente, nada. Keine Laube, nirgendwo. Also gut, heften wir uns unauffällig an seine Fersen.«

Gina schob den Stuhl zurück und stand auf. »Bin mal gespannt, wie wir mit nichts in der Hand einen Beschluss dafür bekommen werden. Mein Optimismus hält sich in Grenzen.«

50

Erik Terbek saß auf dem Bett, in dem seine Mutter vor vielen Jahren friedlich und für immer eingeschlafen war. Er war allein, und sie konnte ihn nicht mehr beschützen. Bis zum Schluss hatte er sie gepflegt und hatte sein Versprechen gehalten, dass sie zu Hause sterben würde, so wie sie sich das wünschte.

Du bist zu weich, hatte sie oft gesagt. Und zu gutmütig. Du bist nicht gemacht für diese harte Welt. Das war *davor* gewesen. Gutmütig war er längst nicht mehr. Sein beherrschendes Lebensgefühl war die Angst. Er wollte nicht wieder in den Knast. Er wollte in Ruhe gelassen werden, doch jetzt ging es wieder los.

Langsam erhob er sich, wirbelte dabei Staub auf und spähte durch einen Spalt der Fensterläden hinunter auf die Straße.

Am Haus gegenüber hing seit gestern das Transparent. *Raus du Sau!* Die Sau war er. Unten auf dem Gehweg stand eine Handvoll Menschen versammelt, die glaubten, das Recht für sich gepachtet zu haben. Seine Nachbarn, mit Plakaten in den Händen, wie Schilder und Schwerter, gewappnet für ihren entrüsteten Krieg der Gerechten. *Null Toleranz für Sexualverbrecher! Hände weg von unseren Kindern!* Einige Reporter strichen umher, wie Wölfe auf der Suche nach Beute. Plötzlich malte er sich aus, wie sie über die Mauer kletterten, durch die Fenster sahen, über die Terrasse in sein Haus eindrangen, ihn fotografierten. Beinahe nackt, wie er war. Und Tanja! Einen Eimer Häme würden sie über ihn und seine Freundin auskippen. Feixend und schenkelklopfend, wie die Polizisten gestern. Es war so entsetzlich gewesen. So demütigend.

Eilig lief er nach unten, verschloss die Tür zum Garten und zog sich ordentlich an. Hose und Hemd. Tanja wartete noch immer am Küchentisch auf die Zeitung. Sie las morgens die Klatschseite, er den Sportteil. Doch die Zeitung lag noch im Briefkasten. Er konnte sie nicht holen, man würde ihn sehen, und dann würden sie ihn beschimpfen und fotografieren, vielleicht sogar mit Sachen bewerfen.

Seine Mutter hatte gerne Illustrierte gelesen und einige Kartons voll im Keller gehortet. Er ging hinunter und suchte danach. Alles hatten sie angefasst und durchwühlt. Dabei war Marie nie im Keller gewesen. Nur oben, im Wohnzimmer.

Diese Durchsuchung war eine einzige Demütigung gewesen. In ihren Augen war er ein armseliger Kerl, ein kranker Mann, einer, der es mit Kindern und mit Puppen trieb. Eine perverse Sau.

Gib nichts darauf, was die anderen denken. Seine Mutter hatte leicht reden gehabt.

Im Waschkeller fand er schließlich, wonach er suchte, nahm wahllos ein Heft aus der Schachtel und kehrte zu Tanja zurück.

»Es tut mir leid, Schatz. Die Zeitung ist noch immer nicht da. Der Austräger hat uns heute wohl vergessen.« Eine kleine Notlüge, weil er sie nicht beunruhigen wollte. Sie war ja noch ganz verstört von dem Polizeiaufgebot gestern. »Lies doch die Illustrierte. Schau, mit Prinzessin Diana.« Er schlug den Artikel für sie auf.

Die Klingel hatte er abgestellt. Ebenso das Telefon. Niemand rief ihn normalerweise an. Nur ab und zu Velten, sein Bewährungshelfer. Doch seit gestern hatte es pausenlos geklingelt, also hatte er den Stecker gezogen.

Er war ein Gefangener in diesem Haus. Schon seit zehn Jahren, doch bisher hatte er die Freiheit gehabt, die Isolation jederzeit unterbrechen oder beenden zu können. Am liebsten würde er sich für immer hier verkriechen, nie wieder einen Fuß auf den Boden jenseits der Mauer setzen. Doch das ging natürlich nicht.

Ins Gefängnis würde er sich jedenfalls nicht wieder sperren lassen. Alles war besser als das. Bei den Erinnerungen an die nicht enden wollenden sieben Jahre griff die Angst wieder nach ihm, schüttelte ihn durch, bis er weinend auf dem Sofa saß. Ein jedes war die Hölle gewesen. Nie wieder. Nie wieder. Das war alles, was er denken konnte. Nie wieder.

Sie würde es herausfinden, diese taffe Kommissarin mit dem mitleidigen Blick. Wie sie ihn angesehen hatte. Ihn und Tanja. Da war ihm Verachtung tatsächlich lieber als Erbarmen, das ja nichts anderes zeigte als seine Erbärmlichkeit. Mit Verachtung konnte er umgehen. Er hatte es lernen müssen. Aber Mitleid war unerträglich, es machte aus ihm einen bedauernswerten Wurm. Zwar mitleiderregend, aber dennoch ein Wurm, den man zertreten konnte. Genau das würde geschehen. Etwas raste auf ihn zu. Er konnte es nicht aufhalten. Sie hatten seinen Untergang längst beschlossen und besiegelt. Alles wiederholte sich.

Mit den Händen fuhr Terbek sich über das Gesicht. Warum nur hatte er gelogen? Jemand würde sich erinnern. Ganz sicher hatte ihn jemand gesehen, damals, mit der kleinen Marie Weber von gegenüber, die weinend auf der Haustreppe stand. Er hätte es sagen sollen. Wer den ersten Zug tat, bestimmte das Spiel.

51

Petra stand vor dem großen Tisch im Besprechungszimmer und versuchte Ordnung in die Unterlagen eines Neukunden zu bringen. Dreißig Wohneinheiten hatte er von seiner Tante geerbt, die sich offenbar in den letzten Jahren um nichts gekümmert hatte. Es war ein einziges Chaos, und es gelang ihr nicht, sich darauf zu konzentrieren.

Terbek. Dieses miese Schwein. Diese Ratte. Gnade ihm Gott, wenn er Marie etwas angetan hatte, sie würde ihn umbringen, eigenhändig. Wie Marianne Bachmeier es damals mit dem Mörder ihrer Tochter getan hatte.

Erschrocken ließ Petra einen Ordner fallen. Krachend landete er auf dem Boden. Was dachte sie denn da? Marie lebte. Alles andere war nicht vorstellbar, obwohl sie seit Tagen gegen das Gefühl ankämpfte, dass ihr Kind nicht mehr am Leben war. Marie durfte nicht tot sein. *Nein! Bitte! Nein!* Sie durfte die Hoffnung nicht aufgeben.

Mark kam herein. »Alles in Ordnung?«

Sie sammelte sich. »Ja, natürlich. Ich versuche nur Licht in diesen Dschungel zu bringen.« Sie wies auf die Aktenordner und Stapel loser Papiere, die sich auf dem Tisch häuften.

Mark nahm sie in die Arme. »Ich muss zu einem Besichtigungstermin. Kommst du solange alleine klar?«

»Ich bin nicht krank. Ich habe nur Angst.«

»Ja, ich weiß.« Er küsste sie auf die Stirn, und noch immer fühlte sich das ungewohnt und neu an. »Ich kann den Termin verschieben.«

»Nein. Geh nur. Die Arbeit lenkt mich ab.«

»In einer Stunde bin ich wieder da.«

Die Bürotür schloss sich hinter ihm, und sie spürte die Stille im Raum beinahe körperlich. Sie schüttelte dieses beklemmende Gefühl ab, holte sich ein Glas Wasser aus der Teeküche, öffnete das Fenster und googelte Terbek, obwohl sie das nicht wollte. Sie wollte nicht wissen, was er getan, wofür man ihn sieben Jahre weggesperrt hatte, und konnte doch nicht anders.

Ihre Suche ergab eine beachtliche Anzahl von Treffern. Die meisten stammten von gestern. Artikel in Online-Zeitungen über die Hausdurchsuchung mit Bildern von Gina Angelucci und ihrem Kollegen. Schwarzgekleidete SEK-Beamte. Zwei Frauen mit selbstgemalten Demoschildern. Ein Graffito an der Gartenmauer. Bilder von Terbeks Haus.

Jedes Mal, wenn sie aus einem Fenster ihrer Wohnung geblickt hatte, hatte sie dieses leerstehende Haus gesehen und damit gerechnet, dass irgendwann die Bagger anrücken würden, um es abzureißen. Doch eines Tages hatte sie Licht darin bemerkt, und am nächsten Tag hörte sie den Rasenmäher, und auf dem Garagenvorplatz stand ein Auto. Jemand war eingezogen. Wer das war, bekam sie erst ein paar Tage später mit.

Es war an dem Tag gewesen, als Chris wütend nach Hause gekommen war, weil man Höfling zum Teamleiter gemacht und ihn übergangen hatte. Er wollte sofort kündigen. Sie hatte das für keine kluge Entscheidung gehalten und ihn gebeten, sich erst nach einer neuen Stelle umzusehen. Er hatte seinen Ärger an ihr ausgelassen, und sie hatte dummerweise mitgespielt. Der Streit war eskaliert, und irgendwann war Chris türknallend abgezogen, um sich mit Oliver auf ein Bier zu treffen. Sie brauchte Bewegung, um von ihrem Zorn herunterzukommen. Marie war noch bei einer Freundin zum Kindergeburtstag und durfte dort übernachten, also zog sie die Laufsachen an und ging nach unten.

Ein kühler Abend Anfang Oktober, und es wurde schon dunkel. Sie überquerte die Straße und stieß beinahe mit Terbek zusammen, der im selben Moment sein Grundstück verließ. Er grüßte sie und tat das seither immer, wenn er sie sah, was selten der Fall war. Sie wusste, dass es ihn gab, mehr nicht. Zurückgezogen und beinahe unsichtbar hatte er in diesem Haus gelebt.

In diesem Haus, in dem er vielleicht ... Sie erlaubte sich nicht, diesen Gedanken zu Ende zu denken, und verschlang dennoch jedes Wort, das sie im Netz über ihn finden konnte. Dabei stieß sie auf einen Artikel über den Prozess vor siebzehn Jahren. Eine oberfränkische Tageszeitung hatte darüber berichtet.

Erik Terbek hatte während einer Familienfeier in einem Dorf bei Regensburg seine Nichte missbraucht, die achtjährige Jasmin H., und ihr gedroht, ihre Mutter zu töten, wenn sie ihn verriet. Einen Tag später vertraute sich das verstörte Kind dennoch seiner Mutter an. Terbek wurde verhaftet und angeklagt. Er bestritt die Tat. Doch die medizinische Untersuchung des Mädchens stützte den Tatvorwurf. Es gab Zeugen, die gesehen hatten, wie Terbek mit dem Mädchen in den Keller gegangen war, und auch das aussagepsychologische Gutachten bestätigte die Angaben des Kindes.

Petra konnte nicht weiterlesen, sah plötzlich Marie vor sich. Wieder begannen Bilder durch ihren Schädel zu wirbeln, Bilder, die sie nie gesehen hatte, die ihre Phantasie produzierte und sie in Panik versetzten. Sie wollte sich das nicht ausmalen!

Ihr Blick blieb an einem Foto von Terbek hängen. Es stammte aus der Zeit vor seiner Verurteilung und musste an die zwanzig Jahre alt sein. Ein junger Mann. Ein wenig weich. Vielleicht auch unsicher. Der nette Nachbar, dem niemand etwas Böses zutraute. Man sah es ihm nicht an. Doch man sollte es ihm auf die Stirn tätowieren!

Warum hatte sie niemand gewarnt?

Mit dem nächsten Klick geriet Petra auf die Webseite eines Fernsehsenders. In der Mediathek stand ein Beitrag aus den Nachrichten vom Vorabend abrufbereit.

Die Moderatorin stellte ihren Interviewpartner vor. »Herr Professor Dr. Ansgar Ebenhardt, Sie sind forensischer Psychologe und werden als Gerichtsgutachter insbesondere bei Sexualstrafverfahren hinzugezogen. Können Sie unseren Zuschauern erklären, weshalb ein Mann wie Erik T., der wegen schweren sexuellen Missbrauchs zu sieben Jahren Gefängnis verurteilt wurde und jede Therapie verweigerte, ohne Auflagen nach Verbüßung seiner Strafe einfach in die Freiheit entlassen wurde?«

Das wollte Petra auch wissen. Wie konnte man so einen nur jemals wieder frei herumlaufen lassen?

Der Professor räusperte sich. »So einfach, wie Sie es darstellen, ist er nicht entlassen worden. Es hat eine Begutachtung stattgefunden. Ein anerkannter Kollege hat sie durchgeführt. Und das Gericht ist aufgrund dessen zu dem Ergebnis gekommen, dass eine Sicherungsverwahrung nicht nötig ist.«

»Doch nun hat dieser Mann, wie es den Anschein hat, wieder zugeschlagen.«

»Wie es den Anschein hat?« Die Brauen des Professors stiegen in die Höhe. »Soweit ich informiert bin, hat eine Hausdurchsuchung stattgefunden, aber keine Verhaftung, nicht einmal eine vorläufige Festnahme. Er wird also nicht beschuldigt, und Sie wollen ihn schon zum Täter stempeln?«

»Sie halten ihn für unschuldig?«

Eine Zornesfalte bildete sich an der Nasenwurzel des Professors. »Nach den Prinzipien unseres Rechtsstaats gilt jeder Angeklagte so lange als unschuldig, bis ihm seine Schuld nachgewiesen wurde. Ich wiederhole mich: Bisher ist Herr T. nicht einmal Beschuldigter, geschweige denn Angeklagter. Auch für ihn gilt die Unschuldsvermutung. Strafrecht ist allerdings nicht mein Fachgebiet. Ich bin Psychologe.«

»Richtig. Wie hoch ist die Rückfallwahrscheinlichkeit bei Sexualstraftätern?«

»Sie liegt bei etwa zweiundzwanzig Prozent, wenn man das gesamte Feld der Sexualstraftäter betrachtet. Sieht man sich das spezifizierter an, ergibt sich ein anderes Bild. Bei straffällig gewordenen pädosexuellen und untherapierten Tätern liegt die Rückfallquote mit vierzig bis fünfzig Prozent annähernd doppelt so hoch.«

Die Moderatorin warf einen kurzen Blick ins Publikum, in dem Siegesgewissheit mitschwang, dann wandte sie sich wieder ihrem Gast zu. »Wie sieht es bei denen aus, die eine Therapie machen?«

»Eine Therapie senkt die Wahrscheinlichkeit, wieder zum Täter zu werden, um etwa zwölf bis siebzehn Prozent.«

»Erik T. hat jede Therapie verweigert. Das Risiko, dass er wieder zuschlägt, lag also bei fünfzig Prozent.«

Ein resigniertes Nicken war die Antwort. »Vierzig bis fünfzig. Aber man kann diesen Fall nicht statistisch betrachten.«

Die Moderatorin nickte erfreut. »Richtig. Deshalb begrüße ich nun die Gerichtsreporterin Elsa Kriener.« Die Kamera schwenkte auf eine Frau mit strahlend weißer Lockenpracht, die mit übereinandergeschlagenen Beinen in ihrem Sessel saß.

»Guten Abend, Frau Kriener. Sie sind Journalistin und berichten seit Jahrzehnten aus den Schwurgerichtssälen der europäischen Gerichte. Sie haben in St. Pölten den Prozess gegen Josef Fritzl verfolgt, der seine Tochter über vierundzwanzig Jahre in einer geheimen unterirdischen Wohnung gefangen hielt, und sie haben sich auch intensiv mit Wolfgang Priklopil befasst, der 1998 die damals achtjährige Natascha Kampusch entführte und sie acht Jahre lang in einem Verlies gefangen hielt. Vor unserer Sendung haben Sie gesagt, dass der Fall Marie Weber starke Parallelen aufweist. Können Sie das unseren Zusehern erläutern?«

»Sicher. Gerne. Vor allem Wolfgang Priklopil erinnert mich an Erik T. Er war ein einsamer und zurückgezogen lebender Mann, kaum nennenswerte soziale Kontakte. Intelligent und gut ausgebildet, aber ein Einzelgänger, der angepasst lebte und versuchte, nicht aufzufallen. Genau wie Erik T. Die Entführung hatte Priklopil von langer Hand geplant und perfekt vorbereitet. Auch hier eine verblüffende Ähnlichkeit zum Fall Marie Weber.«

»Wie hoch schätzen Sie die Wahrscheinlichkeit ein, dass Erik T. der Entführer der kleinen Marie ist?«

»Deutlich höher als fünfzig Prozent. Er wohnt gegenüber. Ich bitte Sie. Wenn Sie mich fragen: Er war es. Da gehe ich jede Wette ein.«

Der Professor schnaubte. Die Moderatorin lächelte. Petra wurde es ganz übel. Sie schloss die Webseite und griff zum Telefon.

»Hallo, Frau Angelucci. Gibt es Neuigkeiten?«

»Bis jetzt nicht.«

»Haben Sie die Ergebnisse der Hausdurchsuchung denn noch nicht?«

Die Kommissarin zögerte. Sie hatten also etwas gefunden.

»Es tut mir leid, Frau Weber. Aber ich darf mich zu laufenden Ermittlungen wirklich nicht äußern.«

»Wann verhaften Sie ihn endlich?«

»Sobald wir etwas gegen ihn in der Hand haben. Das wird hoffentlich nicht mehr lange dauern.«

52

»Frau Angelucci, ich bitte Sie.« Richter Gernot Zinsmeister drehte die Handflächen nach oben. »Sie haben nichts in der Hand. Außer der Aussage der Nachbarin. Sie hat eine Person im Garten gesehen, die von Terbek zurück ins Haus gezogen wurde. Mehr nicht. Kein Geschrei. Keine Hilferufe. Keinerlei Gewalt.«

Gina sah ihre Felle davonschwimmen. Wobei sie ohnehin nicht viel Hoffnung gehabt hatte.

»Sie kann die Person nicht beschreiben und meint nur, es könnte das vermisste Kind gewesen sein. Die Hausdurchsuchung hat nichts Belastendes zutage gefördert, und der Bericht der Spurensicherung stützt Terbeks Angaben, dass das Kind nie in seinem Haus war. Auf welcher Rechtsgrundlage soll ich da eine Observierung anordnen?«

»Wir wissen von seinen Nachbarn, dass er nachts häufig das Haus verlässt, und können nicht ausschließen, dass er den Ort aufsucht, an dem er Marie gefangen hält.«

»Das ist reine Spekulation.«

Gina gab sich geschlagen. Es musste eben anders gehen.

»Wie wäre es mit Prävention?« Dieser Vorschlag kam von Holger. »Wenn wir befürchten, dass er …«

»Sie müssen mir nicht erklären, was eine präventive Überwachung ist. Es gibt keinen Grund zu der Annahme, Terbek könnte demnächst eine schwere Straftat begehen. Tut mir leid. Frau Angelucci, Herr Morell.«

Die Audienz war beendet. Gina verließ mit Holger das Büro des Richters, keineswegs gewillt, den Plan der Überwachung fallenzulassen. »Wir hängen uns trotzdem an ihn. Bist du dabei?«

»Auf eigene Faust? Das ist illegal.«

»Wir halten uns an die StPO.« Gina hatte eine Idee, wie ihnen dieser Spagat gelingen konnte. »Paragraph 163f, die längerfristige Observierung. Sie ist dadurch gekennzeichnet, dass sie durchgehend länger als vierundzwanzig Stunden andauert oder an mehr als zwei Tagen durchgeführt wird. Alles klar?«

»Nein.«

»Den Begriff der kurzfristigen Observierung gibt es nicht. Was schließen wir daraus?«

Jetzt verstand Holger, worauf sie hinauswollte. »Dass wir uns die nächsten achtundvierzig Stunden an Terbeks Fersen heften können, vorausgesetzt, wir unterbrechen die Überwachung einmal.«

»Richtig. Da er nur nachts das Haus verlässt, beginnen wir um neun. Wer übernimmt die erste Schicht?«

»Die Technik«, sagte Holger. »Ich habe eine Idee, wie wir es uns leichter machen können.«

Auf dem Weg ins Büro erklärte er ihr die Funktionsweise des GPS-Trackers, den er sich für sein neues Mountainbike gekauft hatte. »Wenn ich ihn aktiviere und jemand mein Rad bewegt, sendet der Tracker eine SMS auf mein Handy und über eine App auch das Standortsignal. So kann ich mein Bike jederzeit finden, wenn es geklaut wird. Der Sender ist im Lenker versteckt. Wir könnten ihn in Terbeks Auto schmuggeln.«

Die Frage, wie legal das nun war, wollte Gina sich nicht stellen. »Okay.«

Weiter vorne im Flur bemerkte sie Tino, der ganz in Gedanken versunken schien. »Hol du schon mal den Tracker. Ich komme gleich nach.«

Holger verschwand im Büro, sie ging Tino entgegen.

»Hallo, Schatz. Worüber grübelst du denn nach?«

»Über Mangelernährung.« Er fuhr ihr über den Oberarm. »Alles gut bei dir?«

»Nicht wirklich. Wieso Mangelernährung?«

»In welchen Regionen Europas gibt es die noch? Vermutlich in den ehemaligen Ostblockstaaten. Noch wissen wir nicht, woher Elena Kamorowski kommt, aber vermutlich nicht aus Polen. Dort hungern sie doch nicht. Und eigentlich wissen wir auch nicht, ob sie wirklich Elena ist.«

»Du sprichst in Rätseln.«

Er fuhr sich durch die Haare. »Ich komme gerade von der Obduktion der Toten aus dem Hofoldinger Forst. Schlechte Zähne, rachitisches Skelett. Beides deutet auf Mangelernährung hin. Außerdem hat sie vor kurzem entbunden.«

»Vielleicht ist sie die Mutter des Babys aus dem Container.«

»Der DNA-Abgleich läuft schon. Morgen wissen wir es. Ach, mein Vater lässt dich übrigens grüßen. Er hat umgebucht und ganz deinen Wünschen folgend ein schlichtes Doppelzimmer für uns reserviert.«

»Aber mit Seidenlaken. Darauf bestehe ich. Und schlicht sind im Danieli vermutlich nur die Wirtschaftsräume fürs Personal.«

»Wieso eigentlich: Nicht wirklich?«, fragte Tino. »Bei euch beiden ist doch hoffentlich alles in Ordnung.«

»Wir kommen mit Terbek nicht recht weiter. Das ist alles. Du, ich muss.«

»Ich auch. Bis heute Abend.«

Sie gingen in entgegengesetzten Richtungen davon. Nun hatte sie es eilig. Obwohl bei Observierungen der Einsatz von Überwachungstechnik erlaubt war, war Gina sich nicht sicher, wie legal die Anbringung des Trackers in ihrem Fall war. Vermutlich rechtliche Grauzone. Es war also besser, den Mantel des Schweigens darüberzubreiten.

Holger konfigurierte das Gerät so, dass es nun auch auf Ginas Smartphone Alarm schlug, wenn sich der Wagen in Bewegung setzte. Aus dem Internet lud sie sich für zwanzig Euro dieselbe Bike-App herunter, die Holger benutzte. Jetzt konnte auch sie den Weg des Trackers auf einer Landkarte verfolgen.

»Und wie bekommen wir den in Terbeks Wagen?« Holger wog den Sender in der Hand.

»Vielleicht lässt er uns ja rein. Dann seilst du dich kurz ab.«

»Wenn nicht?«

»Uns wird schon etwas einfallen.«

Sie machten sich auf den Weg und parkten zwanzig Minuten später in der Bassaniostraße. Die Anzahl der Demonstranten vor Terbeks Haus hatte sich seit gestern vergrößert. Ein knappes Dutzend stand dort versammelt. Ein Übertragungswagen eines privaten Fernsehsenders parkte am Straßenrand.

Terbek würde ihnen nicht öffnen. Nicht, solange diese aufrechten Bürger darauf lauerten, einen Blick auf ihn erhaschen zu können, um ihrer Meinung Ausdruck zu verleihen.

»Wir sollten über einen Plan B nachdenken«, meinte Holger angesichts des Auflaufs.

»Das haben wir gleich.« Gina stieg aus, ging auf die Versammlung zu und suchte nach dem Alphatier. In diesem Fall war das wohl die Frau mit dem Schild *Null Toleranz für Sexualverbrecher*. Sie hatte auch gestern schon hier gestanden. Sie trug eine schmale Brille mit dunklem Rand, die ihr etwas von einer Lehrerin gab. Vielleicht war sie das ja. Gina zog ihren Ausweis hervor. »Gina Angelucci, Kripo München. Ich muss Sie bitten, nach Hause zu gehen.«

»Was?« Die Überraschung der Lehrerin währte nur eine Sekunde. »Dazu haben Sie keine Befugnis. Wir sind freie Bürger und haben das Recht, hier zu stehen und unsere Meinung zu äußern.«

»Sicher. Aber dafür gelten Regeln. Demonstrationen müssen angemeldet werden. Das können Sie ganz formlos beim Kreisverwaltungsreferat erledigen.«

Eine mollige Frau mit Mireille-Mathieu-Frisur protestierte. »Das ist keine Demonstration, sondern eine Versammlung beunruhigter Eltern. Wieso läuft der eigentlich noch frei herum?« Mit dem Kinn wies sie auf Terbeks Haus.

»Genau. Der gehört weggesperrt.« Das kam von einem älteren Herrn.

Gina ignorierte ihn und fixierte die Lehrerin. »Ob Versammlung, Kundgebung oder Demonstration: Wenn sie unter freiem Himmel stattfinden, müssen sie angemeldet werden. Das ist nun mal so.«

Doch die Leute wollten es genau wissen, Gina hielt ihnen einen kurzen Vortrag über Versammlungsrecht und die damit einhergehenden Pflichten, unter anderem, sie wenigstens achtundvierzig Stunden vorher anzumelden.

Die Lehrerin wurde trotzig. »Das heißt, wir können für zwei Tage unser Recht auf freie Meinungsäußerung nicht in Anspruch nehmen? Das ist doch Schikane. Wenn wir nicht gehen, verhaften Sie uns dann?« Herausfordernd blickte sie in die Runde. Die Gruppe scharte sich enger um sie.

Gina hatte keine Lust auf diesen Streit. Sie wartete schon die ganze Zeit darauf, dass sich obendrein die Tür des Übertragungswagens öffnete und ein Reporter mit Kamera auf der Schulter und Mikro in der Hand herauskam, um diese Szene zu filmen. Gott sei Dank blieb es hinter ihr ruhig. »Darauf wollen Sie es nicht ankommen lassen. Nicht wegen einer Formalität. Jetzt gehen Sie bitte.«

Ein kurzes Duell von Blicken folgte. Gina hielt stand. Murrend löste sich die Versammlung auf. Im Übertragungswagen blieb alles ruhig. Offenbar war niemand darin. Vielleicht machten sie ja Mittagspause beim Italiener an der Ecke.

Gina sah sich nach Holger um. Wo war er? Sie konnte ihn nirgends entdecken. Mireille verschwand im Haus gegenüber. Die Lehrerin unterhielt sich ein Stück entfernt mit einem Mann und wies auf Gina. Die übrigen Teilnehmer zerstreuten sich, verschwanden in ihren Häusern und Einfahrten.

»Erledigt«, sagte Holger hinter ihr.

Erschrocken fuhr sie herum. Ganz offensichtlich gehörte eine Tarnkappe zu seinen Gadgets. »Wie erledigt?«

»Der Sender ist aktiviert und liegt unter dem Beifahrersitz.«

»Wie hast du das gemacht?«

»Sicher, dass du das erfahren willst?«

Sie zuckte mit den Schultern.

»Beim Nachbarn stand das Tor offen. Von dort bin ich über die Mauer. Terbeks Garage ist nicht verschlossen. Ich war ja gestern schon drin. Der Rest war ein Spaziergang.«

Korrekt war das nicht. Hausfriedensbruch. Wenn sie mit dieser Aktion erfolgreich waren, mussten sie dafür im Bericht einige kreative Umschreibungen finden.

Holger sah auf die Uhr. »Heute Abend bin ich bei meiner Tochter als Babysitter. Bis elf etwa. Kannst du die erste Schicht übernehmen?«

Damit hatte Gina kein Problem. Das Problem lag anderswo.

53

Das Smartphone steckte eingeschaltet in Ginas Hosentasche. Den ganzen Abend spürte sie es, rechnete aber nicht so früh mit einem Alarm. Es war kurz vor zehn und sie vor fünf Minuten von ihrem Besuch bei der Köchin nach Hause gekommen, die das Hochzeitsmenü zubereiten sollte, als der Signalton für eine eingehende SMS erklang. Im selben Moment, als Gina aufs Display sah, betrat Tino mit einem Glas Wein und einer Apfelschorle das Wohnzimmer. Die Nachricht stammte von Holgers Tracker. Terbeks Wagen hatte sich in Bewegung gesetzt. Sie aktivierte die App und wartete, bis der blaue blinkende Punkt auf dem Display erschien. Terbek fuhr durch die Bassaniostraße und bog auf die Seybothstraße Richtung Osten ab.

»Ich muss noch mal los.«

»Wohin denn?«

Genau das war das Problem. Sie wollte ihn nicht belügen, konnte ihm aber auch nicht die Wahrheit sagen. Deshalb hatte sie nach einer Ausrede gesucht, doch bisher war ihr keine eingefallen, die sich bei genauerer Betrachtung nicht doch als Lüge entpuppte. Es blieb nur das kreative Umschiffen der Wahrheit. »Wir observieren Terbek. Und jetzt bin ich dran.«

»Du? Wieso übernimmt das nicht eine Zivile Einsatzgruppe?«

»Wir haben sie nicht angefordert.«

Tinos Stirn legte sich in Falten. Der blinkende Punkt erreichte die Naupliastraße.

»Also bis später.« Sie gab ihm einen Kuss.

Er hielt sie zurück. »Du willst damit aber nicht sagen, dass du das auf eigene Faust machst?«

Sie gab sich geschlagen. »Wir haben keinen Beschluss bekommen. Wenn wir ihn nicht durchgehend überwachen, können wir uns zwei Tage lang ganz legal an ihn hängen. Und jetzt ist er losgefahren, und ich will wissen, wohin.«

Tinos Augen wurden ganz dunkel. »Ich denke, ich spinne. Das ist ja wohl nicht wahr. Du willst alleine einen Mann observieren, den du für einen Mörder hältst? Das verstößt nicht nur gegen alle Dienstvorschriften, sondern auch gegen unsere Vereinbarung. Herrgott! Du hast mir versprochen, dass du dich nicht in Gefahr begibst. Und das wirst du auch nicht. Holger soll das übernehmen.«

»Geht nicht. Er muss bis elf auf seine Tochter aufpassen.«

»Und was ist das überhaupt?« Tino wies auf das Smartphone.

»Wir haben einen Sender in seinem Auto deponiert. So haben wir ihn an der langen Leine. Er fährt Richtung Mittlerer Ring. Ich halte Abstand. Ich steige nicht aus. Ich will nur wissen, wohin er fährt.«

»Du denkst wirklich, dass er Marie irgendwo gefangen hält?«

»Es ist möglich. Der Mann ist ein verurteilter Kinderschänder. Doch seit zehn Jahren ist er nicht mehr auffällig geworden. Zufälligerweise seit die kleine Marie verschwand, die gegenüber wohnte und jeden Tag an seinem Haus vorbeiging. Entweder hat er sich verdammt gut im Griff. Oder es hat andere Gründe. Ich fahre jetzt.« Sie machte sich los.

»Du fährst nicht. Ich will das nicht.«

»Ich fahre nicht?« Gina atmete durch. Streit gab es in jeder Beziehung. Bei ihnen eigentlich nie so richtig. Doch nun wappnete sie sich dafür.

»Du fährst nicht. Ich übernehme das. Vorausgesetzt, du

akzeptierst mich vorübergehend als neues Mitglied deines Teams.« Die Zornesfalte verschwand. Ein dünnes Lächeln erschien auf seinem Gesicht.

Wahnsinn. Tino, der Superkorrekte, sprang über seinen Schatten und unterstützte ihre halblegale Aktion. Das musste tatsächlich Liebe sein. Ein Lächeln breitete sich auf ihrem Gesicht aus. »Okay. Wenn du unbedingt willst.«

»*Wollen* würde ich das nicht nennen. Lieber würde ich den Abend mit dir verbringen. Da daraus aber ohnehin nichts wird, fahre besser ich.«

Sie gab ihm ihr Smartphone und nahm seines, beschrieb Terbek und seinen Wagen, einen uralten weinroten Audi A4. Tino notierte das Kennzeichen, legte das Holster mit der Dienstwaffe an und brach auf, während sie alleine in der Wohnung zurückblieb.

Sie hatte die Kontrolle abgegeben, und das machte sie ganz nervös. Wo war Terbek jetzt, wohin fuhr er? Sie rief ihr Handy an. Es war besetzt. Mit wem telefonierte Tino? Zwei Minuten später versuchte sie es noch einmal. Nun meldete er sich.

»Hallo, Gina. Er fährt auf dem Mittleren Ring Richtung Norden. Ich bin gleich am Gasteig und nehme die Einsteinstraße zum Ring. Bis zum Effnerplatz sollte ich ihn eingeholt haben.«

»Prima. Aber halte Abstand.«

»Jawohl, Chefin.«

»Mit wem hast du eigentlich grad telefoniert?«

»Mit Holger, er hat angerufen und wollte wissen, ob du an ihm dran bist.«

Oh, Shit! Daran hatte sie nicht gedacht. »Und jetzt weiß er es, oder? Du hast ihm gesagt, dass ich schwanger bin.«

»Er wusste es ohnehin, und er hat versprochen, es nicht

über den Buschfunk zu verbreiten. Er ist nett. Ich verstehe nicht, was du gegen ihn hast.«

»Meine Meinung über ihn beginnt sich gerade zu ändern.«

Tino musste Schluss machen, um die Bike-App wieder nutzen zu können, und versprach, sich zu melden, sobald Terbek sein Ziel erreicht hatte.

Gina nahm das Glas Apfelschorle mit hinaus auf den Balkon. Für September war die Nacht erstaunlich mild, bis auf den leichten Wind, der um die Hausecke zog und Zigarettenrauch zu ihr nach oben wehte. Auf dem Balkon unter ihr brannte ein Windlicht. Daneben lagen eine Packung Zigaretten und ein Zippo auf dem Tisch. Eine Hand ragte ins Bild. Zwischen den Fingern eine brennende Zigarette. Rosa lackierte Nägel. Eine Schulter, über die lange blonde Strähnen fielen. Der Casanova da unten hatte also wieder eine Neue. Der Rauch störte sie. Sie ging hinein. Schon halb elf.

Wohin fuhr Terbek? So langsam könnte Tino sich mal melden. Noch fünf Minuten, dann würde sie ihn anrufen. Vier waren um, als eine WhatsApp von ihm einging. Er hatte einige Fotos angehängt. Terbeks Auto auf dem Parkplatz vor einem Haus mit rot gestrichener Fassade und weißen Simsen und Vorsprüngen rund um die Fenster. Die Leuchtschrift, die über der ersten Etage angebracht war, musste Gina nicht lesen, sie kannte das Gebäude. Es war der »Leierkasten«. Bis vor einem Jahr ein heruntergekommenes Laufhaus am Frankfurter Ring. Der neue Pächter hatte ordentlich investiert und einen Nobelpuff daraus gemacht.

Sie tippte das nächste Foto an. Terbek an der Eingangstür. Er trug Anzug. Das folgende Bild zeigte ihn an der Bar auf einem roten Lederhocker, ein Bier vor sich.

Terbek im Puff. Gina konnte es nicht glauben. Hatte er die Observierung bemerkt und verarschte sie?

Nehme noch einen Absacker und höre mich ein wenig um, simste Tino.

Hat er dich bemerkt?, schrieb sie zurück.

Nein, kam die Antwort.

Was tut er bei seiner sexuellen Präferenz in einem Puff?

Bisher ein Bier trinken. Ich warte ab, wie es weitergeht, und melde mich.

Halte dich im Hintergrund. Bitte!

Jawohl, Chefin. :X

54

Ginas Smartphone steckte wieder in ihrer Hosentasche, als sie am nächsten Morgen an Tinos Seite das Polizeipräsidium betrat. Bis halb zwei war Terbek im Leierkasten geblieben, hatte erst ein Bier getrunken, war dann mit einem Mädchen zu Champagner gewechselt und schließlich mit ihr aufs Zimmer gegangen. Tino hatte sie als groß und mollig beschrieben. Ganz und gar nicht der Kleinmädchentyp. Doch es war ja nicht so, dass Pädosexuelle sich ausschließlich zu Kindern hingezogen fühlten. Oder Terbek hatte die Überwachung bemerkt und machte sich über sie lustig. Die wahrscheinlichere Variante.

Tino gähnte. »Die Nacht war kurz. Die kommende muss Holger übernehmen.«

Inzwischen hatte Gina wegen der Observierung kein gutes Gefühl mehr. »Wenn er dich bemerkt hat, wird er nicht zu Maries Versteck fahren und sie nicht versorgen. Sie kann verhungern oder verdursten. Wir müssen das abbrechen. Jedenfalls die direkte Beobachtung. Den Sender lassen wir im Wagen.«

»Er kann mich nicht bemerkt haben. Ich habe an die hundert Meter Abstand gehalten. Erst auf dem Parkplatz habe ich ihn eingeholt, und er hat nicht mal zu mir hergesehen.«

»Aber im Leierkasten musst du ihm aufgefallen sein. Ein Mann, der im Puff ständig simst und die Avancen der Damen abweist.«

»Habe ich nicht.«

»Hast du nicht?« Verblüfft blieb Gina stehen.

»Ich wollte schließlich nicht auffallen, Chefin.« Tino zwinkerte ihr zu.

»Die *Chefin* hat es dir jetzt aber angetan.«

Er nickte mit diesem Freche-Jungs-Lächeln, das sie so an ihm liebte, und erzählte, dass er mit einer der Damen Sekt getrunken und sich unauffällig nach Terbek erkundigt hatte. Sie kannte ihn nicht. Was nicht hieß, dass er gelegentlich Kunde war. Die Mädchen wechselten alle paar Wochen die Häuser. Sie kamen und gingen. Ein steter Reigen, denn die Herren wollten ständig Neues.

Im Treppenhaus begegneten sie Kirsten, die mit dem Aktendeckel in ihrer Hand wedelte, als sie Tino bemerkte. »Morgen, Tino. Hallo, Gina. Ich komme gerade von Buchholz. Treffer. Die Tote aus dem Wald ist die Mutter des Säuglings. Aber sie ist nicht Elena Kamorowski. Wir haben vom Anbieter der Rabattkarte die Kontaktdaten bekommen. Alois hat die Frau aufgesucht. Sie ist putzmunter, allerdings wurde ihr vor zwei Wochen die Geldbörse geklaut.«

»Das heißt, wir haben eine unbekannte Tote.«

Es war Zeit für Gina, sich zu verabschieden. »Du, ich muss. Sehen wir uns heute Mittag?«

»Ich versuche es. Lass uns telefonieren.« In Gedanken war Tino bereits ganz bei seinem Fall.

»Ciao, Kirsten.« Gina ging an ihr vorbei, und dabei fiel ihr Blick auf das Foto der unbekannten Toten, das oben auf dem Aktendeckel lag und nur von Kirstens Daumen gehalten wurde. Abrupt blieb Gina stehen. »Darf ich mal?« Sie riss Kirsten den Ausdruck beinahe aus der Hand.

Diese Augen! Das spitze Kinn. Es war nur ein Anflug von Ähnlichkeit zwischen dem Foto dieser Frau und dem Phantombild, das Petra Weber hatte anfertigen lassen, doch Gina war wie paralysiert. Waren sie zu spät? Nicht zehn Jahre, sondern nur wenige Tage? Sie atmete durch. Es musste ja nicht Marie sein.

»Gina? Was ist?« Tino griff nach ihrem Arm.

»Ich glaube ... Also das könnte Marie sein.«

»Was? Bist du sicher?«

»Sicher? Nein. Natürlich nicht. Sie hat eine Ähnlichkeit mit Maries Phantombild. Ihre DNA ist in der Datenbank. Wir brauchen einen Abgleich.«

»Ich kümmere mich sofort darum.« Kirsten machte auf dem Absatz kehrt.

»Wie ist sie gestorben?«, fragte Gina.

»Die Obduktion hat bisher keine eindeutige Todesursache ergeben. Vermutlich an den Folgen der Geburt. Es laufen noch einige Untersuchungen und Gewebeanalysen.«

»Hoffentlich haben wir Terbeks DNA.«

»Er saß wegen Missbrauchs«, sagte Tino. »Seine DNA muss in der Datenbank sein.«

»Nach siebzehn Jahren nicht unbedingt.«

Die vorgeschriebene Frist betrug zehn Jahre, danach mussten die Daten gelöscht werden. Es gab allerdings Ausnahmemöglichkeiten, und die wurden ausgiebig genutzt.

»Wenn das Marie ist, müssen wir Terbeks DNA auch mit der des Säuglings abgleichen.« Sie wollte sich das nicht vorstellen, diesen schwammigen Widerling mit dem kleinen Mädchen, das in einem Verlies heranwuchs, isoliert von der Welt, ganz und gar der Willkür dieses Mannes ausgeliefert, und in dieser Hölle sein Kind gebar.

Als sie in ihr Büro kam, war Holger schon da. Das teure Bike lehnte an der Wand. Ohne Tracker wollte er es nicht unten stehen lassen. Trotz Bügelschloss.

Gina heftete das Foto der unbekannten Toten neben das Phantombild von Marie an die Stellwand. Holger sah auf.

»Wer ist das?«

Er sah die Ähnlichkeit also nicht auf Anhieb. Gina hoffte, dass sie sich irrte. »Die Tote vom Hofoldinger Forst. Vermutlich ist sie die Mutter des Babys aus dem Müllcontainer. Und vielleicht ist sie Marie. Kirsten veranlasst gerade den DNA-Vergleich.«

Mit zusammengekniffenen Augen betrachtete Holger die Aufnahmen. »Du hast recht. Das könnte sie sein«, sagte er nach einer Weile. »Was ist mit Terbek? War er wirklich im Puff?«

»Ja. Mich interessiert im Moment allerdings mehr, ob wir seine DNA noch haben.« Sie loggte sich in der Datenbank des BKA ein, tippte seinen Namen und das Geburtsdatum in die Suchmaske und landete einen Treffer. Als sie den Link anklickte, öffnete sich ein beinahe weißer Screen. *Datensatz gemäß § 32 BKAG am 23.3.2007 gelöscht.* »Mist! Das gibt es doch nicht.«

»Wenn die Tote aus dem Forst Marie ist, holen wir uns eben eine neue DNA-Probe von ihm.«

»Und auf welcher Rechtsgrundlage? Wir haben nichts gegen ihn in der Hand. Nichts. Nothing. Niente. Nada. Meinst du, Zinsmeister ordnet die Entnahme an, wenn er uns nicht mal die Erlaubnis zur Observierung gegeben hat?«

In diesem Moment kam Moritz Russo herein. »Einen wunderschönen guten Morgen! Habt ihr einen Kaffee für mich?«

»Was verursacht dir denn so gute Laune?«, fragte Gina.

»Wir haben den Missing Link zwischen Marie und unserem Freund Terbek. Das sollte dir einen Kaffee wert sein, obwohl Tino eindeutig besseren macht.«

»Den Missing Link? Jetzt spann mich nicht auf die Folter.«

»Eine Nachbarin hat sich bei mir gemeldet. Sie ist gestern aus dem Urlaub zurückgekommen und hat gehört, dass wir im Viertel nach Terbek gefragt haben. Da ist ihr eingefallen, dass sie ihn Ende Januar 2005 mit Marie gesehen hat. Sie kehrte gerade von einer Kreuzfahrt zurück und hat sich mit dem Taxifahrer, der sie vom Bahnhof nach Hause kutschiert hat, über seine unverschämte Forderung gestritten, deshalb konnte sie den Zeitraum eingrenzen. Sie hat in ihren Unterlagen nachgesehen, wann sie sich über ihn bei der Taxizentrale beschwert hat. Jedenfalls stand Terbek mit Marie neben dem Haus, in dem sie und ihre Eltern wohnten, und sie unterhielten sich lebhaft. Die Kleine hat gelacht, und das hat bei der Nachbarin den Eindruck hinterlassen, dass die beiden sich gut kannten.«

»Yes!« Gina riss eine imaginäre Notbremse herunter. »Von wegen ›nie ein Wort mit ihr gewechselt‹! Mit Milch und Zucker, Moritz? Ich rühre ihn auch noch für dich um.«

Es wurde Nachmittag, bis Buchholz höchstpersönlich bei Gina und Holger erschien. Zwei Ausdrucke in der Hand, die er nebeneinander an die Pinnwand heftete. Ein gesprächiger Mensch war er noch nie gewesen und reduzierte seine Kommunikation auch jetzt auf das Erforderliche. »Das ist die DNA der Toten vom Forst. Das die der vermissten Marie Weber. Guck selbst.«

Für Gina waren die Graphiken von DNA-Profilen schon immer ein Rätsel gewesen, und sie hatte keine Nerven, jetzt nach Unterschieden bei diesen beiden zu suchen, vor allem, wenn es die vielleicht nicht gab. »Kannst du nicht einfach sagen, ob sie identisch sind?«

Mit der Hand fuhr Buchholz sich über die graumelierten Borsten auf seinem Schädel. »Sind sie. Die Tote aus dem Wald ist Marie Weber.«

Gina schloss die Augen und fühlte sich mit einem Mal kraftlos und leer.

55

Wir sind an ihm dran. Dieser Satz der Kommissarin zog seit gestern in Endlosschleife durch Petras Kopf. *Wir sind an ihm dran.* An Terbek, diesem Schwein, an dieser Drecksau, die Marie irgendwo gefangen hielt. Am liebsten würde sie zu ihm fahren, ihn so lange schütteln und treten und ohrfeigen, bis er sagte, wo Marie war, was er mit ihr gemacht hatte. Und wenn er es nicht sagte, würde sie ihm die Finger einzeln brechen, diese Drecksfinger, mit denen er ihre Tochter angefasst hatte!

Sie erschrak über sich selbst angesichts dieser Gewaltphantasien. Wo war ihr Kind? Was hatte er Marie angetan? Was konnte sie tun? Sie würde ihn umbringen!

Wir sind an ihm dran. Sie wurde diesen Ohrwurm nicht los und drehte das Radio an, um sich abzulenken, obwohl sie gleichzeitig Angst vor den Nachrichten hatte. Wenn es Neuigkeiten gab …? Man würde es ihr doch sicher zuerst sagen, wenn man Marie fand. Bei diesem Gedanken angekommen, suchte sie wieder in sich nach diesem Gefühl von Gewissheit, dass Marie lebte, das sie in den letzten Tagen verloren hatte, und fand nur noch ein Echo davon, einen schwachen Nachhall.

Sie machte sich total verrückt!

So ging das nicht weiter!

Petra stand auf und holte sich ein Glas Wasser aus der Küche und von Mark, der telefonierend an seinem Schreibtisch saß, einen raschen Kuss. Er war der unerwartete Lichtblick in ihrem Leben. Ein Geschenk.

Sie kehrte an den Tisch im Besprechungszimmer zurück,

auf dem nun anstelle von Chaos ordentliche Stapel lagen, die nur noch in Ordner abgeheftet werden mussten. Die Rückenetiketten hatte sie bereits ausgedruckt, und sie fing an, sie aufzukleben, als es klingelte. Für diese Zeit war kein Termin eingetragen, und sofort legte sich Angst kalt in ihren Magen, begann die Haut an ihren Armen zu brennen, so wie damals, und ihre Gedanken Amok zu laufen.

Sie hörte, wie Mark öffnete, vernahm die Stimme der Kommissarin und dann seine. Sie sollte gehen, verschwinden, sie wollte es nicht wissen. *Nein! Bitte! Nein!*

Noch immer gesenkte Stimmen im Flur, Schritte auf dem Parkettboden, hart und unerbittlich. Dann kamen sie herein. Sie sah Marks Blick und wusste es. Er griff nach ihrer Hand. »Es gibt Neuigkeiten. Leider sind sie nicht gut.«

Ihre Finger verkrampften sich in seinen. Sie brachte kein Wort heraus, ihr Mund wurde trocken, ihr Herz begann zu rasen, während die Kommissarin einen Stuhl heranzog und sich zu ihnen setzte. Sie war hübsch. Diese dunklen Haare und Augen und die Sommersprossen. Sie sprach die Worte, die sie nicht hören wollte: »Frau Weber, es tut mir leid. Wir haben Marie gefunden.«

»Sie ist tot?« Ihre Stimme hatte sich selbständig gemacht und schien nicht zu ihr zu gehören. *Nein! Bitte! Nein!*

Die Kommissarin nickte. »Man hat ihre Leiche im Hofoldinger Forst gefunden. Vor zwei Tagen schon. Heute Vormittag konnten wir sie identifizieren. Es besteht kein Zweifel: Es ist Marie.«

»Sie sind sich wirklich sicher?«, fragte Mark.

»Wir haben Maries DNA seit zehn Jahren in der Datenbank. Die der Toten ist identisch. Frau Weber?« Die Kommissarin suchte ihren Blick.

Was kam jetzt noch? Was konnte noch schlimmer sein? Etwas sickerte in ihr Bewusstsein.

»Es gibt noch etwas, das ich Ihnen sagen muss.«

Es war das Wort Leiche. Nicht Skelett.

»Marie ist erst vor wenigen Tagen gestorben.«

Petra nickte. Vor ein paar Tagen. Deshalb hatte sie es nicht mehr gespürt. Vor ein paar Tagen. All die Jahre hatte sie gelebt. Etwas schnürte ihr die Kehle zu. »Wie ...« Sie schluckte trocken. »Wie hat er sie umgebracht? Musste sie ...« Petra schlug die Hand vor den Mund. Warum nur? Wenn er sie getötet hatte, weil die Polizei nun endlich nach ihr suchte? Und sie hatte sie dazu gebracht!

»Wir wissen es noch nicht.« Hilfesuchend blickte die Kommissarin zu Mark und – als er schwieg – wieder zu ihr. »Es ist möglich, dass sie an den Folgen einer Geburt starb.«

»Einer Geburt?«

Einer Geburt!

Plötzlich sah sie rot und sprang auf. Der Stuhl krachte hinter ihr zu Boden. »Er hat sie missbraucht und geschwängert, und dann hat er sie elend verrecken lassen, weil er zu feig war, einen Arzt zu holen oder sie ins Krankenhaus zu bringen!«

Mark nahm sie in den Arm, doch sie riss sich los. »Terbek. War er es? Ich will das jetzt wissen.«

»Die Hausdurchsuchung hat zu keinem verwertbaren Ergebnis geführt. Ein Kollege besorgt gerade einen richterlichen Beschluss zur Entnahme einer DNA-Probe. Morgen haben wir Klarheit, ob das Kind von ihm stammt. In einer Stunde findet eine Pressekonferenz statt. Wir müssen die Medien informieren, und deshalb sollten Sie wissen, dass sich eine Zeugin gemeldet hat, die Terbek vor zehn Jahren mit Marie gesehen hat. Ein paar Wochen bevor sie verschwand. Sie schienen sich gut zu kennen.«

Mark drückte ihre Hand. »Ich informiere MM. Er soll dir die Meute vom Hals halten.«

Terbek hatte sich an Marie herangemacht. Weshalb hatte sie das nicht bemerkt? Warum hatte niemand ihr gesagt, wer da im Haus gegenüber wohnte?

Eine andere Information fuhr auf dem Gedankenkarussell in den Vordergrund. Marie hatte ein Kind zur Welt gebracht. Sie war Oma. Oma eines Monsters. Doch das Kind konnte ja nichts dafür. Völlig unvermittelt überflutete Petra eine Welle von Zärtlichkeit für dieses kleine Wesen. »Wo ist Maries Baby?«, fragte sie in die Stille des Raumes hinein und suchte Blickkontakt zu Gina Angelucci. »Wo ist das Kind?«

Sie wich dem Blick aus, sah zu Mark und dann auf den Boden. »Es ist … Man hat es tot aufgefunden.«

Das war zu viel. Etwas in Petra legte einen Schalter um. Sie wurde ganz ruhig und ihre Stimme klar und schneidend. »Wo?«

Als die Kommissarin nicht sofort antwortete, wiederholte sie ihre Frage. »Wo? Ich will das wissen. Wo hat man mein Enkelkind gefunden? Wie ist es gestorben? Ist es ein Junge oder ein Mädchen? Ich verkrafte das.«

»Es ist ein Junge«, sagte Mark und erlöste so die Kommissarin, die aussah, als würde sie gleich in Tränen ausbrechen.

»Hat man ihn bei Marie gefunden? Im Wald?« Ihr Hirn malte ihr ein tröstliches Bild aus. Die beiden auf grünes Moos gebettet, umgeben von den violetten Blüten des Immergrün und weißen Anemonen und dem Gelb der Himmelschlüssel. Eine traurige, aber friedvolle Pietà. »Wo hat man ihn gefunden?« Auffordernd sah sie in die Runde. »Ich kann es googeln.«

Und dann wusste sie es plötzlich. Es hatte in der Zeitung gestanden. Das Baby im Müll. Der Schalter in ihrem Innersten schaltete weiter. In ihr Hirn setzte sich ein weißes

Rauschen, ein sphärisches Flimmern, und unterdrückte jeden weiteren Gedanken.

56

Am frühen Nachmittag bemerkte Terbek, wie sich die Unruhe jenseits der Mauer verstärkte. Er saß mit Tanja auf dem Sofa und versuchte Normalität zu inszenieren. Als ob er so das Unausweichliche verhindern könnte.

Sie las noch immer den Artikel über Prinzessin Diana. Er wollte eigentlich ein Sudoku lösen, doch er konnte sich nicht darauf konzentrieren und legte es weg.

Sie würden kommen, das wusste er. Und wieder würde man ihm nicht glauben. Auch das war sicher. Alles begann sich zu wiederholen, und die Jahre wurden um siebzehn zurückgedreht. Die Galgenfrist war um. Es war höchste Zeit, alles zu regeln. Ihn irritierte lediglich seine Ruhe, die Gelassenheit, mit der er sein Schicksal akzeptierte.

Gestern Abend hatte er hier gesessen mit Tanja. Sie hatte versucht, ihn zu beschwichtigen und ihm die Angst zu nehmen, die seit der Hausdurchsuchung mit kalter Hand in seinem Gedärm wühlte. Sie hatte ihn getröstet und hatte ihm Mut gemacht. Es gab eine Fluchtmöglichkeit und nichts, das ihn hier hielt. Aber etwas wollte er vorher noch tun. Weil er es schon so lange nicht mehr getan hatte. Er wollte mal wieder Sex mit einer richtigen Frau. Tanja verstand das, so wie sie immer alles verstand. Also war er in einen Puff gefahren. Vergeudete Zeit, verschwendetes Geld. Er hatte sich so an den Sex mit Tanja gewöhnt, dass ihn der schwitzende Körper des Mädchens abgestoßen hatte. Ihr Lachen und pausenloses Geplapper, diese übelriechende Feuchtigkeit in der rasierten Scham. Dieses Weiche und Nachgebende, während Tanja überall glatt und kühl war, sauber und trocken, und stillhielt und schwieg. Erleichtert hatte er festgestellt, dass er all die Jahre nichts versäumt hatte.

Nun erhob er sich, drehte für Tanja den Fernseher an und ging nach oben. Durch die Lamellenritzen sah er hinunter auf die Straße. Die Menge war größer geworden. Stumm standen sie da, seine Nachbarn, Schilder in den Händen, man solle ihn für immer wegsperren und kastrieren. Einige Reporter hatten sich unter sie gemischt, hielten ihnen Mikros vor den Mund, richteten ihre Kameras auf sein Haus. Weiter unten in der Straße parkte ein Streifenwagen am Gehwegrand.

Jetzt fing es richtig an, und die Gelassenheit fiel von ihm ab. Angst erfasste ihn. Glühend. Sirrend. Fiebrig. Nicht mehr lange und sie würden über die Mauer steigen, in sein Haus eindringen, ihn herauszerren. Sie würden ihn wieder mitnehmen und ins Gefängnis stecken, zu den anderen. Zu den Murats dieser Welt.

Die Erinnerung kam ohne Vorwarnung. Plötzlich lag er wieder nackt auf dem nassen Boden der Gemeinschaftsdusche. Benommen, orientierungslos, nach Luft ringend, sein Körper ein einziger lodernder Schmerz. Murat riss ihn am Arm hoch. Blut tropfte auf die Fliesen und in seine Kotze. »Bist du echte Sau. Musst du saubermachen.«

Die anderen lachten und hielten ehrfurchtsvoll Abstand.

Ein Tritt in die Seite ließ ihn aufheulen vor Schmerz. Bunte Lichtpunkte tanzten vor seinen Augen. »Los!« Murat ließ ihn fallen. Sein Kopf knallte ungebremst auf den Boden, hinein in die säuerlich stinkenden Brocken. Er würgte den Rest wieder hinunter, der auch noch hinauswollte. Ein Handtuch legte sich um seinen Hals. »Du saubermachen. Aufschlecken. Los! Oder Himmelfahrt lieber? Geht aber in Hölle für disch, Kinderficker.«

Er wollte nicht, konnte nicht. Die anderen johlten, begannen im Takt zu klatschen. »Mahlzeit, Kinderficker. Mahl-zeit-Kin-der-fi-cker. Mahl-zeit-Kin-der-fi-cker.«

Murat drehte die Enden des Handtuchs langsam zusammen. »Los, Arschlochsau! Putz du weg!«

Er bekam keine Luft mehr, krallte seine Finger zwischen Hals und Tuch, zerrte daran. Der Hilfeschrei blieb ihm im Hals stecken, vergurgelte in seiner Kehle. Murat machte ernst! Der Druck wurde unerträglich, zerquetschte ihm die Finger und als Nächstes den Kehlkopf. Er würde ersticken! Er würde sterben! Er senkte seinen Kopf in die Kotze und begann sie aufzuschlecken.

»Mahl-zeit-Kin-der-fi-cker.«

Stöhnend trat Terbek vom Fenster zurück und ging nach unten. Tanja saß auf dem Sofa und sah fern. Es kamen Nachrichten. Die platinblonde Sprecherin strahlte ihn mit perlweißem Lächeln an. Hinter ihr erschien das Bild von Marie. »Wie die Kriminalpolizei München eben auf einer Pressekonferenz bekanntgab, wurde die Leiche der vor zehn Jahren entführten Marie Weber in einem Waldstück nahe München gefunden.«

Ihm wurde übel.

Panik ergriff ihn, umklammerte ihn mit eisernen Pranken. Jetzt gab es nur noch den einen Weg. Und ihm blieb kaum noch Zeit. Eines musste er noch regeln. Denn sie sollte das Haus nicht bekommen. Sie nicht! Dieses Miststück, diese Ausgeburt der Hölle! Hektisch suchte er nach Papier und Stift und überlegte fieberhaft, wem er es vermachen könnte. Ihm fiel niemand ein. Er hatte keine Freunde und seit siebzehn Jahren auch keine Familie mehr. Es gab niemanden. Der Kirche? Einem Verein? Jemandem, der mächtig war, denn sie würde es anfechten. Der Stadt. Für die Flüchtlinge. Hastig kritzelte er seinen Letzten Willen auf das Blatt, setzte Ort, Datum und Unterschrift darunter, faltete es zusammen und suchte nach einem Kuvert. Er fand eines in der Küchenschublade, klebte es zu, schrieb auf die Vorderseite das Wort *Testament* und legte den Brief auf den Wohnzimmertisch.

Dann half er Tanja in den Rollstuhl, fuhr sie ins Schlafzimmer, gab ihr einen Kuss aufs Haar und verabschiedete sich von ihr, seiner stillen Gefährtin. Sie verstand, weshalb er es tat, und er wollte nicht, dass sie es mit ansah, also schloss er die Tür und ging in die Küche. Das Seil hatte er schon gestern aus dem Keller geholt. Es lag neben dem Spülbecken. Zusammen mit der Trittleiter trug er es ins Wohnzimmer, nahm die Lampe ab und prüfte, ob der Haken halten würde, indem er sich mit seinem ganzen Gewicht daranhängte. Es knirschte, ein paar Brösel Putz bröckelten ab. Das war es. Er hielt.

Der Knoten war wichtig. Terbek schlang ihn so, wie er es im Internet recherchiert hatte. Er legte die eine Schlaufe um den Haken, die andere um seinen Hals, und dann wurde ihm klar, dass er im Begriff war, einen Fehler zu begehen. Das Testament lag auf dem Tisch. Wenn sie es nun Monika gaben, seiner nächsten Angehörigen? Sie würde es verschwinden lassen oder fälschen. Ihr traute er alles zu. Am Ende würde sie sich das Haus unter den Nagel reißen. Er musste auf Nummer sicher gehen. Er musste es bei einem Anwalt hinterlegen oder bei Gericht. Oder an Velten schicken. Ja, an Velten. Der würde dafür sorgen, dass es nicht in die falschen Hände geriet.

Terbek nahm die Schlinge ab, stieg von der Trittleiter und steckte das Kuvert in ein anderes, das er an Velten adressierte und frankierte. Nun stand er vor einem unüberwindbaren Problem. Er konnte das Haus nicht verlassen, um den Brief in den Kasten an der Seybothstraße zu werfen. Nicht mit dieser Meute vor der Tür.

57

Die Schachtel mit dem Beruhigungsmittel lag vor Petra auf dem Tisch. Mark hatte es in der Apotheke besorgt. Sie hatte zwei Tabletten genommen und fühlte sich seither wie abgekapselt. Ruhig und ein wenig müde und von allem entfernt, als würde eine gallertartige Masse sie umhüllen und von der Wirklichkeit trennen. Weich und wabbelig dämpfte sie Stimmen und Farben, Geräusche und Gefühle, hielt alles auf Abstand.

Sie saßen oben in Marks Wohnung. MM war gekommen und berichtete von der Pressekonferenz, die er besucht hatte.

»Sie haben die Kommissionen zusammengelegt und so die Soko erweitert. Außerdem haben sie schon vor Tagen die Fallanalytiker hinzugezogen. Das ist gut. Sie lassen nichts schleifen. Die Durchsuchung von Terbeks Haus hat keine Beweismittel zutage gefördert. Aber das weißt du ja schon. Er gilt also noch immer nicht als Beschuldigter, und Heigl, der Leiter der Mordkommission, hat die Medien und die Öffentlichkeit um Zurückhaltung gebeten. Bis zum Beweis des Gegenteils gilt erst einmal die Unschuldsvermutung.«

Petra fuhr sich mit den Händen übers Gesicht. »Sie werden ihn doch nicht laufenlassen?«

»Anhand seiner DNA kann festgestellt werden, ob er der Vater von Maries Kind ist. Eine Probe werden sie noch heute bekommen.«

»Wieso haben sie die nicht?«, fragte Mark. »Er saß, weil er seine Nichte missbraucht hat. Ich dachte, die speichern das.«

»Die Frist war überschritten. Die Daten mussten gelöscht werden.«

So ging das Gespräch noch eine Weile weiter. Petra konnte ihm nicht recht folgen und malte sich wieder das grüne Moos aus, die Himmelschlüssel und ihre Tochter, die darauf schlief. Doch sie schlief nicht, sie war tot, und ihr Gesicht war fremd und leer, genau wie ihr erwachsen gewordener Körper. Fremd. Zehn Jahre. Sieben Monate. Und acht Tage. Hoffentlich nicht nur Martyrium. Hoffentlich auch irgendwie schöne Stunden.

»Ich will sie sehen. Den Jungen auch.«

Mark und MM verstummten mitten im Gespräch. »Das ist sicher möglich«, meinte MM. »Soll ich mich darum kümmern?« Sein Blick ging zwischen ihr und Mark hin und her.

»Ja. Bitte.«

Mit der Hand fuhr Mark sich übers Kinn. »Wenn du das wirklich möchtest ... Schlaf vielleicht eine Nacht darüber.«

Natürlich wollte sie das. Man hatte ihr schon einmal gesagt, ihr Kind wäre tot. Vor zehn Jahren, sieben Monaten und acht Tagen. Sie musste es sehen, um es glauben zu können. Sie musste sich selbst überzeugen.

Irgendwann verabschiedete MM sich. Mark brachte ihn zur Tür und kehrte ins Wohnzimmer zurück.

»Warum haben sie ihn nicht längst verhaftet?«

»Es gibt bisher keine Beweise und keine Aussagen, die ihn belasten. Aber bald. Es ist sicher nur noch eine Frage von Stunden.«

»Weißt du, was das Schlimmste ist?«

»Du hast recht gehabt. Sie hat die ganze Zeit gelebt.«

»Aber nicht in einer Familie, wie ich mir das immer ausgemalt habe. Ich war so dumm. Und ich konnte ihr nicht helfen.«

»Du brauchst dir nun wirklich keine Vorwürfe zu machen. Du hast alles versucht. Stellmacher sollte man zur Verantwortung ziehen.« Mark warf einen verstohlenen Blick auf seine Armbanduhr.

Es war Viertel vor vier. Um vier hatte er einen Termin. »Geh ruhig. Ich lege mich ein wenig hin.«

»Bist du sicher? Ich kann die Besichtigung verschieben.«

»Die Tabletten machen müde. Ich wäre gerne ein wenig allein.« Sie wollte schlafen. Nur schlafen und das alles für ein paar Stunden vergessen.

»Um sechs bin ich wieder da. Vielleicht schaffe ich es auch früher.«

Nachdem Mark gegangen war, legte sie sich aufs Bett, doch statt einzuschlafen, war sie plötzlich hellwach, als hätte sie drei Tassen Kaffee getrunken. Eine Zeugin hatte Terbek mit Marie gesehen. Sie hatten gelacht und schienen vertraut. Dieser Dreckskerl hatte sich an Marie herangemacht, und sie hatte es nicht bemerkt. Stöhnend setzte sie sich auf, strich die Haare aus der Stirn. Was hatte er Marie angetan? Sie wollte es wissen. Von ihm. Er musste es ihr sagen.

Die Schuhe standen neben dem Bett, sie schlüpfte hinein. In der Hosentasche steckte der Autoschlüssel. Sie zog ihn hervor, vergaß die Handtasche auf der Ablage im Flur, und unten musste sie sich erst erinnern, dass ihr Auto ja im Hof stand und nicht auf der Straße, wo sie danach suchte. Noch immer fühlte sie sich wie unter Wasser, nur wacher und relativ ruhig. Unheimlich ruhig geradezu, als ob etwas in ihr lauerte, sich lautlos anschlich.

Da stand ja ihr Auto. So grün wie ein Frosch. Als sie vom Hof und über den Gehweg fuhr, streifte sie ein Fahrrad, das an einem Laternenpfahl lehnte. Es fiel um, sie sah es im Rückspiegel. Slow Motion. Und dann war es weg. Lautlos abgetaucht. Sie fädelte in den Verkehr ein, schwamm mit, ließ sich treiben, schaffte es, zu bremsen, wenn rote Lichter vor ihr aufleuchteten, wäre aber beinahe bei Rot über eine Ampel gefahren. In ihrem Schädel summte es ganz leise. Etwas pirschte sich an. Sie konnte es spüren. Ein leises Vibrieren, kaum merkbare Schwingungen, die das gleichmäßige Fließen störten. Der Verkehr trug sie träge davon. Sie wechselte die Spuren, bog ab, fuhr weiter und weiter, bis sie da war, in der Bassaniostraße, und diese tiefe Stille in ihr sich zu verändern begann, etwas stieg aus ihr empor.

Nur zweihundert Meter entfernt stand Terbeks Haus, ihre ehemalige Wohnung lag gegenüber. Zögernd nahm sie den Fuß vom Gas und blieb mitten auf der Straße stehen. Menschen mit Schildern in der Hand. Sie ragten in die Luft wie erhobene Zeigefinger. Sie wollte diesen Leuten nicht begegnen, die sich empörten und sich auf sie stürzen würden. Auf die arme Frau. Sie wollte deren Mitleid nicht, das sich aus Sensationsgier speiste. Sie wollte keine bedauernden Worte hören, kein Beileid, gar nichts. Sie wollte ihr totes Kind mit niemandem teilen müssen. Ihre Marie. *Wenn es Sonnenblumen gibt, muss es auch Mondblumen geben, Mama. Ist doch logisch.* Marie im grünen Moos, mit Anemonen im Haar und dem toten Kind im Arm. Es zerriss ihr das Herz. Tränen stiegen ihr in die Augen. Warum nur? Warum?

Zwanzig Meter vor ihr kam ein Mann aus der Seitenstraße und sah sich um, bevor er auf die Straße trat. Sein Anblick traf sie wie ein Faustschlag. Terbek. Das war Terbek.

Hass schoss aus der Tiefe empor, ungebändigt wie ein wildes Tier, das brüllend der bleiernen Stille ein Ende bereitete, das Meer der Ruhe in einen brodelnden, tosenden, schäumenden Hexenkessel verwandelte, sie jeder Kontrolle über ihr Denken und Handeln beraubte und das Kommando übernahm. Ihr Fuß knallte aufs Gaspedal. Der Wagen schoss nach vorne, auf die schwarze Silhouette zu. Ein dumpfer Schlag, krachend barst die Windschutzscheibe, etwas flog wirbelnd durch die Luft und verschwand aus ihrem Blickfeld, genau wie das wilde Tier, das wieder in die Tiefe abtauchte und ihr Brüllen verstummen und sie zu Bewusstsein kommen ließ.

Am ganzen Leib zitternd brachte sie den Wagen zum Stehen und schlug die Hände vors Gesicht. O Gott! Was hatte sie getan!

58

Mit dem Beschluss in der Tasche und Holger auf dem Beifahrersitz bog Gina in die Bassaniostraße ein und sah schon aus zweihundert Metern Entfernung die Demonstranten vor Terbeks Haus. Deutlich mehr als gestern. Sie fragte sich, ob es von Heigl eine gute Idee gewesen war, die PK zu einem so frühen Zeitpunkt abzuhalten. Andererseits hatten die Journalisten ihre Informanten. Wenn durchgesickert wäre, dass sie Marie tot aufgefunden und die Öffentlichkeit nicht gleich informiert hatten, hätte das Verschwörungstheorien Vorschub geleistet, es gäbe etwas zu vertuschen.

Bis auf das Häufchen aufgebrachter Bürger war es in der Straße ruhig. Weiter vorne zuckelte ein grüner Lupo über den Asphalt und blieb schließlich mitten auf der Straße stehen. Suchte der Fahrer einen Parkplatz, oder weshalb hielt er?

»Guck mal. Terbek.« Holger wies mit dem Kinn zur Straße.

Tatsächlich. Er kam aus einer Nebenstraße, hielt ein Kuvert in der Hand und wollte die Straße überqueren. Das war wohl der Grund, weshalb der Fahrer des Lupo angehalten hatte. »Ich hätte nicht gedacht, dass er sich aus dem Haus traut.«

»Zu weit davon sollte er sich besser nicht entfernen«, meinte Holger. »Soll ich ihn aufhalten?«

Gina wollte schon zustimmen, als der Motor des Lupo plötzlich aufheulte und der Wagen nach vorne schoss. Terbek hatte keine Chance auszuweichen, wurde auf die Motorhaube geschaufelt, prallte mit dem Kopf gegen die

Windschutzscheibe, wirbelte Sekundenbruchteile später durch die Luft und kam reglos in der Lücke zwischen zwei geparkten Autos zu liegen. »Scheiße! Was war das denn!« Gina sprang aus ihrem Wagen. »Du den Fahrer. Ich Terbek!«

Er lag auf der Seite, Arme und Beine ausgebreitet, wie eine fallen gelassene Puppe, und rührte sich nicht. Um seinen Kopf begann sich Blut auszubreiten. »Herr Terbek.« Vorsichtig rüttelte sie an seiner Schulter. »Herr Terbek?« Keine Reaktion. Sie tastete nach dem Puls und fand keinen, ebenso wenig Anzeichen für Atmung.

Sie zog das Handy aus der Hosentasche und wählte die 112. »KHK Angelucci. Wir brauchen dringend einen Notarzt in die Bassaniostraße. Verkehrsunfall. Ein Schwerverletzter. Vermutlich schweres Schädel-Hirn-Trauma.« Suchend sah sie sich um, während sie die Fragen der Einsatzleitstelle beantwortete. »Ja, ohne Bewusstsein. Kein tastbarer Puls. Keine Atmung. Beeilen Sie sich.« Gina legte auf. Kein Defi in Sicht.

Holger öffnete die Fahrertür des Lupo. Gina traute ihren Augen nicht. Petra Weber saß hinter dem Steuer. Aus dem Haus gegenüber kam ein Mann gerannt, während Gina die Latexhandschuhe überstreifte und Terbeks Mundhöhle abtastete. Sie war leer, und sie wollte mit der Herzdruckmassage beginnen, als sich der Mann über sie beugte. »Ich bin Krankenpfleger. Lassen Sie mich das machen.« Die Forderung kam ruhig und bestimmt.

Gina stand auf. »Kein Puls. Keine Atmung. Die Mundhöhle ist frei.«

Er kniete sich neben Terbek, vergewisserte sich mit wenigen Griffen, dass ihre Angaben zutrafen, legte seine linke Hand auf Terbeks Brust, die rechte zur Faust geballt darüber, und begann mit regelmäßigem Rhythmus die Reanimation. Er war die Ruhe in Person, als würde er das täglich machen, während Ginas Herz raste. Sie legte den Kopf in den Nacken und atmete durch, dann rief sie die Einsatzzentrale an und schilderte die Situation.

»Ich brauche Kollegen, um die Straße abzusperren. Sie müssen uns die Schaulustigen vom Hals halten. Drei oder vier Wagen wären nicht schlecht. Außerdem brauche ich den Trupp von der Verkehrsunfallaufnahme und Buchholz und seine Leute.«

Ein Teil der Demonstranten vor Terbeks Haus hatte sich mittlerweile in Bewegung gesetzt. Petra Weber lehnte weinend an ihrem Auto und nahm das Taschentuch, das Holger ihr reichte.

Gina wandte sich an den Krankenpfleger. »Wenn ich Sie ablösen soll, rufen Sie mich oder meinen Kollegen.« Sie wies auf Holger.

Eine Gruppe von fünf Personen kam näher, die Lehrerin war darunter und auch die mit der Mireille-Mathieu-Frisur. Daneben eine mollige Frau mit blassem Teint und ein Rentnerpaar. Mit dem Dienstausweis in der Hand ging sie ihnen entgegen und öffnete die Jacke. Das Holster mit der Dienstwaffe wurde sichtbar. Manchmal war eine kleine Machtdemonstration nützlich. »Hier gibt es nichts zu sehen. Gehen Sie bitte wieder nach Hause.«

»Wir können gehen, wohin wir wollen.« Natürlich war es wieder die mit der Brille, die das Wort ergriff. »Dafür brauchen wir noch keine Genehmigung.«

»Das hier ist ein Tatort. Wenn Sie ihn betreten, lasse ich Sie wegen Behinderung einer polizeilichen Ermittlung festnehmen.« Sie maßen sich mit Blicken. Gina siegte. Das Wort *Tatort* weckte allerdings Interesse. Hälse wurden gereckt.

»Das ist doch die Sau, das ist er doch, der Terbek«, sagte

die Mollige überrascht, und der Rentner stach plötzlich mit dem Zeigefinger in die Luft. »Da ist ja Frau Weber! Hat sie ihn überfahren?« Fragend sah er Gina an.

»Würden Sie jetzt bitte nach Hause gehen.«

»Bravo. Da kann man nur bravo sagen.« Der Rentner begann zu klatschen und rief in Richtung des grünen Lupo: »Bravo, Frau Weber! Gut gemacht!«

Mireille zückte das Handy und fotografierte. Der Rentner klatschte weiter, seine Begleiterin schloss sich ihm an.

»Es reicht. Sie verschwinden jetzt, oder ich lasse Sie alle aufs Revier bringen.«

Wie aufs Stichwort hörte Gina Martinshörner, die lauter wurden. Zwei Streifenwagen bogen von Norden kommend in die Bassaniostraße ein, zwei von Süden. Ihnen folgte der Notarzt. Kreisende Blaulichter, heulende Sirenen. Wagentüren knallten. Die Leute zogen sich murrend zurück. Gina bat die Kollegen um die Absperrung der Straße und kehrte zum Unfallort zurück. Holger hatte Petra Weber inzwischen Handschellen angelegt. War das wirklich nötig? Noch immer lehnte sie weinend an ihrem Wagen. »Ich hab das nicht gewollt. Es ist einfach passiert.«

Gina ging zu ihr. »Frau Weber, wir waren hinter Ihnen. Ihr Wagen stand, Sie haben Terbek vorgegaukelt, ihn passieren zu lassen, und dann haben Sie Gas gegeben.«

Sie schüttelte den Kopf. »Ich habe gehalten, weil … Die Leute vor seinem Haus … Ich wollte ihnen nicht begegnen. Und dann habe ich ihn plötzlich gesehen.«

Wenn Petra Weber so weitermachte, redete sie sich noch um Kopf und Kragen. Sie stand unter Schock. »Sie halten jetzt besser den Mund. Das war zumindest versuchter Totschlag, wenn nicht sogar ein Mordversuch. Hoffen Sie, dass Terbek überlebt, und kontaktieren Sie einen Anwalt, bevor Sie Angaben machen. Ich muss Sie vorläufig festnehmen.

Mein Kollege bringt Sie ins Präsidium.« Gina wandte sich an Holger. »Kümmerst du dich darum? Ein Arzt muss sie sich ansehen. Und sag ihrem Chef Bescheid. Sie soll den Mund halten, bis sie einen Anwalt hat.«

Einen Augenblick sah sie den beiden nach, wie Holger Petra Weber in einen Streifenwagen bugsierte und sich neben sie auf die Rückbank setzte. Warum hatte sie das getan? Ruinierte sich ihr Leben! Wenn Terbek starb, würde sie nicht mit einer Bewährungsstrafe davonkommen.

Der Krankenpfleger hatte inzwischen Terbek an die Sanitäter übergeben. Der Notarzt riss Terbeks Hemd auf, klebte die Elektroden des Defibrillators auf die Haut und löste den Stromstoß aus. Terbeks Oberkörper bäumte sich auf. Er warf den Kopf hin und her und stöhnte. Er war wieder da.

»Ja, mein Freund. Geht doch!«, sagte der Arzt zufrieden. »Und jetzt schön hierbleiben.«

Ein Stück entfernt lag das Kuvert am Rande eines Gullys. Gina hob es auf – es war an Velten adressiert – und steckte es ein. Dann besann sie sich auf den Grund ihres Besuchs bei Terbek. Der Dienstausweis war wieder gefragt. Sie zeigte ihn dem Notarzt und zog das Röhrchen mit dem Watteträger hervor. »Kripo München. Ich war gerade auf dem Weg zu diesem Mann, um eine richterlich angeordnete DNA-Probe zu nehmen, als das hier passierte. Halten ...«

Der Arzt sah nicht einmal auf, während er einen Zugang an Terbeks Handrücken legte. »Sie machen jetzt keinen Wangenabstrich.«

Das war auch nicht ihr Plan. »Blut tut es auch. Ich behindere Sie nicht.« Sie schraubte den Behälter auf, zog mit dem Deckel das dran befestigte Wattestäbchen hervor und machte einen Abstrich von einer Platzwunde an Terbeks Stirn.

59

Die Probe brachte Gina selbst zur KTU. Da Buchholz mit zwei Mitarbeitern in der Bassaniostraße Spuren sicherte, übergab sie das Röhrchen an seine Kollegin Regina Preuss und erhielt die Information, dass es heute mit der Analyse nichts mehr wurde und sie sich bis morgen früh gedulden mussten, denn eines der beiden Geräte hatte einen Defekt und konnte erst repariert werden, wenn das Ersatzteil eingetroffen war.

Danach fuhr Gina ins Krankenhaus. Terbek wurde noch operiert. Schädelbruch, Hirnblutung, zahlreiche Knochenbrüche. Ob er überleben würde, war ungewiss. Gina hoffte es für Petra Weber. Als sie gehen wollte, wurde sie von einer Schwester aufgehalten, die ihr einen weißen Plastikbeutel in die Hand drückte. »Können Sie seine Sachen mitnehmen? Er wird auf Intensiv kommen, dort haben wir keinen Platz dafür.«

»Wir brauchen die Kleidung ohnehin für die Spurensicherung.« Buchholz musste sie auf Lackanhaftungen und Glassplitter untersuchen. Bevor sie den Beutel in den Kofferraum legte, suchte sie darin nach dem Schlüsselbund und steckte ihn ein. Es war kurz nach halb acht und eigentlich Zeit, nach Hause zu fahren. Doch vorher wollte sie noch Holgers Tracker aus Terbeks Wagen holen, also fuhr sie zurück in die Bassaniostraße.

Die war noch gesperrt. Volker Schellenberg und sein Team von der Verkehrsunfallaufnahme vermaßen Spuren. Die Front des grünen Lupo hatte Buchholz bereits mit einer Plane geschützt. Als Gina ankam, wurde der Wagen mit der Seilwinde auf den Abschleppwagen gezogen. Sie hielt hinter der Absperrung am Straßenrand, schloss das Gartentor auf und ging in die Garage. Der Wagen war offen. Sie tastete unter den Beifahrersitz, fand den Tracker und steckte ihn ein. Ihr Handy gab Alarm. Sie drückte ihn weg. Gleich würde Holger sich melden.

Einen Moment zögerte Gina. Genau genommen brauchte sie einen Durchsuchungsbeschluss. Notfalls konnte sie sich mit Gefahrenabwehr hinausreden. Es war schließlich möglich, dass Terbek einen Topf auf dem Herd hatte stehen lassen, weil er mal nur kurz zum Briefkasten wollte. Sie wollte sich jedenfalls im Haus umsehen und schob den Schlüssel ins Schloss. Kaum hatte sie die Tür hinter sich zugezogen, klingelte ihr Handy. Es war Holger. »Sieht so aus, als wäre jemand an Terbeks Wagen. Der Tracker hat Alarm geschlagen.«

»Das war ich. Jetzt steckt er in meiner Hosentasche. Alles ist gut.«

»Ach so. Danke. Hoffen wir, dass Terbek nicht stirbt. Mir tut die Frau leid, sie ist echt mit den Nerven am Ende.«

»Das rechtfertigt aber keine Selbstjustiz. Was wollte sie eigentlich von ihm?«

»Wissen wir nicht. Sie hat sich entschlossen, deinem Rat zu folgen und den Mund zu halten. Ihr Anwalt ist jetzt da. Heigl hat die Ermittlungen gerade ans K 24 gegeben. Vorsätzliche schwere Körperverletzung.«

Gina war erleichtert über Heigls Versuch, das nicht so hoch zu hängen.

»Wenn Terbek stirbt, ist das ein Tötungsdelikt. Wir wissen beide, was wir gesehen haben«, sagte Holger.

»Wir wissen aber nicht, in welcher psychischen Verfassung sie sich befunden hat, ob sie Medikamente, Alkohol oder Drogen genommen hat. Wurde sie schon einem Arzt vorgestellt?«

»Das passiert gerade.«

»Gut.« Gina verabschiedete sich und sah sich in Terbeks Haus um. Im Schlafzimmer lag die Puppe im Doppelbett, und wieder streifte Gina eine Ahnung, wie einsam Terbek sein musste. Keine Freunde, keine Kontakte zu den Nachbarn, keine zur Familie. Die hatte garantiert mit ihm gebrochen, nachdem er seine Nichte vergewaltigt hatte.

Sie erinnerte sich, wie er händchenhaltend mit der Puppe auf dem Sofa gesessen hatte und sich schämte. Ein Häufchen Elend, erbarmungswürdig und gleichzeitig widerwärtig. Gina wandte sich ab und schloss die Tür. Der Frühstückstisch in der Küche war noch gedeckt, für zwei. Er lebte wirklich mit seiner Puppe, als sei sie ein Mensch aus Fleisch und Blut. Im Wohnzimmer lag die Deckenlampe auf dem Sofa, ein Seil mit Schlinge baumelte über der Trittleiter am Lampenhaken.

Auf diese Weise hatte er also davonkommen wollen! Für einen flüchtigen Moment war Gina Petra Weber beinahe dankbar, dass sie ihn daran gehindert hatte, sich aufzuhängen. Sie sah sich nach dem Abschiedsbrief um, vielleicht enthielt er ein Geständnis, und fand keinen. Dann erinnerte sie sich an den Brief in ihrer Hosentasche, zog ihn hervor und öffnete ihn.

Mein letzter Wille.

Ich, Erik Terbek, vermache im Vollbesitz meiner geistigen Kräfte mein Haus in der Bassaniostraße in München und mein gesamtes Vermögen der Stadt München unter der Vorgabe, es Flüchtlingen als Heim zur Verfügung zu stellen. Meine Schwester, Monika Herter, geb. Terbek, wird dieses Testament anfechten. Ihr ganzes Handeln ist seit siebzehn Jahren darauf gerichtet, dieses Haus in ihren Besitz zu bekommen, und sie scheut dabei weder vor Lügen noch vor Verleumdungen zurück und instrumentalisiert ihre Mitmenschen, sogar ihre eigene Tochter. Sie ist ein verlogenes und intrigantes Stück Dreck! Das sollten Sie wissen. Lassen Sie sie nicht gewinnen! Sie hat mein Leben zerstört. Es ist mein ausdrücklicher Wille, dass sie das Haus niemals bekommt!

Es folgten Datum und Unterschrift.

Kein Geständnis. Nur ein Eimer Hass über die Schwester ausgekippt. Gina faltete das Blatt zusammen, steckte es ein und begann systematisch nach einem Abschiedsbrief zu suchen. Erfolglos. Terbek hatte sich also kommentarlos aus der Verantwortung stehlen wollen. Ohne ein Wort der Erklärung an Petra Weber, ohne sein Gewissen zu erleichtern. Ein in Schweigen gehüllter Abgang.

Verdrängung und Verleugnung bis zum Schluss? Oder wollte er seine Macht auskosten, alleine die Wahrheit zu kennen, die er mit ins Grab nahm?

Sie hat mein Leben zerstört.

Aus dem Nichts kommend, streifte Gina der Gedanke: Und wenn es stimmte? Wenn er seine Nichte gar nicht missbraucht hatte? Wie wahrscheinlich war es dann, dass er Marie entführt hatte?

Gina schüttelte den Kopf. »Quatsch«, sagte sie in die Stille des Zimmers hinein. Er war verurteilt worden und auch in der Berufung gescheitert. Das Schrillen des Handys riss sie aus ihren Gedanken. Der Name Alexander Boos erschien im Display. Der Leiter der Fallanalytiker meldete sich höchstpersönlich.

»Hallo Herr Boos.«

»Ich habe das von Terbek gehört. Frau Weber hat ihn wirklich überfahren?«

»Ja. Das stimmt leider.«

»Wie geht es ihm?«

»Er wird noch operiert. Die Ärzte wagen keine Prognose. Warum fragen Sie?«

»Weil ich nicht glaube, dass er Marie entführt hat.«

60

Tino war schon zu Hause und rumorte in der Küche, als Gina kam. Eine atemberaubende Knoblauchwolke zog durch die Wohnung. Sie hängte Jacke und Tasche an den Garderobenhaken. Ein wenig angesäuert war sie schon, das musste sie zugeben.

»Perfektes Timing. Das Essen ist sofort fertig«, sagte er gutgelaunt.

»Hm. Riecht phantastisch. Was gibt es denn?«

»Gnocchi mit selbstgemachtem Pesto. Morgen früh müssen wir Gewürznelken kauen.« Er goss die Pasta ab, richtete das Essen auf den vorgewärmten Tellern an und setzte sich zu ihr. »Lass es dir schmecken.«

»Jawohl, Chef.«

Er neigte den Kopf zur Seite. »Höre ich da einen leisen Unterton von Verärgerung oder gar Neid?«

»Neid gehört nun wirklich nicht zu meinen hervorstechenden Eigenschaften. Aber mit der Verärgerung könntest du recht haben. Ein ganz klein wenig jedenfalls.« Sie probierte die Gnocchi. »Heigl hat es so entschieden. Er ist der Boss.«

Ihr oberster Chef hatte ihre Soko mit Tinos Mordkommission zusammengelegt und ihn als Leiter der so entstandenen Sonderkommission *Friedrichs Geräumt* bestimmt, die er nach dem Fundort von Maries Leiche benannt hatte. Tino hatte mehr Dienstjahre in leitender Position vorzuweisen, sprich: mehr Erfahrung. Deshalb war er nun der Häuptling. »Und ich füge mich, wenn auch murrend«, ergänzte sie.

Das Bild der toten jungen Frau ging ihr nicht aus dem Kopf. Zehn lange Jahre hatte jemand sie gefangen gehalten. Er hatte sie hungern lassen und gedemütigt. Er hatte sie misshandelt und missbraucht. Der Kerl hatte sie geschwängert, und sie hatte all das ertragen und irgendwie durchgehalten und gehofft, dass sie eines Tages entkommen würde. Und dann war bei der Geburt alles schiefgelaufen, und dieser Dreckskerl hatte sie nicht zum Arzt gebracht, hatte sie einfach sterben lassen in einem Loch, das Gina sich gar nicht erst vorstellen wollte. Ein paar Tage mehr. Nur ein paar Tage, und sie hätten sie befreit.

Sie rammte die Gabel in die Gnocchi. Vielleicht. Vielleicht hätten sie Marie befreit. Denn seit dem Telefonat mit Boos war sie sich nicht mehr sicher.

»Was ärgert dich dann, wenn nicht mein Federschmuck?«

Plötzlich hatte sie keinen Hunger mehr und schob den Teller weg. »Boos hat mich angerufen. Er glaubt nicht, dass Terbek unser Mann ist.«

»Ach? Wie begründet er das?«

»Sie haben das Tatgeschehen Schritt für Schritt zerlegt und jede Entscheidung des Täters analysiert. Jedenfalls so weit das möglich war. Die zeitlichen Lücken konnten auch sie nicht schließen. Der Tatablauf ist sehr komplex, gut durchdacht und gut vorbereitet, meint Boos. Wer Christian Weber ermordet und Marie entführt hat, ist überdurchschnittlich intelligent und verfügt nur über eine geringe Risikobereitschaft, denn er hat versucht, alles zu kontrollieren und im Griff zu behalten. Ihm ist nur ein Fehler unterlaufen. Das Feuer. Boos glaubt nicht, dass er es gelegt hat, und geht davon aus, dass es entstand, nachdem er den Tatort verlassen hat. Vermutlich hat er die Kerze nicht gelöscht. Jedenfalls passt das Täterprofil nicht zu Terbek. Knapp durchschnittlich intelligent, ängstlich, planlos und risikobereit. Mit seiner Nichte ist er während einer Familienfeier, bei der ein Dutzend Gäste anwesend war, in den Keller gegangen. Er hätte jederzeit gestört werden können.«

Tino stützte das Kinn in die Hand. »Die Tat mag zwar gut vorbereitet gewesen sein, doch dem Täter ist einiges aus dem Ruder gelaufen. Der Kampf war nicht geplant und schon gar nicht die tödlichen Verletzungen. Er wollte Weber schließlich mit Schlaftabletten umbringen. Und darauf zu hoffen, dass das nicht erkannt und er mit der Selbstmordinszenierung durchkommen würde, war ein Vabanquespiel. So viel zur geringen Risikobereitschaft. Wenn die Rosenheimer nicht auf eine Obduktion verzichtet hätten, wäre das sofort aufgeflogen. Damit konnte er nun wirklich nicht rechnen.«

»Doch. Konnte er.«

Für einen Moment blieb Tino der Mund offen stehen.

»Eine Mitarbeiterin von Boos hat das herausgefunden.« Gina erzählte Tino von der Mordserie im Pflegeheim, die Dr. Herzog aufgedeckt hatte, wie daraufhin der zuständige Staatsanwalt Mellmann unter Druck geraten war, und vom seither bestehenden Kampf der beiden Alphatiere.

»Davon habe ich noch nie gehört«, sagte Tino.

»Zu der Zeit hast du noch in Hamburg ermittelt. Das ist beinahe zwölf Jahre her. Jedenfalls hatte der Machtkampf damals zur Folge, dass Mellmann nun erst recht keine Obduktion anordnete, wenn eine Todesursache seiner Meinung nach als gesichert galt. Die rückläufige Zahl an Obduktionen ist damals einem Journalisten vom *Oberbayerischen Volksblatt* aufgefallen. Er hat einen Artikel darüber geschrieben. Wenn der Täter ihn gelesen hat, wusste er, dass er im Landkreis Rosenheim die besten Chancen hatte, dass sich niemand diesen Selbstmord mit Schlaftabletten genau ansehen würde, denn der war ja geplant und nicht die perforierte Lunge. Die Wahrscheinlichkeit, dass die Rechnung aufgehen würde, war groß. Und Boos meint, dass er für den anderen Fall sicher einen Plan B hatte. Jedenfalls wurden Mord und Entführung mit ziemlich langem Atem vorbereitet.«

Sie aßen ihre Gnocchi, als Gina plötzlich eine Erinnerung streifte. Etwas, das sie erledigen wollte und dann vergessen hatte. Sie kam nicht darauf.

Tino und sein Team hatten beinahe alle Spuren abgearbeitet, und keine war heiß. War es Terbek gewesen, der Maries Leiche im Wald verscharren wollte? Der Jäger, der das verhindert hatte, war sich nicht einmal sicher, ob es überhaupt ein Mann gewesen war. Er hatte nur eine dunkle Gestalt gesehen, die davonrannte und vermutlich einen Kapuzenpulli trug. Den Wagen, mit dem er flüchtete, hatte der Zeuge nur gehört, nicht gesehen, und an dem zurückgelassenen Spaten befanden sich DNA-Spuren, doch keine konnte zugeordnet werden. Die Auswertung von Funkzellendaten und Verkehrsüberwachungsbändern lief noch.

Auch die Spuren und Hinweise im Fall des Babys waren alle verfolgt worden. Das Phantombild hatte schließlich zu einem Mann aus dem Nachbarhaus geführt, der einen Kumpel nach Hause gebracht hatte. Die Plastiktüte, in der das Baby gelegen hatte, stammte von einem Schuhgeschäft in Schwabing. Sie war ihre größte Hoffnung. Der Inhaber hatte zugesichert, ihnen die Namen aller Kunden zur Verfügung zu stellen, die innerhalb des letzten halben Jahres mit Karte gezahlt hatten, und das waren so gut wie alle, kaum jemand zahlte noch bar.

Nach dem Essen deckten sie den Tisch ab und räumten die Küche auf, und Tino fragte, ob es inzwischen einen neuen Termin für das Screening gab. Das hatte sie ganz vergessen und versprach, es morgen nachzuholen. Gegen elf gingen sie zu Bett, und Gina schlief tief und traumlos, bis um sechs der Wecker klingelte.

Das Morgenmeeting der Soko Friedrichs Geräumt hatte Tino erst für zehn Uhr angesetzt, bis dahin sollte die Analyse von Terbeks DNA vorliegen. Gina nutzte die Zeit, um bei den Kollegen vom K 24 ihre Aussage zu Petra Webers Angriff auf Terbek zu machen. Sie saß noch in der Haftzelle. Am Vormittag würde ein Richter entscheiden, ob sie in U-Haft genommen wurde.

Als Gina den Sokoraum kurz vor zehn betrat, hatte er sich bereits bis auf den letzten Platz gefüllt. Vier Mordkommissionen arbeiteten inzwischen an dem Fall, dazu etliche Sachbearbeiter und Spezialisten aus verschiedenen Sachgebieten, über zwanzig Kollegen, motiviert und gut ausgebildet, geballte Kraft. Gespannte Erwartung lag in der Luft. Nur Buchholz fehlte noch.

Gina stand in der Nähe der Tür und unterhielt sich mit Moritz, als sie das charakteristische Schlurfen von Buchholz' Schritten näher kommen hörte und in den Flur blickte. Hängende Schultern und Mundwinkel, eine Miene, in der Missmut dräute wie ein heraufziehendes Unwetter. Als sich ihre Blicke trafen, senkte er den Daumen.

Terbek war also nicht der Vater von Maries Kind. Er war es nicht. Er hatte mit alldem nichts zu tun. Gina fühlte sich von einer Sekunde auf die andere wie ausgewrungen. Sie hatte es falsch angefangen, sie hatte versagt.

61

Das Meeting dauerte nicht lange. Schon eine halbe Stunde später kehrte Gina mit Holger an ihren Schreibtisch zurück.

Ihre Hoffnungen, diesen Fall doch noch klären zu können, ruhten nun auf drei Säulen: der Auswertung der Funkzellendaten und Verkehrsüberwachungsbänder, der Liste des IT-Fachmanns des Schuhhauses und last but not least Fieselarbeit. Jedes Team würde seine Unterlagen noch einmal gewissenhaft durchgehen. Hatten sie etwas übersehen, waren einem Hinweis nicht nachgegangen oder hatten sie etwas falsch zugeordnet?

Holger nahm den GPS-Tracker, den Gina auf seinen Tisch gelegt hatte. »Danke fürs Abholen. Wie geht es Terbek eigentlich?«

»Das würde mich auch interessieren.« Sie rief in der Klinik an und erfuhr, dass die OP gut verlaufen war, Terbek sich aber noch immer in einem kritischen Zustand befand. Man hatte ihn ins künstliche Koma versetzt.

Wenn er starb, drohte Petra Weber eine Anklage wegen Totschlags, vielleicht sogar wegen Mordes. Wie hatte sie das nur tun können? Warum war sie überhaupt zu ihm gefahren? Er hätte sie nicht mal hereingelassen. Und er war unschuldig. Er hatte Christian Weber nicht ermordet, um dessen kleine Tochter in seine Gewalt zu bringen.

Gina stöhnte bei dem Gedanken an diesen widerwärtigen Plan. Was für ein krankes Hirn musste man haben, um sich Derartiges auszudenken. Doch sie wusste, dass sie es sich mit dieser Erklärung zu einfach machte. Die Priklopils und Fritzls dieser Welt waren in der Regel geistig gesund und voll schuldfähig. Ihnen ging es um Macht und Kontrolle. Sie wollten herrschen, sie wollten Gott sein. »Ich muss mal fünf Minuten an die frische Luft.« Gina griff nach ihrem Handy und entdeckte dabei den Zettel mit der Telefonnummer von Werner Pape, dem Personalchef im Ruhestand, die seine Nachfolgerin für sie ausfindig gemacht hatte. Den konnte sie auch später noch zurückrufen. Jetzt brauchte sie Sauerstoff und etwas gegen den Frust und einen ruhigen Ort zum Nachdenken.

Sie verließ das Präsidium und ging Richtung Alter Botanischer Garten. Im Stachus-Untergeschoss kaufte sie bei einem Backshop eine Rosinenschnecke und tauchte am Ausgang Justizpalast wieder an die Oberfläche. *Palast* traf es ziemlich gut. Ein imposantes und furchteinflößendes neobarockes Gebäude, das von einer Figurengruppe mit dem Titel *Gerechtigkeit* gekrönt wurde. Justitia mit der Waage stand im Mittelpunkt, und Gina fragte sich, ob es nach so langer Zeit für Marie und ihren Vater und das Baby noch Gerechtigkeit geben würde.

Was hatte sie falsch gemacht? Hätte sie sich intensiver mit Bettina und Frank Weyer beschäftigen müssen? Die beiden verbargen etwas. Doch Anna war nicht Marie.

Sie betrat den Alten Botanischen Garten am Eingang Sophienstraße, eine Oase der Ruhe mitten in der Stadt. Blühende Büsche und Bäume, gepflegte Rabatten rund um einen Brunnen, der leise vor sich hin plätscherte. Einige Touristen gingen an einer älteren Dame vorbei und scheuchten die Spatzen auf, die sie fütterte. Gina setzte sich auf eine freie Bank und zog die Rosinenschnecke aus der Papiertüte.

Ein Bissen für die Mama, einen für den Kleinen. Bei diesem Gedanken musste sie dann doch lächeln. Größtenteils landeten die Kalorien an ihren Hüften. Holger hatte schon recht. Sie sollte ein wenig aufpassen, damit sie nicht zu sehr zunahm, aber sie musste nicht jetzt sofort damit beginnen. Dafür war der Frust zu groß und die Schnecke zu gut. Saftig und süß, mit einer dicken Zuckergussschicht, die an den Fingern und der Oberlippe kleben blieb. Als sie fertig war, wusch sie sich am Brunnen die Hände und trocknete sie an der Cargohose ab.

Der Zettel mit der Telefonnummer fiel ihr ein. Sie zog ihn samt Smartphone hervor, kehrte zur Bank im Schatten zurück und tippte die Nummer ein.

»Ja. Werner Pape.« Die Stimme eines älteren Herrn.

»Gina Angelucci. Kripo München. Frau Kempf hat mir Ihre Nummer gegeben.«

»Ich habe schon auf Ihren Anruf gewartet. Frau Kempf sagte, dass Sie mich wegen Christian Weber sprechen wollten.«

»Sie erinnern sich an ihn?«

»Ja, natürlich.«

An ein Vorstellungsgespräch, das vor über zehn Jahren stattgefunden hatte? Pape hatte im Laufe seines Berufslebens sicher Tausende geführt. »Warum ist Ihnen das im Gedächtnis geblieben?«

»Weil der Mann sich und seine kleine Tochter kurz nach meiner Absage umgebracht hat. So sah es jedenfalls bis vor ein paar Tagen aus. Nun scheint das ja alles ganz anders gewesen zu sein. Aber das konnte ich nicht wissen. Ich habe mich schuldig gefühlt. Jahrelang dachte ich, dass ihm vielleicht meine Absage den Rest gegeben hat, dass sie das Zünglein an der Waage war, das den Ausschlag gab. Vielleicht bin ich schuld. Wenn ich ihn eingestellt hätte, dann wäre das nicht passiert. Das dachte ich.«

»Sie sind nicht schuld.«

»Ja, jetzt weiß ich das.«

»Wie ich gehört habe, war er bestens qualifiziert. Und trotzdem hat er sich eine Absage nach der anderen geholt. Woran lag es?«

»Das ist richtig. Er hatte eine gute Ausbildung und gute Zeugnisse.« Ein Husten klang durchs Telefon, wurde leiser, Pape hielt den Hörer offenbar an die Brust gepresst. Es dauerte eine Weile, bis er sich wieder meldete. »Entschuldigen Sie. Dieser Husten ... Eine der Malaisen, die einen im Alter heimsuchen. Wo waren wir?«

»Sie wollten mir erklären, weshalb Sie Weber nicht eingestellt haben.«

»Ja. Richtig. Wissen Sie, wenn man eine Stelle neu besetzt, muss der Mitarbeiter auch ins Team passen, sonst gibt es Spannungen und Reibereien. Außerdem habe ich immer Wert auf die sogenannten Soft Skills gelegt. Pünktlichkeit, Höflichkeit, Zuverlässigkeit. Deshalb ist es üblich, sich Referenzen geben zu lassen. Wenn ein Kandidat in die engere Wahl kommt, ruft man seine Referenz an ...«

»Und bekommt ganz sicher eine Lobeshymne zu hören. Niemand wird jemanden als Empfehlung angeben, der einen hineintunkt.«

Ein leises Lachen klang durchs Telefon. »Da haben Sie schon recht. Aber ein guter Personaler hat da seine eigene Technik. Am Ende habe ich immer ein klares Bild eines Kandidaten gehabt.«

»Sie wollen sagen, dass Webers Referenz ihm nicht geholfen hat, die Stelle zu bekommen, sondern, ganz im Gegenteil, das verhindert hat?« Plötzlich war Gina hellwach. Ihre verrückte Idee schien gar nicht so verrückt zu sein.

»Vereinfacht könnte man das so sagen«, meinte Pape. »Anfangs hat er ihn natürlich gelobt. Man muss nachhaken und die richtigen Fragen stellen, dann erfährt man alles. In diesem Fall war es so, dass Weber als menschlich schwierig galt. Unter Druck neigte er zu cholerischen Ausbrüchen, und außerdem schmückte er sich gerne mit der Arbeit der Kollegen. So jemanden stellt man nicht ein. Nicht, wenn man andere geeignete Kandidaten hat.«

»Wissen Sie noch, wer Webers Referenz war? Können Sie sich an den Namen erinnern?«

»Nein. Tut mir leid. Mein Namensgedächtnis war noch nie sonderlich gut. Eigentlich ein Witz, wenn man täglich mit Menschen zu tun hat. Jetzt allerdings nicht mehr so häufig.«

»Es war ein Mann.«

»Sicher. Ein Mann. Daran erinnere ich mich.«

»Wenn Ihnen noch etwas einfällt, rufen Sie mich bitte an.« Gina steckte das Handy ein. Die alte Frau fütterte noch immer die Spatzen, die Figuren am Brunnen spien Wasser. Alles war wie zuvor und doch ganz anders.

Jemand hatte im Hintergrund die Fäden gezogen und hatte sich viel Zeit genommen. Als erster Punkt auf seiner Liste hatte die Zerstörung der Ehe von Petra und Christian Weber gestanden. Kalt und berechnend hatte er die beiden zu seinen Marionetten gemacht und sie Richtung Abgrund tanzen lassen. Und sie hatten keine Ahnung gehabt!

62

Gina rief die Kollegen vom K 24 an und erfuhr, dass der Richter angesichts der Schwere der Tat U-Haft für Petra Weber angeordnet hatte. Am Nachmittag sollte sie nach Stadelheim verlegt werden. Noch war sie also im Haus. Gina bat darum, sie in einen der Vernehmungsräume zu bringen, und marschierte, beinahe im Stechschritt, zurück zum Präsidium. Die Rosinenschnecke lag ihr im Magen. Ihr Tempo war zu hoch, sie geriet außer Atem und musste schließlich mit Seitenstechen vor dem Jagdmuseum stehen bleiben. Mit einer Hand stützte sie sich auf dem Eber aus Bronze ab, dessen Schnauze von unzähligen Händen aus aller Herren Länder ganz blankpoliert war. Holger würde sie vor den Bakterienschwärmen warnen und dringend zum Händewaschen raten, wenn er sie so sehen könnte.

»Geht es Ihnen nicht gut?« Gina schaute auf. Die Frage kam von einer besorgt dreinblickenden Hochschwangeren, die stehen geblieben war.

Mit einem Kopfschütteln wehrte Gina ab. »War nur zu schnell unterwegs. Alles prima. Aber danke, dass Sie gefragt haben.«

»Sind Sie sicher, dass Sie keine Hilfe brauchen? Sie sind ganz käsig im Gesicht.«

»Mir geht es gut. Wirklich. Es ist nur ... Ich bin schwanger. Anfang vierter Monat. Langsam merke ich meine Grenzen.« Eine unerwartete Freude überflutete sie, als sie offen aussprach, was sie seit Wochen verheimlichte. Die Worte malten ihr ein Strahlen ins Gesicht.

Ein Lächeln zog über das der Frau. »Ging mir genauso.

Machen Sie einfach ein paar Takte langsamer. Und alles Gute.«

»Danke. Ihnen auch.«

Einen Augenblick blieb sie noch stehen, wartete, bis das Seitenstechen vorüber war, und ging ins Präsidium.

Zuerst suchte sie die Toilette auf, wusch sich die Hände und betrat dann das Vernehmungszimmer. Es hatte keine Fenster und wurde vom kalten Schein einer Neonröhre erhellt. Petra Weber saß unter Bewachung am Tisch. Als Gina eintrat, sah sie auf und schrak zusammen.

»Er ist doch nicht ...« Sie schluckte. »Er ist doch nicht gestorben?«

»Nein. Aber sein Zustand ist kritisch. Grüß Sie, Frau Weber.«

Gina setzte sich. Maries Mutter sah schlecht aus. Bleich und eingefallen, dunkle Schatten unter den rotgeränderten Augen, die kurzen Haare standen zerzaust vom Kopf. »Ich wollte das nicht. Es ist passiert. Mein Fuß hat sich selbständig gemacht und einfach das Gaspedal durchgetreten, als ob er nicht zu mir gehören würde. Es tut mir leid. Es tut mir wirklich leid, auch wenn Sie das vermutlich nicht glauben.« Mit zitternden Händen unterstrich sie jedes Wort, und Gina glaubte ihr. Dennoch war es eine saudumme Idee von ihr gewesen, zu Terbek zu fahren.

»Sie hätten ihn gar nicht erst aufsuchen sollen. Was wollten Sie denn dort?«

»Mit ihm reden. Ich weiß, das war dumm.« Mit der Hand fuhr sie sich durch die Haare. »Aber ich wollte ihn sehen. Ich wollte, dass er mir sagt, was er ... mit Marie ... was er mit ihr gemacht hat.« Ihr Kinn zitterte, als würde sie jeden Moment in Tränen ausbrechen.

Gina kämpfte den Impuls nieder, Petra Weber in den Arm zu nehmen. Stattdessen griff sie nach ihrer Hand. »Uns liegt inzwischen das Ergebnis der DNA-Analyse vor. Terbek ist nicht der Vater von Maries Kind. Bei der Durchsuchung seines Hauses haben wir keinen Hinweis darauf gefunden, dass Marie sich dort aufgehalten hat. Er war es nicht.«

»Er war es gar nicht?«

»Er hat nichts damit zu tun.« Einen Augenblick wartete Gina, bis Maries Mutter diese Nachricht einsortiert hatte und schließlich die Hand vor den Mund schlug. Er war unschuldig, und sie hatte ihn beinahe umgebracht.

»Frau Weber, wir verfolgen derzeit eine andere Spur. Die Frage wird Ihnen jetzt seltsam vorkommen, aber es ist wichtig, dass Sie sich erinnern. Wen hat Ihr Mann damals bei seinen Bewerbungen als Referenz angegeben?«

»Wieso bei seinen Bewerbungen? Was hat das damit zu tun?«

»Ich erkläre es Ihnen später. Wer war seine Referenz? Denken Sie nach.«

Sie zog die Schultern hoch. »Ich weiß es nicht. Vermutlich seinen Teamleiter. Das macht man doch so. Das war damals der Höfling. Wolfgang heißt er mit Vornamen. Ein unsympathischer Mann. Ich habe Sie doch erst vor ein paar Tagen auf ihn hingewiesen. Er ist mir zufällig über den Weg gelaufen. Sagt er. Ich vermute, dass er mich abgepasst hat. Und er hat mich ausgehorcht. Ich habe es Ihnen doch erzählt. Glauben Sie etwa, dass er uns das angetan hat?«

»Wir gehen einer Spur nach. Die kann auch ins Leere laufen. Sie sind sich aber nicht sicher, dass Ihr Mann Höfling als Empfehlung angegeben hat. Wer käme noch in Frage?«

»Ich weiß nicht ... Vielleicht einer seiner Kollegen. Bergmann, der ehemalige Abteilungsleiter, bestimmt nicht. Mit dem war er über Kreuz. Die beiden konnten sich nicht ausstehen.«

»Danke.« *Sie haben mir sehr geholfen,* konnte sie nun wirklich nicht sagen.

Gina kehrte in ihr Büro zurück. Wolfgang Höfling. Bevor sie ihn aufscheuchte, wollte sie sich schlaumachen, mit wem sie es zu tun hatte. Holger mit seiner guten Beziehung zur Datenkrake konnte das übernehmen.

Er war nicht an seinem Platz. Die Kaffeemaschine tat gerade ihren letzten Röchler. Gina schenkte sich den *CSI*-Becher halbvoll und lehnte sich damit an die Schreibtischkante. Dabei fiel ihr Blick auf das Regal mit den Akten, die sie vor zwei Wochen aus Rosenheim hierhergekarrt hatte, einzig und allein, um einen Vorwand zu haben, im Langbürgner See nach Maries Leiche suchen zu lassen. In Gedanken schlug sie sich die Hand vor die Stirn. Hastig stellte sie den Becher ab und zog Christian Webers Laptop aus dem Regal.

Ihr Versuch, ihn zu starten, misslang. Nichts tat sich. War etwa die Festplatte kaputt? Ausgerechnet jetzt. Vermutlich hatte sich nur der Akku wieder entladen. Gina suchte nach dem Kabel und stöpselte es an. Mit einem leisen Signalton fuhr der Rechner hoch.

In den zahlreichen Ordnern und Unterordnern, die Weber angelegt hatte, suchte sie nach den Bewerbungsunterlagen und war damit so beschäftigt, dass sie nicht hörte, wie jemand den Raum betrat. Sie zuckte richtiggehend zusammen, als Tino plötzlich neben ihr stand.

»Puh, hast du mich erschreckt.«

»Worin bist du denn so vertieft?«

»Meine verrückte Idee ist vielleicht gar nicht verrückt. Gut möglich, dass jemand bei Webers Ehekrise kräftig mitgemischt hat. Der Mann, den er als Referenz bei der Stellensuche angegeben hat, ist ihm jedenfalls in den Rücken gefallen. Nach seinem Namen suche ich. Irgendwo auf diesem Laptop müssen die Bewerbungsunterlagen sein. Und was treibt dich zu mir? Die Sehnsucht oder am Ende nur Holgers ausgezeichneter Kaffee?«

»Die Sehnsucht, natürlich. Was sonst?« Er gab ihr einen Stups auf die Nase und zog einen Stuhl heran. Erst jetzt bemerkte sie die Unterlagen in seiner Hand.

»Was ist das?«

»Die Namensliste der Käufer aus dem Schuhhaus. Mir sagt keiner etwas. Deshalb habe ich sie gerade an alle Teams gemailt. Nur dir wollte ich sie persönlich bringen. Hast du Webers Bewerbungsschreiben schon gefunden?«

»Gleich.« Sie klickte den Ordner *Arbeit* an und fand darin einen anderen mit *Bewerbungen*. Ihre Finger flogen über die Tasten, sie scrollte durch zahlreiche Dokumente und öffnete schließlich eines mit dem Titel *Bewerbungen_Anschreiben.doc*. Sie sah den Namen sofort.

63

Die Soko Friedrichs Geräumt traf sich kurz vor achtzehn Uhr. Die Stunden bis dahin nutzten sie, um alle verfügbaren Informationen über Webers Referenz an Bord zu holen und eine Observierung zu veranlassen, die seit dem frühen Nachmittag stand. Zwei Zivile Einsatzgruppen hatten sie übernommen. Bisher verhielt der Mann sich ruhig und unauffällig, tat, was er immer tat. Nach einem Termin kehrte er ins Büro zurück, telefonierte und empfing einen Kunden. Um siebzehn Uhr dreißig machte er Feierabend. Alles war ruhig. Alles wie immer.

Er inszenierte Normalität, obwohl er in Panik sein musste. Nicht nur war sein Komplott nach zehn Jahren aufgeflogen, obendrein waren Maries Leiche und die des Babys gefunden worden. Wenn er unter Druck geriet, verlor der kühle Planer also den Kopf und machte Fehler. Die Plastiktüte des Schuhladens war einer gewesen, und mit dem Versuch, Maries Leiche im Wald zu begraben, war er ein hohes Risiko eingegangen, entdeckt zu werden. Und genau das war dann ja passiert.

»Nur nicht auffallen, unsichtbar bleiben, das scheint im Moment seine Taktik zu sein«, erklärte Gina den Kollegen, die dichtgedrängt im Raum saßen, der für zwanzig Leute eigentlich zu klein war. Die Luft wurde bereits stickig. Jemand öffnete die Fenster. Bob Dylans Double saß wieder in der Fußgängerzone. *It's All Over Now, Baby Blue*, klang es herauf.

Kann man so sagen, dachte Gina. Von einer Sekunde auf die andere hatte sich das Blatt gewendet, als sie den Namen in Webers Bewerbungsschreiben gesehen und Tino ihn auf der Liste der Kartenzahler des Schuhhauses entdeckt hatte. Diesen Moment der Erkenntnis hatte sie ausgekostet. Plötzlich passte alles, und ihr Adrenalinspiegel war nach oben geschnellt.

Dort war er noch immer und die Anspannung vor der anstehenden Verhaftung groß. Sie hatten ihn. Jedenfalls so gut wie. Er würde für all das büßen, was er den Webers angetan hatte. Wenn es nach ihr ginge, würde er nie wieder auf freien Fuß kommen.

Gina straffte die Schultern. »Unser Mann ist polizeilich bisher nicht aufgefallen, keine Vorstrafen, ein unbeschriebenes Blatt. Dennoch gibt es ein Problem. Er hat eine Waffenbesitzkarte und zumindest eine Waffe im Haus. Eine Glock ist auf ihn angemeldet. Wir sollten davon ausgehen, dass das nicht alles ist. Er ist ein geduldiger Planer, ein Kontrollfreak. Nicht auszuschließen, dass er für den Fall seiner Verhaftung seinen Abgang vorbereitet hat. Möglicherweise begeht er Selbstmord, oder er lässt sich von uns erschießen. Die schlimmste Variante: Er nimmt einen von uns mit.«

»Oder er haut ab.« Das kam von Russo.

»Davon gehe ich nicht aus. Er hatte Zeit genug, um sich abzusetzen. Falls er es doch versucht, sind wir an ihm dran. Aber ich glaube eher, dass er sich verschanzen wird.«

Tino ergriff das Wort. »In ähnlich gelagerten Fällen haben sich die Täter entweder widerstandslos verhaften lassen oder Selbstmord begangen. Wir werden ein SEK vorschicken, um ihn zu entwaffnen. Am besten im Morgengrauen. Moritz, Nicolas, ihr seid doch Frühaufsteher. Euch hätte ich gerne bei der Festnahme dabei.«

Die beiden nickten, während Gina die Stirn krauszog. Tino glaubte doch nicht im Ernst, dass sie während der Verhaftung zu Hause bleiben würde? Und Holger auch nicht.

Tino suchte ihren Blick und hoffte wohl auf ihre schweigende Zustimmung. Da täuschte er sich aber.

»Holger, wie schaut es aus? Auch Frühaufsteher?« Nickend hob er den Daumen. »Wir sind also zu fünft, um die Zielperson von den Kollegen zu übernehmen und die Hausdurchsuchung durchzuführen.«

Tino sah aus, als würde er einen Seufzer verschlucken, und passte sie prompt nach der Besprechung an der Tür ab. »Auf ein Wort.«

Holger verabschiedete sich. »Ich besorge uns die Baupläne des Hauses.«

Er musste eine Quelle im Grundbuchamt haben oder wo auch immer man Einsicht in Baupläne bekommen konnte. »Wäre super, wenn wir die bis zur Einsatzbesprechung mit Schindler hätten.« Eine Sekunde sah Gina ihm noch nach, um sich zu wappnen, und wandte sich dann an Tino. »Das ist auch mein Fall.«

»Mag sein. Aber zu gefährlich.«

Wieder glomm dieser besorgte Funke in seinen Augen, der ihr ein schlechtes Gewissen machte. War sie am Ende zu sorglos, weil sie nicht stapelweise Ratgeber las – die sie dann doch nur verunsichern würden – und sich am besten gleich neun Monate ins Bett legte?

»Andere Frauen stehen bis sechs Wochen vor der Entbindung am Fließband, räumen in Supermärkten Regale ein, fahren Straßenbahnen und Züge und erledigen einfach ihre Arbeit. Nichts anderes will ich. Meine Arbeit machen. Und gefährlich ist für uns gar nichts. Wozu haben wir die Jungs vom SEK? Wir übernehmen ihn doch erst, wenn sie ihn entwaffnet haben.«

»Und wenn etwas schiefgeht?«

»Schindlers Truppe ist bis an die Zähne bewaffnet. Ein Dutzend Männer gegen einen. Sie werden ihm die Handschellen angelegt haben, bevor er sich den Schlaf aus den Augen reiben konnte. Und wenn es dich beruhigt, halte ich ordentlich Abstand. Aber ich will dabei sein, wenn sie diesen Mistkerl aus seinem Loch ziehen. Du würdest dir das auch nicht entgehen lassen.«

Sie sah den stummen Kampf, den er mit sich austrug. Er war der Sokoleiter und somit momentan ihr Vorgesetzter und verantwortlich für die Sicherheit seiner Leute. Wenn er njet sagte, durfte sie an dem Einsatz nicht teilnehmen. Das würde sie ihm nicht so schnell verzeihen, und das schien er zu ahnen.

»Also gut. Aber du bleibst wirklich auf Distanz.«

Die Anspannung fiel von ihr ab. »Jawohl, Chef.«

»Und wenn das hier vorüber ist, dann gehst du zu Thomas und sagst ihm endlich, dass du schwanger bist, und ziehst dir nicht den nächsten Fall an Land. Noch einmal mache ich das nicht mit. Im Gegensatz zu den Frauen, die Supermarktregale einräumen, hast du es täglich mit Kriminellen zu tun. *Es ist zu gefährlich.*« Er zog sie an sich. »Ich will mir keine Sorgen um euch beide machen müssen.«

Eine halbe Stunde später traf Schindler zur Einsatzbesprechung ein. Holger hatte tatsächlich die Baupläne des Hauses aufgetrieben und breitete sie auf dem Tisch aus. Schindler beugte sich darüber und studierte sie. »Wie viele Personen werden im Haus sein?«

»Wir gehen von einer aus«, sagte Tino. »Falls im Laufe des Abends oder der Nacht jemand dazukommen sollte, werden uns das die Kollegen melden, die ihn observieren.«

»Wie sieht es mit Waffen aus?«

»Eine Glock. Kann aber sein, dass er weitere Waffen besitzt«, sagte Gina. »Keine Hunde.«

»Ausgezeichnet. Hunde sind immer ein Problem.« Schindler deutete auf die Pläne. »Wir verschaffen uns an zwei Stellen Zugang. Am Vordereingang und über den Balkon. Und machen dabei richtig Spektakel. Knallkörper, Gebrüll, das volle Programm. Der fällt aus dem Bett, und bevor er aufgestanden ist, haben wir ihn in Handfesseln. Sonnenaufgang ist morgen um sechs Uhr neunundvierzig. Um diese Zeit ist er vielleicht schon auf. Die Dämmerung setzt eine Stunde früher ein. Ich schlage vor, wir treffen uns um fünf Uhr dreißig. Hier.«

Sein Finger bohrte sich in die Karte.

64

Kurz vor halb sechs Uhr morgens stellte Gina ihren Golf am Straßenrand ab. Die letzten Meter in die Sackgasse ging sie zu Fuß. Dort stand bereits Tinos Kombi. Er war eine halbe Stunde früher losgefahren, um sich einen Überblick zu verschaffen und letzte Informationen vom Team der Zivilen Einsatzgruppe zu erhalten, die das Haus die Nacht über im Auge behalten hatten.

Kurz vor dem Morgengrauen hatte es ein Gewitter gegeben. Wolkenfetzen hingen noch wie ein zerrissenes Vlies am Himmel, durch dessen Löcher das fahle Licht des heraufziehenden Tages sickerte. Feuchtigkeit und Wärme stauten sich darunter. Es schien, als sei der Sommer für ein schwüles Intermezzo zurückgekehrt. Kaum zwei Minuten nachdem sie den Wagen verlassen hatte, fühlte Gina sich bereits klebrig und verschwitzt.

Sie erreichte den Spiel- und Bolzplatz am Ende der Sackgasse, den Schindler als Treffpunkt vorgeschlagen hatte. Eine Hecke aus Flieder-, Holunder- und Weißdornbüschen schirmte ihn von dem Haus ab, das dahinter lag und ihr Ziel war. Das Refugium des Mannes, der einen so netten Eindruck machte, dass man sich jederzeit den Rasenmäher von ihm borgen würde. Das Haus des Mannes, der so gar nicht nach erfolgreichem Geschäftsmann aussah, bis auf die petrolgrüne Nerdbrille, die nicht zu ihm passte. Das Haus von Oliver Steinhoff.

Drei VW-Busse mit getönten Scheiben und ein Rettungswagen parkten im Licht der Straßenlaternen am Rande des Platzes. Schindler und seine Leute waren bereits da. Sie standen in einer Gruppe zusammen und unterhielten sich mit gedämpften Stimmen. In den beiden Doppelhäusern auf der anderen Seite war alles ruhig. Dort war ein Streifenwagen mit zwei Kollegen postiert, die Steinhoff später ins Präsidium bringen sollten.

Moritz und Nikolas parkten ihren Wagen ebenfalls vorne an der Straße und kamen die letzten Meter zu Fuß. Auch Holger traf ein. Gina traute ihren Augen beinahe nicht. Er erschien tatsächlich mit dem Mountainbike, trug allerdings weder Radleroutfit, noch tropfte ihm der Schweiß vom Gesicht, und er wirkte völlig entspannt.

»Gemütliches Radfahren ist ideales Grundlagentraining«, sagte er und stoppte die Pulsuhr. »Jetzt bin ich wach.«

Sie waren komplett. Ein letztes Mal gingen sie mit Schindler und seinem SEK den Ablauf durch, den Einsatzleiter Ben Lindner anführen sollte. Er war ein bulliger Mann um die vierzig mit dem Haarschnitt eines US-Marines und wies mit ruhiger Gelassenheit sein Team ein. Er deutete auf die Hecke und den kaum hüfthohen Maschendrahtzaun dahinter.

»Wir übersteigen ihn. Mike, Bertie, Tom, ihr verschafft euch über die Terrasse Zugang. Mirco, Hans und Ayshe, ihr nehmt die Haustür.« Die SEKler hatten eine ganz eigene Technik, verschlossene Türen zu öffnen. »Max, Ben, Steff, ihr dürft klettern, über das Garagendach auf den Schlafzimmerbalkon. Meldet euch, wenn ihr in Position seid. Die beiden Teams unten gehen zuerst rein, mit ein paar Sekunden Vorsprung, dann ihr vom Balkon. Und das alles mit Weltuntergangsgetöse. Fragen?«

Es gab keine. Während acht Männer und eine Frau Sturmhauben und Schutzkleidung anzogen, schaltete Gina ihr Funkgerät ein und kehrte, wie mit Tino abgesprochen, zu ihrem Wagen vorne an der Straße zurück. Sie ließ sich auf den Fahrersitz fallen. Es gefiel ihr gar nicht, ab vom Schuss zu sein. Wenigstens würde sie über Funk mitbekommen, was geschah, und wieder mit von der Partie sein, sobald Steinhoff festgenommen war und Schindler das Haus übergab.

Sie legte das Funkgerät auf den Beifahrersitz. Mit leisem Knacken erklang Schindlers Stimme. Er gab den Einsatzbefehl. Sie holte das Fernglas aus dem Handschuhfach und sah im Gänsemarsch neun schwarze Gestalten lautlos in der Hecke verschwinden, als würden sie von ihr verschluckt.

Zwei Minuten später zerrissen Schreie und ein lauter Knall die Morgenstille. Gina nahm das Glas wieder hoch. Außer der Hecke und Tino, Nicolas, Holger und Moritz, die dort zurückgeblieben waren, konnte sie nichts erkennen. Sie hörte lediglich, wie Schindler per Funk Lindner um Meldung bat.

Im selben Moment registrierte Gina eine Bewegung. Ein rotes BMW Coupé bog mit hoher Geschwindigkeit aus dem Brunellenweg auf die Hauptstraße, das Heck brach aus, der Fahrer bekam das Fahrzeug sofort wieder unter Kontrolle. Der Motor heulte auf, der Wagen raste auf Ginas zu. Sie erkannte ihn an der petrolgrünen Brille, warf das Fernglas auf den Sitz und hatte ihren Golf gestartet, bevor Steinhoff vorbei war. Mit quietschenden Reifen schoss sie aus der Parklücke, Adrenalin bis in die Haarspitzen, legte einen U-Turn über zwei Fahrspuren hin, touchierte um Haaresbreite ein geparktes Motorrad, hörte Lindner aus dem Funkgerät brüllen: »Zielperson mit rotem BMW flüchtig.«

»Wie ist das passiert?«, bellte Schindler.

»Er war in der Garage.«

Gina drückte das Gaspedal durch. Steinhoffs BMW schoss um eine Kurve, sie hinterher. Die Zentrifugalkräfte beförderten das Funkgerät zwischen Sitz und Beifahrertür. Mist! Sie hangelte das Blaulicht aus dem Fußraum, ließ die Seitenscheibe runter, knallte es aufs Dach. Jaulend ging das Martinshorn an. Für eine Sekunde schien sich der Abstand zu verringern, dann zog der BMW davon, rauschte bei Rot über eine Ampel. Gina ging kurz vom Gas, warf einen Blick in die verwaiste Kreuzung, trat das Pedal bis zum Bodenblech durch. Die Stimmen aus dem Funkgerät waren nicht zu verstehen.

Mit hundertdreißig jagte sie durch die S-Bahn-Unterführung Richtung B 304. Die Wände reflektierten das Zucken des Blaulichts. Martinshörner hinter ihr, noch weit entfernt. Im Rückspiegel zwei Streifenwagen. Häuser flogen vorbei. Ginas Blick fokussierte sich auf den roten Wagen. Fünfzig Meter. Vierzig. Die Ampel an der 304 wurde grün. Steinhoffs BMW zog auf die Bundesstraße, sie hinterher. Dreißig Meter. Die Gegenspur frei. Sie würde ihn stellen. Zwanzig. Ihre Hände ums Lenkrad gekrampft. Fünfzehn. Weiße Fingerknöchel. Fünf. Sie zog auf die Gegenspur. LKW von links. Shit! Sie riss das Steuer nach rechts. Puls zweihundert. Adrenalin-Overload. Nahe an der Kotzgrenze. Nasse Hände. Blut rauschte in ihren Ohren, und der LKW schoss hupend mit fünf Zentimeter Abstand vorbei.

Was tat sie da!

Sie nahm den Fuß vom Gas, trat auf die Bremse, ließ den Wagen auf dem Grünstreifen ausrollen, lehnte den Kopf an die Nackenstütze und atmete durch. Einmal und noch einmal. Wo war der LKW so plötzlich hergekommen? Das war knapp gewesen. Echt knapp. *Sorry, mein Kleiner!* Dieser Adrenalinrausch war sicher nichts für ihn.

Zwei Streifenwagen zogen mit rotierenden Blaulichtern und jaulenden Martinshörnern an ihr vorbei. Die Kollegen würden Steinhoff schon kriegen. Sie befreite das Funkgerät aus dem Spalt zwischen Sitz und Tür. Tinos Stimme drang an ihr Ohr. »Verdammt, Gina! Melde dich! Du brichst die Verfolgung sofort ab. Und wehe, wenn nicht ...«

Sie drückte die Sprechtaste. »Dann lässt du mich alleine vorm Altar stehen?«

Eine Sekunde Stille. »Hervorragende Idee.«

»Da bin ich aber froh, dass wir nicht kirchlich heiraten.« Sie atmete durch. »Du machst dir mal wieder unnötig Sorgen, mein Liebster. Ich stehe hier gemütlich am Wegesrand und schaue der Sonne beim Aufgehen zu. Mir geht es gut. Und unserem Kleinen auch.« Es war ihr egal, dass alle Kollegen das nun mithören konnten.

65

Als das Zittern ihrer Hände nachgelassen hatte, fuhr Gina zurück. Unterwegs hielt sie bei der Bäckerei, die gerade öffnete, und besorgte etliche Becher Kaffee und eine Tüte voller Brezen und Plunderteilchen.

Schindler und seine Leute waren bereits im Aufbruch. Tino stand mit dem Handy am Ohr vor der Garage. Gina warf die Wagentür hinter sich zu.

»Was ist nun mit Steinhoff?«, fragte Holger, der bei Moritz und Nicolas stand.

»Die Kollegen werden ihn schon kriegen. Und die Fahndung ist doch sicher raus. Sind die SEKler durch?«

Moritz nickte. »Schindler hat grünes Licht gegeben. Keine Sprengfallen oder sonstige Überraschungen.« Sein Blick blieb an den Bechern haften, die Gina auf einem Papptablett balancierte. »Kannst du einen entbehren?«

»Bedient euch.« Sie reichte das Tablett und die Tüte herum. »Wieso konnte Steinhoff entwischen?«

»Er war schon in der Garage, als Lindner und seine Leute kamen«, sagte Nicolas. »Warum hast du die Verfolgung abgebrochen?«

»Ein Laster hat mich ausgebremst, und mit meinem alten Golf hätte ich ihn sowieso nicht eingeholt.«

Als sie zu Tino trat, beendete er gerade das Gespräch und steckte das Handy ein. Seine finstere Miene verriet nichts Gutes.

»Ist was mit Steinhoff?«

»Er ist auf der A 99 mit Tempo zweihundert unter einen Laster gerast.«

»Was!« Sie stöhnte. »Verdammt!« Die sich aufdrängende Frage brauchte sie erst gar nicht zu stellen. »Kein Schutzengel, nirgendwo?«

Tino schüttelte den Kopf.

»Und die Bremslichter haben nicht aufgeleuchtet?«

»Richtig.«

»Wieso haben sie ihn nicht gestellt? Die Kollegen waren so dicht dran.« Mit Daumen und Zeigefinger zeigte sie, wie nah. »Ich hätte es doch selbst machen sollen.«

»Aber wirklich nicht!« Etwas lag Tino noch auf der Zunge, doch er schluckte die Bemerkung runter und wies auf die beiden Kaffeebecher. »Ich schätze, einer ist für mich.«

»Er wird deinen Ansprüchen nicht genügen, aber immerhin ist Koffein drin.«

Schindler verabschiedete sich mit Handschlag von Tino und dann von ihr. »Das ist wirklich dumm gelaufen. Sorry. Aber im Haus war nirgendwo Licht zu sehen, und alles war ruhig.«

Dumm gelaufen, dachte Gina. Kann man wohl sagen. Sie sah den VW-Bussen nach. Auf der Baustelle rückten die ersten Arbeiter an, um die exklusiven Doppelhausvillen fertigzustellen. Das konnte Steinhoff nicht gefallen haben. Sechs neue Häuser direkt gegenüber. Jede Menge neuer Nachbarn. Interessierte Blicke, neugierige Fragen. Kinder, die mal über den Zaun stiegen, um den verschossenen Ball zu holen. Menschen, die ihm und seinem Geheimnis zu nahe kommen würden.

Tino teilte Holger, Moritz und Nicolas für die Nachbarschaftsbefragung ein. Das war kein großer Aufwand, denn es gab nur ein direkt angrenzendes Grundstück, das bebaut war. Im Obergeschoss des Hauses bemerkte Gina ein älteres Paar, das hinter den gerafften Gardinen am Fenster stand. Außer diesem gab es noch die beiden Doppelhäuser hinter dem Bolzplatz, und das war es schon in puncto Nachbarschaft.

Gina hörte hinter sich das schnalzende Geräusch von Latexhandschuhen, die übergezogen wurden. »Ich kann das auch alleine übernehmen«, sagte Tino.

»Ich verkrafte das. Es sei denn, Steinhoff hätte da unten einen Folterkeller eingerichtet, das wäre dann vielleicht doch grenzwertig. Davon gehe ich aber nicht aus.« Damit rechnete sie tatsächlich nicht. Das Grauen würde subtiler sein.

Tino zog sie an sich. »Ich habe eine Scheißangst gehabt.«

»Ja, ich weiß. Hättest du die auch gehabt, wenn ich nicht schwanger wäre?«

Er zögerte.

»Siehst du, das ist unser Job. Er ist nun mal mit einem gewissen Risiko behaftet. In ein paar Monaten kannst du wieder ganz normal Angst um mich haben.«

»Ach Gina.« Das klang wie ein tiefer Seufzer.

Es war wohl besser, ihm von dem Beinahe-Crash nichts zu erzählen. »Es ist doch alles gut. Packen wir's.«

Im Haus war es kühl und dunkel, und es roch sauber und frisch. Zitrone und Lavendel. Putzmittel und Raumspray. Tino schloss die Tür hinter sich, während sie das Licht einschaltete. Weiße Wände, graue Steinböden. Minimalistische Möbel in Anthrazit. Alles sehr edel und sehr ordentlich. Nirgendwo ein Stäubchen. Eine Glasschale auf dem Sideboard, darin ein Schlüsselbund. Sie nahm ihn heraus. Mehr als ein Dutzend Schlüssel baumelte daran. »Damit stehen uns alle Türen offen.« Ihre Stimme klang wieder einmal munterer, als sie sich fühlte.

Zuerst inspizierten sie das Erdgeschoss. Alle Jalousien waren heruntergelassen. Sie mussten wirklich dicht sein, wenn kein Lichtschein nach außen gedrungen war. Oder Steinhoff hatte mitbekommen, was draußen vor sich ging, und hatte sich im Dunkeln in die Garage zurückgezogen. Tino fand die Fernbedienung. Leise glitten die Lamellen nach oben. Die Räume präsentierten sich in erschreckender Normalität. Einbauküche mit offener Theke zum Wohn- und Esszimmer. Neben dem Kühlschrank entdeckte Gina eine Tür. Sie öffnete sie und stand in der Garage. Diesen Zugang musste Steinhoff nachträglich eingebaut haben. In den Plänen war er nicht eingezeichnet.

Im Wohnzimmer Flachbildfernseher an der Wand. Wohnlandschaft in grauem Leder. Zeitschriften. Gina sah sie durch. Tageszeitung, Autozeitschrift, *GQ*, *Men's Health*. Urlaubsfotos auf einem Sims. Landschaften. Selfies. Steinhoff beim Skifahren, Gleitschirmfliegen, in einer Schlucht beim Wildwasser-Rafting. Vielleicht irgendwo in Südfrankreich. Was hatte er mit Marie gemacht, wenn er in Urlaub war?

In einer Schublade lag die Glock und eine Schachtel mit Munition. Die Waffe war nicht geladen. Mit seiner Verhaftung schien er nicht gerechnet zu haben. Er hatte sich sicher gefühlt. Hinter ihr stieß Tino einen halblauten Pfiff aus. »Was ist?«

Er stand am Esstisch und hob einen Schnellhefter hoch. »Das hier würde erklären, weshalb Steinhoff Maries Leiche und die des Babys nicht auf dem eigenen Grundstück begraben hat, wo sie vor Entdeckung sicher gewesen wären. Er wollte das Haus verkaufen und war dabei, ein Exposé für den Makler zusammenzustellen. Warum er sich wohl dazu entschlossen hat?«

»Vielleicht hat ihm die Nachbarschaft nicht mehr gefallen. Gegenüber werden sechs Doppelhaushälften gebaut.«

Im Erdgeschoss fanden sie keinen Hinweis darauf, dass hier ein Kind gelebt hatte, beziehungsweise eine junge Frau. Im Obergeschoss war eines der drei Zimmer vollständig leer, bis auf die Gardinen am Fenster. Im Raum nebenan stand ein Schreibtisch mit PC und Drucker.

»Sieh mal.« Tino reichte ihr einen Brief, der obenauf im Ablagekorb gelegen hatte. Es war die Rechnung einer Firma für Gebäudereinigung. Vorgestern war der weiße Wirbelwind mit drei Mann durch dieses Haus getobt. Spezialreinigung für Allergiker. Achtzehn Stunden wurden dafür in Rechnung gestellt.

»Wenn das sein Versuch war, jede Spur von Maries Anwesenheit tilgen zu lassen, dann unterschätzt er Buchholz.«

Neben dem Schreibtisch stand ein Regal, das Ordner mit persönlichen Unterlagen enthielt. Gina blätterte sie flüchtig durch, während Tino ins Schlafzimmer ging. Das Übliche: Versicherungen, Dokumente zum Hauskauf, Diplomurkunde, Zeugnisse, Meldebescheinigung, Kfz-Unterlagen. Das Abbild des Lebens eines ganz normalen Mannes. Welche Untiefen in ihm lauerten, war offenbar niemandem aufgefallen.

Bad mit Whirlpool und Duschkabine, an deren Glaswänden noch das Wasser perlte. Im Schlafzimmer ebenfalls teure Designermöbel. Schrank, Kommode, Doppelbett. Kissen und Decke zerwühlt. Tino hielt den Wecker in der Hand. »Er ist auf Viertel vor fünf Uhr gestellt. Doch ein Frühaufsteher.«

»Vielleicht hatte er einen Termin.« Sie kehrte zum PC zurück. Er befand sich im Ruhemodus. Als sie die Tastatur antippte, wurde der Monitor hell. Der Kalender war geöffnet. »Tatsächlich. Steinhoff wollte um zehn Uhr in Frankfurt sein«, rief sie ins Schlafzimmer und ging in die Küche hinunter. Im Geschirrspüler entdeckte sie eine benutzte Kaffeetasse, und in der Kaffeemaschine steckte noch ein Pad. »Kommst du mal?«

Sie hörte Tinos Schritte auf der Treppe. »Was ist?«

»Steinhoff stand hier, frisch geduscht, im Anzug und hatte gerade seinen Kaffee ausgetrunken, als Schindlers Jungs sich an seiner Haustür zu schaffen machten und er verstanden hat, dass er aufgeflogen ist. Er musste nur in die Garage und abwarten, bis das SEK drinnen war, damit er abhauen konnte.«

Tino schüttelte den Kopf. »Schindler hat recht. Das ist wirklich dumm gelaufen.«

Gina knirschte mit den Zähnen. Sie hatten ihn fast gehabt.

»Jetzt bleibt nur noch der Keller, und dort muss es mehr zu finden geben als ein klinisch rein geschrubbtes Verlies, sonst hätte Steinhoff uns mit einem kühlen Lächeln empfangen, anstatt mit zweihundert unter einen LKW zu rasen.« Einen Moment war Gina unsicher, ob sie diesen Raum wirklich sehen wollte.

Tino merkte ihr diesen Gedanken wohl an. »Ich kann das alleine übernehmen.«

»Das ist lieb von dir. Aber ich kneife nicht. Ich muss das auch für mich zu Ende bringen.«

Ihr Handy klingelte. Holger meldete sich. »Vor zwölf Jahren hat Steinhoff einen Panikraum in sein Haus einbauen lassen. Haben die Nachbarn grad erzählt. Ich dachte, das interessiert dich.«

»Und ob. Danke!«

»Außerdem hat er gestern früh mehrere Säcke und Kartons voller Sperrmüll zum Wertstoffhof gebracht.«

»Sieh nach, wann der aufmacht, und fahr hin. Hoffentlich sind sie noch da. Kein Müllsack darf das Gelände verlassen, bis wir die von Steinhoff haben. Nimm Nicolas und Moritz mit.«

Sie steckte das Handy ein. »Im Keller gibt es einen Panikraum.«

»Er hat sich Maries Gefängnis einbauen lassen? Ganz schön dreist. Also gut, sehen wir uns das an.« Tino öffnete die Tür zum Keller und schaltete das Licht an. Die Treppe war gefliest und der Keller ebenso penibel sauber wie der Rest des Hauses. Weiße Wände, heller Steinboden. Sie inspizierten einen Raum nach dem anderen. Heizungskeller, Waschküche, Öltanks. Im Flur Einbauschränke mit Werkzeugen, Winterkleidung, Sportsachen. Der letzte Raum befand sich unter dem Wohnzimmer und war laut Plan ein Hobbykeller mit gut dreißig Quadratmetern. In der Realität waren es höchstens fünfzehn.

Mittendrin standen zwei halbgefüllte Müllsäcke, ein Karton voller Konserven, Bettzeug und ein Stuhl. Daneben Putzeimer, Schrubber, eine Flasche Haushaltsreiniger und zwei Eimer weiße Farbe samt Lammfellrollen und Abstreifgitter. Bald hätte hier nichts mehr auf Maries Anwesenheit hingedeutet, und Buchholz hätte in jeder Ritze nach ihrer DNA suchen müssen.

Eine Hälfte des Hobbykellers war abgeteilt. In der Wand befand sich eine schwere Metalltür, die geschlossen war, und daneben eine Tastatur, in die man einen Zugangscode eingeben musste. »Ein Schlüsseldienst wird uns hier nicht weiterhelfen.«

»Eher ein Mathematiker. Oder vielleicht Meo.«

»Gute Idee. Vielleicht hat er ein Tool, mit dem er den Code knacken kann. Wenn nicht, hilft nur rohe Gewalt.«

Tino zog das Handy hervor. »Kein Empfang. Ich bin gleich wieder da.« Er ging nach oben, und Gina sah sich den Ziffernblock genauer an. Zehn hellgraue Tasten mit schwarzen Ziffern. Unzählige Kombinationsmöglichkeiten, und sie wussten ja nicht einmal, wie viele Stellen der Code hatte. Wenn sie Steinhoff richtig einschätzte, waren es mehr als die üblichen vier.

Bei genauerer Betrachtung fiel ihr auf, dass einige Ziffern abgenutzter waren als die anderen. Die Fünf und die Null. Die Neun auch, aber nicht ganz so stark, ebenso die Zwei. Vielleicht doch eine vierstellige PIN, bei der sich keine der Ziffern wiederholte? Das wären nur vierundzwanzig Möglichkeiten. Zu einfach. So leicht hatte Steinhoff es bestimmt nicht gemacht. Also mehr Stellen mit Wiederholungen. Und plötzlich machte es klick, und sie wusste, welche Kombination sie eingeben musste. Die Ziffern waren ihr doch gleich irgendwie vertraut erschienen. Sie tippte 050295 ein und hörte ein leises Klicken, mit dem die Tür entriegelt wurde. Sie zog sie auf, trat ein und innerlich drei Schritte zurück und ließ der an Fakten interessierten Ermittlerin den Vortritt.

Kein Fenster. Hatte sie auch nicht erwartet. Den Lichtschalter ertastete sie links an der Wand. Zwei Halogenstrahler an der Decke gingen an.

Ein leerer rechteckiger Raum tat sich vor ihr auf, etwa drei mal vier Meter groß. Im Kunststoffboden die Abdrücke der Möbel, die bis vor kurzem hier gestanden hatten. Bett. Tisch. Stuhl. Ein Schrank oder eine Kommode. Hinter einer halbhohen Trennwand Waschbecken und Toilette.

Gina nahm diese Eindrücke mit ruhiger Sachlichkeit in sich auf und zog eine weitere Schutzmauer in sich hoch, als sie ihren Blick endlich auf die Wände richtete. Das vielfarbige Gewirr daran war das Erste gewesen, was sie wahrgenommen hatte.

66

Die Reihen vor dem Podium lichteten sich, die Pressekonferenz war vorüber, und Gina schob erleichtert ihren Stuhl zurück. Heute Abend würde ein Thema die Nachrichten und Sondersendungen aller Kanäle beherrschen: das bayerische Amstetten, wahlweise Strasshof, der deutsche Fritzl oder Priklopil. Und die Arbeit der Polizei würde dabei mit Sicherheit nicht gut wegkommen. Zuerst das Ermittlungsdesaster vor zehn Jahren, das Gina noch immer wütend machte. Hätten Stellmacher und seine Leute ordentlich gearbeitet, wäre Marie viel Leid erspart geblieben, sie wäre noch am Leben. Doch auch sie waren nicht schnell genug gewesen. Ein paar Tage früher. Nur ein paar Tage. Hätten sie es schaffen können, wenn sie nicht so auf Terbek fixiert gewesen wäre? Diese Frage ließ Gina nicht los.

Heigl eilte bereits zu einem Interviewtermin mit dem ZDF, während Oberstaatsanwalt Poschmann von einem Team des BR in Beschlag genommen wurde. Sie steuerte den Ausgang an, als Thomas sie einholte und seine Hand kurz auf ihren Arm legte. »Wir müssen reden.«

Er wusste es also schon. »Sicher.«

»Ich habe gehört, du wärst schwanger. Ist da was dran? Und wenn ja, wieso weiß ich nichts davon?«

Sie zog entschuldigend die Schultern hoch. »Ich habe es erst vor kurzem erfahren und wollte es dir heute sagen.«

»Aber vorher hast du noch eine Verfolgungsjagd hingelegt und ...«

»Ich habe abgebrochen.«

»Eben! Denk mal darüber nach, was geschehen wäre,

wenn du nicht dabei gewesen wärst, so wie es Vorschrift ist.«

Glaubte Thomas etwa, diese Frage hätte sie sich nicht längst gestellt? »Nichts anderes. Wer auch immer an meiner Stelle in Baldham gewesen wäre, hätte Steinhoff auch nicht gekriegt. Ich war nur deshalb so nah an ihm dran, weil ich schwanger bin und deshalb Abstand zu Steinhoffs Haus gehalten habe, als das SEK rein ist. Weil ich vorne an der Straße war, in meinem Auto, und nicht am Ende der Sackgasse.«

Thomas winkte ab. »Ab sofort hältst du dich an die Regeln. Wenn nicht, stelle ich dich frei. Ist das angekommen?«

»Ich hab's verstanden.«

»Dann ist es ja gut.«

Sie wandte sich zum Gehen.

»Ach, Gina? Augenblick noch.« Sie drehte sich um. »Im Übrigen war das gute Arbeit.«

»Danke. Doch so gut fand ich sie nicht.«

Als sie ins Büro kam, war Holger damit beschäftigt, die Ausdrucke der Fotos, die sie von den Zeichnungen und Texten in Maries Verlies gemacht hatte, an die Stellwand zu heften. Es handelte sich dabei um eine Art gezeichnetes Tagebuch, das sie an den Wänden geführt hatte. Anfangs in großen kindlichen Buchstaben und Bildern, dann immer kleiner werdend und schließlich jedes noch freie Fleckchen nutzend. Mit Kugelschreiber, Filzstift, Wachsmalkreiden, Buntstiften und Bleistiften. Ein buntes Gewirr, das dennoch in seiner Farbenprächtigkeit nicht fröhlich wirkte, sondern beängstigend und bedrückend, beinahe apokalyptisch. Einen Tag später wäre es verschwunden gewesen, ausgelöscht, übermalt von Steinhoff. Diese Zeichnungen waren alles, was von Marie geblieben war – und ihre Puppe, die damals mit ihr verschwunden war. Tino hatte sie im Müllsack gefunden. Für Petra Weber war ihr gleichzeitiges Verschwinden mit Marie auch ein Zeichen dafür gewesen, dass Christian dem Kind nichts angetan hatte. Bald würde sie die Puppe zurückbekommen. Wenn alles geklärt war, und das konnte nicht mehr lange dauern, da es keinen Prozess geben würde, kein Urteil, keine Gerechtigkeit. Es gab Tage, an denen Gina am deutschen Rechtssystem zweifelte.

Holger stand vor der Wand und betrachtete die Aufnahmen. »Lesen und Schreiben hat er ihr jedenfalls nicht beigebracht.«

»Was?« Gina fuhr aus ihren Gedanken hoch und legte die Puppe zurück.

»Sieh es dir an. Sie kannte nicht alle Buchstaben, und die Wörter, die ich bisher entdeckt habe, entstammen allesamt einem Kinderwortschatz. Sie bildet auch keine Sätze.«

Tatsächlich. *Mama, Papa, Marie.* Das stand in krakeliger Kinderschrift unter drei Strichmännchen, die ihre Familie darstellten. In Ginas Herz zog sich etwas zusammen. Sie suchte nach weiteren Begriffen in diesem Bildergewirr. *Ball, Auto, Apfel. Papa* und *Mama* tauchten immer wieder auf. Das Schreiben hatte sich im Laufe der Jahre nicht weiterentwickelt, die Zeichnungen schon. Sie wurden feiner und detailreicher, wurden erwachsen. Anstelle von Buchstaben bemerkte Gina wiederkehrende Zeichen. Ähnlich wie Hieroglyphen. Hatte Marie eine eigene Bildsprache erfunden? Es sah ganz so aus, und je länger Gina auf das bunte Durcheinander starrte, umso unheimlicher wurde es ihr. Maries Welt schien von dunklen Gestalten bevölkert gewesen zu sein, von Geistern, Gnomen und Zauberern, von Apokalyptischen Reitern, Balrogs und Nazgûls, von Orks und Vampiren, Drachen und Riesen. Alles, was einem Kind und vielleicht auch einer in Abhängigkeit und Isolation gehaltenen jungen Frau Angst machen konnte, war in diesem Teppich aus Farben und Zeichen vereint. Gina wandte sich ab. Ihr war plötzlich so kalt, dass sie fröstelte.

Sie wollte sich nicht ausmalen, wie Steinhoff Marie Angst gemacht hatte. Angst vor der Welt da draußen? Hatte er sie auf diese Weise kleingehalten und demütig? Außerhalb der Mauern herrschte das Böse. Nur hinter ihnen war sie sicher. Bei ihm, dem Herrn und Meister und Beschützer. Hatte er sich so eine willige Dienerin erzogen, die gar keinen Fluchtversuch unternommen hätte, vor lauter Angst?

Sie musste diese Wände Beatrice Mével zeigen, der Polizeipsychologin. Sie sollte sich das ansehen und bewerten.

Bevor Gina Petra Weber in der U-Haft aufsuchte, wollte sie wissen, wie es Terbek ging, und rief im Krankenhaus an. Vom behandelnden Arzt erhielt sie die Auskunft, dass sich sein Zustand stabilisiert hatte und Terbek aus dem Koma erwacht war. Er würde durchkommen. Wenigstens ein Lichtblick an diesem Tag. Vielleicht konnte sie für einen weiteren sorgen. Sie rief Gernot Zinsmeister an, den Richter, der die U-Haft angeordnet hatte. Petra Weber war geständig, die Beweise waren gesichert, und Ginas Meinung nach bestand weder Flucht- noch Verdunkelungsgefahr. Sicherheitshalber konnte man ihr den Pass abnehmen und sie unter Meldeauflagen entlassen.

»Haben Sie die Seiten gewechselt und arbeiten jetzt als Anwältin?«, fragte Zinsmeister.

»Obwohl ich Polizistin bin, schlägt in meiner Brust *ein fühlend Herz*. Fassen Sie sich auch eines. Es besteht keine Wiederholungsgefahr, und die Frau hat genug durchgemacht. Heben Sie den Haftbefehl auf.«

»Ist bereits geschehen. Sie hat schließlich einen Anwalt. Aber unter der Auflage eines Näherungsverbots. Lässt sie sich im Umkreis von hundert Metern bei ihrem Opfer blicken, verwandelt sich *mein fühlend Herz* schlagartig in eines aus Stein.«

Zwei Stunden später suchte Gina Petra Weber bei Mark Wilk auf. Oben, in seiner Wohnung, und nicht unten im Büro. Er hielt ihre Hand. Sie trug dieselbe grüne Jacke wie vor zwei Wochen, als sie in Ginas Büro gestürmt war, voller Hoffnung und den Zeitungsartikel über die erfolgreiche Ermittlerin für Cold Cases in der Hand schwenkend. Sie hatte diese Hoffnung nicht erfüllen können.

Gina berichtete vom SEK-Einsatz und Steinhoffs Tod. Dass er es war, der Chris ermordet und Marie entführt und das offenbar über einen Zeitraum von zwei Jahren geplant hatte. Und er hatte auch die Hand im Spiel, als Christian keine neue Stelle fand, damit die Ehe scheiterte und er sein perfides Spiel durchziehen konnte.

»Oliver?«, fragte Petra Weber fassungslos. »Oliver hat uns das angetan? Er war Chris' Freund, und er mochte Marie.«

»Vielleicht hat er Chris das Glück geneidet. Er hatte alles, was ihm fehlte. Eine glückliche Beziehung, eine süße Tochter, Erfolg im Beruf.«

Gina hätte Maries Mutter gerne die Details erspart, doch größtenteils waren sie den Medien bereits bekannt, und spätestens wenn der Fall abgeschlossen war und Petra Weber Akteneinsicht erhielt, würde sie all das erfahren.

Gefasst hörte sie zu. Manchmal verkrampfte sich ihre Hand in der ihres Freundes. Sie fragte, ob sie den Raum sehen könnte, Maries Gefängnis, dieses Verlies. Gina nickte. Das sollte möglich sein. Doch was sollte sie auf die Frage antworten, ob Marie auch glückliche Momente erlebt hatte?

Sie wusste es einfach nicht. Diese Zeichnungen an der Wand sprachen nicht dafür. Man musste sie sich genauer ansehen, vielleicht fand sich darin auch der Nachhall schöner und zufriedener Stunden. Es gab noch viel zu tun, bis dieser Fall restlos geklärt war. Arbeit für Wochen, wenn nicht Monate.

Wenigstens ging es Terbek besser. Petra Weber würde sich lediglich wegen schwerer Körperverletzung vor Gericht verantworten müssen. Mit ein wenig Glück, einem guten Anwalt und einem mild gestimmten Richter kam sie mit einer Bewährungsstrafe davon.

Als alles gesagt war, nahm Gina die Puppe aus der Plastiktüte und reichte sie Maries Mutter. Es gab keinen Prozess und somit keinen Grund, sie bei den Asservaten verstauben zu lassen. Bei ihrem Anblick brach Petra Weber in Tränen aus, und Gina war kurz davor, mitzuheulen. Mit brennenden Augen trat sie vor das Haus in den hellen Sonnenschein.

67

Er lag auf dem kalten Fliesenboden in seiner eigenen Kotze und fror erbärmlich. Der Gestank stieg ihm in die Nase, beinahe hätte er sich erneut übergeben, doch er brachte die Kraft dafür nicht auf und krümmte sich zusammen. Sein Körper war ein einziger lodernder Schmerz. »Du saubermachen. Aufschlecken, Arschlochsau. Sonst geht in Hölle für disch, Kinderficker.«

Murats Stimme hallte noch in ihm nach, als Erik Terbek mit einem erstickten Schrei aus dem Alptraum hochfuhr und einen Moment brauchte, bis er verstand, wo er war. In einem weichen, warmen und sauberen Krankenhausbett. Wie war er dorthin gekommen? Es dauerte einen Moment, bis es ihm einfiel. Jemand hatte ihn überfahren.

Nicht jemand. Sie war das gewesen: Maries Mutter hatte ihn über den Haufen gefahren und ihn so am Selbstmord gehindert. Und auch sie hatte es nicht hinbekommen, ihn ins Jenseits zu befördern. Es war eigentlich zum Lachen. Nur fehlte ihm im Moment jeder Sinn für Humor. Das alles beherrschende Gefühl war Angst.

Sie würden ihn wegsperren, diesmal für immer, obwohl sie nichts gegen ihn in der Hand hatten, nichts haben konnten, denn er war es nicht gewesen. Genau wie damals. Doch sie würden das schon so hindrehen. Vor allem wenn sie auch nur eine Hautschuppe oder ein Haar von Marie fanden. Und das war möglich. Schließlich war sie bei ihm gewesen.

Hätte er sie doch nur nicht angesprochen und getröstet, als sie heulend auf der Haustreppe saß, weil die letzte Stunde ausgefallen war und ihre Mama noch nicht zu Hause und es so kalt war. Einen Früchtetee hatte er für sie gemacht und sie mit ihrer Mama telefonieren lassen, damit sie früher kam. Und sie hatte gelogen und gesagt, dass sie sich das Handy einer Mitschülerin geliehen hätte. Warum sie das getan hatte, war ihm ein Rätsel. Vielleicht weil ihre Eltern ihr verboten hatten, mit fremden Männern mitzugehen.

Warum war er so leichtsinnig gewesen, seine Hilfe anzubieten und sie ins Haus mitzunehmen?

Die Angst trieb seinen Puls in die Höhe, piepend schlug ein Gerät Alarm. Die nette Schwester kam herein. Die mollige mit dem rumänischen Akzent, die einzige, die ihn nicht seltsam ansah. Daria hieß sie. Vielleicht wusste sie ja nicht, was für einer er war. Vielleicht hatten die Kolleginnen es ihr nicht gesagt.

»Na, na, was machen Ihnen denn so Herzrasen? Gedanken an schöne Frau etwa? Oder Neuigkeiten?« Sie zwinkerte ihm zu, schaltete den Alarm ab, nahm seine Hand in ihre und tätschelte sie.

Die Angst, hätte er am liebsten gesagt.

»Ach, Sie noch gar nix wissen!« Sie ließ seine Hand fallen und schlug sich an die Stirn. »Keine Radio, keine Fernsehen. Warten Sie. Ich bringen Zeitung.«

Eilig verschwand sie aus dem Zimmer, und er ließ sich in die Kissen zurückfallen. In seinem Kopf brummte ein dunkler Ton. Die Haut an seinem linken Arm juckte unter dem Gips. Die gebrochenen Rippen wurden von einem Verband zusammengehalten, und seinen Schädel hatte man aufgeschnitten und operiert. Gegen die Schmerzen bekam er ein Mittel, das auch half, seit es höher dosiert wurde. Nur das Brummen blieb.

Gegen die Angst gab es nichts.

Daria kam wieder herein. Mit einem Lächeln im Gesicht und der Zeitung in der Hand. »Sie nicht gewesen! Jetzt wissen alle!« Sie hielt ihm die Titelseite entgegen. Klobige schwarze Buchstaben. *Das Monster von Baldham. Verbrechen nach zehn Jahren geklärt. Er entführte die kleine Marie und ermordete ihren Vater.* Darunter war das Bild eines Mannes abgedruckt, daneben das von Marie.

Fassungslos starrte Terbek auf die Zeitung und konnte es nicht glauben. Sie hatten den Täter gefasst! Sie hatten ihn!

Man würde ihn in Ruhe lassen. Er konnte in sein Haus zurückkehren, in seinen Garten, zu den Rosen und Tanja. Er musste schlucken, bemerkte das Zittern seines Kinns und seiner Hände, als er nach der Zeitung griff und beinahe vor Erleichterung losgeheult hätte.

»Sie lesen. Alles ist gut.« Daria verschwand aus dem Zimmer.

Begierig las Terbek den Artikel, und alle Angst fiel von ihm ab. Irgendwann schlief er ein und wachte erst auf, als das Essen gebracht wurde. Neben dem Teller auf dem Tablett lag ein Brief für ihn. Er kam von Petra Weber. Vielleicht eine Entschuldigung.

Wenn er es genau betrachtete, musste er ihr dankbar sein.

Sie hatte ihm schließlich das Leben gerettet.

Bei diesem Gedanken begann er tatsächlich zu lachen. Verdammt, es war komisch! Saukomisch. Hätte sie ihn nicht über den Haufen gefahren, hätte er den Brief in den Kasten geworfen, wäre durch den Nachbargarten in sein Haus zurückgekehrt und hätte sich aufgehängt. Dann würde er jetzt die Radieschen von unten betrachten.

Er lebte, weil sie ihn hatte umbringen wollen. Grundgütiger! Das war echt saukomisch. Eine wahre Lachsalve schüttelte ihn durch, bis ihm Tränen aus den Augen liefen, die gebrochene Rippe schmerzte und sein Schädel beinahe platzen wollte. Er hangelte nach einem Papiertaschentuch und wischte sich die Augen ab, als Schwester Daria wieder hereinkam.

»Sie endlich mal lachen. Ist beste Medizin. Und dann steht noch hübsches Frau vor der Tür und traut sich nicht rein.« Verschmitzt zwinkerte sie ihm zu.

»Welche Frau denn?«

»Sie mich gebeten fragen, ob Sie sehen wollen. Ist sich Jasmin.«

Schlagartig versiegte der Heiterkeitsausbruch. Jasmin? Der Satansbraten, das Kind der Ausgeburt der Hölle. Monikas Tochter! Seine Nichte! Die er nie angefasst hatte. Dasselbe Lügenmaul wie ihre Mutter!

»Oijoi! Warum Sie gucken plötzlich so böse?«

»Sie soll verschwinden. Sie soll abhauen. Ich will sie nicht sehen.« Gerade war es ihm so gut gegangen, und nun das!

»Oijoi.« Daria verschwand ohne weiteren Kommentar aus dem Zimmer und kehrte eine Minute später zurück. »Jasmin weint. Sie sagt, schämt sich, will entschuldigen und muss etwas richtig machen. Sie will gehen zu Polizei.«

»Sie will was?«

»Gehen zu Polizei, klären etwas wegen Mama. Sie nicht hartherziger Mann. Sie müssen reden mit Jasmin.« Schwester Daria sah ihm direkt in die Augen. Ihre erinnerten ihn an Tanjas, so dunkel, wie sie waren. Aber im Gegensatz dazu waren diese Augen voller Leben und Vertrauen in ihn, dass er kein verbitterter und gefühlloser Mensch war. Dass jemand etwas Gutes an ihm entdeckte, erschütterte ihn derart, dass er die Tränen niederkämpfen und sich räuspern musste. »Ja. Gut. Soll mir recht sein.«

Auf Schwester Darias Gesicht breitete sich ein Lächeln aus, auf dem Absatz machte sie kehrt und öffnete die Tür.

Herein kam eine junge Frau, in der Erik Terbek niemals Jasmin erkannt hätte, wenn er ihr auf der Straße begegnet wäre. Die Jasmin, an die er sich erinnerte und die er vor siebzehn Jahren das letzte Mal gesehen hatte, war ein stilles, verschüchtertes Mädchen gewesen, dünn und spillerig, die flusigen blonden Haare meist zu einem Pferdeschwanz zusammengefasst. Die Jasmin, die nun an sein Bett trat, hatte zwar noch immer die Figur eines aus dem Nest gefallenen Vogels, doch die Haare waren pechschwarz gefärbt und an den Seiten rasiert, während sie sich oben auf dem Kopf zu einer dunklen Wolke türmten. Piercing in einer Braue, schwarz umrandete Augen, die Mascara zerlaufen. Schwarze Klamotten.

Sie wusste nicht, wohin mit ihren Händen, als sie vor ihm stehen blieb und ihm linkisch einen Strauß welker Dahlien hinhielt, die aussahen wie aus einem städtischen Blumentrog geklaut. »Hi, Onkel Erik.«

»Hallo, Jasmin. Lange nicht gesehen.«

Betreten sah sie zu Boden. »Kann man so sagen.« Sie ließ den Kopf genauso hängen wie die Dahlien ihre Blüten, ein Anblick, den er fast nicht ertragen konnte. »Zuletzt bei Gericht.« Sie schluckte. »Wie sie dich abgeführt haben. In Handschellen. Das ist meine letzte Erinnerung an dich.« Beinahe trotzig hob sie den Kopf. »Es tut mir leid.« Die Unterlippe verschwand unter den Schneidezähnen.

Was erwartete sie von ihm? Vergebung? Sie hatte sein Leben ruiniert, ihm all seine Träume genommen, seine Freunde, seine Familie und ihm dafür Alpträume beschert, die Murats in seinem Leben. Was sie ihm angetan hatte, war nicht mit einem Tut-mir-leid aus der Welt zu schaffen!

Doch jetzt stand sie da, mit ihren verheulten Augen und den malträtierten Blumen und wollte sich offenbar entschuldigen, und er kämpfte den Impuls nieder, ihr die Blu-

men aus der Hand zu reißen und um die Ohren zu hauen.
»Hol eine Vase und stell die Dahlien ins Wasser.«

»Okay.« Doch bevor sie sich darum kümmern konnte, kam bereits Schwester Daria mit einer Vase, zwei Bechern Kaffee und einer Packung Kekse herein, schob noch für Jasmin einen Stuhl ans Bett und verschwand mit einem aufmunternden Lächeln. »Reden immer gut.«

Schweigend saßen sie da. Jasmin auf dem Stuhl, er in seinem Bett. Einer musste wohl den Anfang machen. »Es tut dir also leid.«

Sie nickte, hielt den Blick auf ihre Hände gerichtet und zupfte an der Nagelhaut herum.

»Warum hast du mir das angetan?«

Es dauerte eine Weile, bis sie sprach. »Mama hat mich ... Sie wollte ... Falsche Frage, Onkel Erik. Hast du dich nie ...« Nun hob sie den Kopf und sah ihm in die Augen, und die Verzweiflung, die er darin sah, traf ihn mitten ins Herz.

»Nie gefragt, wer es wirklich war? Doch, habe ich.«

»Ja, sicher.«

»Ja, habe ich! Jeder außer mir hätte es gewesen sein können. Doch niemanden hasst Monika mehr als mich. Mir ist schon klar, dass sie dich unter Druck gesetzt hat, damit du mich beschuldigst, weil es ihr hervorragend in den Kram gepasst hat. Endlich konnte sie mich fertigmachen. Das wollte sie schon immer. Weil unsere Mutter mich geliebt hat und sie nicht. Weil ich das Haus bekommen habe. Deswegen. Eifersucht und Neid und Hass sind der Treibstoff deiner Mutter.«

»Ich habe dich immer gemocht. Ich hatte also keinen Grund, irgendeinen anderen zu schützen. Es war nicht irgendwer von der Verwandtschaft.« Wieder zuppelte sie an der Nagelhaut herum, die schon ganz rot entzündet war.

Es dauerte einen Moment, bis er es verstand. Sie hatte Beppo beschützt, ihren eigenen Vater, und Monika hatte das gewusst. Sie hatten Jasmin gedroht, dass sie die Familie zerstören würde, wenn sie die Wahrheit sagte. Jasmin war genauso Opfer wie er. Opfer eines Vaters, der sie missbrauchte, einer Mutter, die schweigend zusah und das Verbrechen an ihrem Kind für ihren eigenen Rachefeldzug nutzte.

Dieser Abschaum! Eine Welle von Hass und Verachtung schlug in ihm hoch, gefolgt von einer Welle Mitleid für seine Nichte. *Oijoi*, würde Schwester Daria jetzt sagen, *armes Kind*, und Jasmin in ihre Arme ziehen. Und da er nicht wusste, was er tun sollte, und ihm nichts Besseres einfiel, sagte er schließlich: »Oijoi« und griff nach der Hand seiner Nichte. »Das ist ja eine ganz schöne Scheiße.«

»Kann man so sagen.« Für einen Moment sah es so aus, als würde sie in Tränen ausbrechen, dann bekam sie ihre Gesichtszüge wieder unter Kontrolle. »Als alle in den letzten Tagen auf dich eingeprügelt haben, ist das wieder hochgekommen. Ich habe Mama schon vor zehn Jahren gedroht, dass ich sie und Papa auffliegen lasse. Und ...«

»Etwa als ich rausgekommen bin?«

Jasmin nickte. »Mama wollte dich in Harlaching unmöglich machen. Sie wollte Zettel in die Briefkästen deiner Nachbarn werfen und sie vor dir warnen. Du solltest keine Freude an Omas Haus haben. Und da habe ich ihr gedroht, wenn sie dich nicht endlich in Ruhe lässt und das wirklich durchzieht, gehe ich zur Polizei und sage die Wahrheit. Okay. Das mache ich jetzt, Onkel Erik. Versprochen. Ich sorge dafür, dass das in Ordnung kommt. Ich hätte es viel früher tun sollen, dann wäre dir das jetzt nicht passiert. Die Medien ... Und diese Frau, die dich umbringen wollte.«

»Ich verdanke ihr viel.«

»Dieser Frau? Sieh dich an! Gut schaust du aus. Alle Knochen gebrochen und mehr Mumie als Mensch.« Mit gerunzelter Stirn musterte sie ihn, und er merkte, wie die Anspannung von ihr abfiel, sah die Erleichterung in ihrem Gesicht, dass es raus war. Sie hatte sich entschuldigt, sie wollte dafür sorgen, dass er rehabilitiert wurde. Die ersten Schritte waren getan.

»Ja, tatsächlich. Ich verdanke ihr was. Das ist eine lustige Geschichte. Vielleicht erzähle ich sie dir irgendwann einmal.« Wieder stieg Lachen in ihm auf, wenn er daran dachte, dass er sein Leben Petra Webers Versuch verdankte, ihn zu töten. Er konnte es nicht unterdrücken, glucksend stieg Gelächter an die Oberfläche und vermischte sich mit der Erleichterung darüber, dass vielleicht alles wieder gut werden konnte. Schallend und prustend brach es aus ihm heraus.

Verwundert beobachtete Jasmin ihn, bis sich auch ihr Mund verzog, wie von selbst, obwohl sie es nicht wollte und nicht verstand und sie schließlich in sein Gelächter einstimmte. »Keine Ahnung, was so lustig ist, Onkel Erik. Echt nicht«, prustete sie zwischen zwei Lachsalven. »Aber du wirst es ja hoffentlich wissen.« Kichernd hielt sie sich den Bauch.

»Kann man sagen.«

Grundgütiger, war es schön, mal wieder zu lachen, und tausendmal besser, als zu heulen, was die einzige Alternative wäre. Dazwischen gab es nichts.

68

Die Trauergemeinde, die sich morgens um acht in der Aussegnungshalle versammelte, war klein, nur eine Handvoll Menschen. Petra Weber und Mark Wilk, Christians Schwester Daniela und ihr Freund Thorsten. Als der Trauerredner geendet hatte und die Musik verklungen war, folgten sie den Männern des Bestattungsinstituts, die zwei Bahren schoben. Auf der einen der kleine Sarg des Jungen, den Petra nach Chris benannt hatte, seinem Großvater, dessen sterbliche Überreste sich in der Gebeinekiste daneben befanden. Dahinter Maries Sarg. Eine traurige Prozession unter einem wolkenverhangenen Himmel. Ein kühler Wind zupfte erste gelbe Blätter aus den Bäumen.

Kunstrasen verdeckte den Aushub neben dem Grab, und Petra war erleichtert, als sie weit und breit niemanden entdeckte. Marks Finte ging auf, die Presse fernzuhalten. Laut Traueranzeige und Webseite des Friedhofs fand die Beisetzung erst am Nachmittag statt. Als der Zug stoppte, begann es zu nieseln. Der Trauerredner, der bereits in der Aussegnungshalle letzte Worte gesprochen hatte, schloss mit einem Gebet, wie Petra es sich gewünscht hatte.

Nach über zehn Jahren hatte sie endlich Gewissheit über das Schicksal ihres Kindes. Und auch über das ihres Mannes. Und alles war anders als jemals vermutet.

Vor drei Tagen hatte sie Marie gesehen. Eine erschreckend dünne junge Frau mit einem entspannten, geradezu sanften Ausdruck im Gesicht, der Petra ein wenig Frieden gab. Die Rechtsmedizinerin hatte ihr behutsam erklärt, dass Marie mit an Sicherheit grenzender Wahrscheinlichkeit an den Folgen der Geburt gestorben war. Die Plazenta hatte sich nicht vollständig abgelöst, was zu Blutungen führte. Oliver hätte sie ins Krankenhaus bringen müssen. Er hatte es nicht getan, und sie wünschte ihm, dass er dafür in der Hölle schmorte. Und für alles andere, das er ihr und Chris und Marie angetan hatte. Und sie wünschte sich, dass sie eines Tages die Kraft finden würde, ihm zu verzeihen. Nicht seinetwegen, sondern ihretwegen, damit sie endlich zur Ruhe kam und nicht Hass sie zerfraß.

In Maries Gesichtszügen hatte sie nach dem Kind gesucht, das sie einmal gewesen war, das Kind, an das sich all ihre Erinnerungen knüpften, und hatte lange nichts gefunden, das ihr noch vertraut war, bis sie das tropfenförmige Muttermal am Schlüsselbein entdeckte und darüber strich. Glücksklecks hatte Marie es genannt. Es hatte ihr kein Glück gebracht.

Der Anblick des Jungen war zuerst ein Schock gewesen. Unverkennbar Oliver. Zorn war in ihr hochgeschossen. Doch dieses Kind war unschuldig. Weggeworfen wie Müll, ungeliebt, unerwünscht. Jedenfalls von ihm. Von Marie vielleicht nicht. Vielleicht hatte sie sich darauf gefreut und wäre eine liebevolle Mutter geworden. Da unten, in ihrem Verlies. Also hatte Petra sich nach einer schlaflosen Nacht und einem stummen Kampf dazu entschlossen, Maries Kind an ihrer Seite zu bestatten.

Viel zu viele Gedanken wirbelten wie ein Schneegestöber durch ihren Kopf. Kalt, erschreckend. Die Tabletten halfen, es zum Stillstand zu bringen. Doch auf Dauer war das keine Lösung. Sie musste anders damit fertig werden. Vielleicht indem sie ihre Geschichte aufschrieb? Oder sich einen Therapeuten suchte? Jedenfalls nicht, indem sie ihren Gefühlen freien Lauf ließ. Gott sei Dank ging es Terbek gut. Er würde sich erholen und ihre Strafe hoffentlich gering ausfallen.

MM hatte ihr verboten, ihn im Krankenhaus zu besuchen. Gerichte sahen das wohl gerne als Schuldeingeständnis an. Vor allem aber hatte der Richter ein Näherungsverbot verhängt. Also hatte sie ihm einen Brief geschrieben und sich entschuldigt und zu erklären versucht, wie es dazu gekommen war.

Mark griff nach ihrer Hand, sie erwachte aus ihren Gedanken. Der Redner beendete das Gebet. Die Särge wurden in die Grube hinabgelassen. Erst Maries, dann der des Jungen und schließlich auch die Gebeinekiste. Ein Familiengrab, in dem eines Tages auch sie liegen würde. Doch bis es so weit war, wollte sie ihr Leben leben.

Sie trat als Erste vor, sandte einen stummen Dank an Chris und eine Entschuldigung und brach in Tränen aus, als ihr klar wurde, dass sie sich nun für immer von ihrem Kind verabschieden musste, von dem kleinen frechen Mädchen, das sie nicht vor dem Bösen hatte beschützen können. Sie hatte versagt und warf mit zitternder Hand eine Sonnenblume auf ihren Sarg und die andere auf den ihres Enkels, den sie nicht hatte kennenlernen dürfen.

Mark trat neben sie und dann Daniela und Thorsten, Blumen und Erde fielen hinab. Neben dem Grabstein, in den demnächst zwei weitere Namen geschlagen wurden, stand bereits die Hortensie. Morgen wollte sie wiederkommen und sie einpflanzen, so wie Chris es sich gewünscht hatte.

69

Der September ging in den Oktober über. Mit jedem Tag wurde es herbstlicher. Am letzten Wiesnwochenende gelang es Gina tatsächlich, Tino von einem Oktoberfestbesuch zu überzeugen. »Du musst wenigstens ein Mal dort gewesen sein, damit du sicher sein kannst, dass du es nicht magst.«

Allerdings passte ihr keines der Dirndl mehr. In der Taille waren sie zu eng geworden, und ihr Busen sprengte beinahe die Oberteile. Notgedrungen musste sie diesmal auf die Tracht verzichten. Und auf ihre Maß und das Tanzen auf Bierbänken. Nächstes Jahr wieder. Gemächlich bummelten sie zwischen den Buden und Fahrgeschäften umher, aßen Brezen und gebrannte Mandeln, fuhren Kettenkarussell und Geisterbahn, und Tino schoss für sie ein halbes Dutzend Plastikblumen und baute seine Vorurteile über die Wiesn als intergalaktisches Besäufnis ein wenig ab.

Den Fall Weber schlossen sie Anfang Oktober. Alle Spuren in Steinhoffs Haus in Baldham waren gesichert, alle Zeugen befragt und alle Daten ausgewertet.

Eine ehemalige Freundin von Steinhoff hatte sich gemeldet. Jessica Schuler. Sie arbeitete als Fotomodell und hatte ihn bei einem Shooting kennengelernt. Er sah gut aus, war charmant und verdiente gutes Geld. Doch er war ein Machtmensch, sagte sie. Alles musste nach seinem Willen gehen, eine Frau, die sich dem nicht unterordnete, bekam das zu spüren. Sie hatte das nicht getan, und er begann psychologische Spielchen, machte sie klein und streute Salz in ihre Wunden, die ihm ja bekannt waren, denn verständnisvoll, wie er zunächst gewesen war, hatte sie ihm ihre verwundbare Seite gezeigt. Schließlich hatte sie einen Schlussstrich gezogen, und daraufhin ging der Ärger richtig los. Bis sie ein neues Handy und eine neue Adresse hatte und sowohl Freunde, Bekannte als auch ihre Agentur informiert waren, dass nur ja niemand ihre Kontaktdaten herausgab.

Die Befragung von Kollegen, Mitarbeitern und Kunden rundeten dieses Bild von ihm ab.

Bei der Durchsuchung von Steinhoffs Büro war ein alter Laptop aufgetaucht, und Meo hatte auf der Festplatte eine wahre Fundgrube an Dokumenten entdeckt, die lückenlose Planung der Tat. Das Zeitfenster zwischen Samstagabend und Dienstagnachmittag war geschlossen.

Steinhoff hatte Christian Weber am Samstagabend angerufen und ihn gebeten zu kommen. Er täuschte Probleme vor, mit der Firma, mit Kunden. Christian brachte Marie mit. Vermutlich hatte Steinhoff gesagt, die Kleine könnte im Gästezimmer schlafen, dem Raum im Obergeschoss, der jetzt leer war. Kaum eingetroffen, betäubte Steinhoff seinen Freund mit K.-o.-Tropfen und brachte Marie in den Panikraum. Alle Vorbereitungen am See hatte er bereits am Vormittag erledigt und auf dem Parkplatz am Rande des Naturschutzgebiets einen Leihwagen abgestellt. Zu Fuß war er von dort nach Bad Endorf gegangen und mit dem Zug zurück nach München gefahren.

Schlauchboot, Pumpe und alle anderen Requisiten lagen am Samstagabend in der Garage bereit. Steinhoff musste sie nur noch zusammen mit dem betäubten und gefesselten Weber in dessen Auto schaffen, an den See fahren und das Familiendrama inszenieren. Der schwierigste Part war sicher der Abschiedsbrief gewesen, den Weber schreiben musste, der dabei erkannt hatte, was unweigerlich geschehen würde. Mit dem Mut der Verzweiflung hatte er sich auf seinen Widersacher gestürzt, der ihn mit der Waffe in Schach hielt, und hatte den Kampf verloren.

Ab da musste Steinhoff improvisieren. Von dem Schlafmittel hatte Weber zum Zeitpunkt seines Todes ziemlich sicher noch nichts zu sich genommen, und Steinhoff konnte nur hoffen, dass die wahre Todesursache nicht ans Licht kam. Ob das Feuer entstanden war, als die Leiche von der Bank rutschte und im Fallen die Kerze umstieß, oder ob Steinhoff so versucht hatte, die Kopfverletzungen zu verdecken, würden sie nie erfahren. Jedenfalls musste er in den folgenden Tagen Angst gehabt haben, dass der Mord entdeckt wurde. Er hatte einfach Glück gehabt, dass sein Plan aufging. Jedenfalls einigermaßen. Er hatte nicht damit gerechnet, dass die Polizei im See nach Maries Leiche suchen würde. Die Tankquittung sollte sie von dort weglocken. Damit alles passte, stand sogar *Benzin ablassen* auf seiner Checkliste.

Ein detailreicher Tatortbefundbericht vom Haus in Baldham lag vor. Die Polizeipsychologin Beatrice Mével hatte sich den Panikraum angesehen und einen Fotografen mitgebracht, der die Zeichnungen an den Wänden lückenlos dokumentierte, denn Steinhoffs Schwester, seine Erbin, hatte bereits angekündigt, das Haus abreißen zu lassen, sobald es freigegeben wurde.

Für die Auswertung von Maries Bildern wollte Beatrice Mével Fachleute hinzuziehen, sowohl Kollegen, die auf Traumata infolge von Isolation und Gefangenschaft spezialisiert waren, als auch Experten für Bildsprachen. Bis sie wussten, welche Geschichten Maries Bilder erzählten, würde es noch Monate, vielleicht Jahre dauern.

Was dagegen näher rückte, war der Hochzeitstermin. Die Gäste waren geladen, alle Vorbereitungen getroffen, die

Ringe beim Juwelier gekauft und graviert, der Brautstrauß bestellt, und Tino war es gelungen, einen Trauungstermin im schönsten Standesamt von München zu ergattern, in der Mandlstraße am Englischen Garten.

Als Gina am Hochzeitsmorgen erwachte, schien die Sonne zum Fenster herein. Es war ein strahlend schöner und klarer Oktobertag, und aus der Küche klangen die vertrauten Geräusche. Sie zog sich ein Fleeceshirt über den Schlafanzug und ging zu Tino in die Küche. Auf dem Weg dorthin sah sie, dass der Esstisch im Wohnzimmer schon für vier gedeckt war. Frische Croissants und Rosinenschnecken lagen im Brotkorb, und in einer Vase stand der Brautstrauß. Als sie in die Küche trat, stieg ihr Kaffeeduft in die Nase. »Du warst ja schon fleißig.«

»Gut geschlafen?« Tino zog sie an sich und gab ihr einen Kuss.

»Wie ein Stein.« Sie sah auf die Uhr. »Ups, schon so spät. Ich muss mich sputen, wenn ich fertig sein will, bis Xenia und Ferdinand kommen. Obwohl...« Sie sah an sich hinunter. »Wenn ich kleckere, dann besser auf den Schlafanzug als aufs Kostüm.«

Tino war auch noch nicht umgezogen. Er trug Jeans und Poloshirt. Im selben Moment klingelte es an der Tür. Ihre Trauzeugen waren da.

Xenia hatte das lange schwarze Haar zu einer Hochsteckfrisur aufgetürmt, an den Schläfen kringelten sich Korkenzieherlöckchen, die zu dem Retrokostüm aus den sechziger Jahren passte, das sie trug. Seide mit buntem Prilblumenmuster. Gina trat einen Schritt zurück, um sie in voller Pracht bewundern zu können. »Das sieht klasse aus. Wo bekommst du nur immer solche Sachen her?«

»Aus dem Fundus«, erklärte Xenia lachend. »Ist nur geborgt für heute. Und du? Meinst du wirklich, das ist das richtige Outfit für den großen Tag?« Feixend wies sie auf den Schlafanzug.

»Mein Auftritt kommt noch. Wart's nur ab.«

Ferdinand trug einen gut geschnittenen dunkelgrauen Anzug mit weißem Hemd und einer türkisblauen Krawatte und sah ganz ungewohnt aus. Gina kannte ihn nur in ausgebeulten Jeans und weiten Shirts.

Sie begannen den Tag mit einem Glas Prosecco, wobei Gina an ihrem nur einmal nippte. Während des Frühstücks wurde sie langsam nervös, und irgendwann war es wirklich Zeit, sich umzuziehen. Xenia half ihr mit den Haaren und dem Make-up, und schließlich stand Gina zehn Minuten vor Abfahrttermin fertig vor dem Spiegel im Schlafzimmer. Die dunklen Locken glänzten, ihre Augen strahlten, und das Etuikleid mit dem Bolerojäckchen saß tadellos. Champagnerfarbene Seide, Karree-Ausschnitt und eine hoch angesetzte Taille, wie geschaffen für das kleine Bäuchlein, das sich darunter wölbte. Es war ihr nach einem Besuch bei Petra Weber in der Theresienstraße einfach so zugelaufen, als habe es in dem Schaufenster der kleinen Boutique gegenüber schon seit Wochen auf sie gewartet.

Es klopfte. »Darf ich jetzt reinkommen?«

»Aber sicher.«

Tino trug einen eleganten anthrazitgrauen Anzug mit schmalem Revers, darunter eine silbrig glänzende Weste und ein weißes Hemd, dessen obersten Knopf er offen gelassen hatte. Er sah ziemlich gut und sehr lässig aus. »Wow! Mit *ohne Krawatte* steht dir gut.«

»Und du bist wunderschön, nur ...« Er zog die Stirn in Falten.

»Nur?«

»Da fehlt etwas. An deinem Hals.« Aus der Sakkotasche zog er ein kleines Etui. »Rita hat es mir für dich gegeben. Es ist die Kette meiner Ururgroßmutter, und es ist Tradition, dass der älteste Sohn der Familie sie an seine Frau weitergibt. Ich hoffe, dass sie dir gefällt.«

Er nahm eine schlichte silberfarbene Kette mit einem tropfenförmigen Anhänger heraus, in dessen Mitte sich ein Aquamarin befand, der von einer Reihe kleiner Steine eingefasst wurde, von denen Gina jetzt nicht annehmen wollte, dass es Diamanten waren.

»Und was sagst du?« Abwartend sah Tino sie an.

»Ich bin sprachlos. Und ich frage jetzt nicht, ob ich einen Bodyguard brauche, wenn ich sie trage, denn sie ist einfach nur traumhaft schön. Aber das Schönste ist, dass ich sie als deine Frau tragen werde.« Gina schluckte. »Himmel! Wer hätte gedacht, dass wir mal heiraten.«

»Wieso denn? Hattest du es nicht von der ersten Minute an auf mich abgesehen?«

»Nur, dass du es nicht bemerkt hast.«

»Ich war ein Esel, und ich bewundere deine Hartnäckigkeit.«

»Eher mit Blindheit geschlagen, wie ein Maulwurf.«

»Aber jetzt gibt es ja das Happy End.«

Sie trat einen Schritt zurück. »Das will ich aber nicht hoffen.« Ihr gelang tatsächlich ein entrüsteter Tonfall, so dass Tino mitten in der Bewegung innehielt, mit der er ihr die Kette um den Hals legen wollte. »Jetzt geht es doch erst richtig los«, erklärte sie lachend. »Herr Dühnfort und Frau Angelucci-Dühnfort und bald ein kleiner wie auch immer Dühnfort. Ich bin ja eigentlich doch für unseren Arbeitstitel Jonas.«

»Und ich bin dafür, dass wir jetzt fahren, sonst kommen wir zu spät.«

Zwanzig Minuten später parkte Ferdinand Tinos mit Blumen geschmücktem alten Kombi vor dem Standesamt in der Mandlstraße. Auf dem Platz davor hatten sich schon alle versammelt. Rita und Georges, der im Rollstuhl saß. Tinos Vater Alexander, sein Bruder Julius mit seiner Noch-Ehefrau Viktoria, seine kleine Nichte Elisabeth. Ginas Eltern Dorothee und Bodo mit der ganzen Verwandtschaft aus Niederbayern, Kirsten mit Kathi, Alois und Holger und so gut wie der ganze Rest der Mordkommision und obendrein noch zahlreiche Kollegen in Uniform.

Tino gab Ferdinand das Kästchen mit den Eheringen, und dabei bemerkte Gina etwas an seinem Sakko. Aus der Manschette ragte ein Stück gelbes Papier hervor. Sie stupste ihn an. »Du hast da was.«

»Ja, ich weiß.«

»Was ist das?«

»Habe ich dir nie erzählt, dass ich unter Prüfungsangst leide? Mein Hirn ist dann wie leergefegt.«

»Ach.«

Mit diesem Freche-Jungs-Grinsen drehte er kurz die Manschette nach außen. Ein Post-it klebte dort. »Mein Spickzettel«, flüsterte er. »Aber verrate mich nicht.«

Ein einziges Wort stand darauf: *Ja!*

Stefan Ahnhem

Und morgen du

Kriminalroman.
Aus dem Schwedischen von
Katrin Frey.
Taschenbuch.
Auch als E-Book erhältlich.
www.list-taschenbuch.de

Ein Klassenfoto, drei Tote – wer wird der Nächste sein?

Helsingborg, Südschweden. Kommissar Fabian Risk ist gerade in sein idyllisches Heimatstädtchen zurückgekehrt. Er möchte endlich mehr Zeit mit seiner Familie verbringen. Doch dann wird in seiner alten Schule eine brutal zugerichtete Leiche gefunden. Daneben liegt ein Klassenfoto. Darauf abgebildet ist Risks alte Klasse, das Gesicht des Mordopfers mit einem Kreuz markiert. Und das ist erst der Beginn einer Mordserie, bei der der Mörder Risk und seiner Familie immer näher kommt.

»Ein Krimi, der einen nicht mehr loslässt. Fesselnd von der ersten bis zur letzten Seite.«
Hjorth & Rosenfeldt

List